AF151623

ANDRI PEER

DIE SÄNTISBAHN

ERZÄHLUNGEN

novum pro

Dieses Buch ist auch als e-book erhältlich.

w w w . n o v u m v e r l a g . c o m

Bibliografische Information
der Deutschen Nationalbibliothek:

Die Deutsche Nationalbibliothek
verzeichnet diese Publikation in
der Deutschen Nationalbibliografie.
Detaillierte bibliografische Daten
sind im Internet über
http://www.d-nb.de abrufbar.

© 2023 novum Verlag

ISBN 978-3-99107-777-0
Lektorat: Leon Haußmann
Umschlagfoto: Andri Peer
Umschlaggestaltung, Layout & Satz:
novum Verlag
Autorenfoto: Andri Peer

www.novumverlag.com

Climate neutral
Print product
ClimatePartner.com/16547-2201-1002

Inhaltsverzeichnis

1

Orchesterprobe für Poesie

Der Bericht über das Frühlings-Schreibatelier an der *University of Massachusetts* in Dartmouth MA US geriet zu einem Sammelband von Erzählungen, die untereinander so eng verschränkt sind, dass man den Verdacht hegen könnte, es handle sich um das Werk einer einzigen Autorin oder eines einzigen Autors. Das Gegenteil ist der Fall. Die Zahl der Teilnehmer hat in jenem Frühjahr 2043 den historischen Höchststand von 248 erreicht. Normalerweise archiviert die Universität die Produkte ihrer Schreibateliers in digitalisierter Form und liefert den Teilnehmenden, deren Erzeugnisse von den Leitenden als besonders wertvoll bezeichnet wurden, kostenlos zehn gediegen ausgedruckte, in Sky gebundene und mit dem feierlichen Siegel der Universität und dem Namen des/der Verfasser/in in Goldlettern geschmückte Exemplare. Das trägt in einem Fach, das die Mehrheit der Bevölkerung für zumindest überflüssig hält, mehr zum Image der Universität als zu jenem der Schreibenden bei. Letzteren geht es zumeist nur darum, auf möglichst schmerzlosem Weg eine Handvoll Credits für den Bachelorabschluss zu ergattern.

Die Frage ist berechtigt, warum sich eine kleine Universität wie Dartmouth einen so überflüssigen Luxus leistet, wenn sie die Spesen für die eigentlichen Zukunftsfächer, als da sind Engineering, Marine Science & Technology, Business & Law, nur mühsam berappen kann. Nun, Darthmouth ist eine Filiale der um einen Faktor 10 größeren und bekannten *University of Massachusetts* in Boston, und sie ist als Experimentaluniversität konzipiert, die auch Abteilungen wie das College of Arts & Sciences, eine Abteilung für Continuing Education von der Wiege zur Bahre und eine medizinische Pflegerinnenschule unterhält, die ihre Absolventinnen zu echten Partnerinnen der Ärzte machen und damit zur Entlastung und Regenerierung des geschundenen amerikanischen Spitalwesens beitragen will. Kunst hat mit allem zu tun, und alle Fächer entsprechen letztlich dem, was im Mittelalter als Künste unterrichtet wurde, vom Studium der Klassiker bis zu jenem der Mathematik und der Astronomie. Und vor allem: in Darthmouth werden auf mächtigen, hochvernetzten Computern alle Lehrfilme ebenso wie die Grundlagen für allgemein anerkannte Fernprüfungen organisiert und verarbeitet, welche die Uni von Boston zu einer der bekannteren Fernuniversitäten gemacht haben, wo man sich ein allgemein anerkanntes Diplom ohne Präsenzunterricht und ohne Anreise zu Prüfungen erwerben kann. That's the true future, dear Watson! Wer's nicht glaubt, kauft sich für gutes Geld an der Trump University einen Doktor in Patiencenlegen und hängt das von Siegeln übersäte Diplom in seine Lounge.

Ungewöhnlich sind auch die Sponsoren, die es möglich machen, für die Leitung der Schreibateliers jeweils bekannte, englischsprachige, ausländische Schriftsteller aus Europa, Indien, Japan oder Afrika einzuladen, zum Teil auch solche, die daneben noch in ihrer lokalen Muttersprache publizieren. In einem Land, in dem ein guter Teil der Bevölkerung nicht einmal weiß, dass es außer Amerikanisch noch weitere weltweit verbreitete Sprachen gibt, ist das keineswegs selbstverständlich. Im Fall von Fatima, meiner Frau, und mir ging der schrullige Sponsor, der an der englischen Übersetzung unserer zweihändig geschriebenen Science-Fiction-Krimis den Narren gefressen hatte, noch einen Schritt weiter. Wir sprechen zwar beide leidlich Englisch, Fatimas Muttersprachen aber sind syrisch-libanesisches Arabisch, Ivrit (ihr Vater war israelischer Konsul in Damaskus), und Italienisch (die Sprache ihres Kindermädchens, dem in ihrer noblen Familie die Erziehung der Kleinen bis zu ihrem 6. Lebensjahr fast vollständig überlassen wurde). Ich nenne mich Andri Peer, meine Mutter stammt von nach Frankreich ausgewanderten Winzern ab, daheim sprach sie Französisch, der Vater mit mir Suaheli und ich mit den Kindern in Zürich Schweizerdeutsch. Vater war Übersetzer in der Schweizer Niederlassung eines biozertifizierten Gewürzproduktions- und Handelsunternehmens auf der Gewürzinsel Sansibar und wollte um jeden Preis, dass ich an der Uni Zürich Wirtschaftswissenschaft studiere, was ich ihm zuliebe getan habe. Dass ich heimlich Gedichte auf Züritüütsch schrieb, ahnte er nicht und er zeigte mir seine schönsten runden Kulleraugen, als ich ihm ein Exemplar des Dialektkrimis *Em Chrigi sin Sackhägel* auf den Schreibtisch legte, mit dem ich unter dem Kunstnamen Andri Peer beim *Zytglogge Verlag* einen Großerfolg gelandet hatte. Nachdem er mich lange nachdenklich angesehen hatte, sagte er so etwas wie *„Ikiwa unaweza kupata pesa kutoka kwa hiyo, basi andika riwaya za upelelezi"* – Wenn du davon leben kannst, dann schreib halt Kriminalromane. Er war weiterhin lieb zu mir wie zu einem kleinen Buben, hat aber nur noch Französisch mit mir gesprochen. Die Hoffnung, dass ich ihm einmal nachfolgen werde, hatte er aufgegeben. So ist auch mein Kisuaheli verblasst und ich habe in Freiburg im Üechtland französische Literatur und Philosophie studiert. Bis zu meiner Masterprüfung hat Vater bezahlt, dann hat er, glaube ich, mich und Mutter vergessen und ist nach Afrika zurück. Gegenwärtig gebe ich in Freiburg im Üechtland Vorlesungen über Literatur der französischsprachigen Schweiz. Gegen Ende des Studiums lernte ich meine zukünftige Frau Fatima (mit ihrem vollen Namen Fatima Bné Muhammad ibn Achmad Abu Nureddin) kennen und lieben, die anfänglich für ein Doktorat über arabische Dichtung aus vormuslimischer Zeit angereist war, in Genf unterrichten wollte, jetzt in Freiburg/Fribourg Komparatistik unterrichtet und daneben Jahr für Jahr vierhändig mit mir einen Krimi veröffentlicht, der meistens ziemlich hohe Auflagen erreicht. *La Tuerie de Petersham* heißt der letzte, in den Editions Amalhée erschienene, der in le Havre, Petersham MA USA und Mali spielt. Unsere beiden Kinder sind noch klein (3 und 5 Jahre), so mussten wir uns kein Gewissen machen, sie ihrem schulischen Milieu und ihren Spielkameraden zu entfremden, als wir den Ruf erhielten, an der University of Dartmouth als Gastdozenten für zwei Semester den Deutsch- und Französischunterricht zu übernehmen und dabei auch abwechselnd Schreibateliers zu veranstalten.

Das erste Atelier durfte ich durchführen und beschloss, es neu zu gestalten. Meine Vorgänger hatten es jeweils als Lernveranstaltung konzipiert und gegen Mitte des vorangehenden Semesters die Aufgaben festgelegt: „Lesen Sie von Schriftsteller(in) A Werk A^1 pp. x – y, von Schriftsteller(in) B Werk B^1 usw., das Ganze im Umfang von mehreren Hundert Seiten, die kaum jemand durchblätterte (die Fleißigen verschafften sich einen Überblick dank Wikipedia). Ein Seminarvormittag verlief dann etwa so: Startschuss um 08:30: „Stellen Sie sich vor, Sie wären Mark Twain 120 Jahre später, studieren hier, treten morgens aus ihrem Campusgebäude hinaus, schlendern durch die Parkanlagen, beobachten aufmerksam Kommilitonen und Professoren, die kreuz und quer zu verschiedenen Bestimmungsorten eilen und machen sich ein paar Notizen zu Gedanken, die Ihnen gekommen sind." Mittagspause 11:45–13:30. Nachmittags bis 17 Uhr liest jeder seine Sätzchen vor, keiner zu klein, um ein Twainchen zu sein, man korrigiert sich gegenseitig Rechtschreibung, Wortstellung und Vokabular, in der letzten halben Stunde gibt der Dozent Bemerkungen zu Rhythmik, Stil und Lokalfarbe von sich und verteilt die Aufgaben für den nächsten Tag. Zensuren gibt's keine, nur Präsenzatteste, die man für die begehrten Credits braucht. Nichts gegen unsere Vorgänger, sie taten, was man von ihnen erwartete. Wir durften und wollten es anders machen, trafen erst kurz vor Semesterbeginn ein und konnten nur einen Titel durchgeben. Wer von uns beiden die Veranstaltung leiten würde, stand noch nicht einmal fest. Also haben wir folgenden Titel gewählt: ***Let the soul write and the hills will sing***. Dazu ein kurzes Statement und eine Anleitung:

„Be aware that all great deeds began with a dream. In the coming weeks, take half an hour at least once a day to dream in a relaxed way and say to yourself: ‚Right now I am doing something very beautiful and very useful. Life is a miracle'!"

Unserem freundlichen Sponsor ließen wir die Aufgabenstellung per Fax zukommen und er war so begeistert, dass er bei einer jungen Künstlerin ein Plakat im Straßenformat bestellte: eine Art Paradiesgarten in angedeuteten, tanzenden, pastell-farbenen Figuren, die wie Scherenschnitte von Mathis in Raum schweben und nach den Worten des Titels zu haschen schei-nen. Hundert solche Plakate wurden auf dem Campus verteilt und verursachten einen großen Wirbel. Rektor, Counceler und unsere zukünftigen Kollegen waren leicht verwirrt, die hoch-wohllöblichen Vertreter verschiedener Lokalkirchen, von den Lutheranern bis zu den Heiligen Jesu Christi der letzten Tage, klopften die Worte ab, um zu kontrollieren, ob sie allenfalls unchristliche Wertvorstellungen offenbaren möchten und be-schlossen am Ende, sie als fromm zu bewerten, *inasmuch* von der Seele die Rede war und eine friedliche Trauer um das verlo-rene Paradies als der Tau einer wohltuenden Reue interpretiert werden könne und somit als Vorbereitung auf den Empfang des Heiligen Geistes. *Consequently* bestand kein Grund zu Beunru-higung. Die Undergraduates schließlich, deren Hormone noch im Rhythmus der Spätadoleszenz brausten, liessen sich die Auf-forderung zum Träumen nicht zweimal sagen und hingen ihren üblichen Tagträumen nach. Einige malten sich bereits lustvoll praktische Übungen dazu aus.

Die Ausschreibung sollte nichts über die vorgeschlagenen Themen verraten, daher der poetisch-verrückte Titel: *Lass die Seele schreiben und die Hügel werden singen* (**Let the soul write and the hills will sing**), von welchem Dichter schon wieder? Wir wissen es nicht, es war eine gemeinsame Inspiration, nach Stunden eingehender Diskussion nach dem Prinzip der frei-schwebenden Aufmerksamkeit unter Ausschaltung jeder ge-zielten Intention. Autsch! Wenn das mal gut geht ... Es ist aber die Technik, mit der wir vierhändig schreiben, tief konzent-riert und ganz an das Schreiben hingegeben wie ein Pianist und eine Geigerin, die gerade eine späte Sonate von Buxtehude oder Hindemith interpretieren. Der Rest ist Geschenk und schweiß-treibender Fleiß: der Plot muss ein Clockwork Orange sein, die Sprache präzise, geschliffen und zugleich so durchscheinend, dass sich die Lesenden widerstandlos in eine andere Welt tragen lassen. Nun, ganz auf dieser Höhe der Kunst haben wir uns mit den Undergraduates in Dartmouth natürlich nicht bewegt, vor allem, weil sie sich zur Eröffnung in Scharen in einem der größten Vorlesungssäle drängten und ziemlich unruhig waren. Ich hab's dann so formuliert:

„Ladies and Gentlemen! Ich bitte um Ruhe. Sie sollen ein bisschen mehr haben von dieser Veranstaltung als *a few lousy credits*, also seien Sie bitte still, sonst hören Sie sich nicht einmal mehr denken. Wir werden streng arbeiten. Träumen ist kein Kinderspiel! Verteilen Sie sich bitte in den folgenden 12 Räumen (Liste an der Tafel), und zwar so, dass niemand dem anderen beim Schreiben zusehen kann. Schweigen Sie wie Mönche. Ich werden mit ein paar Assistenten von Raum zu Raum gehen und kontrollieren. Folgendes ist Ihre Aufgabe: Sie versuchen sich an ein Geschehen zu erinnern, bei dem sie ein so starkes Gefühl erlebt haben, sei es Freude, Lust, oder Scham, Trauer, Verzweiflung, dass es alle Ihre bisherigen Erfahrungen gesprengt hat, Sie keine Worte dafür fanden, Ihren Zustand auch niemand mitteilen wollten, weil er zu intim war, zu empfindlich gegen jede grobe Berührung von außen. Um wirklich zum damaligen Zustand zurückzufinden, denken Sie ganz konkret an Gerüche, Farben, Wärme- und Kälteempfindungen, Geräusche, versuchen Sie, soviel wie möglich davon zurückzurufen. Wenn Sie finden, sie hätten ein Optimum erreicht, dann nehmen Sie wieder Abstand und versuchen Sie, in ein paar Sätzen dieses Erlebnis für sich, und nur für sich zu beschreiben. Niemand wird je Ihre Notizen sehen, niemandem werden Sie davon berichten, das sind Sie, das ist Ihr Innerstes, ein Abbild Ihrer Seele, ein Heiligtum! Und als Symbol dafür werden wir um 11:30 im Parkrondell zusammentreten, wo ein kleines Feuer brennen wird, und jedes wird kurz vortreten und seine Notizen in das Feuer werfen, damit das Geheimnis auf immer besiegelt ist. Am Nachmittag, nach der Pause, notieren Sie von 13:30 bis 14:00 Uhr jedes eine Liste von Kommilitonen und Kommilitoninnen, mit denen Sie gerne eine Geschichte erfinden möchten. Sie können sich dabei mit anderen absprechen, es darf aber nicht laut werden in Ihrem Raum."

Als ich meine Pappenheimer um 14 Uhr wieder im großen Saal vor mir sah, war die Spannung auf der Haut fühlbar. Der Vormittag hatte sie aufgewühlt, die feierliche Verbrennungszeremonie hatte daraus ein Ritual gemacht, jetzt kam die Stunde der Gemeinschaft. Ich vermute, dass sich die Vorstellungen je nach Naturell zwischen dem Kabinengespräch einer Baseballmannschaft vor dem Auftritt und dem gemeinsamen Singen von Gospels bewegten. Daraus musste nun etwas Greifbares werden: „Sie haben es verstanden: jetzt kommt der Übergang zu Gemeinschaftsarbeit. Aber auch das will vorbereitet sein, zunächst wieder jedes für sich: Wer in eine Gemeinschaft eintritt, bringt eine Gabe mit, etwas Wertvolles, wenn's geht. Versuchen Sie, Ihr Erlebnis vom Vormittag in eine Kunstfigur hineinzulegen, die in einer ganz anderen Welt lebt, anders heißt, vielleicht sogar eine andere Sprache spricht, die niemand mit Ihnen identifizieren kann, und die jetzt ein Tagebuch schreibt. Sie verfassen eine Skizze, die folgendes enthält: · Den Plot: Was erlebt diese Person mit anderen? · Ein Personenverzeichnis: Mit wem zusammen erlebt sie das? · Ein minimalistisches Drehbuch: Rahmenhandlung zur Orientierung für die Lesenden/Dauer des Geschehens/ Darstellungsweise: Notizen? Aus der Erinnerung notierte Dialoge? Einführung eines späteren Verlegers?"

Das war schon wieder eine völlig neue Aufgabe, so etwas hatte noch nie jemand von diesen jungen Menschen verlangt, auch wenn vermutlich nicht wenige von ihnen tatsächlich ein Tagebuch führten. Und es war auch eine recht umfangreiche Aufgabe, die ich ihnen gleich in handliche Teile portioniert habe: Sie hatten 3½ Tage Zeit. Die kleinen Skripte konnten sie direkt in ihren Laptop schreiben und mit einem Schlüssel anonymisiert laufend auf den Campuscomputer laden. Sie beschlossen selber, wann sie ihr Skript zur Einsicht freigeben wollten, spätestens bis Freitag 18:00. Es gehört zur Aufgabe, dem Projekt einen möglichst ansprechenden Titel zu gehen. Bei Eingabe eines vereinbarten Codes konnte jede/r diese Liste auf seinen eigenen Bildschirm rufen, und wenn ihr/ihm ein Titel besonders gefiel, ihn anklicken und damit das entsprechende Skript lesen. Am

Montagvormittag der folgenden Woche galt es, an die Zentrale die Nummern jener Verfasser/innen (2–4) zu melden, mit denen man gerne gemeinsam schreiben möchte. Ein Algorithmus, nicht unähnlich jenem, mit denen man aus den Anforderungen des Programms, den verfügbaren Dozenten, deren Wünschen, den Vorlieben der Studenten und den vorhandenen Räumlichkeiten einen Stundenplan zusammenstellt, würde dann die Gruppen zusammenstellen, diesmal mit den realen Namen der Beteiligten. Das würde für Überraschungen sorgen und machte das Ganze für die Lernenden äußerst spannend. Und tatsächlich, sie gaben sich Mühe wie noch nie in einem Schreibatelier, das wurde mir später von vielen bestätigt. Auf Vorschlag der Teilnehmenden einigten wir uns übrigens darauf, dass alle Erzählungen am gleichen geographischen Ort stattfinden würden, der allen gleichermaßen unbekannt war, nämlich Kanton und Stadt Zürich. Wir haben auf dem Web zahlreiche Fotografien, ein Lexikon und eine Grammatik des Zürichdeutschen sowie ein geschickt aufgebautes Bändchen *Züritüütsch i drüü Tääg* verfügbar gemacht. Das war für die jungen Leute eine besonders exotische Sprache, aber doch leichter zu handhaben als Chinesisch.

Als es so weit war, dass die eigentliche Schreibarbeit beginnen konnte, habe ich ihnen noch ein Beispiel aus einer anderen Kunstgattung mitgegeben:

„Ihr alle kennt Grandma Moses, die Tochter armer Bauern, die fast ein Leben lang als Magd gearbeitet hat, keine Zeit hatte, um das zu tun, was sie am liebsten tat: den Alltag malen und die Menschen um sich herum. Doch als sie endlich mit 75 ihrer Leidenschaft folgen durfte, schuf sie ein Bild nach dem andern, von denen heute Dutzende in den größten Museen hängen und die alle unzähligen Menschen Trost und Freude gebracht haben. Geschrieben hat sie auch, eine Autobiographie, ähnlich eindrücklich wie sie malte. Nun, in jedem von euch steckt eine Grandma Moses. Macht euch gegenseitig Mut, streitet nicht, helft einander, geht mit den Beiträgen der anderen ebenso sorgsam wie mit euren um, und ich wandle jetzt einen Satz, ihr wisst gleich, wo ich ihn gestohlen habe: Wo zwei oder drei oder vier in ihrem Namen beisammen sind, dort wird Grandma Moses mitten unter ihnen sein. Zusammen mit den Damen und Herren Assistenten zirkuliere ich in allen Räumen und stehe euch jederzeit zur Verfügung."

Die Studierenden haben sich faszinieren lassen und sich danach schwungvoll an die Arbeit gemacht. Es wurde hingebungsvoll diskutiert, eifrig gearbeitet, oft gelacht, mit nachdenklichen Pausen dazwischen, und alle Teilnehmenden kamen sich so nahe, wie sie es noch nie in einem Seminar erlebt hatten. Einzelspieler fanden zu kleinen Kammerorchestern zusammen, das Schreibatelier wurde zu einer Orchesterprobe für Poesie. Als die Erzählungen abschließend von jeder Autorengruppe vor allen anderen vorgelesen und dann sogar in der Aula Magna vor rund 800 Zuhörenden Auszüge rezitiert wurden, hatte niemand das Gefühl, sich ausgeliefert zu haben und sich schämen zu müssen und allen war bewusst, dass da etwas sehr Wertvolles entstanden war.

Das haben alle bestätigt, und erst daraufhin habe ich das Manuskript, das Sie nun in Händen halten, für eine Publikation auf Englisch, Französisch und Deutsch freigegeben und dafür als Verleger die Verantwortung übernommen. Auch die von mir anfänglich beinahe als Traum geäußerte Vorstellung, dass die 7 Erzählungen, die Ihnen hier vorliegen, aus einer einzigen Hand zu stammen scheinen, ist m. E. weitgehend erfüllt. Fatima und ich betrachten den kleinen Band als echte, wenn auch bescheidene Literatur. Und daraus ziehe ich zum Abschluss eine didaktische Erkenntnis: Traue jungen Menschen ehrlich etwas zu, dann werden sie deine Erwartungen übertreffen.

Ich wünsche Ihnen eine angenehme Lektüre!

2

Die Besenkammer

Zwei afghanische Straßenwischer am Bürkliplatz in Zürich. Sie leben in einem Durchgangslager (ein Luftschutzbunker am Stadtrand von Zürich) und dürfen im Rahmen eines Beschäftigungsprogramms Reinigungsarbeiten verrichten, für die sie ein bescheidenes Sackgeld beziehen. Es reicht, um ihren Angehörigen 100 Franken im Monat zu überweisen, was dort beinahe ihre Familie nährt ...

MAHDOKHT (*der Ältere der beiden, graues Gesicht unter einer grauen Mähne, das Arbeitsgewand hängt schlaff herab, aber die Arme blicken muskulös und sehnig unter den kurzen Ärmeln hervor; hat gerade Besen, Rechen und Stielschaufel aus dem Verschlag geholt*). – Reich mir die Thermosflasche. Ohne Kaffee gibt's mich nicht.

BENAFSCHA (*leuchtend rote Baskenmütze. Spuckt aus.*): – „Die Blätter! Phaah!" dreht das Visier nach hinten.

MA – Was, die Blätter?

BE – Liegen immer noch herum. Rechts, der Haufen, den Sven zusammengewischt hat und den der Morgenwind verweht.

MA – Oktober, was willst du? Da gibt's halt immer Wind am Morgen.

BE – Ja, schon, aber warum hat sie der andere nicht in die Kompostwanne geschaufelt? Wie sieht das aus? Man könnte meinen, wir geben nie einen Besenstrich.

MA – Eben, ich sag› dir, uns nehmen sie noch dran, und dann ist es für eine Weile aus mit Ausgang.

BE – Ändert auch nicht viel.

MA – Ändert alles: 80 m² mit Drahtgeflecht darum herum. Hier kannst du kilometerweit schauen und gehen, und vor dir ist erst noch der See.

BE – Im Lager gibt's den Morgenspaziergang, da hast du auch Bewegung.

MA – Ja, Morgenspaziergang! Qua, qua, qua, fünf Schrittchen, wieder stehen bleiben, qua, qua, qua ... Da eine Kuh streicheln, die den Kopf über den Elektrozaun streckt und einem fast die Hand nach Salz abbeisst, dort einem Sennenhund schmeicheln: „Du bist aber ein ganz Lieber, ja, du wirst mich schon nicht beissen, nicht wahr? Streichel, streichel, streichel, ich sag's ja, ich kann's mit Hunden", und sich unterdessen den Steiss im Morgennebel abfrieren, um am Schluss in der Runde („War es so gut für euch?") schön brav „Ja, ja, ja" sagen? Nein, danke schön!

BE – Hast du was Besseres?

MA – Das ist es ja, es gibt nichts Besseres. Wenn du dich verweigerst, heißt es gleich: „Mahdokht, das ist gar nicht gut, du bist unkooperativ. Komm jetzt, sei nicht so. Nein, ich habe dich nicht am Arm gezogen, ich habe dich nur eingeladen, sofort mitzukommen, aber natürlich, du kannst dich weigern, du hast das Recht dazu, ich muss dann einfach die Lagerleitung informieren, und das hat natürlich Konsequenzen. Wie gesagt, es ist dein freier Entscheid, du bist frei, selbstverständlich, wir sind hier in der Schweiz, nicht bei den Ben Ladens, das wäre ja noch schöner."

BE – Und wenn der Herr Lagerleiter kommt, heute, morgen oder in zehn Tagen, dann erklärt er dir noch einmal, das habe natürlich Konsequenzen, aber es sei dein freier Entscheid. Einfach, weil sie ja auf die Disziplin achten müssen, bekommst du bis auf weiteres keine Post mehr und musst dein Handy abgeben. „Versetzen Sie sich doch auch einmal in unsere Situation. Ihr habt es gut, ihr habt Kost und Logis in einem der modernsten Schweizer Bunker, und erst noch alle paar Tage eine Gratisfahrt ins Stadtzentrum, ihr könnt den halben Tag telefonieren, und das bisschen Wischen, mit dem ihr euch ein gutes Sackgeld, ein sehr gutes Sackgeld muss ich sagen, dazuverdient, könnt ihr für Endlosgespräche mit euren Kumpanen im Ben Ladenland verpulvern, während wir hier ununterbrochen dran sind: Zählen, organisieren, bestellen, kontrollieren, ermahnen, Deutschstunden erteilen, die euch anscheinend nicht interessieren ... Ja, wir sind den ganzen Tag dran, unsere Arbeit ist wirklich erschöpfend, wenn ihr wüsstet ... Und die Verantwortung, die Verantwortung! Die drückt einem die Schultern ab, hättet ihr nie gedacht, was? Bis man auch nur einen von euch assimiliert hat, bekommt man graue Haare!

Ma – Hat er dir auch einmal die Lagerordnungspredigt gehalten?

Be – Reich mir lieber die Thermos.

Ma – Weil, wenn du die 5 Seiten Lagerordnung nicht mehr in deinem Schaft im Schlafraum liegen hast, hast du Anrecht auf eine halbstündige Predigt: Verlust der Papiere gleich 1 Woche ohne Handy. Rekurs möglich, aber der Rekurs geht 20 Tage und gilt als erschwerender Umstand bei der abschließenden Verhandlung über Asyl oder Flugzeug zurück.

Be – Hör› auf oder ich gieß› dir den Kaffee über die Schnauze: bei mir gibt's am Schluss sowieso nur noch Flugzeug oder untertauchen.

Ma – Untertauchen? Kannste gar nicht.

Be – Kannste sehr wohl: 90 000 bis 250 000 in der Schweiz, im Kanton Zürich rund 20 000, die Kirchen bieten eine Anlaufstelle, die SPAZ, die hilft wirklich. Wenn die Sans Papiers in Zürich streiken und die Predigerkirche besetzen, kriegt auch der Stadtrat rote Köpfe und sucht eine Verhandlungslösung, auch wenn du für die in Bern schon längstens im Flugzeug nach Karachi oder Kabul sitzen solltest.

Ma – Karachi oder Kabul oder Kandahar, mach endlich die Thermos raus ... Na also ... Wuallachi![1] Das Gebräu ist nur noch lau!

---

1 Bei Gott!

BE – Kommt davon, wenn man über den Morgenspaziergang lästert.

MA (*wirft Benfscha in einer Bewegung Besen, Rechen und Stielschaufel zu, beugt sich nochmals über den Werkzeugkasten, um sein Set zu holen, klemmt es unter den Arm, spuckt in die Hände, fasst den Besen, wirbelt ihn in die Luft wie ein Fahnenschwinger, fängt ihn geschickt auf und setzt in der gleichen Bewegung zum Kehren an*): – Alhamdulillahi[2], kehren wir den Müll zusammen, sonst kommen wir dran.

BE – Tu› doch nicht so, als ob sie uns ständig beobachten. Für die braven Schweizer sind afghanische Straßenwischer unsichtbar, so was schaut man doch nicht an.

MA – Und was passiert, wenn wir bis Mittag nicht alles Laub in unserem Revier zusammengefegt haben, wurst ob es windstill ist oder ständig neue Blätter von den Platanen herunterfallen? Ich sage dir, was passiert: Die schmeißen uns in die Besentruhe und setzen sich drauf!

BE – Soll ich dir was sagen? Du hast Verfolgungswahn. Vor den Peshmerga hast du keine Angst mehr gehabt. Vor den Amerikanern hast du dich nicht gefürchtet. Über die pakistanischen Gendarmen hast du gelacht, vor dem pakistanischen Militär die Schultern gezuckt; wenn sie hinter uns her geballert haben, bist zwischen den Geschossen gehüpft und hast ‚in shah‘ allahu[3] gebrummt. Kaum stehst du am Ufer der Zürisees, zitterst du wie die Blätter an den Platanen. Dich hat's erwischt, jabunnaja[4]!

---

2 Gott sei Lob, dient u. a. als Antwort auf die Frage „Wie geht's?“, gleichgültig, ob man antworten oder ausweichen will, als Ermunterung, um mit Allahs Segen etwas zu beginnen, usw. Ein Deutschschweizer würde an dieser Stelle wohl „Gopfertelli“ sagen.

3 So Gott will.

4 Söhnchen: Ein Pendant zu Gevatter, mit dem sich früher Deutsche und Schweizer ansprachen. Kann auch unter Gleichaltrigen gebraucht werden, um Vertrautheit auszudrücken.

MA – Mich hat's erwischt und du kriegst gleich auf den Arsch, wenn du nicht aufhörst zu quatschen und anfängst du arbeiten!

BE (*beginnt, lustlos zu wischen und unterbricht gleich wieder*) – Mann, mehr als in die Isolationszelle sperren können sie uns nicht. Eingesperrter als sonst ist das kaum.

MA (*Wischt zügig, mit kraftvollen Bewegungen*) – Aber kälter!

BE (*Äfft den Aufseher nach*): – Spiel doch nicht so den Hosenscheißer, das schadet der Gesundheit, sage ich dir. Du musst auch einmal lernen, Opfer für deine Überzeugungen zu bringen. Das ist gut für deine Assimilation, nicht wahr, das wirst du doch verstehen, oder? Denk› an die Verantwortung, die den armen Herrn Aufseher zu Boden drückt, und press dir eine Träne heraus, wenn du kannst.

MA – Grr! Red› nicht so mit einem Hund, der aus dem Zwinger will. Falsche Freunde überlebst du, mit Feinden kann man verhandeln, Maulaffen wie dich lernt man ertragen, aber gegen Hunde, die aus dem Zwinger wollen, bist du machtlos.

BE – Meinst du? Dann schau das mal an! (*Geht zum Besenkasten, öffnet ihn, kramt unter den Werkzeugen und zieht einen elektrischen Laubbläser mit Kabelrolle hervor, schließt den Kasten, geht mit der Rolle zur Kabelbuchse, zieht einen Schlüssel aus der Hosentasche, entriegelt die Klappe der Kabelbuchse, steckt den Stecker hinein, entrollt das Kabel bis zur Bürkliwiese, auf der die beiden gerade stehen, setzt den professionellen Bläser in Gang und wirbelt einen breiten Kometenstreifen von Blättern über der Wiese auf, der sich am Rand wieder kunstvoll zu einem dichten Laubhaufen besammelt.*)

MA (*Hat mit offenem Mund zugeschaut*): – Mann, als Gauner bis du effizient, du findest immer einen, der dir beim Schummeln hilft.

BE – Kein Mensch wird erfahren, dass wir das Gelumpe nicht von Hand zusammengekehrt haben; dem Werkzeugmeister hab' ich libanesischen Hanf vom Besten verschafft, damit er die Rheumaschmerzen seiner Frau lindern kann, ohne beim Kantonsarzt für jede Dosis eine Bewilligung einzuholen und die Rechnung der Kantonsapotheke zahlen zu müssen; der hilft uns sicher und ist mir ewig dankbar!

MA – Also gut, Alhamdulillahi, blas das gute Laub zusammen und dann grabschen wir es mit den Händen und tragen es in die Kompostgrube.

BE – Wozu willst du es mit den Händen zusammenklauben, wenn wir eine Bodenlaubschaufel haben, die uns das Bücken erspart?

MA – Damit wir mit gutem Gewissen sagen können, wir hätten manuell gearbeitet, und damit wir die Regenwürmer in der Grube nicht erschrecken.

BE – Die Regenwürmer nicht erschrecken? Hast du die auch schon mit deiner Verfolgungsangst angesteckt?

MA – Quatsch! Wenn du mit einer großen, dunklen Bodenlaubschaufel über die Grube fährst, legen sie sich flach, statt dich zu begrüßen.

BE – Bei dir ist eine Schraube locker. Regenwürmer kriechen, winden sich, bohren Löcher in den Boden. Davon, dass sie Männchen machen, wenn du deinen Dreck reinschmeißt, habe ich noch nie gehört.

MA – Tun sie aber, du Ignorant, und weißt du warum? Weil Laub ein hochwertiger Kompost ist, und wenn der Deckel zuklappt und wieder luftdicht ist, dann packen die anaeroben Bakterien zu und machen daraus Alkohol, Blätterschnaps, damit du das mit deinem Holzkopf fassen kannst. Die Würmer saufen sich voll, und vollgesoffene Würmer strecken den Oberleib bolzengerade aus dem Humus.

BE – Ana ... was Bakterien?

MA – Anaerob, ohne Luft! Die Würmer könne ohne Luft fressen, saufen, rülpsen und Männchen machen. Hat mir der Werkzeugmeister erklärt, das ist ein ganz heller Kopf, der liest in jeder freien Minute und bildet sich weiter, nicht wie gewisse Schafziegel aus Afghanistan, die weder mit den Händen noch mit dem Kopf arbeiten wollen.

BE – Also, das mit den saufenden Würmern, das leuchtet mir eigentlich noch ein. Ich war einmal auf der Oktoberwiese, „Papierln einsammeln", als afghanischer Kuli, bevor sie mich in die Schweiz abgeschoben haben, weil hier vor fünf Jahren ein Ururonkel von mir gelebt hat, der unterdessen nach New York abgehauen ist. Und natürlich habe ich das *oozopft is!* gehört und auch ein *Moass* geschluckt...

MA – Du Säufer!

BE – Quatsch, das Zeug ist so dünn, das geht dir gleich wieder als Pisse vorne raus, da würde nicht einmal der Prophet von harrar[5] sprechen.

MA – Ich halte es lieber mit dem Gewissen als mit dem Bier. Versprochen ist versprochen, Handarbeit ist Handarbeit und wenn wir sie besonders schnell erledigen, gibt es vielleicht noch einen Zuschlag und vielleicht kann ich mir heimlich eine Imbissbude kaufen und meine Familie herholen.

BE – Ich mag es vielleicht bequem, aber du bist ein hoffnungsloser Träumer!

MA – Ich habe Visionen und du fragst: „Warum?" Ich aber träume und frage: „Warum nicht"?

BE – Spruch des Imams?

MA – Wikipedia, George Bernard Shaw. Könnte von mir sein.

BE – Wiki was? George wer? Könntest du nicht verständlich reden?

MA – Du solltest mehr lesen als quasseln. Der Imam könnte dir ein Programm zusammenstellen.

BE – Ein Programm wozu?

MA – Um dich weiterzubilden, du Holzkopf. Weiterbilden ist für einen guten Muslim Pflicht. Wenn alles rennt und du bleibst stehn, fällst du auf den Arsch.

---

5 Sagt man von Handlungen und Dingen, die Profanen streng verboten sind, z. B. der Konsum von Alkohol und Schweinefleisch. Der Gegenbegriff ist hallal.

BE – Komm, lass uns lieber das Laub in die Grube schmeißen. Dann versorge ich den Laubbläser, du das Werkzeug, und ich hole uns zwei Bier. Du solltest deine Vorstellungen über harrar auch einmal revidieren. Weiterbilden ist eine Pflicht.

3

Heim oder nie

Bühne

Gediegener Schuhladen in der Zürcher Altstadt, geführt von der 4. Generation einer alteingesessenen Zürcher Familie. Ausverkauf, an die 20 Kundinnen im engen Laden, darunter einige ältere Paare. Viele stehen, andere sitzen auf Stühlen, die sich zwischen, vor und gegenüber den Regalen für Selbstwahl befinden (sie enthalten jeweils nur den linken Schuh). Drückende Hitze, trotz der Ventilatoren. Die Inhaberin, zwischen 50 und 60, gedrungen aber sehr beweglich, hat die Augen überall, ermahnt kurz dort eine Verkäuferin, bestärkt da eine andere, gibt Auskunft, überwacht die Kasse, bedient ebenfalls.

SABINE K (*Steht schräg vor ihrem Mann Anton, die 1. Verkäuferin sitzt ihm gegenüber und versucht, ihm einen Wanderschuh anzuziehen*) – Das ist der fünfte, und in den kommst du ja gar nicht hinein!

ANTON K – ‹s'n Rechter, passt schon.

ERSTE VERKÄUFERIN – Und wenn er Ihnen nachher weh tut?

DARIO F (*In der anderen Ecke; schwarze Brillantinenmähne schwungvoll nach hinten gekämmt, Cordhose, zwei Smartphones, Knopf im Ohr*) – Gesünd, gesünd, meine Orthopéde ist ein Idiot, das ist dosch da alles so ässliisch, isch can misch nich mit diese monstres sseigen.

ZWEITE VERKÄUFERIN – Finden Sie dieses Paar nicht elegant? In Mailand war es sogar auf dem Laufsteg.

DARIO F – Auf die Lof ... Isch verstee Sie nisch.

ZWEITE VERKÄUFERIN – La posseräle.

INHABERIN (*nähert sich – zur zweiten Verkäuferin*) – Ich übernehme.

NADINE S *(Geht zur Kassentheke, ein Fuß in einem gediegenen Schuh mit mittelhohem Absatz, der andere unbeschuht. Schüttelt die Tischglocke)* – Ich warte jetzt seit 10 Minuten auf den zweiten Schuh!

INHABERIN *(Schaut zu ihr hinüber)* – Ich rufe das Untergeschoss, ich habe die Kollegin vorhin gesehen hinuntergehen, um Ihren Schuh zu holen. *(Zu Sabine und Ernst K)*: Entschuldigen Sie einen Moment!

DRITTE VERKÄUFERIN *(Ihr schmerzverzerrtes Gesicht erscheint auf der Wendeltreppe, die vom Unterschoss heraufkommt. Humpelt)* – Entschuldigung, Fuß vertreten. *(Leise zu Chefin)*: Das Aloch hat das Modell MK 7-8955s falsch eingeräumt, es steht auf der Galerie, ich kann nicht mehr hinauf.

NADINE S *(Ist nähergekommen und hat mitgehört)* – Und ich habe keine Zeit mehr zu warten, mein Zug fährt in 20 Minuten. Adieu! *(Knallt einen linken Schuh auf den Boden, reißt die Tür auf, ihre eigenen Schuhe in der Hand, stolpert fast über die 3 Stufen, richtet sich auf, knallt die Tür zu, deren Verglasung bedrohlich klirrt.)*

ANTON K – *(Ist unterdessen mühsam zum gegenüberliegenden Ende des Ladens gehumpelt)*: Tammisiech! Das Gelump ist mir verleidet! Habt Ihr eigentlich keine anständigen Nagelschuhe in dieser Bude?

SABINE K – *(Hat ihn begleitet. Laut)*: Jetzt reiß› dich zusammen, du bist da nicht zu Hause.

ANTON K *(Noch lauter)* – Du auch nicht, du hast hier nichts zu kommandieren.

JOSHUA O'HARA *(Aus dem Hintergrund)* – That's it! Be brutal, be tough! *(Lacht schallend und wirft einen Stuhl um)*.

INHABERIN *(Wirbelt um ihre Absätze, packt eine Schachtel von der Theke und schwenkt sie)* – I've got your Fae Moon Wolf Native American Style mocassins, Sir, US 14, look here! *(Zur 3. Verkäuferin, die blass an der Theke lehnt)*: Nimm dich zusammen!

DRITTE VERKÄUFERIN – Ich glaube, ich habe einen Bänderriss!

INHABERIN – Dann telefoniere dem Notfall, aber geh weg von hier, das macht sich verdammt schlecht vor den Kunden.

DRITTE VERKÄUFERIN – *(Schnaubt. Die Ladentür fliegt auf, ein Kurier kommt herein, mit einem Turm von Schuhschachteln auf dem Arm, hinter ihm eine knallig geschminkte, überfettete Dame mit einer weiteren Schachtel in den Händen).*

DIE DAME *(laut)* – Passen Sie doch auf, Sie haben mich fast überrannt!

KURIER – Was? *(Die obersten Pakete fallen herunter auf die Theke, eines springt auf, Schuhe rollen heraus.)*

DRITTE VERKÄUFERIN – *(Kauert bereits mit ihrem Handy hinter der Theke und wartet auf die Verbindung.)*

DIE DAME *(Schreit sie schrill an)* – He, Sie, könnten Sie mir eigentlich zuhören, statt hier herumzuhängen?

KURIER *(Streckt der Verkäuferin ein Papier entgegen)* – Unterschreiben, bitte.

DRITTE VERKÄUFERIN *(Ziemlich hörbar)* – Leck mich!

JOSHUA O'H – Yeah! *(Wirft seinen Cowboyhut in die Luft, ein paar Schuhe fallen aus dem obersten Wandregal neben ihm).*

ANTON K *(Rot angelaufen. Noch lauter)* – Tammisiech! Ich hab› jetzt genug von dir, bleib du im Laden, wenn du willst, ich geh zum Walti, mich siehst du heute nicht mehr!

Die Erregung breitet sich aus, von überall hört man laute Stimmen:

– He, das Pornokino ist gleich nebenan, vielleicht kommt ihr auf bessere Ideen!

– Fräulein, das ist mir zu laut, man hört sich ja nicht einmal mehr denken, ich komme ein andermal.

– Ich verstehe nicht, wie man uns einen solchen Laden hat empfehlen können!

INHABERIN *(Geht mit entschiedenen Schritten in die Mitte, greift sich einen Stuhl, steigt darauf und hält die Hände vor den Mund)* – Meine Damen und Herren, das Wetter setzt uns allen zu, es ist viel zu heiß, um etwas Vernünftiges zu tun. Das Haus offeriert Ihnen eine Kiste kühles Mineralwasser, das für unsere Verkäuferinnen vorgesehen war. *(Bravorufe.)*

Graziella, du holst Nachschub in der Blauen Eiche gegenüber. Wer hilft mir, Flaschen und Gläser zu holen? Ein paar unserer jungen Kunden vielleicht?
Die Stimmung ist gekippt, die Kunden beginnen, sich zu unterhalten.

ANTON K *(Leise, zur 1. Verkäuferin)* – Hören Sie, ich nehme dann doch das erste Paar, wie meine Frau gemeint hat, oder, Sabine? Können Sie mir die noch verkaufen?

DRITTE VERKÄUFERIN – Wenn Sie's bis zur Kasse schaffen, doch, ja.

GRAZIELLA (zweite Verkäuferin) – Ich gehe über die Gasse, mein Kunde ist abgehauen.

Die eine und der andere kauft noch etwas, zwei Freiwillige helfen ausschenken, um die Verkäuferinnen zu entlasten. Durch die Altstadtgasse hört man ein Cis-Gis Horn näherkommen und vor dem Laden verstummen: die Ambulanz. Die Tür springt wieder auf, zwei Sanitäterinnen kommen in den Laden.

ERSTE SANITÄTERIN *(sieht auf den ersten Blick die verletzte Verkäuferin)* – Haben Sie uns gerufen? Herrschaften, machen Sie bitte Platz!

JÖRG W – Läck! Die schicken uns die Hübschesten!

ZWEITE SANITÄTERIN – Ihnen hat niemand etwas geschickt, gehen Sie zur Seite, sehen Sie nicht, dass die Frau starke Schmerzen hat? *(Schubst ihn mit einer Hand zur Seite. Man hat den Eindruck, die schlanke, aber athletische junge Frau könnte ihn am Nacken packen und wegstellen, wenn es sein müsste.)*

YÖRG W *(erschrickt)* – Schon gut, schon gut. Heute herrscht anscheinend Women Power.

ERSTE SANITÄTERIN *(Stellt ihren Sanitätskoffer neben der Verkäuferin ab)* – Wir müssen das Hosenbein aufschneiden, das Knie ist schon stark geschwollen.

VERKÄUFERIN *(weint und flüstert)* – Morgen wäre mein erstes Date mit …

INHABERIN *(ist diskret in ihre Nähe gekommen, ohne die Sanitäterinnen zu behindern, und hält ihr die Hand)* – Der soll dich im Spital besuchen, falls du morgen noch dort bist, das ist ein guter Test, ob er etwas wert ist.

ZWEITE SANITÄTERIN – Ein Bänderriss ist das nicht, aber für den Meniskus würde ich die Hand nicht ins Feuer legen. Wir geben Ihnen jetzt eine Schmerzspritze, schienen das Bein in leicht gebeugter Stellung und holen dann die Bahre. Wird schon gut werden, an der Uniklinik arbeiten die besten Ärzte.

***

YVO (*Ehemann der Inhaberin, kommt nach Ladenschluss von unten herauf. Leise zu seiner Frau*) – Sch … eißtag! Ich habe dich bewundert, Anna, unten habe ich alles gehört. Ich bin echt stolz auf dich. Ohne dich hätten wir die Polizei rufen müssen und das wäre ein echter Reputationsschaden geworden. So haben wir nur ein wenig Umsatz verloren.

ANNA – Nicht einmal! Sobald der erste Durst gestillt war, haben die Kunden wieder begonnen, munter zu kaufen. Ohne Wasser hätten mehrere einen Hitzeschlag bekommen, das war mir gleich klar, für etwas hat man schließlich in der Feuerwehr Uster gedient!

YVO – Dort habe ich mich auch in dich verliebt, du warst hinreissend in deiner schneidigen Uniform!

ANNA – Komm, wir müssen noch die Abrechnung machen.

YVO – Mit der Elektronik geht das doch heute alles viel schneller.

ANNA – Irgendeine Rechnung ist immer falsch ausgestellt.

YVO – Könnten wir das nicht irgendwann morgen machen, da unten war die Hitze so grauenhaft, dass Fehler entstanden sind. Ich muss das alles überprüfen und morgen soll es kühler werden.

LUCA (*der Stift: ist unterdessen auch aus dem Untergeschoss hochgekommen. Zu Yvo*) – Ich könnte mithelfen. Sie wissen ja, im Eintippen bin ich gleitig, ich könnte die Korrekturen eingeben für falsch ausgestellte Belege und falsch abgelegte Schuhe im Magazin suchen.

Yvo – Im Treppenrennen bis du ja Champion. Doch, ich wäre froh, wenn du kommst. Geht für dich 10 Uhr?

Luca *(nickt und verschwindet)* – Bay!

Anna – Wenn ihr morgen noch einmal ran wollt, von mir aus, ich brauche einen vollen Ruhetag.

Yvo – OK, solange du nicht verlangst, dass wir auch noch Inventar machen … Aber ich könnte auch die Abrechnung irgendwann morgen machen, während du dich ausruhst. *(Lässt die Rollläden herunter, öffnet ein paar Fenster dahinter, ein leichter Durchzug entsteht, der Kühlung verheißt. Die beiden sitzen eine Weile auf dem Fußboden hinter der Theke. Draußen scheint es auf ein Gewitter hinzugehen. Die Gerüche werden intensiver, es riecht nach Russischleder und gebeiztem Holz, ein zugleich betäubender und besänftigender Duft).*

Anna – Manchmal frage ich mich, wozu wir das alles machen. Kinder haben wir keine …

Yvo – Anna! bitte, nicht noch einmal das Thema. Es tut nur beiden weh, und helfen tut es uns schon gar nicht. Geh jetzt nach Hause und ruhe dich aus, ich mache hier noch eine Weile weiter, es ist schon kühler geworden, sicher auch unten, die kühle Luft sinkt herab.

Anna *(folgt ihrem Gedankenfaden)* – Wir haben qualitätsbewusste, traditionsbewusste Kunden, wir sind gewissermaßen eine Institution, bestens geeignet für Ferienprospekte. Aber können wir so weitermachen? Mit einem Laden, in dem unsere Verkäuferinnen für jeden Kunden drei bis vier Mal hinab und herauf rennen müssen. Und keine automatische Lagerverwaltung, mit der sich viele Fehler vermeiden ließen. Können wir so weitermachen? Wir sollten rasch und gründlich renovieren, ohne das Aussehen zu beeinträchtigen, sonst haben wir den Heimatschutz auf dem Buckel. Dafür reichen uns weder die Zeit noch das Geld. Am Schluss sind wir nur noch ein Stück Altstadtdekor, ein altes Paar in einer alten Traditionsschachtel. Aber leben, leben! … Wen interessiert das schon, ob wir wirklich noch leben? Können wir überhaupt noch „wir zwei" sagen, oder müssen wir uns im Inventar suchen? Ich möchte einmal heim, in ein richtiges Daheim, nicht nur in eine Regenerierungswerkstatt für den nächsten Tag.

YVO *(hat ihr die Hand auf die Schulter gelegt)*: – Anna! Was hast du? Das Herz?

ANNA *(schweigt eine Weile. Hat Tränen in den Augen)*: – Vielleicht ... Ich kann nicht mehr, wenn ich noch länger bleibe, kippe ich um ... Mir ist ganz elend ... Jetzt heim oder nie ...

YVO – Du machst mir Angst! Nie wieder nach Hause? Anna, ich rufe jetzt unseren Hausarzt, da gibt es keine Diskussion mehr!

ANNA – Ja, vielleicht ...

YVO – Dr. Suhner hat für uns auch an einem Samstagnachmittag Zeit, wenn es eilt, und diesmal eilt es. *(Legt ihr die Hand auf die Schulter)*: Anna, ich habe dich lieb, ich lasse dich jetzt nicht allein.

ANNA *(leise)* – Quatsch, ich bin zäh. Ich werde einmal in den Sielen sterben, aber nicht heute und nicht morgen. *(Hustet)*.

YVO – Aber ich will überhaupt nicht, dass du ständig an den Karren angeschirrt bist und das Gefühl hast, das sei dann einmal das Ende für dich. Montag rufe ich gleich am Vormittag den Geri an, er hat uns ja schon grundsätzlich zugesagt, der kann sicher schon früher anfangen. Und er ist so gut, dass wir von jetzt an einen echten Stellvertreter haben, der uns vollwertig vertritt, wenn eines von uns beiden einmal eine Auszeit braucht. Und he! Hast du vergessen, dass wir in zwei Wochen Ferien haben? In zwei Wochen musst du absolut fit sein, um die Ferien zu genießen! Lang ausschlafen, am Vormittag als Touristen durch die Stadt bummeln und shoppen, in einem Kaffee am See oder an der Limmat dinieren, nachmittags mit dem Ruderboot oder mit einem Traditionsdampfer auf dem See, Abendessen bei Candle Light, und nachts ausgiebig Zeit um zu ...

ANNA – Ja, jetzt Ferien ... *(Ihre Stimme geht in ein kaum hörbares Flüstern über)*. Jetzt oder nie ...

Yvo – Anna, um Himmels willen! Wo ist die verdammte Nummer von Dr. Suhner gespeichert? Anna, bleib jetzt wach, du segelst mir doch nicht ab?

Anna hat einen bläulichen Schimmer auf den Lippen, sie atmet kaum noch hörbar. Draußen fallen die ersten Tropfen, es riecht nach verbranntem Feuerstein, nasser Erde und Kompost, ein Blitz durchzuckt den Himmel, gefolgt von einem nicht mehr abbrechenden Feuerwerk von weiteren Blitzen auf dem Hintergrund einer dumpf grollenden, endlosen Salve von Donnerschlägen. Die ersten Tropfen überraschen die Menschenmenge, die sich dicht gedrängt durch die Altstadtgasse schiebt. Bald prasselt ein ergrimmter Regenschauer auf die Pflastersteine und die wenigen Regenschirme, die sich öffnen wie erschreckte Tauben. Ein Dunstschleier breitet sich über Gasse und Häuser aus, die Menschen fliehen erschreckt in alle Richtungen, zum nahen Hauptbahnhof, zur nächsten Tramhaltestelle, unter die Portale der Altstadthäuser. Ein paar Junge lachen und lassen sich tanzend durchnässen wie weiland die Fair Lady. Der Trommelregen durchfurcht die Limmat, die sich in pastellfarbene Längsstreifen auflöst, als würde sie demnächst wie ein Schwarm bunter Drachen zum Wolkenhimmel aufschweben. Die Regenschwaden klopfen auf den See und verwandeln ihn in perlmuttfarbenen Taubenflaum. Zürich erschaudert und ahnt die ersten Nebelschwaden an den Flanken des Albis und der Lägern. Ende und Anfang, alles scheint möglich.

4

Die Gartenbank

22. März (grüner Donnerstag) 2040

Heute war ein wunderbarer Vormittag, ich bin mit Mae ihr Brautkleid einkaufen gegangen. Eigentlich finde ich es ja ein wenig früh, die Hochzeit ist erst Ende Mai. Wie, wenn sie bis dann ihren Geschmack ändert, oder Mark das Kleid nicht nach seinem Gusto findet? Wie auch immer, ich wollte dabei sein. Zum Glück konnte ich Mae davon überzeugen, nicht in einen Laden an der Seefeldstraße zu gehen, wie alle ihre Freundinnen, ja, wie überhaupt die ganze Zürcher Schickeria. Ich habe mich natürlich im Voraus umgeschaut und am Kreuzplatz, gleich neben dem Swisscom Shop, ein Geschäft entdeckt, das mich beeindruckt hat. Nicht unbedingt der Name: *Happy Wedding*, aber das Angebot und, ich muss es zugeben, die Inhaberin. Eine Jemenitin, Salima Abul-Hasan as-Said, die so viel Mut, Intelligenz und Geschäftssinn bewiesen hat, dass sie sich der Tutel ihrer wohlhabenden Familie entziehen und hier in Zürich einen höchst erfolgreichen Laden gründen konnte. Deutsch hat sie heimlich schon in Jemen gelernt und spricht es fließend, Schweizerdeutsch versteht sie einwandfrei und beginnt es auch schon zwischendurch zu sprechen. Was mich aber am meisten beeindruckt hat, ist ihre Schönheit, ich gebe es zu. Die kommt für mich gerade zur rechten Zeit! Seit Karin mir eines Tages ex abrupto erklärt hat, sie kenne interessantere Männer als solche, die nur Informatik und die NZZ im Kopf hätten, und einer von denen wolle sie jetzt heiraten und das wolle sie auch, sie werde die Scheidung einreichen, seit jenem Tag also gönne ich mir auch etwas Abwechslung, zusätzlich zur NZZ, mit jüngeren Schönheiten, und meine Tochter Mae hat als moderne junge Frau nichts dagegen. Nur gegen meine letzte, Molly („Wie kann man nur so heißen?") hat sie immer gestänkert: sie sei viel zu besitzergreifend – und damit hat sie recht behalten. Molly wollte heiraten und Kinder, aber subito. Natürlich könnte auch die Tochter eines jemenitischen Klans besitzergreifend sein, anderseits ist ja Salima aus eben diesem Klan ausgebrochen und hat alle Bande gekappt. Aber um mit ihr Kontakt aufzunehmen, brauche ich die Hilfe einer weiblichen Intuition, sprich Mae, und die hat auch schon zugesagt, falls Salima sie überzeugt.

Ostersonntag, 1. April

Ein Sonntag, wie ich ihn liebe: frei sein und es gemütlich nehmen. Am Vormittag eine Stunde Fitness im Studio: als 45-Jähriger muss man schon ordentlich etwas tun, um für jüngere Frauen „interessant" zu bleiben. Dann das Mittagessen am Kaminfeuer: Rösti, Cervelats und ein Malzbier von Feldschlösschen Rheinfelden … Mae und ihr Zukünftiger sind heute im Toggenburg, seiner Heimatlandschaft, und ich habe Zeit für mein Tagebuch. Ich weiß nicht einmal, ob der Nachmittag und Abend reichen werden, so viel ist gestern passiert.

Schon der Vormittag war reich befrachtet. Mae war von dem Geschäft an der Forchstraße sofort begeistert und noch mehr von der Inhaberin. Die hat ihr mit sicherem Instinkt aus ihrem umfangreichen Lager *das* Brautkleid hervorgeholt, das Mae fast umgeworfen hat – vor Begeisterung.

„So eines, meinte die Inhaberin, hat noch keine Ihrer Freundinnen je getragen und wird es auch nie tragen, wenn sie nicht bei mir Kundin wird. Sie dürfen ruhig für mich werben, Mae, es wird auch für Sie etwas abfallen, das kann ich Ihnen versichern. Überhaupt könnte ich Ihre Unterstützung als Geschäftsanwältin gut gebrauchen."

Dass Mae mit 28 bereits Partnerin in einer der renommiertesten Zürcher Geschäftskanzleien ist, hatte sie Salima Abul-Hasan as-Said (so ihr voller Name) schon vorher mitgeteilt, und Salima war davon tief beeindruckt:

„Ich schätze, wir sind uns ähnlich in Bezug auf Tatkraft und Energie, und Sie sind genau die Anwältin, die ich suche. Jemandem, der es mit 28 bereits in eine solche Position geschafft hat, traue ich noch viel mehr zu. Wissen Sie, es ist auch eine Gefahr dabei: dass Sie zusammen mit anderen brillanten Partnern schwierige Fälle brillant gewinnen und sich mit der Zeit in einer brillanten Routine so bequem einrichten, dass Ihnen gar nichts anderes mehr einfällt. Mein Prinzip war immer: Alle vier Jahre seine Karriere bilanzieren und wenn nötig einen radikalen Wechsel vollziehen. Damit bin ich sehr gut gefahren. Wenn Sie Ihrer Intuition trauen und Ihrem Instinkt folgen, können Sie es noch viel weiter bringen.

– Es weit bringen tönt gut, aber können Sie mir etwas genauer skizzieren, wohin der Weg führen soll?

– Dieses Geschäft an der Forchstraße ist erst der Anfang, ich habe schon für zwei weitere Lokale Mietverträge in der Tasche, darunter eines an der Bahnhofstraße, das lasse ich mich etwas kosten. Wenn man siegen will, müsse man klotzen, nicht kleckern, hat ein deutscher Stratege einmal geschrieben. Die Kleider lasse ich im Jemen in Handarbeit fertigen, vom Spinnen mit Spinnrocken, vom Weben mit mechanischem Webstuhl nach traditionellen Mustern über das Färben mit traditionellen jemenitischen Farbstoffen zum Zuschneiden und Handnähen bis zum Verpacken, alles wird von Hutifrauen auf dem Land gemacht, sonst wäre es unbezahlbar. Anderseits zahle ich den Frauen ein für die lokalen Verhältnisse mehr als anständiges Gehalt. Sie müssen wissen, dass in meiner Familie immer *mit dem großen Schöpflöffel gerührt wird* … Sagt man so auf Deutsch?

– Fast: mit der großen Kelle angerührt.

– Also mit der großen Kelle angerührt wird. Wenn mein Vater in Jemen eine neue Handelskette gründet, und das tut er alle vier bis fünf Jahre, dann will er mindestens auch noch in New York und in Paris Filialen haben. Ich werde es ähnlich halten, das ist das einzige, was ich von ihm übernehme. Sie werden Ihrer Kanzlei interessante Aufträge zuschanzen können.

– Gehen wir doch schrittweise vor: Sie können mich als Anwältin für die Eröffnung ihrer zwei neuen Filialen buchen, ich regle Ihnen den Papierkram und setze meine Kontakte zu den Behörden ein, damit es schneller geht. Dann sehen wir bald einmal, ob wir gegenseitig mit unserer Arbeit zufrieden sind."

Ich habe die ganze Zeit diskret beiseite gestanden und genau zugehört, von mir als Vater wurde ja schließlich nichts anderes erwartet, als dass ich zahle. Im Stillen habe ich aber gedacht: „Wie wäre es, Salima, wenn wir beide versuchen würden, auch ins Geschäft zu kommen und dabei Schritt für Schritt beurteilen würden, ob wir miteinander zufrieden sind?"

Auf der Straße hat Mae dann versprochen, sie werden mir helfen: „Die musst du warm behalten! Ich werde dir gerne dabei helfen, eine erste Begegnung anzubahnen, zum Beispiel im Starbucks, das ist ja nur ein paar Schritte von ihrem Geschäft entfernt: einfach und diskret, eine kurze Kaffeepause. Den Rest musst du selbst besorgen.

– Einverstanden, aber dann musst du als Anstandswauwau dabei sein, sonst, schätze ich, lässt sich unsere Salima nicht einmal zu einem grünen Tee einladen."

***

Soweit der Vormittag. Der Nachmittag war dann etwas ganz anderes, mit einer Note von tragischer Bedrückung und sogar einem Anflug von Gewalttätigkeit, aber doch nicht so, dass er für mich nicht sehr interessant gewesen wäre. Ich mag brenzlige Situationen, sie haben etwas Prickelndes und sehr Lehrreiches, man entdeckt sich selbst darin auch immer wieder neu. Und dazu manchmal einen der Zeitgenossen, für die ich nun einmal ein Faible habe. Durch irgendeinen blödsinnigen Zufall aus der Bahn geworfen, in der Gosse gelandet, von unserer ach so ordentlichen Gesellschaft gemieden wie die Pest, als stinkender Lumpen behandelt.

Und dabei steckt in ihnen ein Potential, das nur auf eine winzige Weichenstellung in die gute Richtung wartet, um sich urplötzlich zu entfalten, eine Königin der Nacht, die sich den befruchtenden Insekten während einer Stunde darbietet und dann ein Jahr bis zum nächsten Mal warten muss – oder vielleicht nie mehr befruchtet wird. Dieser selige Augenblick, dieser *Kairos*, in dem wir die verborgene Lichtseite eines Menschen sekundenschnell erahnen, das ist es, was mich immer wieder fasziniert, und wenn ich hier ein klein wenig mithelfen kann, ein wenig Pollen mit dem achtsamen Pinsel auf die Blütennarbe streuen darf, habe ich das starke Gefühl, zumindest dieses eine Mal nützlich gewesen zu sein. Sekundenschnell ging es allerdings bei dem Zeitgenossen, dem ich am Nachmittag des 25. März begegnet bin, beileibe nicht, aber am Ende, nach vielen Rückschlägen, Zweifeln, Geduldsproben ging es eben doch und ich habe dabei einen meiner besten Freunde gewonnen. So, und jetzt der Reihe nach! Abschweifen tut gut, aber mit Maß.

Nach dem Einkauf des Brautkleids habe ich mich von Mae verabschiedet und bin mit der guten alten (jetzt allerdings nietnagelneuen) Forchbahn bis Zollikerberg gefahren, für eine Besprechung mit dem Besitzer einer renommierten Bäckerei. Früher genügte es, ein paar vor Ort nach Familienrezepten erstellte Spezialitäten anzubieten, um zu einem beliebten Ausflugsziel der besseren und besten Zürcher Bürgergesellschaft zu werden und einen ordentlichen Gewinn einzufahren. Heute, wo sich die Gestehungskosten auf allen Gebieten verteuert haben, muss man mindestens eine Kette von Einzelläden bilden, um das Rennen durchhalten zu können. Wenn man aber zugleich die alte Qualität garantieren will, und damit auch, dass in allen Gliedern der Kette aus dem gemeinsam gekauften Rohmaterial mit der gleichen Sorgfalt nach den gleichen Rezepten zur gleichen Zeit die gleichen Spezialitäten erzeugt und höchstens zwei oder drei, die länger haltbar sind, zentral bereitet und mit einer perfekten Logistik verteilt werden, braucht es einen enormen Organisationsgrad, in welchem die Elektronik eine zentrale Stellung einnimmt. Hier beginnt dann meine Rolle.

Erwarten Sie von mir keine Namen, weder von Firmen noch von Personen, die nicht zu meinem engeren Freundes- und Bekanntenkreis gehören, und auch dann mit viel Diskretion. Schleichwerbung kommt bei mir nicht in Frage, die verdirbt auf die Länge das Geschäft. Also, ich bin mit dem Eigentümer besagter Bäckereikette im Gespräch, und wie es der Zufall so will, kommt das Gespräch auch auf das *Happy Wedding* und seine Besitzerin. Und da meint nun mein Bäcker, die würde er auch noch heiraten, wenn er frei wäre. Und mit einem raschen Blick zu mir hinüber:

„Sie haben ja auch Augen im Kopf, und einen Riecher für besondere Begabungen und sind jetzt, wenn ich richtig informiert bin, wieder ledig, oder?

– So, so, ja da gehen offenbar die Informationen rasch herum. Aber ich denke, wir sollten bei unserem Geschäft bleiben, ich offeriere Ihnen wie üblich eine pfannenfertige Lösung, die Sie nach Belieben testen und an der Sie Änderungswünsche anbringen können, bis sie perfekt sitzt. Einverstanden? Soll ich Ihnen nächste Woche einen Vorvertrag schicken?"

Ich lasse mir doch von den Leuten nicht in die Karten blicken, das geht die einen feuchten Dreck an, wen ich attraktiv und hochbegabt finde oder nicht; falls es so weit kommt, werden sie immer noch früh genug informiert. Aber ich fühle mich natürlich in meiner Meinung über Salima verstärkt und kann es kaum erwarten, mit ihr grünen Tee zu trinken ...

Zunächst aber habe ich eine ganz andere Begegnung. Auf der Rückfahrt mit der Forchbahn zum Stadelhoferplatz (ich will dort den 15er nehmen und beim Zentral dann den 46er nach Höngg, wo ich wohne) sehe ich einen zerlumpten Clochard mit einem Papiersack voll Bierdosen, denen er fleissig zuspricht, während er die leeren auf den Boden schmeißt, wo sie scheppernd herumrollen. Er sitzt, den Hut bis zur Nase hinuntergezogen, auf einem Sitz direkt bei einem der Ausgänge, flucht laut vor sich hin und gestikuliert wild mit den Fäusten, wobei er von Zeit zu Zeit *Sauhund* schreit. Offenbar will er zur Alkiszene auf dem Stadelhoferplatz. Für nicht Zürcher: Vor dem Bahnhof Stadelhofen und dessen Vorplatz liegt der wunderschöne, langgezogene Stadelhoferplatz, mit Kies bedeckt und umgeben von mächtigen Rosskastanienbäumen und Platanen, die bis zu den Dachfirsten der umgebenden, nicht gerade niedrigen Gebäude aufragen. Am unteren Ende befindet sich der kleine, gusseiserne Originalbrunnen, der zuerst in der Pariser Weltausstellung von 1900 prangte. Ein dichter Strom von Fußgängern strömt in allen Richtungen darüber, und die Schienen von zwei Tramlinien und der Forchbahn umrunden ihn, letztere mit ihrer Endhaltestelle. Ein Straßenkaffee dehnt an schönen Sommertagen seine Terrasse auf den Platz aus. Zwei, manchmal drei Bänke bleiben aber einer kleinen Alkoholikerszene reserviert, den *Alkis*, wie sie hier heißen. Nach ein paar Polizeirazzien einer eindrücklichen Nulltoleranzrunde der Stadtregierung haben sie gelernt, sich unauffällig zu verhalten und niemand zu belästigen.

Das Vorhaben, am Stadelhofer unauffällig auszusteigen und sich zu seiner Clique zu gesellen, misslang aber unserem Clochard gründlich. Er war eben aufgestanden, um auszusteigen und hielt sich krampfhaft an der Haltestange fest, um sein schwankendes Gleichgewicht irgendwie zu retten, da ergoß sich ein grünbrauner Niagara stinkender Kotze aus seinem Maul auf den Boden der Forchbahn. In wenigen Sekunden waren die beiden Abteile, die auf die Ausstiegsplattform mündeten, in einen geruchlichen Augiasstall verwandelt. Die Passagiere versuchten, mit wagemutigen Schritten über die Jauche zu hüpfen oder, wenn sie dazu nicht in der Lage waren, trippelnd die wenigen Stellen zu suchen, die nicht mit der allerdicksten Schicht bedeckt waren. Einzelne fluchten lauthals („ausrotten sollte man sie"), unser Clochard fluchte mannhaft zurück und mutete sich dabei offenkundig zu viel zu, denn er glitt auf dem Ausstiegstrittbrett aus und fiel, eine Fußspitze gefährlich zwischen Trittbrett und Gehsteig eingeklemmt, der Länge nach auf die Schnauze, die er sich ziemlich blutig schlug, da er die rudernden Arme nicht rechtzeitig auf den Boden bekam, um den Fall zu dämpfen.

Mir war die Gefahr – offenbar als einzigem – sofort klar: Der Bahnführer konnte ihn nicht sehen, bei gedrängtem Fahrplan stieg er nicht einmal zu einer kurzen Zigarettenpause aus und die Seitenspiegel reichten nicht bis hinten am Zug an die Räder heran. Es hätte also sein können, dass er losfuhr und der eingeklemmte Fuß wäre zwischen den Rädern und dem Randstein zermalmt worden, bevor ein Warnsignal im Führerstand aufgeleuchtet hätte. Ich überwand daher meinen Ekel und bemühte mich, den Fuß des Clochards herauszuziehen, begleitet von einigen spöttischen Zwischenrufen wie „Pass auf, wasch dich im Brunnen, sonst kannst du nicht mal mehr eine Nigerianerin am Sihlquai aufgabeln" und „Lassen Sie den doch krepieren, das ist bloss natürliche Selektion!" Manchmal finde ich wirklich, meine sauberen Zeitgenossen stinken ärger als ein verkotzter Vagabund.

Wie dem auch sei, mein Lumpazivagabundus kam wieder auf seine schwankenden Hinterbeine, torkelte zum nächsten Laternenpfahl, drehte sich um und grölte mir ein lautes „Sauhund!" zu, ehe er bis zur nächsten Alkibank weiterschwankte, wo er mit lautem Geschrei empfangen wurde. Was dann geschah, weiß ich nicht, mir war die Lust vergangen, zurückzuschauen, und ich eilte bis zum nahen Bellevue, um den 15er erst dort zu nehmen und nicht bis zu seiner Ankunft am gleichen Fußsteig warten zu müssen, wo der undankbare Zeitgenosse ausgestiegen war. Wenn man aufgrund von Überzeugungen handelt, muss man zuweilen auch Verluste wegstecken können. *Tant pis*, ich hatte nun einmal dem Falschen geholfen, das sollte mir nicht einen Tag verderben, der so gut begonnen hatte und für dessen angenehmes Ende ich schon sorgen würde. Und das tue ich eben jetzt im Kino Radium, das auch an einem Ostersonntag offen ist und gerade eine Rückschau auf die Filmkarriere von Akita Kurosawa gibt. Heute sind die unsterblichen *sieben Samurai* an der Reihe, in der Pause klappere ich diese Worte in mein Tablett. Wenn das kein gutes Erlebnis ist!

Donnerstag, 5. April

Mae hat mir am Telefon gesagt, mit Salima gehe es nicht so schnell, wie wir gemeint hätten; nicht, weil sie prüde sei, manchmal müsse sogar sie, Mae, erröten, wenn sie *unter wyber* sprächen und Salima ganz ungeschminkt ihre Ansichten zur Sexualität äußere. Offenbar sind moderne Araberinnen schon in einer Befreiungsphase angekommen, die wir gerade erst betreten. Nur haben sie gelernt, das perfekt vor ihren konservativen Zeitgenossen und -genossinnen zu verbergen: „In Sanaa besteigen wir das Flugzeug mit Trippelschrittchen auf der Gangway, ganz in schwarz gehüllt, Gesicht hinter dem Nikab verborgen, gesenkten Hauptes. Kaum in der Kabine, ziehen wir uns ungeniert aus – deshalb hat die Kuwait Airways auch reine Frauenflüge organisiert –, schlüpfen in kurze, hautenge, tief ausgeschnittene Röckchen und dann geht es an ein hingebungsvolles Schminken, für das die Fluggesellschaft bereits die erlesensten Kosmetika bereitgestellt hat. Im Grunde genommen weiß das jedermann, aber die Mullahs *müssen* es nicht wissen, und das genügt: Was im Harem passiert, entzieht sich ihrer Kompetenz, sie haben ihre Aufsichtspflicht erledigt." Ja, also, es hat nichts mit Prüderie zu tun, wenn Salima bei allen Kontakten vorsichtig ist. Bei mir ist es nur so rasch gegangen, weil sie mich intuitiv sofort ins Herz geschlossen hat, da handelt sie jeweils blitzschnell:

„Sie hält es wie die Beduinen: einem Fremden gewährt man sofort Gastfreundschaft, das ist heilig, aber bevor man ihn nicht mehr nur als Gast behandelt, sondern auch als Freund, ißt man ein Pfund Salz mit ihm, und das geht ziemlich lange, rechne einmal, wieviel Gramm du pro Tag ißt, dann kommst du rasch auf achtzig, neunzig Tage, die sie aber mit dem Gast im gleichen Zelt verbringen. Wenn das Zusammensein immer wieder unterbrochen wird, kann es leicht ein Jahr dauern. So lange wird sie nicht machen, du gefällst ihr, sogar ausgesprochen, also halte dich bereit und google unterdessen alles, was du über jemenitische Grüntees finden kannst."

Das sind so unsere Telefone: wir kleben nicht aneinander, aber wenn wir miteinander telefonieren, kann es manchmal ziemlich lang dauern, da knausern wir nicht.

Sonntag, 8. April

Mit Lara und Reto im Hardaupark beim Albisriederplatz., nachdem wir zuvor noch an der Friedaustraße vorbeigeschaut haben. Ich musste mit einem eiligen Kunden einen wichtigen Vertrag unterschreiben, er wollte von einem Arbeitslunch am Montag nichts wissen, es musste noch am Sonntag sein, nicht einmal ein Drink lag drin. Manchmal muss auch ich den Kunden als König betrachten, besonders, wenn es sich um eine jener Hintergrundgrößen handelt, um die niemand herumkommt und die oder der gewaltige Mund zu Mund Propaganda machen kann. Diesmal aber war ich über seine Eile sehr froh. Die Kinder wollten einmal „so etwas sehen", wenn es länger gedauert hätte, wären sie nicht mehr leicht zu handeln gewesen, anderseits ist es bei meinem Kunden gut angekommen, dass ich mich „hingebungsvoll", wie er das nannten, um „die Kleinen" kümmere. *Die Kleinen* haben es gar nicht goutiert, aber das hat mein Sprücheklopfer nicht gemerkt, nur der Werbeeffekt ist für ihn geblieben, und als ich das Lara und Reto später erklärt habe, waren sie mächtig stolz.

Wir haben ein sportliches Verhältnis zusammen, das den beiden gut gefällt, es bildet für sie einen Kontrast zu der etwas zugeknöpften Haltung von Mara und der noch zugeknöpfteren ihres *Neuen*. Bei der Scheidung hat sie mich in die Enge getrieben und rücksichtslos jeden Vorteil ausgenutzt. Ich habe mir ein paar Sachen anhören müssen, bei denen ich leer schlucken musste, aber es hat sich gelohnt, den Kavalier zu spielen. Geld habe ich genug, auch ohne Maras Gnade, und jetzt haben die Kinder mit beiden Eltern ein gutes Verhältnis. Ich habe von Anfang an jeden Versuch unterbunden, über *Mami* etwas Nachteiliges zu sagen, und sie hat es, das muss ich ihr lassen, ähnlich gehalten. Allerdings profitiert sie auch davon: an den Besuchstagen verschwindet sie in aller Frühe aus ihrer Wohnung und macht sich mit ihrem Mann einen schönen Tag. Ihn sehe ich höchstens alle 3 Monate einmal (ich habe alle 14 Tage Besuchsrecht), Mara vielleicht alle 2, oft muss ich sogar noch das Frühstück zubereiten.

Heute war das auch der Fall, aber dafür schien um 10 auf dem Hardau schon die Sonne, eine große Ausnahme in diesem regnerischen Monat. Außerdem war es der Tag der Amsel. Der steht zwar in keinem Kalender, aber Reto hat einmal großspurig erklärt, es gebe einen Tag der Amsel, das habe er entdeckt. Das sei nämlich immer dann der Fall, wenn zuerst auf ein paar weit entfernten Bäumen am Rand des Platzes die Anfänger ihre Melodien probieren würden, mit einer exakten durchschnittlichen Dauer von 2.7395 Sekunden.

„Wie viele Messungen hast du denn gemacht, dass du das so genau angeben kannst?

– Siebenundvierzig! Letztes und dieses Jahr zusammengerechnet.

– Wie das?

– Aber Papi, natürlich mit der Rolex, die du mir letztes Jahr zur Erstkommunion geschenkt hast!"

Da hat sogar Lara, die ihn sonst gerne hochnimmt, gefunden, das töne ziemlich wissenschaftlich, und tatsächlich streckt Reto bei jeder möglichen und auch einigen unmöglichen Gelegenheiten den Arm aus und fingert mit der anderen Hand an seinem Chronometer herum. Und natürlich hat die Rolex eine automatische Mittel- und eine Medianfunktion, erstere auf 5 Stellen nach dem Komma, ebenso wie ein Gedächtnis für 1000 Messungen ... Also, nach der ziemlich lauten Anfängerphase, in der die weit auseinander sitzenden Anfängertenöre sich in Lautstärke gegenseitig zu überbieten suchen, stimmen die erfahrenen Sänger, die sich unterdessen wohl noch mit ein paar Würmern die Kehle geschmiert haben, die chorale Phase des *Tages der Amsel* an. Im Gegensatz zu den Anfängern hören sie sehr genau aufeinander, stehlen einander zuweilen schnippisch Melodiefragmente und entfalten sie dann zu einer längeren und verschlungeneren Sequenz mit deutlich mehr geflöteten Trillern. Hier geht es eben um echte Sängerwettbewerbe und Revierkämpfe. Die Anfänger haben noch keine Chance auf ein Revier, sie dienen nur dazu, dass die Tenöre ihre Instrumente stimmen können. Auch hier liegen wieder wissenschaftliche Ergebnisse von Prof. Dr. Reto vor: durchschnittliche Dauer der Tenorsonette (das Wort hat ihm imponiert, es weiß nicht recht, was es heißt, also benutzt er es, um eine Gesangssequenz einer Amsel zu bezeichnen) – also, es liegen wissenschaftliche Messungen vor: Ø 7.13333, Median 7.21000 Sekunden. Verübeln Sie es mir, liebe Leserin, wenn ich als Vater stolz auf meinen jungen Wissenschafter bin und gerne seine poetische Sonettdefinition übernehme? Dafür hat er mir meinen *Tag des Flieders* abgekauft. Der ist ähnlich wie Ostern variablen Datums, und es bräuchte endlich auch eine Gaußsche Formel, die es erlauben würde, zu bestimmen, wann im westlichen Rasen vor dem Mittagshort ein vor wenigen Jahren gepflanzter Streifen Fliederbäumchen blüht. Da weiß ich Lara entschieden auf meiner Seite. Heute war also sowohl Amsel- wie Fliedertag, eine seltene Konjunktion, die wir mit dem lauten Absingen von eine paar Frühlingsliedern gefeiert haben, die Lara in der Schule gelernt hat: „Alles neu macht der Mai", usw. usf. Sogar ein paar griesgrämige ältere Damen, denen die Sonne doch schon ein wenig die klammen Lippen gelöst hatte, rafften sich auf den nahen Bänken zu einem Lächeln auf.

Genau in dem Moment ist Salima, von der Haltestelle der 4 am Albisriederplatz kommend quer über den Rasen auf uns zugesteuert und hat, als sie noch ziemlich weit entfernt war, schon lebhaft gewinkt und anschließend geklatscht:

„Schön habt ihr gesungen, jetzt bringe ich euch noch ein arabisches Frühlingslied bei, es ist sehr einfach, es hat nur 20 Worte, die sich dann immer wiederholen."

Neidisch, liebe Leserinnen? Nicht jeder hat eine brillante arabische Gesangslehrerin! Nach 20 Minuten haben die alten Damen in der Nähe und ein paar weitere Passanten zu klatschen begonnen, so gut hatten Lara und Reto und sogar ich die Melodie aufgeschnappt, sodass wir jetzt zu 5 im Chor und sogar zweistimmig sangen. Erst heute habe ich dabei entdeckt, welche wundervolle Stimme Salima besitzt, nicht nur beim Singen, sondern ...

Die Kinder sind schon längstens weg und im Bett. Ich bin in meiner Wohnung in Höngg und Salina unterrichtet mich in der Handhabung (eigentlich müsste man Singhabung sagen!) der arabischen Unteroktave *yakah* und der Oberoktave, *ramal tuti*. Sie benutzt ein Tonsystem, in dem die 24 Schritte, in welche eine Oktave eingeteilt wird, genau gleich groß sind, was für uns sehr schwierig ist. Mir kommt ihre Oberstimme vor wie geflötete Amseltriller, während die yakah Töne an das *canto jondo* im Flamenco erinnern, das von den Roma aus Asien über die arabischen Länder nach Andalusien gebracht wurde: Kleintonschritte, die zwischen unseren Intervallen liegen, Dehnung und Wiederholung von Silben, kein fester Rhythmus, eine lange Klage, oft in leidenschaftlichen Ausbrüchen. Die Trauer und die Leidenschaft ebenso wie die zarten Obertöne zeigt sie nur Menschen gegenüber, denen sie zutiefst vertraut, und ich merke daran, dass wir uns schon sehr nahegekommen sind. Am Schluss der Lektion steht sie hinter mir und sagt: „Schließ die Augen!" Sie singt etwas, was wie ein zartes Wiegenlied klingt, und ich fühle mit geschlossenen Augen, dass sie mir mit der Hand millimeternah über die Haare und den Rücken fährt, während elektrische Schauder niederrieseln und ich nach und nach den Eindruck bekomme, dass ich in einer Lichtkugel stehe, die uns beide umhüllt.

„Verstehst du jetzt *(fragt sie mich)*, dass wir Araberinnen es gar nicht so eilig haben, „zur Sache zu kommen", wie ihr das nennt? Wenn das Licht nach und nach dauerhaft um zwei Liebende scheint, dann wissen die Körper, was sie zu tun haben.

– Ja, und ich verstehe jetzt auch, dass es nicht eilt, dass man keinen Augenblick überspringen darf …

– Du bist der einzige „Westler", dem ich bisher begegnet bin, der das wirklich versteht, deshalb habe ich dich auch so lieb.

– Aber auch nur, weil ich dich als Lehrerin habe!

– Sei nicht zu bescheiden: wo der Schüler nichts taugt, gibt's keine Lehrerin für ihn. Je besser der Schüler, desto besser die Lehrerin."

Danach haben wir nichts mehr gesagt, sondern sind nur noch bis lange in die Nacht nebeneinandergesessen.

Montag, 16. April

Plötzlich ist alles sehr schnell gegangen, gestern ist Salima über Nacht bei mir geblieben. Das Licht ist noch heller geworden und wird nicht mehr erlöschen. Nur noch ein Monat bis zur Maes Hochzeit. Sie hat uns beide als Trauzeugen gewählt, Andri war damit sehr einverstanden, jetzt müssen wir noch mit dem Pfarrer von St. Martin Liturgie üben. Er hat zwar einen weiten Geist, aber bei der Liturgie ist er strikt, da muss es klappen wie ein Ballett am Hofe Ludwigs des XIV. Er meint, bei einem gewissen Grad von Übung vergesse man den Körper und könne sich ganz der Musik, dem Sinn widmen. Daran ist ihm viel gelegen. Salima kann ihm besser folgen als ich. Am Schluss lehrt diese Jemenitin mich Traditionsprotestanten noch katholische Liturgie! Nimmt mich Wunder, wie die Liturgie unserer Hochzeit einmal sein wird, darüber haben wir noch nie gesprochen. Wann reden Beduinenfrauen über ihre bevorstehende Hochzeit? Tun sie es überhaupt, oder sollte ich das alles aus der Melodie unserer Liebe herausspüren? Ich bin eher verunsichert.

Sonntag, 6. Mai

Noch eine Woche bis zur Hochzeit von Mae und Mark. Bin ich eifersüchtig auf den jungen Mann, der mir „meine" Tochter entführt? Möglich. Für mein Unbewusstes kann ich ja nicht die Hand ins Feuer legen. Und obwohl schöne Tage bevorstehen, obwohl die Beziehung zwischen Salima und mir immer leuchtender wird – heute Nacht allerdings waren wir nicht beisammen, hat das meine Stimmung verdüstert? – kurz und schlecht, ich hatte einen bedrückenden Traum. Er trägt sogar einen Titel, eine Stimme hat mir im Traum gesagt, das Thema sei „Die Hirnzentrale", und im Halbdämmer des Erwachens ist mir eine Ergänzung, ein Untertitel dazu gekommen. „ZNS draft one", erster Entwurf meines Zentralnervensystems. Das passt mir gar nicht, dass da jemand … Wer? Hiobs Jahwe, der den Teufel rauslässt und seinen allzu frommen Diener piesackt, bis ihm vor Verzweiflung die Haut Pusteln zu schwitzen beginnt? Wenn das so weitergeht, werde ich auch bald „pusteln", es beißt schon überall: am Morgen nach dem Erwachen habe ich einen Schub atopischer Neurodermitis gehabt wie schon seit Jahren nicht mehr.

Die gehobene Sprache der Neurologen! Was wohl Hiob gesagt hätte, hätte ihm einer seiner hochgelehrten Freunde gesagt, er habe einen Schub atopischer Neurodermitis – das müsse vom Überich kommen, orakelt das Reibeisen von Gattin, die Kinder seien alle gestorben, das sei seine Schuld, er müsse etwas ganz Übles getan haben, sie habe das auch schon im Bett gemerkt, bevor er auf dem Misthaufen gelandet sei, es sei nicht mehr bei der Sache gewesen, wollte dem Herrn wohl keine frommen Kinder mehr zeugen, sie traue sich kaum zu denken, was er mit seinem Samen gemacht habe … Wenn man das Buch Hiob näher liest, passt das, was sich im Innern der Personen abspielt, sehr gut in unsere Zeit. Oh, diese Rechtschaffenen, erwürgen könnte ich sie alle … Aber wen kann ich schon erwürgen, der es verdient hätte? Wieder diesen Jahwe? *Doch er, der im Himmel thront, lacht, der Herr verspottet sie. Dann aber spricht er zu ihnen im Zorn, in seinem Grimm wird er sie erschrecken.* Hör' auf zu assoziieren, du bist nicht bei einem Freudianer, der deine freien Assoziationen bis auf den Ödipus hinunter interpretiert! Sage ich mir, nun schon ganz wach. Es wäre gescheiter, ich würde meinen Traum aufschreiben, auch wenn ich mir den Schlaf um die Ohren schlagen muss. Vier Uhr null drei: in zwei Stunden schaffe ich das!

Die Hirnzentrale – ZNS Draft one

Ich stehe am Rand einer Mine. Über dem Grubenschacht ein hoher Stahlturm, zuoberst im Turm drehen die gewaltigen Rollen, über welche die Stahltrossen des Grubenlifts laufen. Tief unten im Schacht beginnt es zu dröhnen und kommt immer näher, bis der gut 30 Meter hohe Liftkasten auftaucht und mit der Oberkante knapp unter den Rollen zum Stehen kommt. Auf 5 Stockwerken öffnen sich Tore, aus denen Trucks hervorschießen und mit hoher Geschwindigkeit in alle Richtungen davonrasen. Der Lärm ist ohrenbetäubend, die Laster verschwinden rasch am Horizont. Ein Mechaniker wartet den Lift, bevor er wieder in die Tiefe abtaucht, um eine neue Ladung Laster zu holen. Ich frage ihn, was die Trucks transportieren, er sieht mich misstrauisch an und brummt dann: „Das weiß niemand so genau, schätze Hirnausstattungszubehör, sind ja schließlich hier in der Hirnzentrale."

Ich sage mir: er wird es wohl wissen. Auf einem der Laster kann ich, bevor er in einem großen Bogen nach links kurvt, eine Inschrift lesen: **ZNS Draft One**. Ich sage mir, es müsse sich vermutlich um Materialien für den Hirnbau handeln und denke mit einem gewissen Schrecken: Die verteilen sicher die neusten Materialien, und dabei handelt es sich erst um den ersten Entwurf, die Beta-Version, *not yet stable*, ein definitiver Plan liegt also noch nicht einmal vor. In diesem Fall habe ich auch erst einen provisorischen Entwurf im Hirnkasten, noch nicht einmal die ärgsten Mängel sind korrigiert worden! Wenigstens sollten sie einem sagen, welches die ärgsten Mängel überhaupt sind, damit man sich vorsehen könnte. z. B. Hass? Bin ich zu Hass fähig?

„Aber sicher *(ruft mir ein altes Weib zu, das in diesem Moment aus einer der Pforten zu ebener Erde herauskommt)*, und wie!

– Und was kann ich dagegen tun?

– Dreimal spucken, dreimal denken, dreimal schlucken!" *und dazu hat sie gelacht, als ob sie in einem Kupferkessel Nägel geschüttelt hätte.*

Mir hat das Rezept wahnsinnig eingeleuchtet, erst beim Erwachen habe ich mich gefragt: Was heißt das eigentlich? Am ehesten begreife ich noch das mit dem Schlucken. Dreimal leer schlucken, ehe man in einem Konflikt seiner Aggression freien Lauf lässt. Ich nehme mir fest vor, bei Auseinandersetzungen mit Salima überhaupt nie die Zügel der Aggression schleifen zu lassen. Die Beziehung mit einer liebenden und geliebten Frau ist so kostbar, dass man sie unter keinen Umständen vermeidbaren Gefahren aussetzen sollte. Vielleicht bespreche ich das einmal mir ihr, Konflikte wird es ja zwischen uns zwei Temperamentsfetzen sicher auch geben. Und leider habe ich zur Steuerung meines Verhaltens nur einen *Draft one*, eine ziemlich störungsanfällige und mir zum großen Teil nicht einsichtige Zentrale. Seltsam, erst jetzt fällt mir auf, dass in meinem

Traum die Trucks auf fünf Stockwerken in die Landschaft hinausschießen. Wie kommen die von da oben, wo die Tore ins Leere schauen, wieder auf eine Ebene hinunter? Im Traum ist sowas kein Problem. Sind wir vielleicht auch Traumwesen, die bei den meisten unserer Handlungen „Kein Problem!" sagen, obwohl sie alles andere als logisch und zielführend sind? Keine sehr beruhigende Perspektive! Und was genau ist der Anlass, der bei mir die Schatten aus der Tiefe hat aufsteigen lassen? Wenn ich wenigstens das wüsste, hätte ich Warnlichter: „Achtung, fang jetzt schon an zu bremsen, bevor du in die Wand hineinfährst!

Am besten, ich bespreche das einmal mit Salima. Ich werde sie bitten, bei mir sehr hörbar die Alarmglocken läuten zu lassen, wenn sie den Eindruck hat, ich gerate in gefährliche Regionen. Dafür ist man ja Partner in einer Ehe, dass man sich gegenseitig hilft, besser zu werden. Ich weiß, sie wird kein Blatt vor den Mund nehmen, und ich werde auch den Mut haben, bei ihr Dinge anzusprechen, die nach meiner Überzeugung unsere Beziehung gefährden könnten. Wird schon gut gehen, Draft one!

Pfingstmontag, 21. Mai

Die Hochzeit war mit schönstem Wetter gesegnet. Mark muss von seinem Bündnerland herunter privilegierte Beziehungen zum Abt der St. Galler Klosterkirche geknüpft haben, nicht nur hat Abt Gallus Alt die Kirche für die Hochzeit zur Verfügung gestellt, sondern er hat auch noch gleich selber bei der Trauung mitgemacht. Mitgemacht, weil 3 Geistliche daran beteiligt waren: Abt Gallus Alt als Koordinator, Rabbiner Noam Levy von der Jüdisch Liberalen Gemeinde Or Cadasch in Zürich und der Imam der Machmud Moschee in Zürich, der den Namen des Gründers dieser Moschee, Scheich Nasir Ahmad übernommen hat. Die Kirche wirkte gestoßen voll, ich schätze die Teilnehmer auf gut 500, und alle blieben aufmerksam, obwohl der ökumenische Gottesdienst eine geschlagene Stunde dauerte. Der Höhepunkt war die Lesung. Zuerst psalmodierten abwechselnd

Scheikh Nasir Ahmad und Rabbiner Noam Levy den Auszug Israels aus Ägypten, so wie ihn der Koran und das Alte Testament berichten. Die beiden Geistlichen lasen jeweils Abschnitte, in denen die gleichen Ereignisse aus den unterschiedlichen Perspektiven ihrer heiligen Schriften berichtet werden. Die sonoren Stimmen tönten wie ein Beschwörungsritual, das einen in eine andere Welt entrückte, die Welt, wo Allahu und Jahwe ihre Völker persönlich ansprechen und mit ihnen einen heiligen Bund schließen. Zum Abschluss psalmodierte dann noch Abt Gallus Alt die christliche Version in der Fassung der Vulgata, der ältesten autorisierten lateinischen Fassung. Obwohl ja die wenigsten Anwesenden auch nur ein Sterbenswörtchen der vorgetragenen Texte verstanden, verstanden sie eben doch, auf einer tieferen Ebene, und nicht wenige hatten am Schluss feuchte Augen.

Tausendsassa von Mark! Und Mae hat ihn in diesem Vorhaben natürlich tatkräftig unterstützt, ihr war es auch ein Herzensanliegen: „Wenn wir schon heiraten, dann öffentlich und vor Gott in den drei Offenbarungsreligionen, die in Abraham ihren Stammvater haben." Jetzt fängt meine Tochter auch noch an, Theologie zu dozieren! Was wird das erst geben, wenn Salima und ich einmal ökumenisch heiraten? Dass sie ihre gesamte Verwandtschaft und Bekanntschaft beeindrucken und denen zeigen will, dass in der Schweiz keine „Gottlosen" wohnen, sondern Menschen, die Demokratie und Menschenrechte mit der Verehrung des Höchsten zu verbinden wissen, hat sie mir schon feierlich verkündet, und da wird sie dann meine volle Unterstützung haben. Wir brauchen keine bärtigen Mullahs aus Saudi-Arabien und Jemen, die uns beibringen, wo Gott hockt, *Stärnefeufi!*

Mae und Mark haben wir beide jedenfalls zu ihrer Hochzeit sehr herzlich gratuliert, neben Mark stand da noch Abt Gallus Alt, und die beiden haben verschmitzt gelacht:

„Es war natürlich auch ein Stück Werbung dabei, meinte der Abt. Mark hat es mir gleich eingestanden: Die Klosterkirche St. Gallen ist ein einmaliger Werberahmen vor großem Publikum, wer dort heiratet, gehört zur guten Gesellschaft, und das bringt Aufträge. Und ich als Abt habe auch ein Anliegen, nämlich zu zeigen, dass das Kloster St. Gallen einen optimalen Rahmen für ökumenische Anlässe bildet. In einer Zeit, in der alle von Kirchenflucht sprechen, möchte ich zeigen, dass Kirchenflucht höchstens dort stattfindet, wo die Kirche vor den Gläubigen davonläuft. Wenn dagegen die Kirche die brennenden Anliegen der Menschen von heute aufnimmt, sind die Gottesdienste mehr als gut besucht und die Menschen verstehen sogar die uralten Heiligen Schriften und finden sie plötzlich aktuell."

Wofür werden Salima und ich werben? Sollte man gut planen, da könnte einiges herausschauen, schließlich sind nicht nur die Geistlichen Geschäftsleute. Werde das demnächst mit Salima besprechen, die Idee wird ihr sicher gefallen.

Am Abend nach der Hochzeit ist Salima zu mir nach Hause gekommen – und geblieben. Es hat sich dann ganz natürlich ergeben, dass wir miteinander geschlafen haben. Das Licht, das uns umhüllt, ist nochmals um einiges heller geworden.

„So einen Schwiegersohn wie Mark habe ich mir immer gewünscht, hat sie gesagt, als wir beide eine Pause eingelegt und flüsternd unsere Beobachtungen zur Hochzeit ausgetauscht haben.

– Du bist also dafür, dass wir den möglichst bald zum Schwiegersohn machen?

– Willst du es gemächlicher?

– Wenn es nach mir geht, heiraten wir gestern. Aber ich möchte es feierlich und vor unseren versammelten Verwandten und Bekannten. Und nach der Hochzeit in der Schweiz möchte ich noch eine in Jemen, damit auch keiner deiner Verwandten sagen kann, wir hätten sie nicht mir Respekt behandelt. Das braucht eine sorgfältige Planung.

– Das ist lieb von dir, dass du so denkst. Ich meine, wir fangen an zu planen, und wenn unser Konzept fertig ist und wir vernünftige Termine für die Umsetzung haben, legen wir los. Bis dann sind wir schon einmal für uns zwei verheiratet, und natürlich für die Kinder. Alle, auch die aus deiner ersten Ehe, ich mag sie sehr, weißt du?

– Für mich war das heute Nacht unsere Hochzeit, wie es im spanischen Hochzeitsritus heißt: „Ich vertraue mich dir an in guten wie in bösen Tagen und lege mich in deine Hände." Das meine ich wirklich ganz ernst.

– Ich auch.

– Dann heiraten wir doch noch ein wenig weiter ..."

Das haben wir dann auch getan, bis die Sonne aufgegangen ist, und sind danach sehr beschwingt zur Arbeit gefahren.

Fronleichnam, 31. Mai

Mein Traum ist wiedergekommen, aber viel schlimmer:

Die Nacht ist unendlich schwarz, alles hängt in einer dicken Wolkendecke, nur ganz, ganz weit oben sind die Wolken etwas lichter und man sieht durch die ziehenden Schwaden hindurch einen blassen Stern, der eigentlich das Symbol der Hoffnung sein sollte, wenn ich noch zu irgendeiner Hoffnung fähig wäre. Da ist aber nichts mehr zu hoffen, ich stehe nämlich nicht mehr auf dem Boden, am Rand des Minenschachts, sondern schon mitten im Schacht, schwebend auf einer Rauchdecke, die wogend langsam absinkt. Ich versuche mich jeweils abzustoßen, schnelle ein Stückchen nach oben, der Nebel steigt, ich meine für einen Augenblick, ich hätte Halt, dann sinkt der Nebel wieder ab, jedes Mal ein wenig tiefer. Die alte Hexe kommt aus dem untersten Portal, sieht mich und lacht wieder ihr scherbelndes Lachen: „Dreimal schlucken, keinmal zucken!" krächzt sie und verschwindet in der Dunkelheit. Ich fühle mich von Gott und den Menschen verlassen, aber aus lauter Trotz gebe ich nicht auf: Euch zeige ich's noch! Jetzt erwische ich ein Stück bröckelnden Schachtrand, halte mich zappelnd fest, wie lange noch? Aber immer grimmig entschlossen.

Wie ist es möglich, dass ich nach den wundervollen Stunden, die ich in den letzten Tagen mit Salima erlebt habe, solche Träume produziere? Bin ich ein Versager, bringe ich als Morgengabe in die Ehe eine larvierte Depression ein, was ist los mit mir? Ich bin völlig desorientiert.

Samstag, 2. Juni

Heute habe ich Kari getroffen, Kari Bärlocher. Weil es wieder geregnet hat, haben wir uns ins Innere des *Mandarin* verzogen. 1819 erbaut, lag das alte Gebäude zwischen den Gleisen des Bahnhofs Stadelhofen und denen der Tramlinie 1 zum Kreuzplatz. In den Jahrzehnten vor der Schließung hat ein Ehepaar daraus eines der beliebtesten Kaffees der Innenstadt gemacht, bis es 2017 einem futuristischen Bürobau von Santiago Calatrava weichen musste, der als ertragreiche Geldanlage einer Versicherung dienen sollte. Doch wie es kommt so öfter eben, die großen Rechner der großen Vermögen sind auch nicht besser im Berechnen der Zukunft als Hans und Heiri, die Erträge flossen spärlicher als erwartet, die Mieter wurden zur Mangelware, und ein neues Wirtepaar richtete im Neubau das Konzept des alten Mandarin leicht verkleinert wieder ein, nach dem bewährten Grundsatz von Mr. Cu: Essen zu Preisen für jedermann, in einem Intérieur für Jedefrau, in einer Qualität für Mr. und Mrs. Top. Kari hat sich in Schale geworfen und mir war gleich einmal klar: Den werde ich Salima vorstellen und diesen Strahlemann werden wir als Gast an unsre Hochzeit laden. In seiner Hochform sieht er aus wie ein osteuropäischer oder arabischer Außenminister, man würde ihn glatt an die UNO schicken. Erst heute ist mir sein olivfarbener Teint aufgefallen, *teint bazané* sagt man noch zutreffender auf Französisch, weil es den Ursprung bezeichnet: aus den *Balaknos*, den balkanischen Ländern, zu denen das europäische Mittelalter die arabischen Staaten großzügig dazuzählte.

Er ist ein Musterbeispiel für den klitzekleinen Zufall, der einen Menschen, manche für immer, andere für lange Zeit, aus der Bahn werfen kann, *„und"*, hat er mit gestrecktem Zeigefinger hinzugefügt, *„für den großen Zufall, den Kairós, der einen Menschen wieder auf seine Bahn bringen kann"*, und dieser Kairós sei ich für ihn gewesen, da lasse er keine Diskussion zu.

Mit 16 war er in der Mittelschule bereits ein mathematisches Genie, das sein Lehrer vor der Langeweile der Durchschnittsstunden rettete, indem er ihm Aufgaben für das 1. Physik Prope an der Uni Zürich zu lösen gab. Das Wohlwollen seiner Kameraden erkaufte sich Kari in kluger Einschätzung der realen Machtverhältnisse mit Gratisnachhilfestunden, und zwar sehr guten, wie sein Lehrer ihm versicherte. Das Studium begann er an der ETH vor den übrigen, da er die Eidgenössische Matura absolvierte, ein halbes Jahr vor der kantonalen am Gymnasium, um dann zuerst inoffiziell und schließlich offiziell in das Masterprogramm für PHdM aufgenommen zu werden (wozu einen gelangweilten Bachelor-Studenten in die überfüllten Hörsäle hineinschleusen?).

Alles war auf bestem Weg, er bereitete gerade die mündlichen Schlussprüfungen vor, als ein Macho von Hochschuldozent ihn urplötzlich aus der Bahn warf. Die Prüflinge wurden immer zu zweit eingeschleust, einer vorne zur Prüfung, einer hinten zum Vorbereiten, dann eine Viertelstunde Pause für die Besprechung des Dozenten mit dem Experten, und Start zur nächsten Runde. Während Kari am Vorbereiten war, hört er den Dozenten seiner Kommilitonin, die vorne an der Reihe war und die bei einer besonders kniffligen Frage einen kurzen Moment lang unsicher wurde, einen klassischen Machosatz ins Gesicht schleudern: „Twyber sind tänk am Chochhärd immer no besser platziert wäder in der Mathi"! So wörtlich, ich verlasse mich auf Karis hervorragendes Gedächtnis.

Dieser Spruch brachte in so in Rage, dass er aufstand und türeknallend aus dem Saal ging. Dem Traditionalisten kam das gerade recht, er war den Kollegen gram, die ihn gefördert hatten, seiner Auffassung nach seien solche Talente mehr Schaum als Können, nur durch harte, kontinuierliche, unablässige manuelle Arbeit können man zum wirklichen Experten werden. So verhinderte er mit völliger Willkür dass Kari die Prüfung wiederholen durfte, wie die anderen Professoren alle empfahlen. Um seinen Widerstand zu brechen, hätte es der Einstimmigkeit bedurft, und Kari war nicht weniger stur, er weigerte sich, die Prüfung ein Semester später zu wiederholen. Aus war's mit der Karriere. Kari, der sich seit seiner Mittelschulzeit aus sozialethischen Gründen für die Alkis auf dem Stadelhofer eingesetzt hatte, ließ sich vom warmen Schoß der Gemeinschaft auf dem Platz trösten. Damals trank er noch kein Bier, Alkohol widerstand ihm physisch, und er wurde auch von keinem der Alkis dazu aufgefordert. Der Bruch kam mehr als ein kontinuierliches Knistern, bis der Balken barst. Da eine Hilfsstelle, wo man von seinem Status schamlos profitierte, dort ein Macho von Vorgesetztem, der noch das mittelalterlich jus primae noctis praktizierte, das „Recht", jede Jungfrau in seiner Jurisdiktion zu beschlafen, und so in langsamem sozialem Abstieg von Stelle zu Stelle und schließlich von Gelegenheitsarbeit zu Gelegenheitsjob. Am Tag, an dem er mir seine Szene vorspielte – Sie haben es verstanden: der Alki am Stadelhofer war er! – war gerade noch der letzte Tropfen in das legendäre Fass gefallen, der es zum Überlaufen brachte. Ein Kellner des Straßenkaffees versuchte eine der Alkifrauen auf offenem Platz zu vergewaltigen, in der Überzeugung, keiner werde ihr glauben, wenn sie ihn anzeige. Er hatte ohne den athletischen Körper unseres Kari gerechnet, der ihn mit einem Kinnhaken niederstreckte und dann in einer Wut zu den Alkis ging und sich volllaufen ließ. So war es dann zu unserer Bekanntschaft gekommen, „zum Glück, meinte Kari, denn sonst wären wir uns nie begegnet." Womit er recht haben mag.

Die Begegnung heute ist dann ganz anders verlaufen, als ich geplant hatte. Eigentlich wollte ich nur sehr knapp von mir sprechen und das auf ein andermal verschieben, aber der Traum mit den Trucks aus dem Minenschacht beschäftigt mich mehr, als mir lieb ist. Diese Nacht habe ich ihn nochmals geträumt, in einer düstereren Version.

Ich bin in einer Wolkennacht, alles so eingehüllt in Dunst und Nebel, dass man kaum die Hand vor der Nase sieht. Nur ganz oben und ganz fern zwischen wallenden und ziehenden Wolkenschleiern ist ein blasser Stern sichtbar, der eigentlich eine Hoffnung darstellen sollte, das weiß ich mit Sicherheit, wie man es eben im Traum weiß, aber mir fehlt jede Hoffnung, zu diesem Stern zu gelangen oder mich von ihm leiten zu lassen. Diesmal stehe ich auch nicht auf dem Boden am Rande des Schachts, sondern auf einer Wolkendecke, die bis zum Boden der Mine herunterreichte, und auch von Stehen kann man eigentlich nicht reden, denn es ist mehr ein gebremster Sturz mit kurzen Pausen dazwischen. In einer solchen Pause, knapp bevor ich endgültig in die Tiefe falle, kann ich mich am hinteren linken Rücklicht eines Trucks festklammern, der aus dem untersten Tor hervorbrauste. Es reißt mir fast die Hand aus, ich will vor Schmerz schreien, hab aber keine Stimme, wie es in Alpträumen so ist.

Dann hat sich mein Traum ganz ungeniert im Repertoire der Filmgeschichte bedient, im ehemaligen Kultfilm **Green Power**, wo ein Flüchtling auf einen Lastwagen aufspringt und das Gespräch von Fahrer und Mitfahrer hört. Er erfährt, dass alle Toten in eine Wiederaufbereitungszentrale gebracht werden, wo man aus ihnen so ziemlich alles macht, was sich aus Eiweiß und Knochenfibern gewinnen lässt. Gäbe es nicht diese Kraftquelle, wäre die staatliche Nahrungsmittelverteilung längst zusammengebrochen, denn das ganze Land ist infolge der krassen Luftverschmutzung durch die staatlichen (!) Betriebe unter einer dicken Rußdecke versunken. Ich riskierte also, zermalmt und rezykliert zu werden. Dieser Teil des Traums war vermutlich durch ein Gespräch mit Salima bedingt, wir hatten uns ausgemalt, dass wir, wenn eines von uns früher sterben würde, die Asche nicht in eine Urne, sondern als Nahrung für einen Rosenstock in eine Schale schütten würden, wie es in der Sage von Tristan und Isolde und in Shakespeares Julietta und Romeo geschieht. So würde jeder von uns dazu beitragen, dass der andere weiterblüht und der Umwelt Licht und Freunde spendet. Wieso das dann aber in einen so rabenschwarzen Traum umgeschlagen hat, verstehe ich nicht.

Die Erinnerung an meinen Traum hat mich so beschäftigt, dass ich ihn Kari erzählt habe. Der hat eine für mich sehr unerwartete Reaktion gehabt: Er hat mir die Hand gepackt und kräftig geschüttelt und mir gesagt: „Willkommen im Klub!" Ich muss ihn ziemlich entsetzt angesehen haben, denn er hat mich lachend beruhigt:

„Im Klub der Alpträumer! Ich hatte einen sehr ähnlichen Traum, das war eine der Ursachen, die mich den Hang hinuntergestoßen haben, in eine aggressive Depression, mit der ich mir jeweils auch noch den letzten Goodwill vermasselt habe. Schon im Maturajahr hat mich mein Mathelehrer zu einem Psychologen geschickt, einem strengen Freudianer, der als erstes meinen Ödipus hervorgeholt und ein halbes Jahr lang massiert hat. Den Grund für meinen Traum hat er nicht gefunden, der hat ihn gar nicht interessiert, und solange ich bei ihm war, habe ich auch nichts herausgefunden. Am Tag, nachdem ich bei ihm aufgehört habe, ist mir alles eingefallen, weil ich jetzt frei von seinen Schemata war.

Du musst wissen, dass ich als sechsjähriger Knirps mit meiner Mutter nach ein paar Einkäufen vor dem Mittagessen sehr stolz nach Hause zurückging, als plötzlich ein roter Sportwagen mit rasender Geschwindigkeit um die Ecke fuhr, die Kontrolle verlor, meine Mutter erfasst und durch die Luft gewirbelt hat, bis sie mit zerschmettertem Kopf auf dem Trottoir landete. Von dem, was nachher passiert ist, weiß ich nichts, das Gedächtnis hat alles gelöscht. Nur so viel weiß ich, dass ich, ohne anzuhalten, mit meiner kleinen Tasche losmarschiert und nach Hause gegangen bin, wo ich mit meiner Großmutter zusammenlebte. Anscheinend habe ich ihr gesagt, ich sei doch ein sehr zuverlässiger, Mami sei einfach liegengeblieben, aber ich hätte meine Einkäufe alle schön nach Hause gebracht. Und jetzt müsse ich ja auch keine Aufgaben mehr machen, wenn Mami sie nicht mehr kontrolliere, und das sei ja auch gut. Eine völlige Dissoziation: während Tagen habe ich nichts empfunden, bis dann der Schmerz mit dem Zweihänder in mich eingefahren ist und ich verstand, was wirklich passiert war. Meinen grenzenlosen Hass auf den Schurken, der Mami umgebracht hatte, kann ich heute noch nacherleben, aber kontrolliert, ich lasse mich von ihm nicht mehr beherrschen. Und das ist mir genau von dem

Moment an gelungen, an dem ich dir meine wüste Szene vor-
geführt habe. Plötzlich war da eine Stimme in mir: „Wie lange
willst du noch den Höseler spielen, der seine Rotznase noch immer nicht geputzt hat?" Da ist der Hass wie eine Zentnerlast von
mir abgefallen. Und jetzt müssen wir nur noch herausfinden,
welches traumatische Erlebnis der frühen Kindheit dir deinen
Horrortraum beschert hat. Dann wirst auch du erkennen, dass
du längst kein Höseler mehr bist und dass du in deine Ehe keine schlimmen Belastungen und schon gar keine larvierte Depression einbringst."

Mir ist ein Stein vom Herzen gefallen: Das klang so vernünftig, ja, so musste es auch bei mir sein! Die richtigen Assoziationen sind heute natürlich noch nicht gekommen, das wird eine
Weile dauern, aber jetzt darf ich beruhigt Salima bitten, mir zu
helfen. Sie wird ja vermutlich ähnliche Traumen haben – wer
von den überdurchschnittlich begabten Menschen, die ich kennen, hat keine? –, und so können wir uns gegenseitig helfen, immer mehr aus der Nacht in das Licht hineinzuwachsen und es
an andere weiterzugeben.

Sonntag, 10. Juni

Gestern Abend ist Salima zu mir gekommen und wir haben die
Nacht zusammen verbracht. Anders, als wie zuerst dachten, aber
es war für mich eine wundervolle Erfahrung. Mein Traum hat
mich immer noch so beschäftigt, dass ich gar nicht anders konnte, als ihn zu berichten. Und da ist mir der Knopf aufgegangen.
Es hat genügt, dass sie mir aufmerksam und liebevoll zuhörte,
damit ich plötzlich verstanden habe, was der Traum meinte.

Meinem Vater ist seinerzeit des gleiche passiert wie mir
mit Mara, meine Mutter hat ihn etwa ein Jahr lang betrogen,
so raffiniert, dass er nicht das Geringste merkte, bis sie ihm
dann eines Tages ganz ungerührt erklärt, sie liebe seit einem
Jahr einen anderen, werden gleichentags zu dem ziehen und
die Scheidung einreichen, er bedeutet ihr gar nichts mehr und
habe ihr eigentlich nie etwas bedeutet, mich soll er ruhig be-

halten, sie wollen mit dem „Gof" eines solchen Langweilers nicht zu tun haben.

Ich weiß nicht, ob ihr bewusst war, wie brutal sie mit ein paar Worten alles zerstörte, woran mein Vater jahrelang geglaubt hatte, vermutlich mottete in ihr bereits die psychische Krankheit, die dann wenig später ausgebrochen ist (den neuen Partner hat sie nach nur 3 Monaten ebenso brutal verlassen wie meinen Vater). Ein halbes Jahr später war das Tourette Syndrom evident: Vorliebe für obszöne Ausdrücke, motorische Ticks, seelische Verwirrtheit, die sie dann bald einmal in eine psychiatrische Klinik gebracht haben, aus der sie nicht mehr herausgekommen ist. Die Psychiater sprachen von einer „Gehirnreifungsstörung mit einem Mangel an motorischen Hemmungsmechanismen", was sehr gelehrt klang, aber leider weder ihr noch uns geholfen hat.

Mein Vater hat diese Erlebnisse nie überwunden, er war von da an ein gebrochener Mann, und obwohl er mich bis dann sehr geliebt hatte und ein liebevoller Vater gewesen war, konnte er mich kaum mehr anschauen, weil ich ihn zu sehr an die Frau erinnerte – auch physisch –, die er so brutal verloren hatte. Er ist dann ein Jahr später an einem Herzschlag gestorben, ein Glück für ihn und vielleicht auch für mich: So kann ich noch ein würdiges Andenken an ihn bewahren als einen gütigen und liebevollen Vater, der immer voll für mich da war. Natürlich habe ich mich im Erwachsenenalter genetisch untersuchen lassen, mit dem Befund, dass ich nirgends in meinen Chromosomen Gene habe, die auf Tourette hinweisen würden und diese Krankheit folglich auch allfälligen Nachkommen nicht weitergeben kann. Das sind dann so die klitzekleinen genetischen Zufälle, die machen, dass man ungefragt als kranker oder gesunder Fötus aus dem Erbgut der Eltern gemixt wird, und wenn die einem nichts sagen und zufällig die Krankheit bei keinem von beiden ausbricht, wandert man ahnungslos mit seinem Bündel kranker Gene durch seine Lebensgeschichte und gibt sie unter Umständen ebenso ahnungslos weiter. Vielleicht ändert sich das einmal, wenn die genetischen Analysen so billig und gesellschaftlich so selbstverständlich sind, dass sie von Krankenkassen und Arbeitgebern verlangt werden, und dass auch Herr Wenigwisser und Frau Schwachverdienerin sie sich leisten. Und wenn anderseits die Medizin bei der Behandlung solche Fortschritte macht, dass bei früher Diagnose ein normales Leben möglich ist und Krankenkasse und Arbeitgeber einen deswegen nicht diskriminieren. Obwohl eine solche staatliche Kontrolle eigentlich immer etwas Unheimliches ist, irgendjemand kann sie immer missbrauchen. Auf was für Gedanken einen Träume alles bringen und aus was für Erlebnisfetzen sie sich jeweils zusammenbrauen! Der Stoff des Zufalls, der die Welt beherrscht.

Sonntag, 8. September

Eineinhalb Jahre nach der Hochzeit von Mae und Mark haben Salima und ich geheiratet, einen vollen Monat lang. Wie denn eine Hochzeit so lange dauern kann? Mir kam es verdammt kurz vor, und möglich war es nur dank der generalstabsmäßigen Planung und der unbändigen Energie meiner lieben Frau. Das wäre eines Buches würdig: *Taktik und Strategie einer gemischten jemenitisch-schweizerischen Hochzeit*. Die Planung war schon Ende Mai fertig, die Umsetzung etwa so aufwändig wie eine Landung in der Normandie: Phase 1) Heftiges Artilleriefeuer der jemenitischen Verwandtschaft: „Nein, dieser Ungläubige kommt uns nicht ins Land!" – Phase 2) Souverän geplantes Ablenkungsmanöver: Die Hochzeit findet zuerst in Helvetien statt, Einladung an die ganze Verwandtschaft mit Unterbringung im Dolder Palace, das auch der jemenitischen Society ein Begriff ist. Gekommen sind schließlich 47, darunter die Eltern, die sich streng an die rituellen Gebote halten (enorm beeindruckt, weil das Grand Hotel einen Andachtsraum mit Gebetsteppich und Quibla zur Verfügung stellt), aber ebenso streng an die Gebote der kommerziellen Vernunft: Wenn das Geschäft stimmt, muss wohl auch Allahs Segen dabei sein. – Phase 3) Ökumenisches Vorspiel in der Stiftskirche St. Gallen: Brauche ich nicht zu schildern, der Ablauf lehnte sich eng an die Hochzeit von Mae und

Mark an, nur dass es statt drei vier Geistliche waren, nämlich zusätzlich ein maronitischer Geistlicher, direkt aus dem Libanon eingeflogen, weil die Maroniten für Araber im Nahen Osten gewissermaßen das Interface der katholischen Christenheit bilden. Für jene Leserinnen und Leser, die das Wort *Maroniten* an die kalte Saison und den Ruf *eissi marroni, ganz eissi* erinnert, sei an dieser Stelle erwähnt, dass die Maroniten zu den ältesten Christen gehören, fast noch aus der Zeit der späten Apostel, als im Westen die Religion der Merowinger zur Hauptsache aus Stoßgebeten der Thronanwärter bestand, der Herr der Heerscharen möge alle potentiellen anderen Anwärter aus der Verwandtschaft ausrotten, bevor sie einem selbst gefährlich werden könnten. Von Libanon bis ins ferne Amerika sprechen täglich hunderte maronitische Priester das Wandlungsgebet auf Aramäisch, mit den gleichen Worten, der gleichen Intonation und dem gleichen Akzent, ja mit den gleichen Gebärden beim Überreichen von Brot und Kelch, wie im ersten Jahrhundert unserer Zeitrechnung der *Rebbe* Jesus[6]. So nahe sind wir uns alle und wollen es partout nicht wissen. Dass Salima auf Arabisch die weibliche Form von Salam (der Frieden) ist, bildet in dieser Aufzählung noch die Kirsche auf dem Schlagobers der Sachertorte. Entschuldigung, wenn ich davon schwärme: Sie würden es besser verstehen, wenn sie Salima sähen.

Zur helvetischen Hochzeit sind dann 47 Personen gekommen. Entschuldigt ferngeblieben sind jene greisen Verwandten, die sich die Reise nicht zutrauen konnten. Man stelle sich vor: diese Generation jemenitischer Muslime ist noch in einem so sturen Islam aufgezogen worden, dass der geringste Verstoß gegen das geringste Ritual, das ihren Tagesablauf

---

6 Rebbe = Herr. Im früharabisch–hebräischen Dialekt Aramäisch, den Jesus sprach, lautet das Wort gleich wie heute noch in den spätarabischen Dialekten des Nahen Ostens und entspricht dem Ehrentitel für Geistliche. Von Rebbe stammt natürlich der Rabbiner, und der Ausdruck rabbuni (mein Herr), mit dem Maria Magdalena Christus im Garten vor dem Grab anspricht, hat sich bis heute unverändert erhalten.

bestimmt, mit einiger Wahrscheinlichkeit einen Tod durch Hirnschlag zur Folge haben könnte. Unter diesen Umständen war eine Reise in das Land der ungläubigen Barbaren tatsächlich unzumutbar.

Nach dem Auftakt Ende Mai waren Salima und ich reif für einen Monat Ferien an der Riviera: gut essen, lieben, baden, lange Gespräche in Muße genießen, während denen ich übrigens einen Crashkurs in liberaler islamischer Theologie genossen habe, wieder essen, wieder lieben und von Tag zu Tag auf einer Wolke von Glück schweben. Mir kam fast ein schlechtes Gewissen, dass es so schön sein durfte. Irgendetwas konnte doch nicht ganz stimmen? Danach kam der Eroberungsfeldzug in Jemen. Um auch noch die letzte Nachhut des Feindes auszuräuchern, stand die ökumenische Hochzeit diesmal unter der Leitung eines bekannten, ausgesprochen rigoristischen, aber ebenso vernünftigen und praktisch veranlagten Mullahs, Abdul Malik al-Huth, der sich in richtiger Einschätzung der Entwicklung sagte, wenn ökumenische Hochzeiten weltweit (Mullahs denken immer weltweit, schließlich gehört die Welt Allah) zu einem Markenartikel seiner Moschee würden, könne das seine Wirkung auf die nahöstliche gute Gesellschaft nicht verfehlen und „seiner" Moschee erkleckliche geschäftliche Vorteile bringen. Mullahs denken eben auch ausgeprägt geschäftlich, ähnlich wie ihre calvinistischen Kollegen: Wen Gott liebt, dem hilft Rabbuni, reich zu werden, falls er bereit ist, dafür etwas zu tun.

Tatsächlich: Zu der ökumenischen Hochzeit in Sanaa kamen *alle* Verwandten, mit Ausnahme von 5, die in Spitälern waren, vor oder nach einer Operation, und dazu noch rund 200 Bekannte. Es war seit Menschengendenken die größte Hochzeit in Sanaa, ökumenische und nicht ökumenische zusammengerechnet, und da unser Abdul Malik al-Huthi die Spesen der Zeremonie unter dem Titel „Werbekonto" übernahm, war dieser Großauflauf für uns durchaus zu verkraften. Am Ende kamen sogar die Rigoristen auf uns zu und haben nicht nur Salima, sondern auch mich umarmt und gesagt, sie seien zu der Überzeugung gelangt, dass im Lande der Helvetier auch Gottgläubige lebten, denen Allah durch ihre eigenen Propheten Rechtleitung geschenkt habe, wie es denn im Koran heiße, dass Allah allen „Eingottgläubigen" durch die Rechtleitung ihrer Propheten einen Weg zur Wohlgefälligkeit und zu den Segnungen des Paradises eröffnet habe (den genialen theologischen Purzelbaum hatten sie natürlich von unserem Mullah aufgeschnappt). Ob sie wohl wieder als Gäste zu Besuch kommen könnten, um näher zu lernen, wie wir unsere Rechtleitung in der Praxis lebten? „Aber sicher, ihr seid jederzeit hoch willkommen!" Ein paar von Salimas Verwandten, allen voran ihre Eltern, hatten am Ende der Zeremonie feuchte Augen und haben mich im Anschluss herzlich umarmt: Ein solcher Schwiegersohn sei ein Glücksfall für sie. Ich war ganz gerührt und ziemlich verlegen, so hoch hätte ich mich nie eingeschätzt. Aber wenn Salima das auch so sieht ... Dass sie für mich ein unverdienter Glücksfall ist, darüber lasse ich keine Diskussion zu, ich habe einfach irgendwie Angst, sie könnte mir vorzeitig geraubt werden.

Sonntag, 15. September

Wo, werden Sie fragen, geneigte Leserin, lieber Leser, wo bleibt denn die im Titel versprochene Gartenbank? Ist sie etwa in Sanaa vergessen gegangen? Weit gefehlt, sie steht schon da, frisch gestrichen (aber schon sitztrocken) im Hardaupark in Zürich und harret der Dinge, die da kommen werden. Diesmal ist es allerdings nicht das Eröffnungskonzert der Amseln, sondern der saisonale Abschlussgesang. Wenn die Brut flügge ist, wird das gesangliche Markieren des Reviers überflüssig, und Männlein und Weiblein Amsel scharrt lieber nach Würmern und andern Leckerbissen, um sich für den Winter eine ordentliche Speckschicht anzufressen, die ihnen das Überleben sichert. Auch da haben wir unsere Prognosen, und meine lautet auf heute, den 15.09. Der wissenschaftlichen Präzision zuliebe halten wir uns an die gleichen Zeiten:

10 Uhr 12: Salima kommt mit Mara von der Haltestelle der 10 an der Badenerstrasse schwungvoll vom andern Ende des Albis-

riederplatzes quer über Rasen und Kies zu unserer Bank auf der nordöstlichen Ecke des umlaufenden Rasens, von wo der Blick nordwestlich zu der Wolkenkratzerlandschaft von Neuzürich schweift und südöstlich bis hin zu den Glarner Alpen, die man an diesem wolken- und dunstfreien Tag in ihrer ganzen strahlenden Schönheit sieht. Und in der strahlenden Schönheit ihres jungen Leibes trägt Salima das nächste Kind unserer vereinten Familie. Meine Jungmannschaft ist unterdessen auch schon eingetroffen. 10 Uhr 21: Agate horcht auf: „Än Amsle!" und Carlo zückt seine Rolex, die er letztes Jahr von mir als Konfirmationsgeschenk bekommen hat. Sie besitzt eine Mittel- und eine Medianfunktion samt Memoryfunktion, die er schon letztes Jahr fleissig benutzt hat, um seine Theorie vom Amselgesangsstartpunkt zu untermauern. Die Theorie lautet so – und ich beginne sie zu glauben, angesichts der beeindruckenden Menge von original Amseltrilleraufnahmen (erstellt von Giuseppe mit seinem Samsung 11s) und den 78 Zeitmessungen in 4 Serien samt dazugehörigem Mittel und Median, die Carlo seiner Rolex entlockt hat – wo waren wir? Ah ja, bei der Theorie – da habe ich auch eine: Amseln mögen an verschiedenen Punkten der Welt zu verschiedenen Zeitpunkten und mit verschiedenen Ritualen zum ersten Mal im Jahr singen, für die Stadtzürcher Amseln der Region Albsrieden aber gibt es auch einen letzten Tag, an dem sie im Chor singen, nach einem sehr ähnlichen Ritual wie im Frühling. Salima hat sich neben Antonio und Agate gesetzt, auf die Bank der jungen Wissenschafter. Sie kennt schon die Theorie und ist ehrlich beeindruckt von den Belegen, die die beiden gesammelt haben. „Wir haben lauter Genies in der Familie, und hier (sie deutet auf ihren Bauch) entsteht schon das nächste." Alle lachen fröhlich, natürlich weil es stimmt, oder was dachten Sie?

Die Amseln nehmen heute ihre Rivalitäten nicht so ernst, es ist reines *art pour l'art* zum Lob der Natur und ihres Schöpfers, so würde man denken, was da aus dem solidarischen Amselchor ertönt. Seine Brut hat man erfolgreich aufgezogen, also braucht es keinen Kampf um Reviere mehr. Nach etwa einer Viertelstunde ebbt der Chor langsam ab, bis am Schluss nur noch da und dort das zufriedene Piepsen einer Amsel ertönt, die ihren letzten Tageswurm verschluckt. Wir sind ja auch nicht mehr im Frühling und was für unsere erweiterte Familie zur Diskussion steht, ist nicht die erhärtete Theorie des Anfangspunktes, sondern meine Theorie des Schlusspunkts. Ich behaupte nämlich aufgrund meiner intuitiven Beobachtungen, dass die Amseln auch an einem bestimmten Tag im September zum letzten Mal trillern und danach bis zum nächsten Frühling schweigen. Dass sie überhaupt im September noch einmal singen, ist dem Klimawechsel geschuldet. Die Futterverhältnisse sind bis in den späten Herbst hinein so ideal, dass auch die älteren Semester es sich leisten können, die Würmer Würmer sein zu lassen und sich stattdessen noch mit einem kleinen, choralen Menuett zu vergnügen. Das möchten unsere jungen Wissenschafter jetzt dokumentieren – oder widerlegen. Wenn ich mich täusche, schärfen sie mir mit viel Gelächter ein, werde mich das ziemlich viel kosten. Ich finde das alles sehr angenehm, auch, dass die Bank unter mir sanft wird wie eine Wolke. Probiert die Stadt Zürich ein neues Sitzpatent aus? Und hat dafür ausgerechnet die Bank ausgewählt, die uns vor Jahr und Tag angezogen hatte? Die lassen sich meinen Popo etwas kosten, denke ich, und frage mich zugleich, was ich da zusammenspinne und ob meine Logik am Zerrieseln sei.

Wie auch immer ... In unserer Platzecke, neben der „Wissenschafterbank", steht noch eine weitere, auf der eine junge Mutter mit zwei Kindern Platz genommen hat, die etwa im Alter von Carlo und Agate sind. Auch sie lachen fröhlich mit, wobei man sieht, dass sie aus bescheidenen Verhältnissen kommen. Sie blicken sehr zurückhaltend zu uns hinüber, können aber nur schwer ihren Neid auf Carlos Rollex und Giovannis Samsung 11s verbergen. Die Mutter hat feinfühlig gemerkt, dass uns dieser diskrete Neid aufgefallen ist und glaubt, sich entschuldigen zu müssen:

„Sowas kann ich meinen Kindern nicht kaufen, so gerne ich es möchte. Mein Mann war Dachdecker, ein sehr guter, wir hatten Pläne für ein eigenes Unternehmen, da ist er an einem Föhnwintertag auf einem Dach ausgerutscht und der Schornstein, an dem das Sicherungsseil befestigt war, ist umgekippt und hat die Sicherung ausgeklinkt. Ein Fehler der Bauherrschaft, die zu viel Sand in den Zement gekippt hatte, aber das hat mir meinen Lorenzo nicht zurückgebracht. Er war auf der Stelle tot, die Kinder haben sich bis heute noch nicht von dem Schock erholt.

SALIMA – Wissen Sie was: Die Meteorologen versprechen uns einen sonnigen September, wir könnten uns doch noch ein paar Mal hier treffen, und mein Mann hat sicher in seinem Elektronikladen einen Restbestand von Samsung, aus dem er zwei Geräte mitbringen ...

LUKAS *(das bin ich, falls Sie's noch nicht gemerkt haben)* – und schenken könnte.

SALIMA – Das wollte ich Sie ergänzen lassen. Einverstanden?

DIE JUNGE MUTTER – Ich weiß nicht, ob ich das annehmen darf.

SALIMA – Schauen Sie lieber Ihre Kinder an. Dürfen Sie sie enttäuschen, indem Sie ein kleines Geschenk, das meinen Mann nicht einmal etwas kostet, einfach so ablehnen?

Jetzt musste auch Frau Martha Fumagalli, so hat sie sich uns vorgestellt, herzlich lachen:

MARTHA – Einverstanden, Ihr Argument ist so schlagend, dass ich nicht mehr ablehnen kann.

SALIMA – Und wissen Sie, ich kann von Ihnen viel lernen.

MARTHA – ?

SALIMA – Ja sicher. Irgendwann muss man seinen Kindern immer wieder etwas versagen, sie müssen lernen, dass es Grenzen gibt und dass sich selbst dazu erziehen müssen, diese Grenzen zu erkennen und zu respektieren.

AGATE – Du, Mami, los emal, wenn du jetzt mit der Frau Fumagalli ...

MARTHA – ... mit Martha. Ich heiße Martha Fumagalli und das hier sind Lorenzo und Ágata (sie hat es korrekt mit Betonung auf der ersten Silbe ausgesprochen).

AGATE – Also, dürfen wir mit Lorenzo und Ágata zur neuen Voliere auf dem Bullingerhof und dort Vogelstimmen aufnehmen? Ich sollte einen mündlichen Vortrag über Vogelstimmen vorbereiten, und Carlo und Giovanni möchten für die Pfadiwölfli ein Crossrennen vorbereiten, wo man an einem Posten Vogelstimmen zu Vogelbildern zuteilen soll. Die Bilder macht Marco mit seiner Sony Kamera und ich mache die Aufnahmen, während Giovanni die Beschreibungen in sein Samsung 11s diktiert. Lorenz und Ágata könnten mit den Geräten, die ihnen Vater geben wird, alternative Bilder und Beschreibungen machen, am Schluss mixen wir das alles auf meinem Tablett und machen daraus ein Just-in-time Manus, aus dem jeder das herauspicken und editieren kann, was er oder sie braucht."

Auf einmal höre ich ringsum Gespräche zwischen Leuten, die ich irgendwie kenne, ohne sie je gesehen zu haben:

BANKNACHBAR (*geschätzte 75, zu seiner Nebenbänklerin, einer würdigen Dame ohne schätzbares Alter*) – Gerold von der Crone mein Name, ehemaliger Geschäftsinhaber der Bank Crone & Co Limited, heute Pensionist, habe die Ehre. Ich fand unser Amselgespräch außerordentlich interessant, ich möchte sagen lehrreich, und äußerst charmant. Vielleicht können wir uns an einem der nächsten Sonntage wiedersehen, wenn es regnet, dann vielleicht im Café Régence. Kennen Sie das Régence? Sehr empfehlenswert für literarisch Interessierte, hat immer interessante Lesungen, wäre für uns ein spannendes Diskussionsthema, wenn Sie verstehen, was ich meine.

NEBENBÄNKLERIN – Tout à fait, cher ami, i han euses Gschpröch isserst agneem empfunde, es wäre mer es Vergniege, Sie wieder tsgseh, cher ami. Iibrigens, i mecht mi ou vorstelle: Mathilde Burkhardt, mit -dt, gelletsi, Sie kenne jo der Unterschiid zwische de Baasler -d, dt und ddt Burkhardt, der Deigg und die Arrivees, gelletsi.

VON DER CRONE – Absolument, da liegen Welten dazwischen, die Welten zwischen den echten Gebildeten und den Arrivés, wenn Sie verstehen, was ich meine. Die -dt gibt es übrigens auch in Zürich, ein echter Ableger, ebenso gebildet wie die Baasler, wenn Sie verstehen, hatte in meiner beruflichen Tätigkeit oft Gelegenheit, Vertreter dieses Zweigs kennenzulernen, alle sehr gebildete Menschen, es war immer ein Vergnügen, mit ihnen zu parlieren. Sollen wir auf nächsten Sonntag im Régence abmachen? Um … ?

MATHILDE BURKHARDT – drei Uhr, nous voilà d'accord.

VON DER CRONE – Gestatten, dass ich den Termin in mein Moleskin Taschenbüchlein eintrage, alte Methode, nicht war, aber es gestattet mir, wichtige Verabredungen in der linken Vestontasche über dem Herzen zu tragen, Herzensangelegenheiten, wenn Sie verstehen, was ich meine.

MATHILDE BURKHARDT – Vous êtes un charmeur, cher Monsieur.

VON DER CRONE – Ist man einer edlen Dame wie Ihnen schuldig, Madame, man weiß schließlich, was sich gehört. Lassen Sie uns doch hinüber zu dem kleinen Wurststand gehen, den der Zirkus Knie als Reklame im Bullingerhof aufgestellt hat. (*Schon zurück mit Mathilde Burckhardt*): Eine Wurscht, die fast so groß ist, wie wir beide, und dazu von Spitzenqualität, für nur 3€: Das ist echte Zirkuswerbung, von der könnten sich meine Werbefritzen eine Scheibe abschneiden. Werde ich ihnen demnächst stecken. Kommen Sie Madame, wir wollen noch ein wenig die Sonne und das Panorama genießen, ich sehe von hier aus, dass unsere Bank noch frei ist (*bietet ihr galant den Arm an, den sie ebenso elegant nimmt*).

SALIMA (*zu der besammelten Jungmannschaft*) – Jetzt hört mir einmal zu! Ihr wart jetzt bei den Volieren, habt reichlich Bilder schießen, Aufnahmen machen und Kommentare sprechen können, jetzt braucht es nicht auch noch einen Besuch in der Jugenddisko des Quartierzentrums, auch wenn die, wie du sagst, Carlo, sensationellen Dancing Soul spielen. Jetzt gehen wir in den Gottesdienst im Grossmünster, und macht keinen solchen Lätsch, wenn demnächst jemenitische Verwandte von mir auf Besuch kommen, werdet ihr die Fremdenführer spielen, das ist eine Ehre, capito?

MARTHA *(schmunzelnd)* – Hätte ich auch so gesagt!

SALIMA *(zu Martha)* – Danke, habe ich gerade von dir gelernt. Du bist aber auch scharf, wenn du findest, bei mir gehe etwas nicht? Versprochen?

MARTHA – Versprochen. Du aber auch, ja?

SALIMA – So, ihr Jungwissenschafter, jetzt geht's wirklich auf ins Großmünster. Wir wollen doch nicht zu spät kommen. Übrigens, bis meine Verwandten kommen, gibt es noch ein paar Lektionen Stadt- und Religionsgeschichte unseres schönen Turicum. Am Schluss werden Ingo und ich euch regelrecht prüfen.

ANTONIO – Und was gibt's als Belohnung für die bestandene Prüfung?

SALIMA – Einen Stadtrundgang der besonderen Art, „Liebe in Zürich", diese Art von Exkursionen ist ca. 2010 eingeweiht worden vom Elster Verlag und hat sich bis heute gehalten. Man erfährt dabei das Liebesleben von Zwingli, Gottfried Keller, Albert Einstein und vielen andern Berühmtheiten.

ANTONIO – Oh yeahhh! Ágata, was meinst du? Wäre doch eine Wucht!

AGATA – Muss ich mir noch überlegen …

INGO – Könnt ihr unterwegs machen. Ab ins Großmünster, um 11 fängt der Gottesdienst an, den müsst ihr einmal erleben mit allem Drum und Dran.

Eine dichte Wolkendecke ist unterdessen aufgezogen, ich fühle, dass ich wieder am Rande eines Abgrunds zapple. Das Großmünster ist gespenstisch leer, statt des Predigers steigt eine Fledermaus auf die Kanzel. Die alte Hexe kommt aus dem Boden geschossen und ruft mir mit krächzender Stimme zu: „Dreimal zappeln, dreimal schwabbeln; dreimal schweigen, Ausweg zeigen!" Was will sie damit sagen? Ich solle dreimal schweigen, dann werde sie mir einen Ausweg zeigen? Oder macht sie sich einfach über mich lustig? Schon ist sie verschwunden und ich zapple weiter in einer Grube, der Schachtrand bröckelt und bröckelt. Die Brainzentrale!, schießt es mir durch den Kopf, zugleich aber habe ich das Gefühl, dass mich jemand unter den Armen hält. Ein dröhnendes Stimmengewirr explodiert:

MR. WATSON – Warum schaust du so erstaunt drein? Du wusstest es doch. Er ist vor zwei Jahren gestorben.

MRS. WATSON – Natürlich habe ich mich daran erinnert. Ich habe mich gleich daran erinnert, aber ich verstehe nicht, warum du selbst so erstaunt warst, das in der Zeitung zu lesen[7].

VON DER CRONE – Mein Beileid, Frau Watson, mein herzliches Beileid.

MATHILDE BURKHARDT – Dä isch doch nid gstoobe, der Watson, der Londoner Daigg stirbt doch niid, du häsch di völlig tosche, mon cher.

VON DER CRONE – Äxküsi, äxküsi, wenn du verstehst, was ich meine.

Während alle diese Stimmen ertönen, zapple ich immer noch mit den Beinen im Leeren am Schachtrand, als ich Salimas warme Stimme vernehme:

SALIMA – Komm, das ist da nichts für dich, ich nehme dich zu mir ins Bett.

Ich bin total verwirrt. Die Worte scheinen sich auf einen Traum zu beziehen, aber sie hat jetzt die Arme wirklich um mich gelegt. Habe ich geschrien oder gezappelt in meinem Traum? Klar, ich bin in Salimas Wohnung, sie war heute so müde, dass wir getrennt geschlafen haben. Offenbar habe ich im Traum geschrien und sie ist zu mir herübergekommen und hat mich am Boden gefunden. Was ist los mit mir,

---

7 Die Niederschrift dieser Eintragung hat mich eine Nacht gekostet, aber ich wollte diese Windungen meiner grauen Zellen aufmerksam betrachten, um zu wissen, wo die Ursache meiner Träume liegen könnte.

dass mein Unbewusstes auf die schönste Morgenröte mit einer verrußten Nacht antwortet?

Ich kann Kari Bärlochers Theorie trotzdem nicht bestätigen: Das Unglück meines Vaters habe ich in einem Alter erlebt, in dem einen so etwas nicht mehr aus der Bahn wift. Schluss mit all diesen Psycho–Spinnereien! Abwarten, was kommt.

Sonntag, 22. September

Am 15. September hat die Hochzeit in Sanaa angefangen und morgen nach einer guten Woche wird sie enden: die übliche Zeit für eine Hochzeit der oberen Gesellschaftsklassen, bei der man halb Sanaa bewirtet, Rebellen inklusive, denn man will ja schließlich Wohlwollen *tous azymuts* erzeugen. Die Feierlichkeiten enden an einem Montag, das ist garantiert kein religiöses Fest.

Ich würde diesen zweiten Teil unter dem Titel „Betriebswirtschaftslehre, klassischer Publicity Feldzug zwecks Eroberung eines Markenreviers" abhandeln. In dieser Kampagne hat sich Salimas Genialität in ihrer ganzen Größe entfaltet, und ich war und bin unbändig stolz auf sie. Die Strategie hätte Bismarck unterschreiben können: Klare Ziele setzen, in keinem Moment davon abweichen und solange „klotzen", bis sie erreicht sind. Punkto Ökumene war zwar nicht mehr zu erreichen, als Mullah Abdul Malik al-Huth zuließ, nämlich einen aus Libanon eingeflogenen maronitischen Bischof als Interface zu den Missiachi, den Anhängern des Messias Jesus. Es musste in jedem Augenblick klar bleiben, dass die jemenitische Ökumene ein patentiertes Ökolabel war, für welche unser Mullah die Exklusivrechte beanspruchte. Als rigoristischer, aber doch realistischer Muslim und Inhaber „seiner" Moschee sagt sich Abdul Malik al-Huth in kluger Einschätzung der künftigen Entwicklung, dass auch in seinem Land und auch im Reiche Allahs eine junge, zur westlichen Technologie hin orientiert Generation herangewachsen ist, die mehr und mehr Freiheitsrechte einfordern wird, darunter auch das Recht, am Freitag keine Gottesdienste mehr zu besuchen, mögen die Muezzins noch so lautstark von ihren Moscheen herunterrufen. Angesichts einer solchen Entwicklung gilt der Spruch: Vorsorgen ist besser als Heilen. Wenn es gelingt, die große Moschee von Sanaa, seine Moschee, zu einer ökumenischen Moschee zu machen, wobei Ökumene strikte so zu verstehen ist, wie er es vorschreibt, dann kann man vermutlich auch in Zukunft die Gebetsräume füllen, denn damit wäre die Hauptforderung der jungen Generation, unabhängig zu denken, scheinbar erfüllt. Was die älteren und alten Muslime angeht, so folgen sie ohnehin wie ein Mann (Frauen sind da noch nicht vorgesehen) der grünen Fahne „ihres" Mullahs.

Von diesen strategischen Überlegungen abgesehen wurde die Hochzeit zu einem feierlichen und bewegenden Ereignis, und am Schluss hatten viele der Anwesenden feuchte Augen. Salimas Eltern umarmten mich herzlich und sagten, sie betrachteten es als ein großes Glück, einen solchen Schwiegersohn zu haben, wozu Salima nur trocken meinte: „Sehe ich auch so."

Das Hauptverdienst an diesem Erfolg (insgesamt waren über 500 Gäste anwesend, darunter auch die erzkonservativen Verwandten Salimas, außer 5, die nachweislich vor oder nach einer Operation im Spital waren), das Hauptverdienst also kam dem maronitischen Bischof, Mounir Bechara Rai zu, der so klug und zugleich so feinfühlig und mit einer solchen Würde seine ökumenische Rolle spielte, dass er am Schluss spontanen Applaus erhielt. Man stelle sich vor: In der Hauptmoschee von Sanaa! Er hatte sogar mit dem Mullah ausgehandelt, dass er das Wandlungsgebet auf Aramäisch sprechen durfte, und das beeindruckte auch noch den letzten Strenggläubigen, denn der Prophet Īsā ibn Maryam (Īsā, Sohn der Maryam), unser Jesus, falls Sie's nicht gemerkt hätten, genießt hohes Ansehen im gesamten islamischen Raum, ihm ist eine ganze Sure gewidmet, wo gesagt wird, dass der Geist Gottes ihn aus dem jungfräulichen Leib Mariams gezeugt habe. Einen Priester zu hören, der in der Sprache dieses Īsā, mit seinen Worten, seiner Intonation und seinen Gesten 2000 Jahre nach dem ersten Abendmahl auftrat, war auch für konservative Muslim ein Erlebnis: Da trat fast ein Vorfahre Mohammeds auf, einer, der direkt von Ibrahim abstammt.

Dass wir nach diesem Kraftakt nochmals einen Monat Ferien brauchten, war klar. Trotz der Bitten ihrer Eltern und Verwandten, doch noch einen Monat in Sanaa zu verweilen, blieb sie hart: „Das ist unsere Hochzeitsreise, und ihr könnt uns ja danach sooft ihr wollt in der Schweiz besuchen!" Wir waren beide der gleichen Meinung: Ferien *en famille*, mit meinen und Marks Kindern aus erster Ehe und dem Kind, das in Salimas Schoß reift. Mara hat sich von Anfang an gegenüber Salima so spröde verhalten (vielleicht war sie doch eifersüchtig, das Tüpfi), dass wir sie gar nicht erst eingeladen haben.

Samstag, 27. September

Wir sind in Adelboden, in einem echten Familienhotel zu echten Familienferien. Das Wetter ist traumhaft, unser Zusammensein ebenfalls, Salima und das neue Kind sind der Pol, um den alles kreist. Die Meteorologen sagen uns noch mindestens eine Woche Sonne voraus, Herz, was willst du mehr? Und doch treibt gerade jetzt wieder mein Minenschachttraum seine üblen Scherze mit mir:

Ich fliege wie eine Amsel in die Luft und plumpse dann ziemlich schmerzhaft auf den Boden, mit gebrochenen Flügeln, sagt der Traum. Die Alte kommt wieder, pflückt mich wie ein Bündel Lumpen und trägt mich in ihr Knusperhaus, wo ich Salima wiederfinde. Sie ist ziemlich ungehalten. Das Knusperhaus steht nämlich genau am Rand des Minenschachts und schaukelt gefährlich im Wind. Es droht jeden Moment abzustürzen. Salima schnauzt mich an, ich stünde auf der falschen Seite, und überhaupt sei sie nur gekommen, weil die Alte ihr berichtet habe, dass ich nicht mehr aus dem Kohlewald herausfinde. Dabei hätte ich ja eigene Augen im Kopf, ich müsse nur einen Kompass nehmen und der Nase nach wandern. Dann geht sie und lässt mich allein im Knusperhäuschen. Die Alte will mich ins Bettchen legen und mit Moos zudecken, ich muss so niesen, dass ich aufwache.

Ich glaube, der Traum spricht eine ziemlich deutliche Sprache, da brauche ich keinen Ödipus, um zu verstehen: Ich hänge herum und tue, als ob ich mich überhaupt nicht um Salimas Liebe bemühen müsste. Sie ist die beste und liebste Frau, ich bin ein guter und lieber Mann, wo ist da das Problem? Dabei schleppen wir beide sicher unsere Probleme und Abgründe mit, die Schwangerschaft wird das noch verstärken, und ich sollte mich ehrlich und täglich bemühen, Salima und auch mich selbst besser zu verstehen. So etwas habe ich noch nie gemacht, für mich sind die Dinge wie sie sind und dahinter ist schlicht nichts. Dabei sind die Dinge wahrscheinlich so, wie ich sie nicht sehe, und ich muss eine völlig neue und für mich sehr schwierige Fremdsprache lernen.

Mal sehen, ob ich auf diesem Gebiet irgendwelche Begabungen habe. Sicher bin ich nicht, das kann noch heiter werden.

Montag, 30. September

Die Probe aufs Exempel ist schneller gekommen, als ich dachte. Salima wirkte auf mich diesen Sonntag sehr angespannt, mit einer Art forciertem Optimismus und immer generalstabsmäßigerer Planung. Irgendwann wurde mir das unheimlich und ich habe versucht, ihr ganz sanft zu sagen: „Über die Besuche deiner Verwandten in Zürich müssen wir heute nicht mehr reden, das hat Zeit, bis konkrete Anfragen kommen."

Salima hat reagiert, als hätte ich einen Sprengsatz in ihr innerstes Wohngemach geworfen: im ersten Moment mit einer Art Schockblendung. Sie hat die Arme hoch und nach hinten geworfen uns ist mit verdrehten Augen so stehen geblieben. Ich habe erschrocken gedacht: „Die fällt dir um!" und habe einen Schritt auf sie zu gemacht und sie mit den Armen umfangen, damit sie nicht hinten wegkippt. Das war wirklich meine Befürchtung. In dem Moment hatte ich rasende Angst um sie, ich dachte schon, sie hätte einen Schlaganfall erlitten, einiges in der Symptomatik wies darauf hin. Tatsächlich hat sie mir später berichtet, sie hätte in dem Augenblick gedacht: „Mich trifft der Schlag! Nur das nicht wieder! Nie mehr!" Ihre Verwandtschaft sei ihr in dem Moment lebensbedrohend vorgekommen.

Wir sind einen Moment so gestanden, wie erstarrt, dann hat sie sich plötzlich rückwärts von mir abgestoßen und hat gebrüllt – ich kann es nicht anders nennen, es war ein Schrei aus dem Abgrund – „Halt den Mund, verdammt noch mal, du Verräter!" und gleich danach hat sie mir mit den Fäusten gegen die Brust getrommelt, als wolle sie mich k. o. schlagen. Ich habe alle Kraft aufwenden müssen, um sie zu bändigen, ich habe mir gesagt: „Wenn ich sie jetzt nicht in den Griff bekomme, dreht sie mir durch!" Ich habe ihr die Arme mit einem eisernen Griff hinter den Rücken gedreht, sie hat noch versucht, mich in die Schulter zu beißen, aber mein Klammergriff war zu schmerzhaft, ich konnte sie von mir wegdrücken. Ich fühlte immer noch ihren heißen Atem an meinem Hals, schließlich war sie weit weg genug, dass ich ihren Mund sehen konnte: Sie hatte Schaum auf den Lippen. Kurz danach sind ihr die Augen zugefallen. Ich habe sie ins Bett getragen, sie hat dann fast 12 Stunden lang einen richtigen Erschöpfungsschlaf geschlafen.

Ich war furchtbar in Sorge um sie: Das konnte doch nur ein epileptischer Anfall sein. Und was, wenn das Kind Schaden genommen hatte? War vielleicht eine Erbkrankheit ausgebrochen?

Freitag, 1. November

Allerseelen: Ich habe wirklich um unsere (drei) Seelen gebetet. Aber die Konsultation beim Notfallarzt am Unispital ist gut gegangen. Ich habe es hingekriegt, dass der leitende Arzt in Person Salima untersucht hat. Im Echogramm und in den CT-Bildern sind keinerlei Schäden beobachtbar. Punkto Erbkrankheit müssen wir noch die Ergebnisse der genetischen Untersuchung abwarten, aber Professor Carl Lohner meint, ein heftiger Schock (ich hatte ihm angedeutet, worum es ging) könne durchaus einen epileptischen Anfall auslösen, der sich mit hoher Wahrscheinlichkeit nicht wiederholen werde. Einen Rest von Sorge müsse man ertragen lernen, ganz ausschließen könne man einen Rückfall erst nach zwei Jahren. So sind wir jetzt um eine Sorge reicher und werden lernen müssen, sie zu ertragen.

Salima war während und nach der Untersuchung sehr tapfer, aber zu Hause musste sie dann doch weinen. Ich habe sie ganz fest umarmt und ihr gesagt, das sei jetzt unsere gemeinsame Sorge und sie solle ganz fest an das spanische Hochzeitsritual denken: *„und ich vertraue mich dir an in guten und in bösen Stunden."* Das Verwandtenproblem ist jetzt meine Sache: „Ich garantiere dir, ich werde das so entschärfen, dass du nicht einmal mehr etwas merkst, wenn einer von denen in Zürich auftaucht."

Darum ging es nämlich, und ich habe lernen müssen, wie es ist, wenn eine temperamentvolle, hochintelligente, auf Unabhängigkeit bedachte junge Frau in einer jemenitischen Familie der oberen Gesellschaftsklasse aufwächst. Scheinbar ist sie privilegiert: Man liest ihr die Wünsche von den Lippen ab, sie hat eine Schar von Freundinnen, Bekannten, Familienangehörigen, die sie umkreisen, umsorgen, unterhalten, begleiten, ausführen. Und mit der Zeit merkt sie, dass sie in einem Cocon aus unzerreißbaren Karbonfasern ist, der sie immer mehr einengt und ihr Erstickungsgefühle gibt. Sie beginnt, um ihr Leben zu kämpfen.

Die Auswanderung in die Schweiz, die Gründung einer Ladenkette und in einem gewissen Sinne auch die Heirat mit mir waren eine Flucht vor der Bedrohung, ein innerer Schutzwald, der die Lawine aufhalten sollte. Und genau in dem Moment, in dem von Ferne schon der Lawinendonner erklang, musste ihr meine Erwähnung der Verwandtschaft als ein Verrat vorkommen, der sie hilflos der Meute auslieferte. Dass die Reaktion unlogisch und für Unvorbereitete total verwirrend war, stimmt zwar, aber der größte Teil unserer spontanen Reaktionen ist unlogisch, wir merken es nur nicht, weil es zufällig gut geht. Als Ehemann habe ich mir aber geschworen, ich wolle in Zukunft aufmerksamer sein für die Abgründe, die Salima und mich bedrohen könnten, damit wir lernen, sie gegenseitig klug und liebevoll zu kompensieren. Dafür haben wir ja schließlich geheiratet. Heute jedenfalls habe ich Salima gesagt, sie brauche sich wegen der Verwandten keine Sorgen zu machen, ich würde das so gut organisieren, dass, wer auch immer nach Zürich komme, hier so umfassend herumgeführt werde, dass er vor lauter frommen und kulturellen Schaudern nur noch ans Schlafen denke. „*Ils seront confits de piété et de culture*" habe ich hinzugefügt, salopp übersetzt: eingetunkt in Frömmigkeit und Kultur wie in eine Konfitüre.

„Dich wird keiner mehr belästigen, die denken nur noch ans Schlafen.

– Meine Eltern kleckerst du aber ein bisschen weniger ein, ja? Die meinen es wirklich gut.

– Natürlich werde ich die verschonen, sie bekommen nur ein paar dekorative rosa Spritzer."

Jetzt hast du auch schon wieder lachen können, Salima, und mir ist ein Stein vom Herzen gefallen.

***

Das Tagebuch ist aufdatiert, ich habe alle Pendenzen nachgeführt und bin beim heutigen Datum angekommen: 1. November. Mehr kann ich nun auch nicht berichten, ich müsste denn erfinden, und das ist strikte gegen meine Prinzipien. Als Autor berichte ich, was ich weiß und erfahren habe. Dazu gehören auch Träume und irrationale Gefühle, gewiss, aber die sind ebenfalls Tatsachen in unserem Leben, und Erfindungen sauge ich mir keine aus dem Daumen. Wenn Sie Lust auf mehr gesicherte Tatsachen haben, konsultieren Sie doch bitte die Webpages anerkannter Futurologen und machen Sie sich Kopien davon. In 5 Jahren werden Sie feststellen, dass 90 % dieser Vorhersagen falsch waren, und die restlichen 10 % hätten Sie selber mit gesundem Menschenverstand auch machen können.

Nicht, dass ich etwas gegen Phantasieerzählungen habe. Ich finde sie sogar sehr bereichernd und lese sie enorm gerne, wenn ich Zeit habe. Sie entwerfen mögliche Parallelwelten, die für uns so real aussehen, wie unsere eigene Wirklichkeit und unsere eigenen Träume. Doch ich habe dafür keine Begabung, ich bin durch und durch Realist. Mir genügt es, wenn ich die Realität einigermaßen anständig bewältige. Ich hoffe natürlich, dass unser Kind gesund auf die Welt kommt und wir unsere Aufgabe als Eltern einigermaßen anständig bewältigen werden, ich nehme als sicher an, dass es weitere Kriege und Flüchtlingsströme geben wird, weitere Verfolgte und Entrechtete, Verfemte und Vergessene, und wenn das Schicksal uns gnädig ist, werden wir einigen von ihnen sogar beistehen und ein wenig von dem Glück weitergeben können, das uns so unverdient geschenkt wurde. Das genügt mir als Vorhersage, den Rest überlasse ich den Mathematikern der Hagelversicherungen.

5

Die Fledermaus

Donnerstag, 8. Oktober 2043

Mein Freund Pirmin hat mir einen Traum erzählt, den er geträumt hat, als er große Angst um die Gesundheit seiner schwangeren Frau hatte und er ihr unbedingt helfen wollte: Er steht am Rand eines bröckligen Minenschachts, kann sich kaum noch halten, meint aber, er könne sich als Retter seiner Frau emporschwingen. Sie schwebt über ihm, vom Adler des Prometheus bedroht, der ihr die Leber herauspicken will. Mein Freund landet kläglich wie eine Fledermaus mit gebrochenen Flügeln auf dem Boden und seine Frau sitzt beelendet auf dem Mäuerchen, das den Schacht umrundet: „Das habe ich mir anders vorgestellt ..." So jedenfalls habe ich mir den Traum gemerkt, vielleicht waren einige Details anders, aber mir passte meine Version am besten, weil ich gerade in Two4One, der *Site für gediegene Partnerschaften,* ein Inserat aufgegeben hatte und mich Selbstzweifel plagten:

Du, ja gerade **Du**!
Dich suche ich!
Kannst **Du Dir** eine Partnerschaft
mit einem **MANN** vorstellen,
der dich **durch Dick und Dünn** verteidigt?
!!!!!!!!!!!!!!

Zugegeben, ein total idiotischer Text. War ja auch nur ein Altherrenjux eines Seniors, der seiner schlagenden Studentenschaft treu geblieben ist. Das versuchte ich mir jedenfalls einzureden. Vom ehemaligen Comment ist in der Studentenschaft viel verloren gegangen, es soll sogar einige geben, die sich den Schmiss nur auftätowieren lassen, mit einer garantiert leicht zu entfernenden Tätowierung. Aber irgendwie haben die Jungs heute auch etwas Unbeschwertes, das alte Knochen wiederbelebt, und für einen großangelegten Scherz sind sie immer zu haben. Wir haben also ausgelost, wer den Inserenten spielen sollte, für den Fall, dass eine Frau so blöd oder im Gegenteil so humorvoll sein sollte, auf das Angebot einzusteigen.

Montag, 12. Oktober

Man wird es kaum glauben, wir haben innerhalb von zwei Kalendertagen 51 (in Worten einundfünfzig) Antworten bekommen. Einige waren allerdings mehr oder minder derbe Scherze, deren Absenderinnen wohl beweisen wollten, dass Derbheit schon längst kein männliches Reservat mehr war – „Kannst **du dir** eine Frau vorstellen, die **dir** den Hintern **mit dem Kartoffelmesser pellt** und dazu Hänschen klein singt?" mag in etwa den Tenor dieser Kategorie von Antworten resümieren. Unser supponierter Briefeschreiber fand Spaß an seiner Aufgabe und schrieb fleissig zurück. Seine Antwort an die Kartoffelpellerin erfolgte postwendend am Samstag: „Schöne Pellerin, dein Schneid bezirzt mich, doch zu pellen brauchst du nicht, das einzige, wonach mir der Sinn steht, ist LIEBEEEE!!!" Das hat sie aber keineswegs entwaffnet: „Folge du nur meinen Weisungen, dann rettest du deine Haut. Solltest du aber so unbedacht sein, das Pellmesser in die Hand zu nehmen, dann denke daran: Seit 18:00 Uhr wird zurückgeschossen! Und von jetzt ab wird Peller mit Peller vergolten!" Worauf er, nicht faul, zu bedenken gab: „Wir sind nicht mehr 1939 und dein Dölfchen haben längst die Würmer gefressen, mich schlägst du nicht in die Flucht, Lady Roweckowa[8]."

---

8 1942–1943 war General Stefan Rowecki der Chef der polnischen Widerstandsarmee gegen Nazideutschland.

Sonntag, 18. Oktober

Am spannendsten ist die Korrespondenz mit der *Polonaise té-nébreuse* geworden, wie sie sich selbst benannte: „**Dich** habe ich gesucht. **Wagst** du es, einzutauchen, o Perseus, **in meine Nacht**, wird dir **ERLEUCHTUNG** werden!" war ihr Eröffnungszug. Das war stilvoll und hatte einen literarischen Anklang an Friedrich von Hardenberg. Aber Andrea, unser Briefeschreiber, täuschte sich sehr, als er zunächst meinte, es mit einem Schöngeist aus der Etepetetegesellchaft zu tun zu haben, sie belehrte ihn bald eines Besseren: „Ab heute wirst du auf die Probe gestellt, denn Papier ist geduldig, aber mit den Versicherungen einer Memme kann ich nichts anfangen. Beweise mir also, dass du es ernst meinst. Zuerst gibst du mir eine genaue Beschreibung, wie deine Einbildungskraft mich sieht. Und pass auf, ich werde dich kritisieren, wenn du mich für ein Tüpfi hältst. Das tust du doch, oder nicht?"

Hat die *belle Polonaise* hellseherische Fähigkeiten, oder vermag sie minime Stilnuancen zu lesen und war ihr das allzu Burschikose von Andreas' Antworten ins Auge gestochen? Jedenfalls war er nicht unglücklich, als ich ihm gestern gesagt habe: „Den Braten übernehme ich jetzt, schließlich ist ja die Idee von mir!" Allerdings habe auch ich die polnische Nachtschönheit anfänglich unterschätzt, denn heute erhielt ich prompt einen Pfeil in mein hochmütiges Herz: „Hat dein Kumpan seinen Fleiß schon wieder weggesteckt und ist sein Mut bereits erlahmt? Pass auf, dir könnte es ähnlich gehen!", schrieb sie auf meine erste, leicht geschürzte Epistel zurück.

Freitag, 23. Oktober

Auf der Plattform von Two4one erscheint jetzt fast täglich eine Epistel entweder von ihr oder von mir. Das muss man der Plattform lassen, sie geizt nicht mit Webspace, geht sie doch von der richtigen Idee aus, dass Webspace auf der Cloud immer noch relativ billig zur Verfügung steht und dass ein lebhafter und geistreicher Austausch Aufsehen erregt und neue Kunden anlockt. Dafür ist der Raum streng monitoriert, Entgleisungen haben unmittelbar zur Folge, dass der oder die Entgleiste mit sofortiger Wirkung und für immer ausgeschlossen wird.

Meine nächtliche Schöne wird für mich von Mal zu Mal rätselhafter. Mal gibt sie sich zärtlich anlehnungsbedürftig, mal schneidend scharf mit Witz und Ironie. Ein Kleinkaliber ist sie jedenfalls nicht. In diese erste Phase des gegenseitigen sich immer weniger Kennens fiel gestern Nacht mein Perseustraum:

Ich fliege sonnenwärts, wie weiland Daidalos, nur habe ich als moderner Ingenieur die leichtmetallenen Federn meines Flugkleides mit hitzebeständigem Flugzeugleim geklebt und ein Hitzeschild aus durchsichtigen, aber reflektierenden, hauchdünnen Karbonfasern gefertigt. Mein schlauer Fleiß nützt mir aber wenig, denn das Licht, in das ich fliege, ist so „glorreich" (das Wort kommt mir im Traum), dass es alles durchdringt und mich versengt. Ich zerfalle zu Asche und schwebe als dunstiger Staubteppich hernieder ins Dardanellenmeer, wo ich mich mit den Schaumkronen der Wellen vermenge.

Mir wird bewusst, dass ich mich verliebt hatte. In eine schöne Unbekannte, an der vielleicht nur der Schreibstil schön war. Was weiß ich von ihr? Nichts. Alles, was sie mir in der Cloud enthüllt hat, kann eine meisterhaft angelegte Finte sein. Wir in der Photoshop-Gesellschaft, auch wir Älteren, haben auf das Bild als Seinsbeweis verzichten müssen; man kann alles und jedes „beweisen", und das ist nicht einmal mehr ein Beweis von künstlerischer oder zumindest kunsthandwerklicher Fertigkeit, es gibt bereits Software, die einem diesen Fleiß abnimmt. Ich habe selber einmal während der Probezeit einer Software Gesichter älter oder jünger, schöner oder hässlicher werden lassen. Der Effekt war umwerfend, sogar automatisch erarbeitete Gesichter kamen meinen Bekannten „vertraut" vor. Ja, vielleicht ist auch das jugendliche Alter, das mir die schöne Unbekannte suggeriert, eine Fata Morgana, hinter der sich ein neunzigjähriges Geripppe verbirgt. Ihr grausames Spiel scheint eben darin zu bestehen, dass ich mich auf nichts verlassen kann, außer, dass sie mich unablässig täuscht und mich dadurch zum Spielball ihrer Launen macht. Als ich in einem Anflug von Offenheit vor 3 Tagen diesen Gedanken geäußert habe, gab sie schnippisch zu bedenken: „Ja und? Wäre das nicht auch ein Gewinn, ein *authentisches* Erlebnis? Wer sagt mir, dass du nicht das Gleiche mit mir tust? Und wäre es von daher gesehen nicht besser, wir würden uns nie treffen?"

Damit war nun aber mein erlebnishungriger Körper gar nicht einverstanden, der drängt auf Erfüllung und ergeht sich im Traum in schattenhaften Umarmungen. Plötzlich halte ich bald eine der Gorgonen an meine Brust gedrückt, bald den Kopf des nemeischen Löwen, dann wieder versuche ich, den Schlamm eines Moors zu umarmen, der mich unaufhaltsam nach unten zieht. Einmal habe ich auch einen schöneren Traum geträumt: Ich hielt eine Lichtkugel umarmt, die mich himmelwärts zog und mich mit heftigem Begehren erfüllte. Ein sehr fleischlicher Himmel also, der mehr nach der orgastischen Pan-Schar des Dionysos als nach dem kühlen Licht des Musengottes Apollo gestaltet ist. Jedenfalls immer mit Tonnen von Mythologie. Wo ich die hernehme, weiß ich nicht, im Gymnasium habe ich die griechische Mythologie nur knapp vor dem Abitur in zwei Nächten gelernt, um meine Geschichtsnote aufzubessern, die das dringend nötig hatte, wurde dann aber zu den napoleonischen Feldzügen befragt. Später habe ich sie scheinbar total vergessen, bis sie mein Unbewusstes jetzt plötzlich aus der Versenkung herausgeholt hat.

Sonntag, 25. Oktober

Als ich es vor 2 Wochen gewagt habe, meine Gefühle schüchtern anzudeuten, war der Effekt verheerend: Die schöne Unbekannte (wir hatten immer noch keine Namen füreinander) ist verstummt und ich warte seit Wochen vergeblich auf eine Antwort und träume nur noch von Nachtfaltern, die sich am Licht einer LED-Fliegenfalle die Flügel verbrennen und dutzendweise eine schleimige Schicht auf dem Metall bilden.

Mittwoch, 4. November

Heute, ich hatte schon jede Hoffnung aufgegeben, ist plötzlich eine Antwort gekommen, die mich völlig aus dem Häuschen gebracht hat:

„Verzeih, dass ich unser schönes Gespräch so abrupt unterbrochen habe. Deine Liebeserklärung, obwohl heimlich erhofft, hat mich zutiefst aufgewühlt. Wir können uns ja in Bezug auf unser Alter nichts vormachen, zu deutlich sind die *Marker*, die uns auf der Zeitskala einteilen. Ich bin, um es genau zu sagen, 32, du bist, wie ich vermute, um die 70. Zwischen uns liegt eine Generation, ich könnte deine Tochter sein. Es ist nicht dein Aussehen, das mir Kummer macht. Nach deinen Aussagen bist du sportlich und fit für dein Alter, ich stelle mir also eher einen eleganten Herrn mit silbrig gewelltem Haar vor. Was mir Angst macht, ist der Schock der Begegnung, die Generation, die zwischen uns liegt. Unsere Liebe ist eine Generation zu jung oder zu alt, und das schmerzt mich wie der Verlust eines Bräutigams. Dennoch ... Ich beurteile Menschen mehr nach ihrem Inneren als nach ihrem äußeren Gehabe, und du hast so viel Zartheit, Klugheit und Weisheit bewiesen – wo sie diese Eigenschaften bei mir gefunden haben wollte, ist mir ein Rätsel, als Träger solcher Attribute zu figurieren, hat mich eher erschreckt –, dass meine Liebe für ein Leben zu zweit darin genügend Nahrung finden würde. Würde, denn ich fürchte, die verlorene Generation wird ewig zwischen uns liegen."

Dass dieser Brief mich aufgewühlt hat, brauche ich wohl kaum zu betonen, ich empfinde ähnlich wie sie, und doch will ich mich der Begegnung stellen, und sei es auch nur, um mit Anstand zu verzichten, so denke ich wenigstens. Der zweite Schock kam, als ich das Foto angeschaut habe, das sie in der Anlage geschickt hat. Das ist garantiert nicht geschönt, sie ist eine absolute Schönheit, Iranerin, wie sie schreibt, als Kleinkind mit den Eltern nach Zürich gekommen, wo ihr diplomatisch begabter Vater es fertiggebracht hat, ohne mit dem Regime der Mullahs zu brechen, einen unbegrenzten Auftrag als Mathematikdozent an der ETH anzunehmen und damit dem Regime auch einen gewissen diplomatischen Persilschein auszufertigen, der gerne entgegengenommen wurde: „Wir sind fundamental *und* modern, wir exportieren Genies, wir werden die Welt durch eine *moderne* Revolution überzeugen. Nur die Mächte des Bösen behaupten, wir seien Terroristen!" Ihre hohe Intelligenz bezieht *Banafscheh* (der Name war für mich gewöhnungsbedürftig, erleichtert nahm ich zur Kenntnis, dass die Umgangsform *Benafscha* lautet, das in Zürich zu einem charmanten *Benaia* geschrumpft war), ihre Intelligenz also bezog Benaia wohl direkt aus der Familie. Den Sprung von der Mathematik zur Literatur allerdings hat sie selbst vollzogen.

Meine Antwort habe ich postwendend online gestellt, herzlich und verhalten zugleich. Auch mir bangt vor der Begegnung, weil sie mich zutiefst aufwühlt, aber mir scheint, wir müssen uns dieser Prüfung stellen, und eines, habe ich geschrieben, könne ich ihr versichern: Sie werde es mit einem Gentleman zu tun haben, einem verliebten Gentleman, was immer das für sie bedeute. Ich habe Ort und Zeit vorgeschlagen, sie aber um Gegenvorschläge gebeten, die für mich Vorrang haben würden. Ich habe mich gehütet, bei einem Fotografen eine geschniegelte Aufnahme zu bestellen und ein Foto angelegt, das mich in der Aula der Uni neben dem Rektor zeigt, der gerade eine Preisverleihung für besonders verdienstvolle Dissertationen startet, in der ich die Entscheide der Jury bekanntgeben muss. Ein gediegener Dozent der älteren Generation.

Donnerstag, 5. November

Noch am gleichen Tag, an dem ich Benaia geantwortet habe (die Namen der Korrespondenten werden in Two4One natürlich immer geändert), hat es Kommentare gehagelt: ein Viertel zustimmend, ein Viertel giftig ablehnend („Pappeli au figge!"), die Hälfte wohlwollend ironisch („Wenn's euch gut tut … ihr werdet bald genug aufwachen, polstert euch schon den Hintern!"). Wir haben auf keinen reagiert, und jetzt, nach einer Woche, ist der Spuk vorbei. Wir dagegen haben uns gestern wirklich getroffen, im Café Voltaire, an einem Kammermusiknachmittag. Im Foyer, wo fast niemand saß, konnte man der fernen Musik lauschen und zugleich ungestört sprechen. Ja, wir wollen es beide wagen, egal, welches die Folgen sein mögen, und gegen Schmerz wollen wir uns auf keinen Fall polstern, Schmerz gehört zur Liebe und ist ihr Salz, davon sind wir beide überzeugt. Und es sollte nichts Ätherisches sein, unsere hungrigen Körper sollen zu ihrem Recht kommen – davor allerdings habe ich auch wieder Angst: Wird es für Benaia nicht zu enttäuschend sein? Gestern Abend allerdings haben wir uns noch ganz sittsam getrennt, mit einem flüchtigen Kuss auf die Stirn.

Samstag, 14. November

Gestern Abend hat es angefangen zu schneien. Pappiger Neuschnee. Die ganze Nacht waren die Schneeräummaschinen unterwegs und haben fleissig Salz gestreut. Gegen Morgen ist dann die Temperatur auf –12 °C abgesunken und von den umliegenden Anhöhen bis zum Bellevue hat sich Zürich in eine Kunsteislaufbahn verwandelt. Nur ein paar Kluge mit Vierradantrieb und Schneeketten haben es geschafft, bis zu ihrem Ziel zu rollen, wenn sie nicht durch die hoffnungslos verstopften Straßen aufgehalten wurden: Trams, Busse, Lieferwagen und Privatfahrzeuge standen kreuz und quer, nicht einmal für Feuerwehr, Ambulanzen und Polizei war an ein Durchkommen zu denken. Die Passanten, vor allem die auf den steil abschüssigen Straßen der umliegenden Quartiere und Gemeinden, ruderten verzweifelt mit den Armen, landeten meistens auf dem Hintern und rutschten auch dann noch gefährlich weiter auf die Fahrbahn, wo zum Glück die Fahrzeuge ohnehin stillstanden. Ein paar Sportliche schafften es auf Waldwegen, wo man sich mit Moon Boots Pfade in den Schnee trampeln konnte, bis in die Stadt zu gelangen. Die meisten Ämter und Gaststätten waren bis gegen Mittag ausgestorben, an der Uni und der ETH unterrichteten jene

Professoren, die trotz allem angekommen waren, vor fast leeren Hörsälen. Ein memorabler Wintertag, für mich doppelt memorabel, weil Benaia und ich es geschafft haben, unser Rendezvous im Café Voltaire wahrzunehmen, wo wir lange die einzigen Gäste waren. Ich bin von Höngg mit Bergschuhen heruntergestapft, sie von Witikon, wo sie im studentischen Vizenzheim eine hübsche kleine Wohnung gemietet hat. Bei den Eltern wohnen kommt bei ihrem Unabhängigkeitsdrang nicht in Frage! Körperlich haben wir immer noch Abstand gehalten, außer am Schluss ein flüchtiger Kuss auf die Stirn, aber innerlich sind wir uns so nahegekommen, dass es fast wie eine Umarmung war.

Dienstag, 17. November

Gestern Nacht haben wir miteinander geschlafen. Feuerkugel, Offenbarung, reines Glück! Der Altersunterschied ist verdampft wie Quecksilber in der Petrischale. Mir sind die mittelalterlichen Alchemisten eingefallen und der „König im Schwitzbad", vor der Verwandlung in 24-karätiges Gold. Ganz nebenbei hat Benaia ein Gerücht erwähnt, das nach Aussage ihres Vaters an der ETH zirkuliere: Im Universitätsspital sei ein Fall von Lepra diagnostiziert worden, bei einem Handelsreisenden aus Guatemala. Was ich nicht wusste: in den letzten zehn Jahren hat die Leprainzidenz in Lateinamerika um 2.5 % zugenommen. Nichts von Mittelalter, das ist unsere Zeit, und es beunruhigt mich sehr, der Reise- und Handelsverkehr mit Südamerika ist ja intensiv. Von einer Dissertation, die ich an der Uni als Doktorvater betreuen musste, weiß ich, dass mit den Bananen aus Guatemala immer wieder da und dort eine Maus mittransportiert wird, und dass das *Mycobacterium lepromatosis* auf Mäusepfoten lange überleben kann. Lepra auf dem Frühstückstisch?

Mittwoch, 25. November

Bin der Sache nachgegangen. Lepra kann man mit Antibiotika bei frühzeitiger Behandlung zum Abheilen bringen, also auch bei einer Infektion besteht noch gute Hoffnung. Nur frage ich mich, wie die Wirkung im Falle einer Schwangerschaft wäre. Benaia und ich habe über diese Frage noch nicht gesprochen, aber ich fürchte, sie möchte unbedingt Kinder. Sie hat mir einmal gesagt, eine Frau sei in Iran erst wirklich eine Frau, wenn sie Kinder gebären könne, das sei die wahre Women Power, die den Männern auf ewig vorenthalten sei. Und da Benaia ziemlich powerbewusst ist ...

Welches die Folgen einer Leprainfektion bei Schwangerschaft sind, male ich mir lieber nicht aus. Überhaupt macht mir das Thema Kinder einigen Kummer. Ich erinnere mich an einen Kameraden am Gymi, dessen Eltern beide über 60 waren (ich weiß nicht, welche Hormonkuren die Frau gemacht hat ...). Jedenfalls wirkten beide Eltern sehr altbacken und der Junge noch viel mehr. Er sah täuschend einem Stubengelehrten mit viel zu großem Kopf und serbelndem Leib ähnlich und musste vom Turnen dispensiert werden, weil die Kameraden ihn fast zu Tode plagten. Einmal hatten sie ihm sogar einen Armbruch verursacht, als sie eine Bank, auf die er springen sollte, jäh wegzogen. Dass er wirklich ein großer Kopf und Klassenprimus war, vereinfachte die Sache auch nicht. „Mein Gott, habe ich mir damals gedacht, nur nie einen solchen Sohn zeugen! Ich müsste mich ja zu Tod grämen, dass ich ihm ein so mieses Leben bereite!"

Donnerstag, 26. November

Heute mit Benaia in der Unimensa zu Mittag gegessen. Sie hat wieder voller Verve das Thema „iranische Frauen und Kinder" aufgenommen. Ich traue mich immer noch nicht, wirklich auf das Thema einzutreten und es auf uns zu beziehen. Nur nicht über Männer lästern, die zu Höselern[9] werden, weil sie die Geliebte nicht vergraulen wollen! Das ergibt sich ganz von selbst.

---

9 Angsthase, Hosenscheißer

Ob das dann einmal die große Enttäuschung für Benaia wird? Ob gar unsere Beziehung daran scheitert? Ich habe richtiggehend Angst. Auf jeden Fall, wenn wir heiraten und Kinder haben, werde ich dafür sorgen, dass sie mit möglichst vielen jüngeren Leitfiguren Kontakt haben. Wenn sie ins Primarschulalter kommen und ich es nicht mehr schaffe, für sie ein vollwertiger Partner zu sein, müssen andere diese Rolle übernehmen können und ich ziehe mich auf den Part des gütigen Großvaters zurück, so habe ich wenigstens noch eine Chance, ihnen etwas zu bieten. Nur, ob Benaia dann damit einverstanden ist, steht auf einem anderen Blatt.

Die „Liebesschmerzen" haben schon angefangen, nur anders, als ich mir das vorgestellt hatte.

Dienstag, 1. Dezember

Fünf weitere Leprafälle sind unterdessen bekannt geworden. Es scheint sich um eine besonders aggressive Form zu handeln, die erstmals diesen Sommer in Äthiopien aufgetaucht ist. Ohne Behandlung kann die Infektion dazu führen, dass schon nach 2–3 Monaten Glieder sich zersetzen und einfach abfallen. Es ist zu befürchten, dass genau diese Form bei uns aufgetaucht ist. Wenn die Ärzte sie nicht bald unter Kontrolle bringen, ist das Schlimmste zu befürchten. Ich muss unwillkürlich an Camus *La Peste* denken. Zürich als Seuchenstadt, von der Umwelt abgeschnitten, alle Spitäler überfüllt, drastische Isolationsmaßnahmen, die Familien auseinandergerissen, aufopfernde Ärzte, die selber angesteckt werden – ich hoffe, das sind nur meine Alpträume. Ich scheine zu Alpträumen zu neigen.

Diese Nacht habe ich in einem apokalyptischen Traumbild einen riesigen Schwarm fleisch- und blutfressender Fledermäuse auf Zürich herabstürzen sehen. Die Menschen hatten Latten, Schaufeln, Flinten in der Hand, um sich zu wehren; andere versuchten sich unter ihren Mänteln zu bergen, Mütter krümmten sich über Kleinkinder, die sie auf der Brust trugen. Zur gleichen

Zeit regnete es in Strömen, rußige Rauschwaden schlugen von den Kaminen auf die Straßen, da und dort lagen schon Blutlachen, durch die Fliehende wateten.

Einen solchen Traum werde ich Benaia sicher nie erzählen, vorläufig ist ihr Optimismus noch völlig ungebrochen.

Donnerstag, 17. Dezember

In den letzten 14 Tagen sind 23 neue Fälle aggressiver Lepra bekannt geworden, eine ganze Menge noch nicht erkannter dürfte dazukommen. Ich fürchte, wir sind an der Schwelle zu einer Pandemie, für Afrika erwägt die WHO bereits die Ausrufung des Pandemiezustands. Ich sehe den Moment kommen, wo Zürich zur geschlossenen Stadt wird: Außer Agenten mit geeigneten Schutzanzügen darf niemand mehr herein oder hinaus. Ich wage mir das gar nicht richtig auszumalen, auch Benaia ist zutiefst besorgt. Sie sagt, ihr Vater habe die Möglichkeit erwähnt, dass sie mit einem Crashkurs „medikalisiert„ wird, sie muss dann eine gewisse Anzahl Stunden Assistenzdienste leisten, darf sich aber im Übrigen frei in der Stadt bewegen. Wenn wirklich der Belagerungszustand ausgerufen wird, werden aller Wahrscheinlichkeit nach auch die Quartiere gegeneinander abgeschottet, um die Verbreitung der Keime möglichst zu behindern. Die Verseuchung ist ohnehin vermutlich schon viel weiter fortgeschritten, als wir ahnen. Die Inkubationszeit ist ja außerordentlich lang, und man muss annehmen, dass viele, die mit Afrika Beziehungen haben oder aus Afrika zu uns als Besucher kommen, bereits angesteckt sind. Wenn es so weit kommt, dass jeder in jedem einen potentiellen Keimträger sieht, werden wir ohnehin genügend zu tun haben, um Panikreaktionen zu verhindern.

Als noch in der Forschung Tätiger an der Uni genieße ich einen medizinischen Status, der mir auch eine gewisse Bewegungsfreiheit verleiht, so dass zumindest Benaia und ich uns immer sehen können. Es wäre aber auf jeden Fall schrecklich, wenn der Belagerungszustand wirklich ausgerufen würde.

Der ehemalige Bischof von Chur hat sich in einem länglichen Artikel in der NZZ zu Wort gemeldet. Die NZZ hegt ja nicht gerade übertriebene Sympathien für Monsignor Zerklusen, aber sie achtet darauf, allen kirchlichen Vertretern den ihnen zustehenden Publikationsraum zu geben, sogar wenn es sich um einen Eiferer handelt, der sich mit jedermann verkracht hat, der nicht seine ultramontanen Ansichten zum „rechten Glauben" teilt. Die Lepraepidemie scheint er als ein Geschenk des Himmels zu betrachten. Jetzt erweise es sich, wohin der Weg der Zürcher Ungläubigen führe, ihr sündhafter Lebenswandel, ihr Mangel an rigorosen Normen. In diesem Sodom und Gomorra der Promiskuität sei es nur natürlich, dass sich die Ansteckung mit rasender Geschwindigkeit verbreite, und wen Gott nicht wegen seiner Sünden verblendet habe, der müsse spätestens jetzt erkennen, dass die Zeit für Umkehr und Buße gekommen sei. So wörtlich. In welchem Jahrhundert lebt der Mensch? Und ebenfalls wörtlich behauptet er: „Uns bietet sich jetzt die einmalige Chance, den rechten Glauben zu bezeugen. Schluss mit den halbherzigen Kompromissen. Wenn wir den Zorn Gottes besänftigen wollen, müssen wir die Menschen an seine Gesetze erinnern, und glauben Sie mir, sie werden auf uns hören." Großangriff! Jeder Pfarrer in jeder Pfarrei und sogar noch die im Altersheim sollen ausschwärmen und auf den Straßen die Menschen anhauen wie die Mormonen auf dem Bürkliplatz: „Bekehret euch, das Ende ist nah! Gott wird die Seinen erkennen und die Böcke den Flammen der Hölle überantworten." So ungefähr stellt er sich das wahrscheinlich vor.

Der Artikel füllt zwei Spalten rechts auf einer (linken) Seite im Bund Schweiz, und links daneben hat die NZZ mit subtiler Ironie einen Bericht des Jahreskongresses der „Demokratischen Volkspartei" platziert, in dem berichtet wird, ein Abgeordneter habe dazu aufgefordert, die „sündige Bundesrätin hinzurichten, die im Departement des Inneren unter Missbrauch ihrer Macht den neuen Familienartikel ausgebrütet [hat]." Der Abgeordnete Rusterholz sei daraufhin vom Ordnungsdienst aus dem Saal geführt worden, „da der Parteileitung die direkte Aufforderung offenbar doch etwas zu riskant schien." Mit noch subtilerer und gänzlich unangreifbarer Ironie platziert die NZZ auf der gleichen Seite einen kurzen Bericht über einen, zum Glück glimpflich ausgegangenen Unfall auf der Maloia, wo der Busfahrer wegen einer Schaar Gänse, die die Fahrbahn überquert hätten, zu einem brüsken Bremsmanöver gezwungen wurde und „vom rechten Weg abkam", glücklicherweise mit glimpflichen Folgen, da das Abrutschen des Busses auf der Grasböschung durch „einen großen Haufen Kuhmist" verhindert worden sei. Wetten, die gravitätischen NZZ-Redaktoren haben beim Verfassen dieses Elaborats feuchte Augen vor lauter Lachen bekommen. Auf jeden Fall haben sie ihre denkenden Leser in diesen schlimmen Zeiten für einen Augenblick aufgeheitert, das sei ihnen hoch angerechnet.

Sonntag, 20. Dezember

Krisensitzung mit Benaia und ihrem Vater, Prof. Shahnaaz. Seine Frau hat er, ganz iranisches Familienoberhaupt, an den Kochherd kommandiert, sie durfte uns ein persisches Mal zubereiten, während wir Kriegsrat gehalten haben. Prof. Shahnaaz hat für uns eine Wohnung beim Hegibachplatz entdeckt, ein Glückstreffer. Wenn nämlich wirklich der Ausnahmezustand ausgerufen würde, würden auch die Bewegungen zwischen den Quartieren ausgesprochen schwierig, und es könnte passieren, dass Benaia und ich tagelang getrennt wären. Für ein echtes Familienleben ist das kein Zustand, „und ich sehe ja, dass ihr zur Gründung einer Familie entschlossen seid." Übrigens sei der Altersunterschied zwischen uns in seinen Augen bedeutungslos: „Weißt du, wie viele der glücklichsten Ehen, die ich in meinem Bekanntenkreis finde, diesen oder einen noch größeren Altersunterschied haben? Der Unterschied ist rein anatomisch: Männer können ihre Gene länger weitergeben. Von tiefgefrorenem Sperma halte ich übrigens gar nichts, die Frau hat dann nur eine doppelte Last: Wenn die Kinder auf die Welt kommen, muss sie auch noch ein greises Baby pflegen." Damit war das Thema abgehakt. Und das muss ich Professor Shahnaaz lassen: Er hat uns wirklich ein Bijou von einer Wohnung gefunden, die wohl manche seiner Kollegen neidisch gemacht hätte. Mit Bus und Tram ist es bis zu ETH und Universität eine knappe halbe Stunde, und an der Hofackerstraße, die am stark befahrenen Hegibachplatz mündet, sind wir weit oben genug, dass der Fahrlärm uns nicht mehr stört. Die Wohnung umfasst 3½ Zimmer und einen Gartensitzplatz, der auf den friedlichen Hedwigsteig hinausblickt, alles in allem ein wirklicher Glückstreffer. Benaia träumt schon von den Sonnenblumen, die sie in unserem Gartenstück pflanzen will.

Dienstag, 22. Dezember

Die Hochschuldozenten scheinen sich als Grundstückmakler zu etablieren. Wir haben natürlich einen Wissensvorsprung für Eigentums- und Mietwohnungen, die sich in Reichweite der beiden Hochschulen befinden, und meine Kollegen nutzen diesen Vorsprung weidlich aus. Sie kaufen, sobald sie eine Information haben. Zwischen uns herrscht ein sportlicher Wettkampf, wer die meisten Objekte hortet, wobei horten kaum das richtige Wort ist, denn die Abnehmer reichen sich die Klinke, und der glückliche „Horter" streicht meistens einen satten Gewinn zwischen 10 % und 30 % ein. Eigentlich handelt es sich mehr um eine Art Börsenoperationen à la hausse, wir zahlen fast immer erst nach Verkauf. Ein paar Kollegen legen sich auf diese Art ein hübsches Vermögen an. Auch mein zukünftiger Schwiegerpapa scheint zu diesen Glücklichen zu gehören, als geborener Diplomat hat er immer einen Wissensvorsprung auf alle anderen. Wobei er nur die Traditionen seiner Heimat fortsetzt, wo ein Hochschuldozent ohnehin nur von den Nebengeschäften seines Amtes leben kann. Würde er dort nur den offiziellen Lohn anstreben, so wäre er mit einer Anstellung als Pizzakurier besser bedient.

Unsere Wohnung ist natürlich Tabu, er scheint anzunehmen (und zu wünschen), dass wir bald heiraten. 3½, meint er, seien für den Anfang ganz gut, das reiche provisorisch sogar für ein Kinderzimmer. Die Liegenschaft sei kürzlich renoviert worden und besitze bereits den Standard einer Eigentumswohnung, noch dazu der obersten Minergieklasse. Unser Nachbar gegenüber gedenke demnächst auszuziehen, dann könnte man die beiden Wohnungen verbinden, indem man hinten eine Wand durchbreche, was dann eine geräumige 5½-Zimmer-Wohnung ergeben werde (nicht „würde")! Große, luxuriöse Wohn– und Essdiele, Schlafzimmer, 2 Arbeitsräume und ein Kinderzimmer: Für eine Familie ein günstiger Start (nur Start)! Da könnten wir schon mal auch privat Kollegen und Kolleginnen bzw. nahestehende Politiker empfangen (Netzwerkarbeit: Politikerinnen gibt es für ihn als iranischen Netzwerker noch nicht). Ich fange an, zu verstehen, was *Familie* auf iranisch bedeutet.

Mittwoch, 23. Dezember

Benaias Vater findet, die Zeit für unsere Hochzeit sei eigentlich gekommen. Benaia ist energisch geworden: *Sie* habe den Bräutigam gefunden, und noch dazu „genau den Mann, auf den sie gewartet habe", jetzt sei es an ihr, mit mir zusammen die Hochzeit zu organisieren und den Zeitpunkt zu bestimmen. Zuerst wolle sie sich in ihrer neuen Heimat völlig einleben und das Weihnachtsfest in den drei Landeskirchen erleben, da sei auch ich völlig einverstanden (was ich bestätige). Ihr Vater dürfe aber beruhigt sein, sie denke an die Ehre der Familie. Die Hochzeitsfeier werde in zwei Teilen stattfinden, genau wie bei ihrer lieben Freundin Mae von Suri. Alles sagt mir also Benaia auch nicht, dass Mae von Suri eine „liebe Freundin" von ihr ist, wusste ich nicht. Über die Gestaltung unserer Hochzeit allerdings haben wir ausführlich gesprochen.

Der erste Teil werde im Grossmünster stattfinden, Pfarrer Vogelsang sei für jede ökumenische Feier zu haben, besonders, wenn er mit dem Abt von St. Gallen Columban von Blarer zusammen zelebrieren können, von dem er eine hohe Meinung hat (wir übrigens auch), und der es auch mit dem Imam der großen Moschee von Sanaa, Scheich Nasir Ahmad, gut könne. Der zweite Teil werde dann eben in der großen Moschee von Sanaa stattfinden, wo Imam Nasir Ahmad ja bereits mit der Hochzeit ihrer Freundin das Branding der ökumenischen Hochzeit in Jemen geschaffen habe. Wenn jetzt auch noch eine zweite, hoch angesehene Familie eine solche Hochzeit zelebriere, sei das Modell in der guten Gesellschaft von Sanaa definitiv lanciert. So könnten die iranischen Geistlichen nichts einwenden, bald werde sie dann ohnehin die Revolution hinweggefegt haben: „Frauen, Freiheit, Leben", die Armee habe sich bereits gespalten. Dem stimmte auch Benaias Vater mit einigem Vergnügen zu, er scheint stolz auf das Organisationstalent seiner Tochter zu sein. Wenn eine Frau schon mit einer Dissertation über den iranischen Dichter Forugh Farrochsad an der Universität Zürich ihren Master mache, dann sei es nur natürlich, dass sie auch ihre Hochzeit organisiere. „Mit einem Freund des Islams übrigens", teilte sie ihrem überraschten Vater mit. Das stimmt zufällig: anlässlich eines Lehrauftrags für neue Sicherheitsarchitekturen an der Universität Sanaa habe ich seinerzeit meine Sinekure genutzt, um 4 Semester schiitischer Theologie an der Iman University in Sanaa zu belegen, mit großem Gewinn übrigens, vor allem bei den Diskussionen mit Kollegen, die sich sehr für den „Schiiten der Christen" Calvin interessierten. Benaias Vater scheint nach dieser Information mächtig stolz auf seinen Schwiegersohn zu sein: Seine Tochter heiratet in der Schweiz einen Freund des Schiismus und zelebriert dann erst noch einen ökumenischen zweiten Teil in Sanaa! „Das werde Furore machen", sagt er lachend und reibt sich die Hände.

Vorläufig aber werden wir Weihnachten geniessen, soweit man das in dieser düsteren Zeit kann. Nun ja, *Deus providebit*, Gott wird vorsehen, wie es in der Vulgata heißt, was auch nicht besonders beruhigend ist – in der lutherschen Übersetzung fragt Isaak im 1. Buch Mose 22,8 seinen Vater: „Siehe, hier ist Feuer und Holz; wo ist aber das Schaf zum Brandopfer?", und Abraham, statt ihm die Wahrheit zu sagen, gibt fromme Sprüche von

sich: „Mein Sohn, Gott wird sich ersehen ein Schaf zum Brandopfer." Hoffentlich sind nicht wir das Schaf ...

Sonntag, 3. Januar

Die drei Gottesdienste, die wir an Weihnachten erlebt haben,
haben Benaia und mich tief bewegt, am meisten derjenige in
der Antoniuskirche beim Kreuzplatz, 5 Tramminuten von Hegibachplatz entfernt, also jetzt gewissermaßen unsere Hauskirche.
Dass man an Weihnachten in den Mitternachtsgottesdienst ging
und angesichts der damals noch strengen Nüchternheitsgebote
vor der Kommunion von 12 Uhr mittags an nichts mehr aß und
abends vor dem Kirchgang nur noch ein Glas Kräutertee trank,
war in unserer Familie dermaßen selbstverständlich, dass niemand auch nur daran gedacht hätte, darüber zu sprechen. Wir
waren einfach alle in der Kirche und auch jetzt noch, das habe
ich seinerzeit im Jemen gemerkt, ist eine Weihnacht ohne Mit-
ternachtsmesse für mich wie ein Frühstück ohne Brot. Aber das
Bewegendste am Gottesdienst in der Antoniuskirche waren die
Auszüge aus Händels *Schöpfung*, gesungen vom Cantus Chor in
großer Besetzung: 50 Sänger und Sängerinnen, 30 Instrumente im Orchester und 4 namhafte Solisten. In diesem Chor singt
eine reformierte Pfarrerin, deren Mutter bereits meine Eltern
kannten und schätzten, und die mir jeweils alle Hintergründe
einer Aufführung berichtet (wie viele Stunden Probe, welche Solisten, welche unvermeidlichen Missgeschicke und Aufregungen,
wie erschöpft alle zu Beginn der Aufführung waren und wie sie
am Ende fast vergingen vor Glück: „Eine Stunde Eden!"). Auch
Benaia war von „unserer" Pfarrerin sehr angetan, und nach ein
paar Minuten Gespräch haben sie sich schon mit Benaia und
Heidi abgesprochen und ein ausführliches Treffen abgemacht.
  Heute Abend haben wir das persische Neujahrsfest Nouruz
gefeiert, obwohl Nouruz die Sommersonnenwende, also eigentlich den Sommerbeginn markiert. Benaia wollte zeigen, dass sie
das genauso gut kann wie ihre Mutter. Sie hat unsere zwei Arbeitsräume und das Entrée in einen persischen Salon mit Buf-

fet und Konversationsraum umgewandelt, ein Riesenbuffet gekocht und die Räume herrlich mit Blumen dekoriert (dabei durfte ich ihr immerhin helfen), auf dem improvisierten Buffet haben wir sogar Rosenblütenblätter gestreut! Nimmt man die Tatsache, dass das Buffet um 2 Uhr morgens leergeräumt war, als Indikator, war es ein voller Erfolg, und auch Benaias Vater hat reichlich und mit großer Befriedigung Tschelo Kabab, Lavaschbrot und Beryan in sich hineingestopft, während seine Frau ihn ständig auf Iranisch davon abzuhalten suchte – „Sie wirft ihm vor, er habe schon jetzt einen zu dicken Bauch und er sagt ihr, jede normale iranische Frau wäre froh über den Bauch ihres Mannes, der ja beweise, dass sie gut kochen könne", hat mir Benaia zugeflüstert. Mit anderen Personen, mich inbegriffen, hat Farsaneh Shahnaaz kaum gesprochen und ausschließlich in einem eher mühsamen English mit starken iranischem Akzent. Wie ich dann doch von ihr erfahren habe, hat sie ihr Englisch in einer Koranschule für Mädchen aus besserer Gesellschaft gelernt, von einem Imam, der selber nie im Ausland gewesen war und sein Englisch mit einem Langenscheidt Fernkurs gelernt hatte. Ich werde daran denken, wenn ich mich wieder mal über ein fehlendes Wort in Langenscheidts deutsch-persischem Handwörterbuch ärgere. Benaia lacht mich ohnehin aus, sie schlägt Wörter auf ihrem Smartphone online in *www.arabdict.com* nach, und wenn eines fehlt, lässt sie es sich von mir ausführlich auf Deutsch erklären, sucht zusätzliche Beispiele auf Internet und macht dann dem arabdict einen Vorschlag, der fast immer akzeptiert wird, so dass sie jetzt dort schon feste Korrespondentin ist. So macht man das, wenn man iranisches Organisationstalent hat!

Ich habe mich dann noch gewundert, dass in der Koranschule Englisch und nicht Französisch unterrichtet wurde, stand doch Frankreich dem Mullahregime bis vor kurzem verständnisvoller gegenüber, aber Benaia hat nur gelacht:

„Selbst in den schlimmsten Zeiten des Embargos haben die Briten mit den Iranern fröhlich Geschäfte gemacht, und außerdem sind wir Iraner in erster Linie Realisten, welche die Tatsache nicht verkennen, dass im Lande des Großen Teufels 300 Millionen aus allen Religionen und Rassen zusammengewürfelter Menschen leben, mit denen man hervorragende Geschäfte machen kann und die noch schlechter Englisch sprechen als wir. Hier und da hat man hüben und drüben ein wenig geschossen, ein paar Spione festgenommen und ausgetauscht und ein paar Geheimdienstoperationen durchgeführt, um den andern zu ärgern. Dass ein Untergebener einmal eine Mission so ernst genommen hat, dass die Feinde gleich dutzendweise in die Luft geflogen sind, war ein bedauerlicher Betriebsunfall, deswegen hört man doch nicht auf zu geschäften!"

Das war dann noch mein Crashkurs in Diplomatie und Handel, der allerdings noch eines Updates bedarf, denn jetzt, wo die Europäer zumindest verbal die Frauenrevolution unterstützen und an neuen Sanktionen herumwerkeln, hat sich das Regime neue Freunde bei gleich grimmigen Diktatoren gesucht und verkauft denen Raketen und Drohnen, das passt ideologisch nahtlos zusammen, Allah speit Feuer.

Donnerstag, 7. Januar

Gestern ist an der Uniklinik ein vorwitziger deutscher Assistenzarzt aufgeflogen, der von sich behauptet hatte, er sei ein Kenner der Lepraproblematik und seine Behauptung mit 4 Untersuchungen untermauert hatte, die noch keiner unserer Kollegen gelesen hatte und von denen es sich in der Folge herausstellte, dass er sie mit zufallsgenerierten Daten und mit abenteuerlichen statistischen Methoden zusammengebastelt hatte. Als der Schwindel aufflog, behauptete er, er sei Korrespondent der Frankfurter Allgemeinen und habe beabsichtigt, einen lobenden Bericht über den Stand der Lepraforschung in Zürich zu schreiben. Die Kollegen haben ihn samt seinem Bericht nach Frankfurt zurückgeschickt, worauf die Redaktion der Frankfurter Allgemeinen meldete, sie habe diesem Herrn keinerlei Aufträge erteilt. Da durch seinen Auftritt vielleicht einiges Ungemach entstanden sei, biete man an, einen echten Korrespondenten zu schicken, dessen Bericht ja sicher positive Werbung für das Zürcher Unispital machen werde. Meine Kollegen haben ebenso freundlich abgelehnt: Sie hätten Übung im Umgang mit Falschmeldungen, und zudem bestehe ihre Werbung in der Hauptsache aus Nobelpreisen, zu denen die Forschungen entweder an der Uniklinik selbst oder an Instituten gemacht worden seien, mit denen man eng zusammenarbeite. Professor Zinkernagel und sein Rasterelektronenmikroskop seien ja vermutlich auch in Frankfurt ein Begriff. Die Zusammenfassung der Antwort hat man sich bei uns auf dem Latrinenweg weitergeleitet, mit entsprechend launischen Bemerkungen über die verstopften Leitungen in Frankfurt. Für einmal hatte ich einen Informationsvorsprung gegenüber meinem künftigen Schwiegervater, was ihn sehr erheitert hat: Die iranische Diplomatie sei vermutlich auf diesem Gebiet noch verbesserungswürdig.

Samstag, 9. Januar

Bei einer jungen Frau in der Gebärabteilung des Unispitals ist eine extreme Frühgeburt eingetreten. Ob der sechsmonatige Fötus gerettet werden kann, ist derzeit noch ungewiss. Bei der Frau wurde anlässlich der Routineuntersuchungen vor der Geburt Lepra entdeckt. Da man bei Austragen des Fötus ernste Komplikationen rund um die Geburt befürchtete, leiteten die Ärzte eine Frühgeburt ein. Bei der Mutter ist man zuversichtlich, dass die Lepra in zwei bis drei Monaten abgeheilt sein wird, beim Baby weiß man es noch nicht.

Ich habe Benaia über den Vorfall unterrichtet, wie sind beide sehr besorgt. Auf jeden Fall werden wir den schon vor 2 Monaten von der WHO herausgegebenen Empfehlungen folgen und Benaia präventiv impfen lassen, bevor wir eine Schwangerschaft ins Auge fassen. Die Impfung ist zwar erst im Experimentalstadium, doch die bisher vorliegenden Ergebnisse sind sehr ermutigend. 4 Kollegen von uns sind vor 2 Monaten, als die WHO ihre Besorgnis veröffentlichte, nach Lagos geflogen und haben dort in enger Zusammenarbeit mit nigerianischen Kollegen des Universitätsspitals eine Impfkampagne gestartet. Von den 300 eingeschriebenen Teilnehmerinnen ist in der Zwischenzeit keine an Lepra erkrankt und 43 haben gesunde Babys geboren, während in einem randomisierten, repräsentativen Sample nigerianischer Frauen zwischen 18 und 35 Jahren in der gleichen Zeit 17 erkrankt sind und 8 von ihnen Frühgeburten hatten. Die hohe Zahl der Geburten im ersten Sample erklärt sich daraus, dass mehrere Teilnehmerinnen sich explizit angemeldet hatten, weil sie schwanger waren und möglichst früh allfällige Maßnahmen zur Rettung des Babys veranlassen wollten.

Dienstag, 12. Januar

Es beginnen sich skurrile Zwischenfälle zu häufen. Einer britischen, in Zürich ziemlich bekannten Rockerband, den *Bad Boys* (nomen est omen) ist nichts Besseres eingefallen, als bei ihrem Auftritt im Hallenstadion einen Song *My Lepra is cool* zu lancieren. Auf der Bühne erschienen sie für diesen Song als Totengerippe (in psychedelischen Farben aufgemalte Knochen auf nachtschwarzen Ganzkörperstrumpfhosen). Die Reaktionen bewegten sich zwischen Pfiffen, Getrampel, Klatschen, Gejohle, Beschimpfungen und Eier- und Tomatenwürfen. Die Band hat es stoisch hingenommen, am Schluss sahen die Kostüme blutverschmiert aus und ein besonders witziges Bandmitglied streifte einen Anzugärmel ab, als hätte ihm die Lepra einen Arm weggefressen. Die Polizei hat prompt die weiteren Auftritte verboten, „wegen Störung der öffentlichen Ordnung", was die Band unverfroren als Werbung für ihren *baden* Auftritte benutzt hat, die handstreichartig mal in der Roten Fabrik, mal auf dem neuen Tonhalleareal, mal auf einem nahe beim Kasino Zürihorn im See verankerten Floss stattfanden. Das zusammengetwitterte, vorwiegend linke und jugendliche Publikum grölte vor Begeisterung. Die NZZ untertitelte einen Leitartikel mit *Quousque tandem, malus juvenis, abutere patientia nostra?* in welchem dann wiederholt von den „bösen Bengeln" die Rede war.

Samstag, 16. Januar

Mir fällt auf, dass die ohnehin schon geringe Kontaktfreude der Zürcher seit einiger Zeit weiter abgesunken ist. Einige tragen bereits Gesichtsmasken, die Maskenvorräte der Apotheken, habe ich mir in der Kreuzapotheke nahe der Antoniuskirche sagen lassen, seien leergefegt. Jedenfalls wenden sich die Zürcher so viel sie können voneinander ab und blicken sich scheel an. In den öffentlichen Verkehrsmitteln und auf den Bahnhöfen, wo man von einem dichten Gedränge quirliger Zeitgenossen umgeben ist, gestaltet sich diese Übung schwierig, man sieht die Köpfe der ängstlicheren Stadtbürger förmlich ruckeln, mal dahin, mal dorthin und am Schluss himmelwärts, von wo ihr müdes Genick sie aber bald einmal wieder herabholt. Ein paar demonstrativ Unbekümmerte, vor allem Junge, trompeten weithin hörbar in ihr Nastuch, und eine geschäftstüchtige Papeterie, die sonst als äußerst seriös gilt und das Montblanc Füllhalter- und Kunstkartenreservoir des gediegenen Zürcher Bürgertums ist, hat das Geschäft des Jahres mit psychedelischen Nastüchern entdeckt, auf denen *My Lepra is colored!* steht.

Mittwoch, 20. Januar

Heute Abend, gegen 6, hat es an unserer Wohnungstür geläutet und gepoltert. Wir waren gerade am Kochen von Tschelo Kabab, ich darf jetzt schon nach Weisungen von Benaia beim Kochen mithelfen. Ich bin zur Tür gegangen, habe die Sicherheitskette eingelegt und durch den Türspalt hinausgeschaut. Draußen stand ein Mordstrum von Kerl, dem man den afrikanischen Polizisten, den Rausschmeisser in einem Nachtklub oder den Ringkämpfer gleichermaßen zugetraut hätte. Es ist mir gelungen, ihn so weit zu beruhigen, dass ich es riskierte, die Kette zu entfernen und auf den Treppenabsatz hinauszutreten. Er behauptete in einem Englisch mit starkem Akzent, dass diese Wohnung ihm gehöre. Er habe von der Bank keine Ablösung bekommen, das Geschäft mit der Bank sei illegal, allerdings sei er zu einer gütlichen Einigung bereit: 20 % Aufschlag, wenn wir ihm eine Anzahlung von 50 000 Franken cash zahlen würden. Ich habe instinktiv gedacht: „Dem musst du verbal eins über die Rübe ziehen", und habe ihm geantwortet:

„Sie sind ein nicht ganz unbegabter nigerianischer Märchenerzähler. Wenn Sie mir Ihr Märchen schriftlich schicken, bin ich bereit, CHF 1.50 zu zahlen für den Unterhaltungswert, mehr nicht, denn die Story ist unterdessen schon 30 Jahre alt und Sie erzählen Sie nicht besonders gut. Und jetzt gehen Sie heim und setzen sich an Ihren Laptop."

Das hat auf ihn gewirkt wie eine kalte Dusche, er hat sich wortlos getrollt und hinter mir habe ich Benaia lachen gehört. Allerdings hat sie mir beim Essen gestanden, dass sie eine Zeit lang ziemlich Angst hatte, „und als du plötzlich die Tür geöffnet hast und auf den Treppenabsatz hinausgeschossen bist, hat es mir schier etwas gegeben!

– Mir auch, aber vor Wut über das Aloch. Ich habe ihm gleich angesehen, dass er strohdumm ist und gleich nachgeben wird.

– Und ich habe dir angesehen, dass du ihn zu Kleinholz machst, wenn er nicht sofort abhaut. Ich habe gedacht: Jetzt gibt es eine Prügelei, wo ist der Verbandkasten?"

So haben wir an diesem Abend außer dem guten Essen auch noch etwas zu lachen gehabt.

Samstag, 23. Januar

Ich habe immer noch so einen Schock, dass ich kaum schreiben kann: Benaia hat Lepra! Sie hat sich bei einem paramedizinischen Einsatz an der Psychiatrischen Universitätsklinik angesteckt, wo ihre Rolle darin bestand, die Patientin, die an schwerer, paranoider Schizophrenie litt, so weit zu beruhigen, dass sie die notwendigen medizinischen Maßnahmen über sich ergehen ließ. Das war scheinbar auch diesmal gelungen, die Pflegerin näherte sich der Patientin mit großer Vorsicht, brachte dann rasch die Impfung an und zog die Spritze sofort zurück. Doch die Gelegenheit musste der Patientin, die das Pflegepersonal samt und sonders für eine Schar von Teufeln hielt, allzu günstig vorkommen. Sie stürzte sich auch die Pflegerin und versuchte, ihr die Spritze zu entreißen, um sie damit zu stechen. Die Pflegerin reagierte sehr geistesgegenwärtig, warf sich zurück und ließ die Spritze in die Desinfektionsschale fallen, betätigte den Alarmknopf an der Wand und schnellte vor, um der Patientin mit einem geübten Klammergriff die Arme hinter den Rücken zu biegen. Die Patientin hatte sich noch nicht von ihrer Überraschung erholt, da waren schon zwei Psychiatriepfleger im Raum und banden ihr Arme und Beine mit Riemen hinter den Rücken zusammen, so dass sie nur noch versuchen konnte, sich vom Bett mit ruckartigen Bewegungen des Rückens hochzuschnellen und auf die Pfleger zu stürzen, was diese jedoch unbeirrt parierten. Dadurch, dass die Spritze ruckartig aus dem Arm zurückgezogen worden war, war Benaia etwas Blut ins Gesicht gespritzt, und obwohl man sie sofort desinfizierte, wurden ein paar Stunden später bei einer Kontrolle mit Genspektrogramm bereits Keime im Blut erkannt.

Sicher wird die Lepra dank der sofortigen Intervention und Impfung rasch und vollständig abheilen, aber der Schock war für uns beide furchtbar. Benaia hat ihn zuerst noch scheinbar sehr gut weggesteckt und sogar Scherze über ihren Halloweenlook gemacht, aber einmal zu Hause, ist sie zusammengebrochen und hat stundenlang geweint und geschrien. Ich habe sie fest in die Arme genommen und ihr immer wieder zugeflüstert: „Ich bin bei dir, durch Dick und Dünn, und ich verspreche dir, es wird alles gut gehen, wir werden beide Ostern vollkommen gesund feiern und Kinder haben können."

Nach einer Stunde hat sie sich beruhigt und meine Worte in sich aufgenommen. Irgendwann einmal hat sie geflüstert: „Durch dick und dünn, Perseus", und ist dann tief eingeschlafen. Auf unsere Träume haben die Erlebnisse dennoch eingewirkt, wir haben überraschend ähnliche Träume geträumt, als wären wir mit einer geheimnisvollen Nabelschnur verbunden. Es muss wohl so sein, dass unser Unbewusstes sich zeitweilig gleichgeschaltet hat. Jedenfalls waren unser beider Träume von Scharen von fleisch- und blutlüsternen Fledermäusen bevölkert, die wir schlecht und recht mit Stethoskopen und riesigen Impfspritzen abzuwehren suchten. Früher als erwartet sind wir gemeinsam in den ersten großen Schmerz eingetreten. Ich sage mir als Trost, dass wir daran reifen und noch enger verbunden sein werden.

Samstag, 30. Januar

Natürlich! „Blick war dabei!", **LEPRA!!!** als Titel über die ganze Breite der 1. Seite. Das musste ja kommen, irgendein Reporter der Boulevardpresse hat wahrscheinlich von der Lepraansteckung in der Universitären Psychiatrieklinik erfahren, noch bevor die Pfleger davon wussten. Vermutlich haben die Angehörigen gedacht, wenn man mit der Presse Druck auf die Klinik mache, werde das die Behandlung unglaublich verbessern. Sollen sie doch selber Lepra fassen und dann schauen, ob die Presse ihre Behandlung wesentlich verbessert! Wehe denen, wenn sie je etwas über Benaia schreiben, ich habe meinen Publicity-Molotowcocktail schon wurfbereit im Tornister, die werden sich wundern!

Habe die Klinikleitung heute Nachmittag kontaktiert und eine Pressekonferenz vorgeschlagen. Prof. Blocker hat mich gleich zu einer Vorbesprechung eingeladen, ich habe ihm nahelegt, die sozialen Medien voll einzuspannen: Die Klinik richtet eine öffentlich zugängliche Plattform ein; in einem 2. Schritt sollte sie mit der Gesundheitsdirektion des Kantons zusammenspannen, nur braucht die Administration ein paar Tage, ehe sie offiziell mitmachen kann. So lange sollten wir nicht warten, ich kann die nötigen Spezialisten mobilisieren, die das in 2 Tagen besorgen. Auf der Plattform werden alle medizinisch erhärteten Fälle von Leprainfektion im Kanton laufend aufgeführt (ohne Angabe von Namen, versteht sich) und Benutzerfragen beantwortet. Dafür wird eine eigene Koordinationsstelle eingerichtet (später auch eine Telefonzentrale), in der mich Prof. Blocker unbedingt dabeihaben will, ebenso wie bei der Pressekonferenz, die er für

Montag angesagt hat. Ich soll Ansprechperson für Sicherheitsfragen sein. Das kommt mir trotz der Mehrarbeit nicht ungelegen, denn früher oder später wird sich die Ansteckung von Benaia herumsprechen, und dann ist es mir lieber, ich beantworte entsprechende Fragen selbst – und kompetent, statt dass jemand, der nichts Näheres weiß, unsinnige „Erklärungen" abgibt. *Wistle*, den Konkurrenten von *Twitter*, auf den die Jungen größtenteils eingeschwenkt sind, weil er Gratistelefonie und Whatsapp-Funktionen verbindet, sollten wir ebenfalls einspannen und dort ein eigenes Konto einrichten. Wir müssen den öffentlichen Aufmerksamkeitsraum regelrecht überschwemmen, damit wir Giftspritzen und Fehlinformation ausschwemmen können wie bei einer Magenspülung.

Apropos Giftspritzen: es konnte ja nicht fehlen, dass sich die deutsche Presse besonders hämisch eingeschaltet hat mit einer Großreportage der Frankfurter Allgemeinen (die haben unsere Antwort auf ihr Publicity Angebot natürlich immer noch nicht verdaut): Bericht über nigerianische Prostituierte am Sihlquai, die dort trotz Verbot um Freier werben („man weiß ja, dass Nigeria gegenwärtig die Hochburg von Lepra ist"), laxe Kontrolle, im Gegensatz zu „uns Deutschen", wo dafür gesorgt wird, dass solches Gesindel schleunigst in Ausschaffungshaft kommt. Weiter: Lausige Sicherheitsmaßnahmen an Psychiatrischen Kliniken (in der Mehrzahl), „einer unserer Korrespondenten" (plötzlich ist der Kerl wieder Korrespondent der FA geworden!) „konnte sich ungehindert einschleichen, indem er sich als Lepraspezialist der Frankfurter Universitätsklinik ausgab" (wie blöd müssen die Zürcher Ärzte sein, dass sie so was schlucken?), ein paar Bilder vom Platzspitz „in unmittelbarer Nähe des Universitätsspitals" (mach's doch zu Fuß, du Halbschuh!), wo „bis vor kurzem," (30 Jahre sind es her) die Zürcher Szene fixte „und der Boden von gebrauchten Spritzen übersät war" – und das nenne sich saubere Schweiz!

Wir haben gleich auf unsere Art geantwortet, indirekt: mit dem Spiegel unterhalten die beiden Zürcher Hochschulen gute Kontakte, es hat sich ein Burgfriede eingependelt mit fruchtbarem Austausch von gezielten Insiderinformationen. In der nächsten Nummer wird der Spiegel einen Bericht deutscher Lepraärzte über die Inzidenz der Lepraerkrankungen in Frankfurt bringen (5 Mal so hoch wie jene in Zürich) und die Zahl der öffentlich noch nicht bekannt gegebenen Leprafälle in Frankfurter Spitälern (2.8 Mal so hoch wie bei uns). Gibt eine hübsche kleine Antwort an die Frankfurter Wichtigtuer, die den Absender umgehend erraten werden. Mögen sie uns hassen, wenn sie uns nur fürchten! Dem Spiegel ist es eine willkommene Gelegenheit für eine Abrechnung mit der deutschen Ärztegesellschaft, die dem Magazin vor kurzem mangelnde Seriosität in seiner Berichterstattung über die WHO und deren Leprawarnung vorgeworfen hat. So kommt jeder zu seinem Fett.

Donnerstag, 18. Februar

Ich habe alle Hände voll zu tun mit der Beratertätigkeit an der Psychiatrischen Universitätsklinik und der Leitung der Kommunikationsplattform. Jetzt möchte mich Regierungsrat Bacher auch noch als Berater für die Kommunikationsarbeit des Gesundheitsdepartements, ich werde wohl zusagen müssen. Aber das alles lenkt mich kaum von meiner Sorge um Benaia ab. Wir erleben schwierige Tage: periodische Kontrollen des Virentiters in Benaias Blut, Besprechungen mit den Ärzten – ständig werden wir an das Thema erinnert, es gibt kaum noch eine unbeschwerte Stunde. Benaias Familie lässt uns ziemlich in Ruhe und schirmt uns nach außen ab. Dafür bin ich meinen zukünftigen Schwiegereltern sehr dankbar. Wir planen jetzt die Hochzeit auf das Nouruz Fest, symbolisch als Beginn eines Lichtjahres. Bis dann sollten die letzten Viren aus Benaia verschwunden sein, und es wäre auch symbolisch schön, dann ein Kind zu planen.

Kleine Befriedigung mit der FAZ: Unsere indirekte Antwort scheint sie doch ziemlich beeindruckt zu haben. Sie schlagen einen gegenseitigen Informationsaustausch vor, wir auf unserer Plattform, sie in der FAZ. Das weitet unsere Möglichkeiten aus und verschafft uns auch international eine bessere Position. Deutschland ist ja immerhin ein zentrales Mitglied der EG, während die Kommunikationskanäle der Schweiz zur Europäischen Gemeinschaft doch ziemlich eingeschränkt sind.

Nächsten Sonntag werden Benaia und ich einmal alles liegen und stehen lassen und zu Notre-Dame de la Route in der Nähe von Freiburg pilgern. Ich kenne dort einen Jesuitenpater, der neben seinen drei Universitätsabschlüssen, wovon einen in Psychologie, auch einen Ausweis des C.G. Jung-Instituts als Lehranalytiker besitzt. Während Jahrhunderten waren ja die Jesuiten *die* Könner und Vorbilder im Umgang mit den damaligen Medien – Bücher, später auch Radio und Fernsehen – und sind es heute in aller Diskretion immer noch. Bei Pater Bruno F. habe ich den Verdacht, er habe schon bei seiner Geburt ein Smartphone triumphierend in der Faust geschwungen und als Korrespondent sei, wie könnte es anders sein, Ignatius von Loyola aufgeschaltet gewesen. Wir möchten an dem Gottesdienst teilnehmen, den die dortigen Jesuiten in ihrer Kapelle immer sehr schön und offen gestalten, und den diesmal Pater Bruno zelebrieren wird. Er hat uns eingeladen mit der Bemerkung, er wolle das Thema der Beziehungen zwischen Christen und Muslimen in seiner Predigt behandeln. Ich bin gespannt wie ein Regenbogen, Benaia ebenfalls.

Montag, 22. Februar

Pater Bruno ist das, was wir in der Schweiz einen „Heimlifeiss" nennen. Er hat nicht nur Kenntnisse in islamischer Theologie, was bei seinem Predigtthema anzunehmen war, sondern einen Abschluss. Ich wusste, dass er eine Zeit lang, vor dem Ausbruch des syrischen Bürgerkriegs, in der syrischen Jesuitenmission als lokaler Koordinator des Jesuiten-Flüchtlingsdienstes tätig war, aber dass er diese Zeit genutzt hat, um an der *Imam University*, der gleichen, die auch ich vier Semester lang besucht habe, einen theologischen Abschluss zu machen, der ihm den Titel eines Imams verleiht, davon hatte ich keine Ahnung. Sanaa lag ja nicht gerade vor seiner syrischen Haustür! Das kann sich auch nur ein Angehöriger eines Ordens leisten, der direkt dem Papst untersteht und der im Dienst der vatikanischen Diplomatie auch gewagte Missionen übernimmt. Wie auch immer, die Predigt war umwerfend und er hat uns per Mail eine Abschrift versprochen, die ich umgehend meinem zukünftigen Schwiegervater zeigen werden. Es würde mich nicht wundern, wenn progressive iranische Geistliche gelegentlich an Pater Bruno gelangen würden, um ihn zu konsultieren. Nach zehn Jahren könnte er dann ein Buch *Dialog zwischen einem Mullah und einem Jesuiten* publizieren, wie es der Orden bereits für den jüdisch-christlichen Dialog gemacht hat.

Der Gedanke, dass ich in eine Diplomatenfamilie hineinheirate und dabei auch noch eigene Verbindungen einbringe, ist mir noch ziemlich unvertraut, so habe ich mich bisher noch nicht gesehen. Man lernt nie aus, Benaia nimmt mich jedenfalls schon hoch als „Mr. Mullah Advisor". Zuerst müsste ich mal mit einem Mullah geredet haben, wie sind die eigentlich im menschlichen Verhalten? Illustre Geschäftemacher, vermutlich, „zur größeren Ehre Gottes", während des Embargos haben sie ja alle gewinnbringenden Schmuggelgeschäfte monopolisiert, während sie öffentlich versprachen, den Westen innerhalb der nächsten 10 Jahre zu bekehren. Inzwischen sind auch schon wieder ein paar Jahrzehnte vergangen, und sehr bekehrt wirken weder der Westen noch die Mullas, und die iranische Gesellschaft hat andere Sorgen.

Mittwoch, 24. Februar

Es wird unruhig in Zürich: Montag eine Demo von afrikanischen Frauen, die dagegen protestieren, dass sie als *sans papiers* keinen Zugang zur Gesundheitsvorsorge und damit auch zur Lepraprävention haben, Dienstag eine Blitzaktion des *Schwarzen Blocks*: Mit Totenmasken vermummte Randalierer haben die Empfangshalle der Uni-Forschungsabteilung besetzt und Pamphlete gegen die „Benachteiligung ressourcenarmer Bevölkerungsanteile beim Zugang zur Lepraprävention" verteilt. Der herbeigeeilten Polizei haben sie gedroht, alles kurz und klein zu schlagen, wenn man sie nicht machen lasse. Die Polizei hat sich diskret zurückgehalten und nach einer Stunde war der Spuk verschwunden, nicht ohne einige Beunruhigung zu verursachen, was ja schließlich der Zweck der Aktion war. Ein paar Patienten, die nichts von den Leprafällen an der Psychiatrischen Universitätsklinik wussten, sind fast in Ohnmacht gefallen und mussten behandelt werden.

Die Nachrichten sind in die Gebärabteilung der Universitätsklinik vorgedrungen, Angehörige von Frauen im Gebärsaal haben sich in den Gängen zu Spontandemonstrationen zusammengerottet, ein erzürnter und ziemlich athletischer Arzt hat einen der demonstrierenden Väter gepackt und ihm während 20 Minuten gezeigt, wie oft sich ein Arzt vor, während und nach einer Entbindung wäscht. Dem armen Manne ist fast die Haut von den Händen abgegangen, aber überzeugt hat ihn die Aktion trotzdem nicht: „Wer sagt mir, dass sie die Hände *wirklich* so oft waschen, wie sie es mir vordemonstriert haben?" Und redete ich mit Engelszungen, die Paranoiker überzeug' ich nicht ... Schließlich haben die auch ihren Nutzen: sie zeigen uns, wie wenig der Mensch ein Hör- und Lesewesen ist. Die meisten von uns folgen blinden Instinktschemata und handeln automatisch immer gleich, wurst, was man ihnen sagt oder schreibt. Jeder glaubt nur die Tatsachen, die er selber gefälscht hat. Der interne Ordnungsdienst des Spitals ist dann schließlich mit der Demo fertiggeworden, auch mit einem Reporter, der einen Leitartikel über die Misshandlung unschuldiger Patienten durch eine wildgewordene Ärzteschaft schreiben wollte. Man hat ihm einfach gezeigt, wie leicht es wäre, ihn en passant mit einem infizierten Gegenstand zu streifen, an denen in einem Spital wahrlich kein Mangel herrscht.

Einem Polizeibericht ist in den letzten 14 Tagen eine starke Zunahme des Kriminaltourismus zu entnehmen, wobei sich vor allem rumänische Gangs auszeichnen, die mehrere Aktivitäten parallel führen. Die Kinder schickt man zum Betteln auf die Straßen, ein paar von ihnen sollen auch schon Passanten mit Spritzen gedroht haben, falls sie keine oder zu kleine Münzen in den Hut werfen. Die Frauen prostituieren sich diskret im Ausgehviertel nahe beim Platzspitz und die Männer plündern

Bankomaten mit raffinierten elektronischen Gadgets, die sie von Studenten der Universität in Sofia programmieren lassen, einschließlich Videos für Schulungskurse.

Bei uns hat es gestern kurz vor Mitternacht im Garten gerumpelt, ich habe vorsichtig hinausgeschaut und gesehen, dass zwei Männer eine schwere Feuerwehrleiter aufklappten und an die Wand lehnten, um im zweiten Stock einzusteigen. Sobald sie im Fenster, das sie mit Diamantschneider und Saugnapf entriegelt hatten, verschwunden waren, habe ich die Leiter zusammengeklappt und zu uns hineingezogen, während Benaia der Polizei telefoniert hat. Die ist prompt mit der Feuerwehr gekommen, ist mit der Feuerwehrleiter im 3. Stock eingestiegen und hat die Diebe dabei überrascht, wie sie gerade einen Tresor aufschweißen wollten. Woher wussten die um die Existenz eines Tresors?

Benaia hat sich lustig gemacht über „ihren großen Spezialisten für Sicherheitsarchitekturen", der in der eigenen Wohnung nicht einmal Bewegungssensoren angebracht habe. Ich habe sie gefragt, ob sie sich überlegt habe, welchen Höllenlärm die Dinger machen würden, wenn sie das nächste Mal von ihrem Gartensitzplatz in ihrer spontanen Art in die Wohnung hineinstürmen würde und 10 Minuten später die Feuerwehr an der Haustür läutet und fragt, was los ist? Aber irgendetwas muss ich mir schon einfallen lassen, es geht ja wirklich nicht, dass ich für Dokumente Postschließfächer miete und das Kostbarste, was ich besitze, ungeschützt lasse. So haben wir zwar gelacht, aber eher sauer. Wenn das so weitergeht, droht wirklich die Abriegelung zumindest des Hochschulquartiers, wo die sensibelsten Forschungen stattfinden und die wertvollsten Mitarbeiter logieren.

Montag, 7. März

Jetzt ist es passiert: Der Kantonsrat hat den Notstand ausgerufen, Zürich ist eine geschlossene Stadt. Gerade noch rechtzeitig vor Beginn der Fastnacht: Das hätte gerade noch gefehlt, dass Klicken, Demonstranten, Krakeeler und kriminelle Banden die Polizei dermaßen überfordern, dass sie am Schluss den Kampf

aufgeben müsste. Umso mehr, als in einer der zahllosen Spar-
runden unserer Limmatstadt die Polizeibestände gekürzt wurden, bei gleichzeitiger Erhöhung der Effizienz, wie es bei solchen
Übungen rituell heißt. Der Regierung kommt die Übung auch
noch aus einem anderen Grund recht: Sie muss keine unmöglichen Sparziele mehr ausweisen, bei Notstand hat die Sicherheit
erste Priorität, über die Finanzen kann man später reden und
die Spesen dannzumal zu den Gebundenen Ausgaben rechnen,
für die man keine Verantwortung trägt.

Heute gegen Mittag hat uns Benaias Vater – und da habe ich
ihn wieder einmal bewundert – schon Plaketten und Ausweise als
paramedizinische Hilfskräfte gebracht, die uns garantieren, dass
wir in unserer Wohnung bleiben und uns zwischen Hochschule
und Wohnung frei bewegen können: „Man wird in den nächsten
Tagen alle bisherigen Hinweise streng überprüfen und ihre Zahl
drastisch reduzieren, viele sind auf eher dubiose Weise ausgestellt
worden, und der Umfang der Bewegungen sollte ohnehin aus Si-
cherheitsgründen verringert werden." Dem Mann gelingt es, auch
noch außerhalb seiner Heimat seine schützende Hand über uns
zu halten. Beunruhigt ist er allerdings auch, wer könnte in dieser
Situation noch völlig ruhig bleiben? Benaia wird jetzt auch noch
Mühe haben, ihre Geschäftskette weiterzuführen. Sie hat zwar
die Führung schon vor einem Monat, in Vorausahnung der Ereignisse, einer fähigen Stellvertreterin übergeben, Karin Achermann, und Mae kümmert sich um den rechtlichen Teil. Dennoch
muss sie die Oberaufsicht behalten, außer sie würde die Geschäfte mindestens vorübergehend abstoßen. Doch wer bietet in einer
solchen Zeit einen vernünftigen Kaufpreis? Und außerdem ist Benaia noch lange nicht entschlossen, ihre kaufmännische Ader zu
verleugnen. Man kann es machen, wie man will, in diesen Zeiten
ist man ewig zwischen Stuhl und Bank.

Dienstag, 8. März

Ausweise hin oder her, ich habe wahnsinnige Angst um Benaia.
Ich fange an, arabische Männer zu verstehen, die ihre Frauen

am liebsten lebenslang in einen Harem einsperren würden, um sie ja nie zu verlieren. Aber genauso besitzergreifend wollte ich ja nie sein. Ich habe Benaia ehrlich meinen Kummer gebeichtet, sie hat gelacht und gesagt: „Das Versteck müsstest du noch suchen, wo ich den Schlüssel nicht augenblicklich entdecken und türmen würde!"

In der Nacht habe ich dann aber einen Traum gehabt, von dem ich hoffe, dass er nicht zu der prophetischen Sorte gehört:

Ich bin ein paar Stunden abwesend und bei meiner Rückkehr ist die Wohnung leer. Das Telefon läutet, ich nehme ab und eine verfälschte Stimme teilt mir mit, „Ihre Frau ist in unserer Gewalt. Wenn Sie nicht bis morgen Abend 50 000 Franken gezahlt haben, schicken wir Ihnen einen Arm Ihrer Frau. Informieren Sie auf keinen Fall die Polizei und warten Sie Instruktionen ab."

Die 50 000 könnte ich zur Not noch zusammenkratzen, aber ich weiß plötzlich, dass meine Frau gar nicht in Zürich, sondern in Kolumbien ist, wo sie die wieder aufgelebte Farc im Busch gefangen hält, wie seinerzeit Ingrid Bettencourt. Es ist schwül, die Hitze macht Benaia furchtbar zu schaffen, sie hat die Ruhr erwischt und ist sehr geschwächt. Vorläufig gelingt es ihr, die sexuell ausgehungerten Farc Krieger in Schach zu halten, aber wie lange noch? Ich sehe, dass einer der Krieger sie von hinten anfallen will, er wird vom Lagerkommandanten niedergeschossen, der Benaia für sich reserviert hat. Plötzlich landen Helikopter, Fallschirmjäger nehmen die Farc Soldaten in die Zange, die nach allen Seiten fliehen. Benaia wird zum Helikopter geschleppt, sie misstraut den „Befreiern", wird dennoch in den Helikopter geworfen, ich kann mich beim Start an den Landekufen festklammern, der Helikopter wird von einer Rakete getroffen, ich stürze mit Benaia in den Armen endlos ab, in eine immer tiefere Dunkelheit.

Ich erwache völlig gerädert von dem Traum, zum Glück schläft Benaia ruhig weiter neben mir, sie hat anscheinend nichts gemerkt. Ich werde ihr vorläufig nichts erzählen von meinem Traum, meine Angst wird sie früher oder später dennoch merken.

Donnerstag, 10. März

Als ich gestern gegen sieben Uhr abends nach Hause gekommen bin, war Benaia noch nicht da. Wir hatten abgemacht, dass wir um halb acht zum Stadelhoferplatz fahren, um im ArtHouse der Filmpremiere von *Metropol upset* beizuwohnen. Ich habe versucht, Benaia per Smartphone zu erreichen, bekam aber nur die Nachricht, der Abonnent sei gegenwärtig nicht erreichbar. Bei mehreren anderen Nummern, die ich daraufhin probiert habe, kam die gleiche Botschaft: Netzausfall. Aber warum? Ich habe es in der Wohnung nicht mehr ausgehalten, habe einen Zettel an die Wohnungstür geklebt: „Bin zum Picadilly unterwegs" und bin zum Hegibachplatz hinuntergegangen. Dort stand ein 31er Bus mit heruntergezogenem Stromabnehmer an der Haltestelle, alle Passagiere waren ausgestiegen und nur der Buschauffeur war noch im Wageninnern. Ein Zug der Forchbahn und dahinter ein Tram Nr. 11 blockierten die Querstraßen, auf der Forchstrasse stadtauswärts hatte sich eine Schlange gebildet, die offenbar bis zum Kreuzplatz oder weiter reichte. Einzelne Fahrer waren sogar ausgestiegen und sprachen gestikulierend mit andern am Straßenrand. Offenbar war auch das Verkehrsnetz ausgefallen. Ein Stromausfall konnte aber nicht die Ursache sein, denn die Straßenlaternen brannten und in den Häusern hatte es überall erleuchtet Fenster.

Ich musste sofort an russische oder chinesische Hacker denken, die einen Großangriff auf Zürich gestartet hatten, um ihre Macht und die Reaktionen der Behörden auszutesten: *Metropol upset*, konnte man jetzt mit Fug und Recht sagen, ein später Nachhall auf Fritz Langs genialen Film *Metropol*. Doch was hatten die Kerle vor? Die Situation war ja außerordentlich gefährlich: Weder Polizei noch Ambulanz noch Feuerwehr konnten mehr arbeiten, Rettung war nur noch per Helikopter möglich, vorausgesetzt die Leitnetze für den Flugverkehr waren nicht auch k. o.

Der Fall war übrigens von unserem für einmal vorausblickenden Stadtrat erörtert worden, und vor knapp einem Monat war als einfachste erste Maßnahme eine Abteilung von 40 berittenen Polizisten gebildet worden, die bei einem Totalzusammenbruch der Leitnetze sofort intervenieren konnten. Man konnte nur hoffen, dass dieses Szenario sich nicht mit terroristischen Angriffen verband, da wäre dann kaum mehr Gegenwehr möglich gewesen. Ich habe mich einigermaßen mit der Überlegung beruhigt, dass es den Hackern ja zunächst einmal darum ging, ihre Macht und die Reaktionen der Behörden in einer mittleren, gut organisierten Stadt zu testen, zu einem *Casus belli* würden sie es bei diesem Versuch sicher nicht kommen lassen, das wäre eher kontraproduktiv, weil dann die westlichen Geheimdienste grünes Licht für Gegenangriffe erhalten würden, von denen niemand wusste, wie weit sie gehen mochten.

Wilde Fantasien von Schießereien, Bombenwürfen und Entführungen entschieden zügelnd, bin ich in Richtung Hochschulquartier gegangen, denn dort bestand am ehesten Aussicht, Benaia zu finden. Sie war vermutlich durch den Netzausfall blockiert worden, und wenn sie klug reagierte, würde sie sich sagen, dass ich versuchen würde, zu Fuß bis zu unserem Nottreff vorzustoßen und somit gegen 8 Uhr dort eintreffen könnte.

An dieser Stelle muss ich hinzufügen, dass unser Nottreff die Wohnung meines zukünftigen Schwiegervaters war, der es tatsächlich fertiggebracht hat, sich in zwei, mit einer Treppe maisonetteartig verbundenen Zwischengeschossen des Semperturms, gewissermaßen im Herzen der Universität, eine Wohnung zu sichern, um die ihn sicher alle Kollegen beider Hochschulen beneideten. Und tatsächlich, als ich um 10 nach 8 dort eintraf, saß Benaia vor dem Fernseher und verfolgte angespannt die Nachrichten (seltsamerweise funktionierte das Fernsehen), während ihr Vater hinter ihr mit seinem Satellitentelefon so viele Bekannte anpeilte, wie er nur erreichen konnte, um sich ein strategisches Bild von der Störung zu machen.

Als Benaia mich erblickt hat, ist sie wie ein Wirbelwind hochgefahren und mir an den Hals gesprungen: „Ich wäre ja noch so gerne zu unserer Wohnung gerannt, aber dann hätte ich dich vielleicht unterwegs verpasst, und außerdem empfehlen mir die verdammten Ärzte immer noch Ruhe, als ob ich schon hochschwanger wäre!" Ihr Vater ist unterdessen zu einer Kommode gegangen, hat eine Schublade geöffnet, ein Satellitentelefon herausgenommen und mir gebracht: „Ich habe diese Störung schon eine Weile aufgrund von Informationen von verschiedener Seite vorausgesehen und ein paar Satellitentelefone gekauft, damit wir untereinander ein sicheres Netz bilden können. Benaia habe ich ihres schon gegeben. Das wird auch bei unseren medizinischen Einsätzen sehr nützlich sein!" Ich fange an, Allah zu danken, dass ich in eine iranische Gelehrten-, Ingenieur- und Diplomatenfamilie hineinheirate: Alhamdulillah!

Benaia und ich waren so erleichtert, dass wir für den Rest des Abends mehr oder minder faule Witze gerissen haben. Benaia, die es mit ihrer Enkulturierung ernst nimmt, sammelt nämlich seit einiger Zeit Deutschschweizer Witze, und offenbar ist diese Sammlung auch für Professor Shahnaaz verständlich und amüsant, jedenfalls ist Frau Shahnaaz neugierig geworden. Ihr Mann musste ihr die Witze auf Englisch übersetzen, und sie scheinen auch so verständlich und wirksam gewesen zu sein, denn am Schluss haben wir alle fünf fast in die Hosen gemacht vor Lachen. Auch der letzte, urzürcherische Witz scheint für Madame voll verständlich gewesen zu sein: Zwei Enten schwimmen vom Bootshafen Albisrieden bis an das südöstliche Ende des Zürisees bei Rapperswil. Vorne quakt der Enterich von Zeit zu Zeit ein gravitätisches Quaak, hinter ihm antwortet das Weibchen folgsam Quaak. In Rapperswil im Bootshafen angekommen, dreht sich der Enterich um, schaut seine Angetraute lange und nachdenklich an und quakt dann: „Aha, das bist du! Oder?"

„Genau, hat Frau Shahnaz zu ihrem Mann gesagt, genauso seid ihr Männer: Ihr sagt dreimal Quak, wir sollten dreimal gehorsam Quiick antworten, und dann ist die Sache für euch erledigt, zu mehr taugen wir Frauen nicht. Aber ich sage dir, im Hause regiert bei euch allen die Qiick-quiick-Frau, und keiner von euch trägt auch nur ein paar Hosen, die nicht seine Ente von Frau gewählt hätte, von der Krawatte ganz zu schweigen, die könnt ihr ja nicht einmal mehr selber binden!"

Der Herr Professor hat seine Frau mit großen runden Augen angeschaut und dann gemeint: „Das ist die längste Rede, die ich je von dir gehört habe, so kenne ich dich ja gar nicht!", und seine Frau hat nur die Schultern gezuckt und gemeint:

„Ihr iranischen Männer habt ja überhaupt keine Ahnung von uns Frauen, nur deshalb habt ihr die Revolution der Mullahs toleriert. Zum Glück habe ich jetzt einen Schwiegersohn, der wenigstens zuhören kann.

– Wenigstens zuhören, und sonst nichts? *habe ich sie gefrotzelt, aber sie hat das nur mit einem Klaps auf den Hinterkopf beantwortet*:

– Ich werde dich schon noch erziehen, bei dir besteht noch Hoffnung."

Das war, nach der furchtbaren Anspannung des frühen Abends, ein ausgesprochen heiterer Ausklang und mir ist auch klargeworden, dass Benaia ihr Temperament durchaus nicht nur von ihrem gelehrten Vater, sondern auch von ihrer Mutter geerbt hat. Da werde ich ja noch etwas erleben! ... Es hat aber auch noch einen ernsten Nachklang gegeben, Prof. Shahnaaz wollte mit mir die Sicherheitslage besprechen:

„Ich bekomme seit einiger Zeit Hinweise, dass staatliche chinesische Hacker einen Anschlag auf westliche Hauptstädte planen, und dass Zürich für sie ein interessantes Ziel sein könnte, weil es sich um eine mittelgroße, gut organisierte Stadt handelt, bei der man studieren kann, wie Behörden und Bevölkerung reagieren. Der Witz an der ganzen Sache ist, dass der gegenwärtige Angriff nach mehreren Zwischenstationen zuletzt über den Server der Imam-Moschee in Sanaa gegangen ist. Ich habe schon Kontakt mit dem Rektor aufgenommen und ihm ein paar Sicherheitsmaßnahmen empfohlen, er ist aus allen Wolken gefallen. Scheich Nasir Ahmad habe ich auch angesprochen und ihm einen Zürcher Experten für Sicherheitsarchitekturen genannt, an wen denke ich da wohl?! Das könnte dein erstes Kabinettstück in nahöstlicher Diplomatie werden: Sicherheitsdialog mit Mullahs. Und wenn die erst noch erfahren, dass du vier Semester Theologie an der Imam Universität studiert hast, werden ihnen fast die Sicherungen durchbrennen.

– So, so, ihr macht wieder einmal Quak! unter euch und wir sind ausgeschlossen? *hat Benaia gemeint, die zu uns gestossen war.* Meint ihr nicht, ich könnte da auch ein Wörtchen mitreden?

– Mit Hochzeitskleidern? hat ihr Vater gespöttelt.

– Du vergisst Mae: ihre Kanzlei ist eine Drehscheibe für Wirtschaftsinformationen, und wenn es um Abwehr von Wirtschaftsspionage geht, ist ihr Chef immer dabei, der ist nämlich nach guter Schweizer Sitte Oberst im Generalstab. Du ahnst nicht, was ich alles an Informationen sammle, während ich Säume nähe!

– Vorläufig wirst du das mit den Säumen schön sein lassen, du weißt, dass die Ärzte dir Schonung empfehlen.

– Wenn nicht ich, dann Karin Achermann, sie ist äußerst zuverlässig und wird massenweise Nachrichtennektar sammeln, während sie unsere Kundinnen mit Heidi Augen anhimmelt.“

Es war entschieden der Abend, an dem die Frauen das letzte Wort hatten.

Samstag, 12. März

Es wird langsam gefährlich, auch in unserem Wohnquartier, wo man kaum Randständige trifft und die meisten zum „mittleren Mittelstand“ gehören (mittlere Kader in Banken, Kanzleien, Ämtern und Betrieben), also kaum nennenswerte Beträge oder teuren Schmuck bei sich aufbewahren, die Raubzüge lohnend machen würden. Offenbar hat eine gewisse Verrohung um sich gegriffen, man wird schneller handgreiflich, hat weniger Hemmungen, zuzuschlagen, ist schneller bereit, „Privatbesitz wieder in Volkseigentum überzuführen“, wie die Standardumschreibung der Linksextremen für Raub und Einbruch in den 70er Jahren des letzten Jahrhunderts lautete.

Gestern Nacht sind am idyllischen Hedwigsteig, in einem Haus schräg gegenüber, drei Männer, die ganz unbekümmert

Handfeuerwaffen trugen, in einer Parterrewohnung eingebrochen, ebenso unbekümmert um den Lärm, den sie beim Einschlagen der Haus- und dann der Wohnungstür mit Äxten und Vorschlaghammern verursachten. In der Wohnung machten sie sich dann in aller Ruhe an den Ausbau eines Wandtresors, von dessen Existenz sie offensichtlich Kenntnis hatten. Ein Nachbar, der im 3. Stock zufällig noch aus dem Fenster geblickt hatte, bevor er den Laden herunterlassen wollte, hatte die drei bei ihrer Ankunft gesehen und geistesgegenwärtig sofort die Polizei alarmiert, mit einer genauen Personenbeschreibung. Er sah sie dann noch den Tresor zu dritt aus der Wohnung schleppen und in einen weißen Lieferwagen wuchten, der die Aufschrift *Securitas* trug. Der Polizei, die bereits unterwegs war, konnte er auch noch die Wagennummer mitteilen. Die drei wurde unverzüglich geschnappt, nicht ohne, dass sie versucht hätten, noch heftig zu ballern. Damit hatten sie aber keine Chance, seit der Belagerungszustand ausgerufen ist, bestehen die Streifenwagen der Kantons- und der Stadtpolizei nur noch aus Humwees, den amerikanischen Schützenpanzern mit einem aufgebauten schweren Maschinengewehr, das vom Inneren des Humwees aus bedient wird. Die Motoren sind von Sulzer hochgetrimmt worden und bringen das schwere Gefährt auf volle 100 Std/km, was Gegnern, die nicht gerade mit Panzern angefahren kommen, kaum eine Chance lässt. Von unseren drei Einbrechern landeten zwei erheblich verletzt im Spital und einer, in Bestandteile zerlegt, in der Leichenschauhalle.

Dass die Polizei so effizient ist, wirkt ja beruhigend. Anderseits ist es ein Hohn, dass ich als Spezialist für Sicherheitsarchitekturen nicht einmal Bewegungssensoren in unserer Wohnung montiert habe. Ich werde das schleunigst nachholen und die Sensoren mit einem ohrenbetäubenden Alarm verbinden, meistens ist das genügend Abschreckung. Benaia und ich haben auch noch besprochen, ob wir eine Waffe anschaffen sollten, sind dann aber beide zum Schluss gekommen, dass dies die Gefahr nur noch erhöhen würde. Hat einmal eine Schießerei angefangen, weiß man nie, wie sie endet und wen es trifft, und ich möchte Benaia auf jeden Fall da heraushalten. Lieber sich zu Beginn scheinbar passiv und nachgiebig verhalten, das stimmt die meisten Einbrecher übermütig und veranlasst sie, Fehler zu machen, die man mit Klugheit und kaltem Blut nutzen kann, um wenigstens seine Haut zu retten.

Dabei möchte ich es aber nicht bleiben lassen. Ich habe nämlich Benaia zu Beginn unserer Beziehung nicht nur versprochen, dass ich mit ihr durch dick und dünn gehen, sondern auch, dass ich ihr jeden Tag den Hof machen und mir dafür immer etwas Neues einfallen lassen werde: „Die Beziehung zu dir ist mir unendlich kostbar, und ich will sie pflegen wie ein Gärtner seine Blumen: Du bist meine Blumenkönigin!" Das war ziemlich romantisch, aber es hat ihr ganz gut gefallen, und ich will es jetzt auf keinen Fall vor lauter Diskussionen über Einbrecher und Kalaschnikows vergessen. Schon vor ein paar Tagen habe ich im Blumenladen am Hegibachplatz eine Reihe wunderbarer Weihnachtskakteen gesehen, die zu einer prächtigen Dekoration zusammengestellt waren, heute will ich ein paar kaufen, und Benaia damit überraschen, dass ich sie auf dem Fenstersims vor unserem Gartenplatz aufstelle. Normalerweise blühen die Epiphylla ja schon im Dezember, aber die Inhaberin des Blumenladens hat sich gedacht – so hat sie es mir gesagt –, dass man feiern muss, solange man noch lebt, „wir wissen ja nicht, wie das alles noch enden wird. Also warum nicht diesen düsteren März noch ein wenig aufhellen, ich habe die Epiphylla aus dem Keller geholt, wo ich sie sonst außerhalb der Blütezeit kühl und halbdunkel aufbewahre, und mit künstlichem Licht und Dünger wieder zum Lächeln gebracht."

„Te voi a comer de besos!", hat Benaia dann am Abend gerufen: ich werde dich mit Küssen aufessen – das tönt nur auf Spanisch richtig, wie es Íngrid Bettencourt ihren Kindern gesagt hat, als der Rotkreuzhelikopter sie aus dem Rebellenlager zum Armeestützpunkt gebracht hat, wo ihre drei Kinder auf sie warteten. So ist auch dieser Alptraum (bis auf weiteres?) entschärft. Wenn der Frühling endlich kommt, werde ich Benaia vorschlagen, an der Hauswand unseres Gartenplatzes eine Bougainvillea zu züchten und sie mit einem Spalier über den Fensterrahmen zu ziehen, so dass die Blütendolden dann herunterhängen und uns den ganzen Sommer erfreuen.

Donnerstag, 14. April

Gemütlicher ist es in unserem Quartier nicht geworden, die Überfälle und Einbrüche häufen sich und gestern hat es uns erwischt. Zum Glück war ich vorbereitet. Auf das Thema der Bewaffnung sind Benaia und ich noch einmal zurückgekommen. Dass wir kein Sturmgewehr in der Wohnung wollen, war uns klar, aber schließlich habe ich doch entschieden, meine Armeepistole im Haus aufzubewahren, und zwar im Estrich, gut versteckt und von unten unsichtbar auf einem Balken. Ich habe das Gebäude gründlich durchstudiert und mir auch von der Verwaltung der *Rückversicherung* die Baupläne geben lassen. Wenn unsere Wohnung angegriffen wird, kann ich blitzschnell über den Gartensitzplatz dem Gartenstreifen entlang einen Eingang weiterrennen und über die Feuerleiter in den Estrich gelangen, die Waffe behändigen und innerhalb von 5 Minuten das Treppenhaus hinunterrennen – bis zum Absatz über unserer Parterrewohnung, wenn die Einbrecher noch damit beschäftigt sind, die Wohnungstür aufzurammen, oder innert drei Minuten die Feuerleiter wieder hinunterrutschen, hinter dem Rücken der Einbrecher in die Wohnung zurückzukehren, um dann sofort zu schießen. Mit dem Überraschungsmoment hoffte ich, zwei bis drei auch entschiedene Kriminelle zu überwältigen. Das alles habe ich in Stunden, in denen die Hedwigstrasse nahezu unbelebt war (morgens und abends), zahllose Male geübt, wie das Karabinerladen und Schießen im Militärdienst. Ich konnte mich auf meine Reflexe verlassen.

Die offenbar schlecht orientierten Einbrecher haben es gar nicht erst über den Garten versucht, sondern haben waffenschwingend zuerst die Haustür eingerammt und sich dann an unsere Wohnungstür herangemacht. Automobilisten, die im dichten Abendverkehr die Hofackerstraße hinauffuhren, haben sie bemerkt, und einem Geistesgegenwärtigen ist es gelungen, mit der Freisprechanlage die Polizei zu alarmieren. Bevor sie da war, hatte ich schon vom Treppenabsatz hinunter auf die drei Kerle geschossen: zwei von ihnen in die rechte Wade, so dass sie das Gleichgewicht verloren und mit einer Rechtsdrehung auf dem rechten Bein einknickten. Bei beiden löste sich ein Schuss, der mit solcher Wucht in die Unterseite der Treppe knallte, dass Betonfragmente herunterblätterten und die Patrone zerquetscht im Beton stecken blieb: die Waffen waren mächtig genug, dass sie eine doppelte Panzerscheibe durchbrochen hätten. Der Dritte, der schnellere Reflexe hatte, zielte mit seiner Kalaschnikow geradewegs auf mein Herz, als ihn mein Pistolenschuss in die rechte Schulter traf und ihm den Arm zur Seite riss. Die Salve, die er aus seiner Waffe noch abfeuerte, preschte durch die offene gebliebene Haustür auf die Straße und spickte von dort in einer Fontäne hoch, von der Patronen wie Wassertropfen auf die Straße fielen. Eine durchschlug einem vorbeifahrenden Automobilisten das Dach und der arme Mann, der nicht wusste, wie ihm geschah, hätte fast mit seiner instinktiven Vollbremsung einen Verkehrsunfall verursacht. Zu dem Zeitpunkt war bereits die Polizei eingetroffen und stürmte mit Stahlzylinder, Brustpanzer und Schild ins Treppenhaus. Die Einbrecher ließen sich widerstandslos festnehmen: aus dem Gefängnis kannst du allenfalls ausbrechen, aus dem Grab ist das schon um einiges schwieriger.

Ich war während der ganzen Zeit wieder in meiner „Automobilist auf vereister Straße" Verfassung, vom Geschehen eiskalt dissoziiert und vollkommen ruhig. Der Schreck ist mir erst nachher in die Knochen gefahren, als ich eine zitternde Benaia in den Armen hielt und sie erst nach zahllosen Küssen beruhigen konnte, zwischen denen ich noch rasch den Polizeirapport gegenzeichnen musste.

Das Ganze hatte unvermeidlicherweise ein gerichtliches Nachspiel. Die Gangster hatten offenbar eine vermögende Gang im Rücken und konnten sich einen der besten und teuersten Zürcher Anwälte leisten. Seit dem Beginn des Notstands werden Überfälle vor einem Einzelrichter ohne Rekursmöglichkeiten mit Ausnahme des Bundesgerichts behandelt. Der Einzelrichter hörte sich die Suade geduldig an, kritzelte ein paar Notizen, klopfte mit dem Hammer und stellt sec fest: „Der Angegriffene hat angesichts der Gefährlichkeit der Angreifer sein Recht auf Selbstverteidigung äußerst kontrolliert eingesetzt und lebensgefährliche Verletzungen mit bemerkenswerter Selbstbeherrschung vermieden. Ihm ist es zu verdanken, dass der Überfall keine Todesopfer gefordert hat. Die Angeklagten können keine mildernden Umstände geltend machen. Das Urteil lautet auf 10 Jahre Strafanstalt im Hochsicherheitstrakt, mit einem Minimum von 7 Jahren bei außerordentlich guter Führung. Dem Angegriffenen und Frau Benaia Shahnaaz wird je eine Genugtuungssumme von Fr. 40 000 zugesprochen, die von den Auftraggebern der Angeklagten zu bezahlen sind. Das Gericht wird die nötigen Schritte unternehmen, damit diesem Schadenersatzanspruch Folge geleistet wird."

Das war's, der Richter hat dann noch Benaia und mir die Hand geschüttelt und gemeint: „Solche Paare wie sie sollte es mehr geben in Zürich." Das war natürlich beruhigend, und noch beruhigender war die Tatsache, dass das Gericht offenbar Mittel besass, um eine gefährliche Gang zur Zahlung von Genugtuungszahlungen zu bewegen, was sich vermutlich dadurch erklärte, dass Gerichte und Polizei dem Militärdepartement unterstanden und entsprechende Waffen einsetzen konnten. Benaia und ich haben dann aber doch beschlossen, unsere Hochzeit bis zur Beendigung des Ausnahmezustands zu verschieben, in der Hoffnung, dass es bis zum Sommer so weit sein würde. „Durch dick und dünn, habe ich Benaia beim Hinausgehen aus dem Saal zugeflüstert, aber zum Dicken lasse ich es bei dir erst gar nicht kommen, dafür sollst du noch viele Blumen bekommen, die dich über das Warten hinwegtrösten. – Und *du* brauchst keinen Trost, dir macht das Warten nichts aus? – Ich habe ja schon meinen Trost", habe ich gesagt und sie an mich gepresst. Damit war sie offenbar zufrieden.

Samstag, 15. April

Morgen ist Ostern. Nach Ostern ist jetzt allerdings fast niemandem zumute, auch das Wetter ist grau und kalt, es nieselt ständig. Ich versuche, uns so gut es geht, ein wenig abzulenken mit Blumen. Mit der Besitzerin des Blumenladens am Hegibach habe ich vereinbart, dass sie mir demnächst ein Dutzend Rosenstöcke der Sorte *Queen of Bagdad* liefert, die wunderbar mit der Farbe der Bougainvillea harmonisieren. Ich werde sie unter dem großen Gartenfenster pflanzen, so dass sie von unten aufragen und mit den herabhängenden Dolden der Bougainvillea ein zartes Blumenmuster vor das Fenster aufspannen, als würde man mit dem Blick in ein Blütenparadies eintauchen. Es soll Benaias Geburtstagsgeschenk sein (30. April) und sie ein wenig aufheitern. Ich habe ihr davon erzählt und sie freut sich echt. Heimlich besuche ich auch noch einen Kurs über Gartenkultur an der ETH (die ETH will damit bekunden, dass man an dieser Adresse auch für Allgemeinbildung am richtigen Ort ist!). Erteilt wird der Kurs von einer japanischen Kalligraphin, Kaoru Hisatomi, die so nebenbei an der ETH eine Ausbildung als Landschaftsgestalterin gemacht hat. Gut 70-jährig, eine imposante Ausgabe der weisen alten Frau, wie man sie sich anhand der Filme von Akita Kurosawa vorstellt.

Benaia geht unterdessen mit den Instruktoren der Militärakademie an der ETH jeden Mittwoch auf dem Schießplatz im Klösterli, in der Nähe des Zoos Pistolenschießen üben. Ich muss immer lachen, wenn ich daran denke, dass die Schimpansen von dem Kletterfelsen der neuen Primatenanlage aus sich dieses Treiben ankucken und sich sagen: „Es geht doch so viel einfacher: Pfannendeckel genügen." Den Schimpansen genügen sogar ihre Stimmbänder, um gleichviel Lärm zu machen. Benaia hat mir einmal ganz grimmig gesagt: „Dem Kerl, der dich oder mich umbringen will, schieße ich mit einer Magazinladung ein Schweizerkreuz in den Brustkasten." Ich zweifle nicht an ihrer Entschlossenheit und bete, dass es nie so weit kommt. Lieber Rosen züchten. Allerdings, wenn jemand Benaia nach dem Leben trachten würde, würde ich keine Sekunde zögern zu schießen. Habe ich das letzte Mal ja schon getan, diesmal würde ich eine Sekunde früher schießen, deshalb trainiere ich auch im Klösterli, jeweils am Donnerstag, dem Tag meines alten Schießvereins Unterstrass, mit den Kollegen, mit denen ich schon während meiner Ausbildung zum Unteroffizier trainiert habe.

Mein Gott, sind das Gedankengänge zu Ostern! Ich hatte gehofft, spätestens bis zu diesem Datum wäre die Epidemie gebändigt, aber es hat in Zürich so viel Promiskuität, wie der Churer sagen würde, dass die Ansteckungsserie noch nicht unter Kontrolle ist. Die Ärzte am Unispital schätzen, dass es noch bis zum Frühsommer dauern dürfte. Für Nouruz würde es gerade noch reichen, Benaia und ich zählen fest darauf; Benaia sagt, sie könne es schon gar nicht mehr erwarten, bis sie wirklich meine Frau sei und Kinder habe, das sei halt so bei Iranerinnen. ¿Qué mas quisiera? Was kann ich mir mehr wünschen?

Österlich ist die ganze Atmosphäre im Quartier nicht, die Überfälle mehren sich von Tag zu Tag, zum Teil völlig sinnlos, z. B. in leerstehenden Wohnungen. Der Grund mag darin liegen, dass die Unterwelt des Universitätsquartiers in globo ausgewandert ist und sich ihr Auskommen anderweitig sucht. Das Uniquartier war früher, vor dem Notstand, ein beliebtes Tummelfeld für Kriminelle, denn es finden sich dort viel mehr Schätze, als man meint: Banken, Institute, Ämter haben Tresors, die zu bestimmten Zeiten erkleckliche Summen bergen, in den Labors hat es zum Teil sehr kostbare Apparaturen, die sich auf dem schwarzen Markt gut verkaufen lassen (z. B. an kriegerisch gesinnte Diktaturen), und dazu kommen noch Wohnungen von Dozenten, die auch nicht gerade am Hungertuch nagen und runde Summen ebenso wie Schmuck zu Hause aufbewahren, als könnte ihnen nichts passieren. Unter dem Notstandsregime ist jetzt die Überwachung sehr viel schärfer und es wird bei Bedarf auch scharf geschossen. Das hat sich herumgesprochen. Es geht zu wie in gewissen alten Tessiner Villen, wenn sich Ameisen unter dem Parkett des Esszimmers eingenistet haben und zu den Schwarmzeiten in langen Arbeiterkolonnen die Zuckerdose in der Kredenz plündern gehen, ehe die schwärmenden Königinnen und Männchen die Wände bedecken und vor dem Abflug von den Arbeiterinnen noch gehätschelt und ermutigt werden. Dann kann man entweder mit einer Tischbürste das Gewimmel auf eine erhitzte Chemineeschaufel kehren (stinkt, ist umständlich und nützt wenig) oder ein spezialisiertes Unternehmen bestellen. Die dichten für gutes Geld den Essraum ab, verdampfen Insektizide, die trotz Abdichtung die Wohnung wochenlang verstänkern und ziehen dann endlich mit ihrem Material ab, nicht ohne eine saftige Rechnung und die Empfehlung, während 10 Tagen den Essraum nicht zu betreten (könnte Augen und Atemwege schädigen). Und was ist das Erste, was man sieht, wenn man vorsichtig und auf den Zehenspitzen nach 10 Tagen den Essraum wieder betritt? Ameisen, die munter auf Wänden und Parkett herumkrabbeln! Ich habe das selber mal erlebt, als ich als Offizier bei Manövern in so einer leerstehenden Villa einquartiert war.

Jag' den Teufel aus der Tür, er kommt durch das Fenster wieder herein: Die ursprünglichen Banden sind aus dem Uniquartier abgewandert, ein Teil (der unbedarfteste) ist ins Hegibachquartier übersiedelt, andere, schlauere, rücken mit neuen Methoden ins Uniquartier nach und alles in allem hat es mehr als vorher. Mein Schwiegervater meint, das werde erst besser, wenn man das Uniquartier abriegle, schließlich sei ja dort das Hirn der Seuchenabwehr. So weit wird es wohl kommen, aber was wird aus unserer schönen Wohnung und den schönen Rosen?

Sonntag, 1. Mai

Ostern ist durchs Land gezogen, und niemand war nach Ostern zumute. Der Tag der Arbeit ist durchs Land gezogen, und niemand war danach, ihn zu feiern. Auf dem Fraumünsterplatz haben ein paar Gewerkschafter lustlos Erstmaiabzeichen verteilt, und kaum jemand wollte sie. Vor weniger als 80 Personen mit aufgespannten Regenschirmen hielt der Sekretär des VPOD (Verband des Personals öffentlicher Dienste) eine längliche Rede über die Unterdrückung der Randständigen: „Und randständig ist heute jeder, der

124

sich nicht eine Luxuswohnung in seinem Quartier leisten kann!"
Was ist aus unserem schönen Zürich geworden!

Mein Schwiegervater weiß aus sicherer Quelle, dass die Abriegelung des Universitätsquartiers einschließlich der beiden Camps in Höngg und auf dem Milchbuck beschlossene Sache ist. Viele Angehörige beider Hochschulen sind bis vor kurzem in Quartiere wie jenes um den Hegibachplatz übersiedelt, weil dort für sie noch erschwingliche Wohnungen zu haben waren. Sie verursachen einen dichten und kaum kontrollierbaren Personenverkehr in einer Zeit, in der Pendelbewegungen zwischen den Quartieren möglichst eingedämmt werden sollten. Professor Shahnaaz hat übrigens bereits für uns gesorgt und hat uns am unerwartetsten Ort eine 4½ Zimmerwohnung (*nur*, sagt er) gefunden: Im Dachstock der Universität. Die neuen Materialien machen es möglich, in das dunkle Dach Fenster einzubauen, die von außen nicht erkennbar sind, aber eine große Lichtfülle ins Innere eindringen lassen. Wir haben die Wohnung bereits besichtigt, sie ist weniger großzügig angelegt als jene an der Hofackerstraße, nach der Eingangstür hat es nur eine kleine Diele, von der Türen in alle Haupträume abgehen: Wohn-Ess-Zimmer, Schlafzimmer, Küche mit Essnische. An das Schlafzimmer schließt ein nicht allzu großer Raum an, den man für alles Mögliche nutzen kann: Arbeitsraum, Gästezimmer, Kinderzimmer. In den Augen des Architekten sollte alles möglichst einfach, praktisch und übersichtlich sein. Es hat keinen Balkon und auch keine breiteren Fenstersimse, auf denen man Blumen züchten könnte. Tant pis pour les roses! Wir werden uns einigeln und warten. Warten, dass endlich der Frühsommer kommt und das prognostizierte Ende der Seuche.

Den Transport der Möbel, die in der neuen Wohnung Platz finden, wird ein spezialisiertes Unternehmen in der Nacht und in aller Diskretion besorgen. Das Gebäude an der Hofackerstrasse ist bereits von einem mannshohen Stacheldrahtverhau umgeben, so lässt es sich leichter schützen und von den Polizeipatrouillen, die in Humwees durch die Straßen rattern, effizient überwachen. Wenn wir am Morgen aus dem Gebäude oder am Abend wieder zurückwollen, müssen wir unsere Ausweise einem bewaffneten

Polizisten präsentieren, der sie ausgiebig überprüft und uns dann einen Durchschlupf im Stacheldratverhau öffnet. Ein Leben ist das nicht mehr, nur noch ein Warten und Vegetieren.

Noch eine Kostbarkeit hat uns Benaias Vater beschafft: neue Ausweise und Dokumente als paramedizinisches Personal „mit besonderen Aufgaben". Unter den bestehenden Ausweisen werde bald „gnadenlos ausgemerzt", es habe sich ein Wildwuchs eingeschlichen und man wolle den Personenverkehr drastisch einschränken, um der Seuche bald Herr zu werden. Zudem würden die meisten paramedizinischen Helfer an ihren Einsatzorten „parkiert", da die großen Stadtspitäler Waid, Triemli und Universitätsspital sowie die angeschlossenen Forschungskliniken Schulthess, Balgrist und Zollikerberg genügend Logierkapazitäten besitzen. Als paramilitärische Helfer „mit besonderen Aufgaben" (lies: Forschungsaufgaben) genießen wir überdies einige Privilegien, auch bezüglich Mobilität. Benaia will an der Uni drei gynäkologische Vorlesungen belegen, um sich über mehr Weiterbildung ausweisen zu können, an freien Tagen büffle ich in Erwartung unserer Übersiedlung mit ihr Grundlagenfächer des Medizinstudiums durch, damit sie mehr Weiterbildung ausweisen kann. Das lenkt immerhin ab. Nur manchmal, an schönen Tagen, fahren wir abends mit der Dolderbahn zum Areal der Kunsteisbahn und unternehmen von dort aus kleine Ausflüge. Einmal waren wir auch im Zoo und haben uns den Schimpansen im Freiluftareal zur Betrachtung angeboten. Sie haben sich interessiert gezeigt, es hat sonst kaum noch Besucher, über die sie sich lustig machen können.

Mittwoch, 11. Mai

Es ist soweit: An einer Pressekonferenz hat Regierungsrat Bacher mitgeteilt, das Hochschulquartier und die beiden Campi am Milchbuck und in Oerlikon würden von den übrigen Quartieren isoliert. Man wolle mit dieser Maßnahme dazu beitragen, den Pendlerstrom zwischen den Quartieren einzuschränken, was sich umso mehr anbiete, als die großen Spitäler von Zürich Logierkapazitäten für das paramedizinische Personal besäßen, das bisher in anderen Quartieren angesiedelt war. So könne dieses Personal auch effizienter eingesetzt werden. Das Ganze sei als Beitrag zur Reduzierung des Pendelverkehrs und als Maßnahme zur rascheren Bewältigung der Seuche gedacht. Die Vorzeichen seien günstig, in den letzten Tagen hätte die Zahl der neu Infizierten drastisch abgenommen, man rechne, dass in 2–3 Wochen die Seuche definitiv überwunden sei und man den Ausnahmezustand aufheben könne. Warnung an alle, die meinten, die Kontrollen des Pendelverkehrs würden jetzt laxer durchgeführt: Das Gegenteil sei der Fall!

Zwei bis drei Wochen: Das wäre spätestens Ende Mai, noch reichlich früh genug für den Nouruz. Benaia und ich haben aufgeatmet, umso mehr, als die positiven Meldungen zum Rückgang der Seuche von unseren Bekannten bestätigt werden. Ich sage Benaia, sie solle doch ihre Schießübungen fürs Erste abbrechen und lieber auch den Kurs von Frau Kaoru Hisatomi besuchen, so könnten wir uns gemeinsam auf unseren Garten freuen. Sie will zwar Frau Hisatomi hören, aber die Schießkurse möchte sie nicht aufgeben, der militärische Betrieb hat es ihr angetan. Sie ist immer noch entschlossen, dem „Böfei" ein Schweizerkreuz in die Brust zu schießen, wobei ihr der „Böfei" (der böse Feind) besonders gefällt. Was sie nicht weiß, ist, dass dieser Terminus in den Wiederholungskursen beileibe nicht den äußeren Feind bezeichnet, sondern den Kommandanten. Denn vor dem äußeren Feind hat man zuweilen eine Chance davonzulaufen, vor dem Kommandanten nie. Allerdings, da wir in einer Demokratie leben, gibt es auch hier ein Gegengewicht: Man kann eine „Aussprache" verlangen. Das Wort bedeutet, dass man in voller Montur, Helm auf dem Kopf, den geladenen und gesicherten Karabiner mit dem Lauf nach unten beim Fuß, salutierend während der ganzen Dauer der Aussprache um keinen Millimeter schwanken darf, sonst ist man definitiv als Weichei klassiert und kann sich seine militärische Karriere „in den Arsch stecken", wie einem gegebenenfalls der Kommandant nicht zögern würde mitzuteilen. Er selber muss natürlich während der Unterredung ebenfalls strammstehen, oder haben Sie sich das anders vorgestellt? Dann waren Sie eben noch nie in einem Wiederholungskurs. Vergessen Sie den laxen Trend der vergangenen drei Armeereformen, heute gilt wieder stramm.

Samstag, 4. Juni

Endlich! Wir sind wieder in unserer schönen Wohnung an der Hofackerstrasse. Der nigerianische Märchenerzähler hat sie definitiv geräumt und der Durchgang für die 5½ Zimmerwohnung ist bereits geschaffen, jetzt müssen wir noch fertig möblieren. Nächste Woche schauen wir bei Möbel Pfister am Walchetor vorbei, und um die Vorbereitung der Hochzeit müssen wir uns ab jetzt ernsthaft kümmern. Die Zusammenlegung mit dem Nouruz Fest ist nicht mehr möglich, wir werden aber am 20. Mai einen großen Empfang in unserer Wohnung geben, Mae und Mark haben uns ihre volle Unterstützung zugesichert. Für den ersten Teil der Hochzeit denken wir an September, die Zeremonie findet selbstverständlich in der Abteikirche St. Gallen statt. Den vatikanischen Nuntius in der Schweiz wird uns Benaias Vater sicher herbeischaffen und Scheich Nasir Ahmad wird mit Vergnügen eine von uns bezahlte Einladung in das Land der rechtgläubigen Freunde des Islams unternehmen und daraus einen Propagandacoup für seine Moschee machen. Außerdem werden wir noch den révérend Pasteur du Temple de Saint-Pierre aus Genf herbeiholen, er hat dem Abt von St. Gallen schon zugesagt, mit dem er sich ausgezeichnet versteht. Auch Calvin war schließlich ein Reformator und wusste sich den neuen Zeiten anzupassen.

Morgen aber will ich mit Benaia zum Wildkirchli ins Appenzellerland fahren, damit sie eine unserer schönsten Landschaften sieht und auch die Höhle besucht, wo unsere Steinzeitvorfahren schon vor 45 000 Jahren gebetet haben. Im Land der Rechtgläubigen. Ich glaube, sie freut sich sehr darauf.

Pfingstmontag, 6. Juni

Gestern haben wir im Wildkirchli Abt Diethelm Blarer getroffen, den Abt der Stiftskirche St. Gallen, in der Mae und Markus geheiratet haben. Er stammt aus der gleichen Familie wie der Renaissanceabt Diethelm Blarer von Wartensee, 1530–1564, der es zu einiger Berühmtheit gebracht hat, nur dass er sich lieber mit *Herr Blarer* als mit *Herr Abt* ansprechen lässt. Er hat ein sehr realistisches Bild von der Entwicklung des modernen Glaubens und meint, es sei gut, im Wildkirchli zu erleben, dass da Menschen schon vor Zehntausenden von Jahren gebetet hätten und dass das heutige Christentum auch ein Erbe dieser Menschen sei.

Wir haben ihm berichtet, dass wir unsere Hochzeit auf September planen, in der Stiftskirche St. Gallen, die Ehezeremonie mit Mae und Markus habe mich seinerzeit so überzeugt, dass für mich klar war: Wenn ich je wieder heirate, dann hier und mit Abt Blarer als Priester. Benaia sei der gleichen Ansicht. Er hat gemeint, das freue ihn sehr, und er müsse Benaia nur anschauen, um zu verstehen, dass ich möglichst bald heiraten wolle.

Ich habe ihm noch gesagt, ich könne das jetzt nach den striktesten Eheregeln der katholischen Kirche, nicht einmal „der Churer" könnte mehr etwas einwenden, denn meine Exfrau Katrin habe es doch fertiggebracht, in der Diözese Basel unsere Ehe annullieren zu lassen, und zwar ohne dass ich offiziell vorgeladen wurde. „Das gibt's doch nicht, das ist gegen das ius canonicum, gegen das Kirchenrecht!", hat Abt Blarer ausgerufen und ich musste ihm versichern, man habe es der Ehefrau überlassen, ob sie mich einladen wolle oder nicht, da sie ja die klagende Partei sei, und sie habe gefunden, wie sie mich kenne, würde ich mich ohnehin nicht interessieren, also informiere sie mich erst nach der Verhandlung. Das hat sie dann einen Monat später beiläufig per Telefon getan: Unsere Ehe sei jetzt übrigens von der Kirche annulliert, sie habe das veranlasst und habe sich gedacht, das interessiere mich sowieso nicht. Sie sei jetzt wieder in einer regulären Ehe verheiratet mit Herrn Konrad von Muralt, den ich ja wohl auch kenne:

„Was hätte die Kirche jetzt tun sollen? Dem Herrn Konrad von Muralt erklären, er lebe in Wirklichkeit mit seiner regulär Angetrauten im Konkubinat? Es blieb den restlichen Bischöfen nichts anderes übrig, als die Ehe schweizweit anzuerkennen!

– Da soll mir der Churer Kollege noch einmal etwas von der Unfehlbarkeit der Kirche erzählen, die er so gerne gegen die Zürcher Ungläubigen ins Feld führt!"

Nach diesem erheiternden Zwischenspiel, das ich Benaia später eingehend erklären musste, hat er uns als kluger Seelsorger noch geraten, vor der Hochzeit drei Wochen Urlaub zu nehmen, das müsse man uns einräumen und wir müssten uns unbedingt vor unseren Strapazen etwas erholen. Ich habe ihm dann berichtet, dass wir einen zweiten Teil in der großen Moschee in Sanaa planen, um Benaias Verwandtschaft restlos zu überzeugen. Sie heirate dort als eine „zwar Abtrünnige" (da sie einen Christen heiratet), „aber im Herzen dem Islam treu gebliebene", denn der Christ sei zugleich „ein Freund des Islams mit Theologiestudium an der Imam University."

Damit kann Arwa bint Ahmad sein ökumenisches Label begründen, denn als rigoristischer aber noch realistischerer Vorsteher ist ihm klar, dass das Problem der leeren Andachtsräume nicht nur ein christliches ist. Auch die neuen Muslimgenerationen kommen mit dem Smartphone in der Hand auf die Welt und gewinnen dadurch einen neuen Freiheitsbegriff. Man mag es bedauern, aber sie fürchten nicht mehr, in der Hölle zu landen, wenn sie am Freitag nicht in einer Moschee aufkreuzen. Sie fürchten ja nicht einmal mehr die Basidsch-e Mostaz'afin Milizen. Da könnte die Idee, dass man zugleich modern und ein guter Muslim sein könne, in naher Zukunft durchaus wieder die Moscheen füllen, und selbstverständlich wird er als Patentnehmer bestimmen, welches die geeigneten Formen und Ansprechpartner für solche ökumenischen muslimischen Ehen sein werden und wem man allenfalls dafür Lizenzen erteilen kann. Abt Blarer hat nicht schlecht gelacht über die muslimische Variante der Ökumene, räumte aber ein. die Idee habe ihre Logik. Ob wir auch daran gedacht hätten, ihn nach St. Gallen einzuladen? Selbstverständlich, wir hätten ihm eingehend geschildert, wie offen und ökumenisch der Abt von St. Gallen – eine der ältesten Abteien der Schweiz – sei, und wie sehr er sich freuen würde, ihn kennenzulernen.

Wir hätten ihn auch schon, auf unsere Kosten, versteht sich, zu einem Aufenthalt in der Schweiz eingeladen und, wenn es ihn interessiere, zur Teilnahme an der Eheschließung zweier Freunde des Islams im Lande der von Allah durch ihren Missiach (Propheten) rechtgeleiteten Christen. Im Übrigen habe Professor Shahnaaz als Oberhaupt einer iranischen Familie – und der Iran sei, man wisse es, ein Freund der Huthi – bereits seine diplomatischen Netze ausgeworfen.

Diesmal haben wir alle drei gelacht und uns diebisch darauf gefreut, was in diesen Netzen alles hängen bleibt. Für die Vorbereitung der Hochzeit in St. Gallen werden wir Abt Blarer Ende Juni noch kontaktieren.

Am Schluss hat er uns gesagt, wir sollten doch unseren Urlaub dazu nutzen, die „unbekannte Schweiz" zu entdecken. Er habe in seiner Jugend die Schweiz in allen Richtungen abgewandert, entsprechende Notizen gemacht und bis heute à jour gehalten und werde uns eine Kopie per Mailanlage schicken, wofür wir ihm sehr gedankt haben. Alles in allem ein wirklich erquicklicher Sonntag, Benaia hat Abt Blarer gleich in ihr großes Herz geschlossen, und wir haben gestern Nacht etwas getan, von dem wir bereits fürchteten, wie hätten es vor lauter Sorgen vergessen. Und siehe da, es war wie das erste Mal: eine Offenbarung!

Vor dem Fenster steht schon mein Rosenspalier, die Besitzerin des Blumenladens hat es noch vor unserer Ankunft gepflanzt und die ersten Rosenknospen beginnen sich schon zu öffnen. Ein Blick in den Garten Eden.

Samstag, 11. Juni

Wieder ein Überfall auf unsere Wohnung. Es sieht so aus, als hätten sich jetzt die Halbschlauen unser Quartier auserkoren. Diesmal zwei waffenschwingenden Männer, die ich schon an der Haustür herumhantieren gehört habe. Diesmal habe ich nur noch 4 Minuten gebraucht, um via Gartenplatz, Feuerleiter und Estrich die Treppen bis zum Absatz über unserer Haustür zu schaffen und den beiden, die sich jetzt an unserer Wohnungstür zu schaffen machten, mit dem Karabiner die Waden zu durchlöchern (solange der Ausnahmezustand noch andauert, dürfen Offiziere außer ihrer Dienstwaffe auch noch einen Karabiner zu Hause aufbewahren). Unterdessen stand schon die Polizeipatrouille vor der aufgebrochenen Haustür, die ihr beim Vorbeifahren im Humwee aufgefallen war. Die beiden Idioten hatten immerhin noch so viel gesunden Menschenverstand, dass sie keinen Widerstand geprobt haben. Wenn doch nur dieser unselige Ausnahmezustand schon beendet wäre! Seit zwei Tagen sind aus den Spitälern der Stadt Zürich (öffentlichen und privaten) und aus den Arztpraxen keine Ansteckungen mehr gemeldet worden.

Dienstag, 15. Juni

Endlich! Der Ausnahmezustand ist aufgehoben, Patrouillenwagen der Polizei (wieder die guten alten Volvo) fahren mit Lautsprechern durch die Stadt und verkünden die frohe Botschaft. Sämtliche Kirchenglocken läuten seit einer halben Stunde. Die Menschen in den Straßen fallen sich in die Arme und beginnen spontan zu tanzen. Auf dem Hegibachplatz bahnt sich ein Volksfest an, jemand hat Dutzende von Luftballons mitgebracht, die jetzt von Kindern losgelassen werden. Ein Vater sagt zu seinem Kleinen im Kinderwagen, der nicht ganz überzeugt scheint, dass er seinen Ballon jetzt loslassen sollte: „An den Tag wirst du dich noch in fünfzig Jahren erinnern, glaub' mir!" Eine Mulattin mit einer Schaar Kindern sagt ihren Kleinen: „Rrregarrdé, li piti, ç'a lou libèrtè " und schwingt eine Fahne (von La Réunion?). Ein paar schwarze Mädchen stoßen zu der Gruppe, und zwitschern fähnchenschwingend: „Bonjour, ça va? ç'a lou libèrtè!"

***

Benaia und ich sind jeder mit seiner Fotokamera zum Hegibachplatz hinunter, haben mit den Menschen getanzt und „ça lou libèrtè!" gerufen und dazwischen so viel wie möglich gefilmt und

Einzelaufnahmen geschossen, damit wird unseren Kindern einmal sagen können: „Seht ihr? Das war der Anfang der Freiheit!" Benaias Handy klingelt, es ist ihr Vater, der uns zu einer großen Feier einlädt in der Wohnung von Benaias Eltern. Der Rektor der Uni werde auch dabei sein, er habe mir einen Vorschlag zu präsentieren. Waw, fängt das wieder an! ...

Dafür kann ich Benaia jetzt endlich Herrn und Frau Reimann vorstellen, den Inhabern der Buchhandlung Hirslanden, die seit zwanzig Jahren eine Schar von treuen Lesern mit ihren Lektürevorschlägen und köstlichen Dichterlesungen beglücken. Ich möchte Benaia noch tiefer zugleich in die klassische und in die moderne deutsche Literatur einführen und kann mir keinen besseren Kurs dafür vorstellen als Besuche in der Buchhandlung Hirslanden.

Sonntag, 25. September

Unsere Hochzeit ist gestern im Dom St. Gallen zelebriert worden und war für uns ein überwältigendes Ereignis. Das Großmünster war nicht mehr in Frage gekommen, viele der geladenen Gäste hatten es noch als Lazarett während der Epidemie in Erinnerung, und ums Feiern war den Zürchern immer noch nicht zumute. Abt Blarer hat uns überzeugt, dass wir „nicht kleckern" und im Dom heiraten sollten, der mehr Platz biete, und so haben wir außer unseren Familien und Freunden auch alle Kollegen und Kolleginnen der beiden Hochschulen und der Spitäler eingeladen, mit denen wir häufig in Kontakt sind. Offenbar haben die wiederum Mundpropaganda gemacht, der Abt im Rahmen der Kirche ebenfalls, und eine ganze Reihe von Menschen sind vielleicht einfach aus Neugier gekommen. Jedenfalls war die Kirche voll, und eine solche Menschenmenge in dem 1200-jährigen Bauwerk zu erleben, war an sich schon bewegend. Erstaunlicherweise gab es keine Sightseeing-Stimmung, alle folgten den Anweisungen des Abtes, der die Messe zelebrierte und sehr feinfühlige Anpassungen vornahm, um das heterogene Publikum einzustimmen und sein Interesse wach zu halten.

Der Chor der Studentenschaft beider Zürcher Hochschulen sang *Freude, schöner Götterfunke*, was nun wirklich jeder kannte und in Zusammenhang mit dem Ereignis zu deuten wusste, und am Schluss, als Abt Blarer bei unserer Trauung die deutsche Fassung des spanischen Eherituals sprach, mit der vor Jahrzehnten Felipe VI. und Letizia getraut wurden und wir beim Überreichen der Ringe sagten: „Ich lege mein Leben vertrauensvoll in deine Hände und will bei dir sein in guten und in bösen Tagen", hatten nicht wenige feuchte Augen, und um ehrlich zu sein, wir am meisten. So meinten wir, als wir im Vorhof des Doms vor dem monumentalen Bau die Glückwünsche der Gratulanten entgegennahmen, es breche jetzt für uns eine leuchtende, eine beglückende Zeit an, wir könnten eine wunderbare Hochzeitsreise in der Schweiz machen und dann gestärkt den zweiten Teil unserer Hochzeit in Sanaa in Angriff nehmen.

Doch als wir in der Nacht nach Zürich kamen, fanden wir in unserem Briefkasten, auffällig platziert, weil ein Teil herausragte, ein Schreiben, das mir immer noch die Schauder den Rücken herunterjagt:

Verräterin am wahren Glauben, und wenn du dich unter dem Boden des Meeres versteckst, wir werden dich finden und deiner gerechten Strafe zuführen. Wir werden dich foltern, bis du eines qualvollen Todes stirbst, im Wissen, dass der Gotteslästerer, der dich zu deinem Verrat angestachelt hat, gleichzeitig mit dir das gleiche Schicksal erleidet. Allahu akbar.

Die Botschaft war so aberwitzig, dass ich einen Moment wie gelähmt dastand. Benaia riss mir den Brief aus den Händen, ein paar Sekunden später konnte ich sie gerade noch auffangen, bevor sie ohnmächtig zu Boden gefallen wäre. Ich habe unseren Hausarzt, Dr. Lohner gerufen, der ihr eine Beruhigungsspritze gegeben hat, dann habe ich die Polizei angerufen – was hätte ich sonst tun können?

Die Polizei ist zu der gleichen Schlussfolgerung gelangt wie ich: Die Botschaft hatte kaum einen Zusammenhang mit den Attentaten und Attentatsversuchen, mit denen Daesch, fast zwanzig Jahre nach der Zerschlagung der Bande durch die Operation Wüstensturm 2, versucht, sich eine neue Existenz zu geben. Der Inhalt und die Schreibweise passten nicht zum Stil der Bande, das Ziel war wirr (Daesch strebt nie Einzelhinrichtungen um ihrer selbst willen an, sondern immer nur mit einem strategischen Ziel, das hier völlig schleierhaft war). Der Stil war geschwollen aber die Sprache fehlerlos, also kaum die eines Wirrkopfs, der auf Einzelrechnung handelte. Mir ist sogar der Gedanke gekommen, dass man an einem ganz anderen Ende suchen müsste: Seit etwa einem Jahr macht eine Neuauflage des *Timor Domini* von sich reden, einer ultramontanen katholischen Zeitschrift, die in den siebziger Jahren des vergangenen Jahrhunderts große Theologen zur Emigration oder Resignation brachte und die stille Zustimmung des einen oder andern ähnlich gesinnten Bischofs genoss. Ein diskretes Machtwort des Vatikans brachte das Geschreibsel zum Verstummen. Wer deckte nun die Neuauflage? Und war die, in ökumenischer Gesinnung gestaltete, vom liberalen Abt von St. Gallen zelebrierte Messe zwischen einer Muslimin und einem den Muslimen wohlgesinnten Katholiken der Anlass dieses Hassausbruchs? Dem Polizeidetektiv, der unseren Fall bearbeitet, schien diese Erklärung jedenfalls plausibel und er hat mit versprochen, auch in dieser Richtung zu recherchieren.

Mit all dem aber war die Katastrophe, die nun über uns und vor allem über Benaia hereingebrochen war, noch lange nicht abgewendet. Nach einem Jahrzehnt des sich Ablösens von elterlichen und verwandtschaftlichen Zwangsstrukturen, nach dem Schock der Leprainfektion und der fast unmenschlichen Anstrengung, nicht nur das eigene Schicksal zu tragen, sondern exemplarisch andern beizustehen, nach Monaten der Überarbeitung, die noch lange nicht durch drei Ferienwochen kompensiert waren, stand Benaia vor einem Scherbenhaufen, ja, ihre Lage war schlimmer als am Anfang. Gab es überhaupt noch eine Aussicht, je wieder aus dieser Situation herauszukommen? Ich konnte mit ihr durch das Feuer gehen, bei ihr sein und mit ihr leiden, aber was änderte das? In jedem Augenblick konnte ein wahnsinniger Fanatiker einen Anschlag auf uns beide versuchen, mit der Verbissenheit der Geisteskranken. Wie wollte ich Benaia davor schützen?

In den langen Stunden, in denen ich bis zu ihrem Erwachen an ihrem Bett gesessen bin und nachgedacht habe, hat sich bei mir nach und nach ein klares Konzept herausgeschält: Wenn es einen Ort gab, an dem Benaia maximale Sicherheit erwarten konnte, war das die jemenitische Hauptstadt. Erstens würde der Verrückte, der uns nach dem Leben trachtete, sie dort am wenigsten suchen, und zweitens und vor allem würde ihre gesamte Verwandtschaft, nicht nur die Eltern, wie ein Mann und eine Frau, die Allerkonservativsten vielleicht am meisten, zu ihr stehen, denn hier ging es darum, dass ein verrückter Ungläubiger einer heroischen Muslimin nach dem Leben trachtete. Während einiger Zeit war ja Jemen als interessantes Ziel für Iraner gehandelt worden, die auswandern und es sich dennoch nicht mit den Mullahs verderben wollten. Bis zu einem gewissen Grad konnte auch ich mit Sympathie rechnen, weil ich Benaia bis jetzt effizient verteidigt hatte und ein Freund des Islams war (so froh war ich noch nie über mein Theologiestudium!). Das würde immerhin gewährleisten, dass ich mit Benaia in Kontakt bleiben konnte.

Es hat lange gedauert, bis ich Benaia in vorsichtigen Dosen meinen Plan beigebracht habe. Zuerst wollte sie von einer Trennung überhaupt nichts wissen, das wäre für sie der Tod, meine Arme seien der einzige Ort, wo sie sich sicher fühle und wenn wir beide zusammen sterben müssten, nun, dann sei das eben der Wille Gottes und sicher erträglicher als eine Trennung. Ich habe ihr klargemacht, dass nicht der gemeinsame Tod, sondern das gemeinsame Weiterleben mein Ziel sei: „Wenn ich jetzt mit dir verschwinde, könnte unser Verfolger noch Verdacht schöpfen. Außerdem muss ich eine Reihe von Maßnahmen durchziehen, die ich nicht aus der Distanz erledigen kann: Die Wohnung untervermieten an vertrauenswürdige Mieter, ein Sabbatical beantragen und ein halbes Jahr Urlaub organisieren, mit der Polizei alle Details abklären, für die sie mich noch braucht, und unsere Freunde und Verwandte so klug informieren, dass nichts durchsickert. Dein Vater wird da eine wesentliche Hilfe sein. Übrigens habe ich ihn schon informiert und er findet diese Lösung das absolut Beste, was wir jetzt tun können. Wenn alles so weit ist, in spätestens drei Monaten, komme ich ebenfalls nach Sanaa und tauche dort ‚für eine medizinische Studienreise über die traditionelle chinesische Medizin in Nordwestchina' ab. Die Polizei ist zuversichtlich, dass sie den Fall bis ca. März, April lösen kann, so extreme Spinner gebe es auch nicht unendlich viele, und sie hätten nicht einmal auf der äußersten Rechten Sympathien, weil sie sich ja als Muslime ausgeben. Dann feiern wir in Sanaa den zweiten Teil unserer Hochzeit und kehren im Triumph nach Zürich zurück, gerade rechtzeitig, um zu unseren Rosen und der Bougainvillea zu schauen."

Zum Schluss hat Benaia sogar ein wenig lachen können, besonders, als ich ihr gesagt habe, ich werde sie jeden Tag mit dem Satellitentelefon anrufen (kann niemand nachverfolgen) und ihr immer ein neues Blumengedicht lesen. Sie hat daraufhin gefunden, sie werde mir Gedichte *schreiben*, nur nicht jeden Tag.

Wir haben uns daraufhin beide krankgemeldet und versucht, noch ein wenig zu schlafen, aber das war fast noch ärger als der Wachzustand. Beide haben wir einen Alptraum gehabt, und die beiden Träume waren einander so ähnlich, dass wir wohl in einen Zustand gemeinsamer Erregung geraten waren, die ein kluger Psychiater einmal *Das gemeinsame Du des Unbewussten* genannt hat. Auf die eine oder andere Art müssen wir unbewusst kommuniziert haben. Ich erzähle nun meinen Traum, weil ich finde, dass der Vorfall wirklich etwas Bemerkenswertes hat:

Der Himmel ist verhangen, unheilschwangere Wolken ziehen dicht über den Dächern von Zürich durch. Es ist so dunkel, dass man den Tag kaum von der Nacht unterscheiden kann. Ich sehe die Wolken brechen und Schwärme von riesigen Fledermäusen in die Straßen entlassen. Sie zirpen mit dem schrillen Ton von elektronischen Warnsignalen, ich sehe an einigen, die näherfliegen, Blutspuren um das Maul. Die Passanten beginnen sich zu ängstigen, und als die Tiere immer näherkommen und sogar Scheinangriffe gegen Menschen fliegen, suchen sich diese mit Schirmen und Stöcken zu wehren. Ich sehe den Moment kommen, wo sie uns tatsächlich angreifen und in Stücke reißen werden. Ich renne ins Haus, als ich sehe, dass Benaia mit angstverzerrtem Gesicht am Fenster steht. Auf der Straße zieht eine hexenartige Alte vorbei, die ständig mit scheppernder Stimme ruft: „Knobloch, Knobloch noch und noch, magst auch schrein und Köpfchen stehen, wirst die Zeichen nicht verstehen. Knobloch! Ein Kranz für zwanzig Groschen!" und dabei schwenkt sie kunstvoll geflochtene Knoblauchkränze durch die Luft. Niemand schenkt ihr Beachtung, nur mir fällt ein, dass nach altem Volksaberglauben Knoblauch gegen Vampire schützt. Jetzt stehe ich am Fenster, Benaia hat sich in eine Ecke hinter dem Kachelofen verzogen. Ich ballere aus vollem Karabinermagazin auf die Fledermäuse, die sich zähnefletschend gegen die Scheiben werfen. Einige fallen blutig auf die Straße, andere werfen sich noch heftiger gegen die Scheibe, die plötzlich klirrend nachgibt. Jetzt ist die ganze Stube gestoßen voll von Fledermäusen mit blutverschmierten Schnauzen. Ich habe mich über Benaia geworfen, um sie zu schützen, und fühle schon, wie mir die Fledermäuse Fleischstriemen vom Rücken reißen, als ich von einem Schrei erwache.

Es ist ein Schrei von Benaia, die fast genau zur gleichen Zeit das Gleiche geträumt hat, nur dass am Schluss nicht ein Schwarm, sondern eine einzige Fledermaus in die Stube platscht und uns beiden das Herz aus dem Leibe reißt. Wir haben lange gebraucht, um uns so weit zu erholen, dass wir über unseren Traum sprechen und die erstaunliche Übereinstimmung entdecken konnten. Ich habe Benaia gesagt: „Immerhin zeigt unser gemeinsamer Traum, dass uns nichts mehr trennen kann, wir erleben alles gemeinsam, und das ist doch schon ein gewisser Trost. So werden wir auch gemeinsam aus diesen Prüfungen herauskommen." Das hat sie dann doch auch so gesehen und sich ein wenig beruhigt, so dass wir bis gegen Mittag ein paar Stunden schlafen konnten.

Mittwoch, 2. November

Ich habe wieder einmal einen Alptraum gehabt, ich scheine ein Abonnement gelöst zu haben. Ein Kollege Mediziner, der zudem noch ein Brevet als Testpilot für Kampfjets hat („Wie willst du einen Testpiloten behandeln, wenn du dich nicht in ihn hineinversetzen kannst? Der schluckt dir dein Zeug gar nicht erst, er weiß ja nicht einmal, ob du ihm ein angepasstes Rezept schreiben kannst"), dieser Kollege hat mir vor kurzem einen Traum erzählt, den ich hier wiedergebe (mein Kollege hat mir freundlicherweise Notizen überlassen), weil mein Alptraum darauf aufzubauen scheint:

Ich fliege einen Spitfireeinsatz. Wieso Spitfire, denke ich? Richtig, es ist ja der 2. Weltkrieg, ich bin von einem amerikanischen Flugzeugträger gestartet, eigentlich anachronistisch, die kommen ja erst später, aber ich bin in der Luft und versuche, eine Staffel deutscher Jagdbomber mit Begleitschutz vor ihrem Einsatz abzuknallen. Ich ganz allein, wenn das man gut geht! denke ich. Erleichtert merke ich, dass ich bereits die verbesserte Steig und Sturzflugfähigkeit des Jahres 1943 habe, ich kann also mit den deutschen Messerschmitt Schritt halten. Zudem habe ich Stealth Fähigkeiten: wenn ich über der deutschen Staffel fliege, haben die keine Ahnung, dass ich da bin. Wieder ein Anachronismus, Unsichtbarkeit für den Feind, da wurde bei den Alliierten zwar bereits an Lösungen herumgebastelt, aber es ist kein Fall von Spitfire bekannt, bei dem solche Anpassungen vorgenommen wurden. Spielt keine Rolle, ich habe Stealthschutz, den werde ich nutzen. Ich steige 300 Meter über die deutsche Staffel und gehe dann in Sturzflug über. Gleichzeitig beginne ich, aus allen Rohren zu schießen und meine Bordraketen auf die Fritzen loszulassen. Die Luft zwischen den deutschen Jägern und den Bombern wandelt sich in einen Feuerball, die sehen auch jetzt noch nichts außer Feuer, der Leitbomber brennt schon und ist nicht mehr steuerbar, die Mannschaft bereitet sich zum Absprung vor, die übrigen Jäger und Bomber verlieren den Funkkontakt und sind überzeugt, von einer überlegenen alliierten Jagdstaffel angegriffen worden zu sein. Die Biefkes machen fast in die Hosen und sehen keine andere Lösung, als abzudrehen und zurückzufliegen. Immerhin retten sie so noch ein paar Flugzeuge für den nächsten Angriff, die Messerschmitt beginnen ohnehin, Mangelware zu werden. Ich drehe ab und kehre auf meinen Stützpunkt zurück. Dabei empfinde ich einen so großartigen narzisstischen Orgasmus, dass ich mit Sperma in den Hosen erwache. Merke: Narzissmus unter Kontrolle halten, sonst geht der Einsatz in die Hosen.

Nobler Testpiloten Jargon – mein Traum war burschikoser, mehr im Stil Titelstory für Playboy, aber dabei ungemein bedrückend. Ich habe Mühe, mich darin zu erkennen:

Ich bin Theseus, habe Ariadne schon nach Athen zurückgebracht und beginne mich mit ihr zu langweilen. Den roten Faden, der mir damals aus dem Labyrinth geholfen hat, benutze ich jetzt, um zwischen meinen zahllosen Liebschaften den rechten Weg zu finden, damit nie eine meiner Geliebten mich mit einer andern überrascht und ich jeder ungerührt vorschwadronieren kann, sie sei meine einzige. Leider verwickelt sich der Faden bei einem meiner Abenteuer und legt sich mir als Schlinge um den Hals. Der Minotaurus ist nicht tot und versucht mich jetzt, da ich in der Schlinge zapple, mit seinen Hörnern aufzuspießen, ich hüpfe hin und her, um ihm auszuweichen. Am Schluss kommt meine Treue Ariadne mir zur Hilfe und schießt den Minotaurus tot. Aus seinem Kopf mitsamt den Hörnern macht sie einen Schild, auf dem der Kopf aussieht wie die Karikatur einer Fledermaus. "So bist du, sagt sie mir, wie diese Fledermaus, flatterst von einer zu andern. Als Strafe musst du jetzt den Augiasstall putzen!" Das passt mir gar nicht, aber sie hält mich immer noch in der Schlinge gefangen, ich habe keine andere Wahl.

Ich bin mit einem erstickten Schrei erwacht, der in Wirklichkeit wohl stimmlos war, denn Benaia schläft immer noch ruhig neben mir. Ich muss den Traum gründlich reflektieren, denn bisher hat noch jeder meiner Fledermausträume kommendes Unheil angekündigt oder vergangenes, noch unverdautes gespiegelt. Ich hole mein Tablett, sitze neben Benaia, so, dass ich von Zeit zu Zeit einen Blick auf sie werfen kann, und fange an zu überlegen:

Offenbar habe ich die Wirren der letzten Monate noch nicht verdaut. Trotz der Aufhebung des Belagerungszustands kann kein Zürcher seines Lebens wirklich froh werden. Die Bedrohungslage ist geblieben. Auch wenn seit einem Monat keine neuen Infektionsfälle bekannt geworden sind, hat es sicher noch eine Reihe von latenten. Wir können ja nicht jeden Reisenden kontrollieren, der aus Afrika kommt, wo ein so großes Land wie Nigeria gegenwärtig der Hauptherd der Infektion ist, oder aus Südamerika, wo der Hauptherd in der „Bananenrepublik" Guatemala mit ihren infizierten Bananenmäusen liegt. Zudem hat auch die foudroyante Form der Lepra eine Inkubationszeit von zwei Monaten, in Zürich selbst ist also noch ein größeres Infektionspotential, von der umliegenden EU ganz zu schweigen, deren Mitglieder sich im üblichen Gerangel um Sonderwünsche noch immer nicht auf effiziente Maßnahmen zur Eindämmung der Seuche einigen konnten.

Auch wirtschaftlich sieht die Zukunft nicht rosig aus: Alle Staaten holen sich aus der gegenwärtigen Bedrohungslage durch terroristische Attentate und Seuchen die Pseudolegitimation, ihre Grenzen abzuriegeln. Am Straßenzoll entstehen endlose Warteschlagen, die Waren verderben in den Lastern, in den Zollbahnhöfen faulen Gemüse und Fleisch in den abgekoppelten Kühlwagen, den Schaden trägt am Ende der Konsument, und wir sind ja kein Agrarland, das vorübergehend auf Importe verzichten könnte. Ein paar unserer fortschrittlichsten Produkte sind nach wie vor Exportschlager, z. B. auf unseren Servern hospitierte Sicherheitsarchitekturen, aber im Großen und Ganzen stoßen wir auf große Handelshindernisse und der Export lahmt, Löhne und Lebensniveau drohen zu sinken, wenn die Welt die Seuche nicht bald in den Griff bekommt. Auch die terroristische Bedrohung nimmt zu, denn überall wo unfertige Staaten unter der Last der Seuche zusammenbrechen, finden sich Rekruten für terroristische Bewegungen, die dadurch wieder neu aufleben, wie z. B. *Boco Haram* in Nigeria.

So weit, so schlecht, Benaia und ich sind in dieser Situation ja privilegiert. Ihr Vater konnte Benaia überzeugen, dass sie für eine Zeit ihre altruistischen Einsätze sistiert und sich gründlich erholt, indem sie sich „nur" ihren Geschäften widmet. Das hat sie mit ihrem üblichen Schwung getan und in einem Monat bereits alle Geschäfte in Zürich, auch mit Hilfe von Mae, voll einsatzfähig gemacht und je eine Filiale in Hongkong und Paris eröffnet, für die sie geeignete Geschäftsleiterinnen dank der Beziehungen ihres Vaters gefunden hat. Ich selber bin, so scheint es, eine „wichtige Person" geworden, mehr zufällig als durch eigenes Verdienst, da will ich ganz realistisch sein. Während des Ausnahmezustands haben die Rektoren der Uni und der ETH, denen sich bald auch jener der ZHAW angeschlossen hat, einen Spezialisten für elektronische Sicherheitsarchitekturen gesucht. Benaias Vater hat mich allen drei wärmstens empfohlen, und schon war ich *der* Mann für das Geschäft. Sicher, ich bin gut in dem Fach, bin einer der Wenigen, die nach dem Medizinstudium mit Spezialisierung in Neurologie noch eines für Elektronikingenieure an der ETH angehängt hat, weil ich den Eindruck hatte, beides gehört untrennbar zusammen. Und als I-Tüpfelchens habe ich dann noch einen MBA in Harvard angehängt. Mein ETH Dozent von Vater hatte Geld und Beziehungen genug, um mir das zu ermöglichen, und meine Neurologin von Mutter hat mich nach Kräften unterstützt. Privilegierter geht es nicht. Aber eben: Ich bin einer der Wenigen, nicht der Einzige, es hätte ein anderer gerade zur Stelle sein können, der es genauso gut gemacht hätte. Das muss ich mir sehr realistisch sagen: nur kein Narzissmus, sonst „geht der Schuss in die Hosen"!

Und damit wird mir auch schon klar, was mir am meisten Kummer macht: Die Idee einer Nachhochzeit in Sanaa ist in der gegenwärtigen Lage eine fertige Schnapsidee, hoffnungslos romantisch und hoffnungslos unrealistisch. Die Lage in Sanaa ist nämlich unterdessen sehr bedrohlich geworden. Während beinahe fünfzehn Jahren hat in Jemen der wohl längst Frieden in der Geschichte dieses Landes geherrscht. Die Warlords des Nordens hatten sich mit den Huthu dahingehend arrangiert, dass sie ihnen ein regelmäßiges Salär zahlten, de jure für ihre Integration in die staatliche Armee. De facto war diese Armee weitgehend die Privatarmee des mächtigsten der Warlords, Abdul Rab Rasul Sayyaf, aber da sie nominell die Staatsarmee stellte, wurden die Gehälter von der Regierung bezahlt. Das Geld floß auch für den Staat, in dem Maß, wie die Schmuggelgeschäfte der Warlords und der Huthu Reichtum kreierten, der zum Teil im Lande selber investiert wurde. Auch in den besten Jahren gab es zwar die unausweichlichen Rebellionen der Huthumilizen. Während einiger Stunden inszenierte man Zusammenstöße in den Straßen von Sanaa, ziemlich gefahrlos, denn welcher denkende Mensch wäre unter solchen Umständen auf die Straße hinausgegangen? Beide Seiten schossen steil in die Luft, um ja niemand zu verletzen (zum Glück hängen auch für Fundamentalisten die Gärten Allahs nicht so tief über der Hauptstadt, dass sie Einschüsse bekommen könnten, sonst wären die frommen Seelen der Toten bis zum Jüngsten Gericht gezwungen, mit Löchern im Boden der Gärten Allahs zu beten und zu meditieren). Danach wurde während Stunden oder Tagen verhandelt, und schließlich einigte man sich in guten Jahren auf eine moderate Gehaltserhöhung für die Huthumilizen oder, in schlechteren Jahren, wenn die Staatskassen leer waren, zumindest auf eine Garantie des Status quo. Das war für die Huthu unabdingbar, denn sie mussten nicht nur ständig modernere Waffen beschaffen, sondern auch für ein würdiges Auskommen für ihre Frauen und Kinder sorgen. Hätten sie das nicht getan, so wäre ein sehr viel ernsterer Aufstand der Huthufrauen gegen ihre Männer ausgebrochen, der kaum ohne Tote ausgegangen wäre.

Dieses ganze prekäre Gleichgewicht war unterdessen zusammengebrochen, so, dass Benaia und ich auch auf eine Kurzvisite verzichten mussten. Die Aufstände der Huthu verliefen jetzt nicht selten blutig, rebellische Einheiten durchzogen schießend und plündernd die Hauptstadt, und man wusste nie, wen es gerade treffen konnte. Es wäre ein Irrwitz gewesen, ausgerechnet jetzt eine Hochzeit, noch dazu zwischen einer „Abtrünnigen" und einem „Ungläubigen", in der großen Moschee zelebrieren zu wollen, und unsere vor drei Monaten abgeschickte Anfrage an Scheik Abdul Rab Rasul Sayyaf (nicht zu verwechseln mit seinem afghanischen Vater, der Bin Laden nach Afghanistan brachte) ist bis heute ohne Antwort geblieben. Das einzig Vernünftige in der jetzigen Lage ist, wenn wir, vielleicht Ende November, einen Gedenkgottesdienst an unsere Hochzeit im Dom von St. Gallen zelebrieren lassen und uns dann noch zwei Wochen Urlaub gönnen für eine schöne Reise durch die Schweiz, nach dem Leitfaden des Abtes.

Das habe ich dann auch Benaia vorgeschlagen, als sie gegen Mittag erwacht ist, und es war, als hätte sie sich während ihres Schlafes das Gleiche überlegt, so rasch liess sie sich überzeugen oder war sie schon überzeugt.

„Und etwas Weiteres will ich dir jetzt auch noch sagen, dass ich insgeheim während unserer Verlobung, in unserer ersten gemeinsamen Nacht beschlossen habe.

– Etwas Schlimmes oder Gutes? hat sie mit einem besorgten Blick gefragt.

– Nur Gutes, Schlimmes beschließe ich für dich ohnehin nicht. Weißt du, ich habe mir geschworen, dass du dich an keinem Tag unserer Ehe mit mir langweilen sollst. Es soll nie so weit kommen, dass „wir lieben uns, wir wissen schon wie's am besten geht, wir machen es sowieso gut, besser kann man es nicht machen, also wozu noch weiter nachdenken, ein bisschen Langeweile ist das Gütesiegel einer soliden Beziehung." Das soll und darf zwischen uns nie einreißen, ich will dich jeden Tag von Neuem überraschen.

– Zum Beispiel? hat sie jetzt schon ganz neugierig gefragt.

– Zum Beispiel gehen wir jetzt dann einen schönen Spaziergang auf den Albis machen, und wenn wir abends zurückkommen, hat da jemand schon etwas besorgt, und dann reden wir weiter. Ich kann dir jetzt schon sagen, es hat mit Blumen zu tun, und Blumen werden wir gemeinsam pflegen, und unsere Beziehung will ich pflegen wie ein guter Gärtner an jedem Tag meines Lebens, denn sie ist das Kostbarste, was ich habe."

So sind wir dann auf den Albis gefahren und sind dort lange gewandert, und als wir zurück waren, hatte die zuverlässige Geschäftsführerin vom Hegibachplatz bereits die Rosenstöcke gepflanzt, die sie 14 Tage vorher aus dem Keller geholt und unter Pflanzenwuchslicht und mit viel Dünger geweckt hatte, man sah bereits die ersten Rosenknospen emporragen und Benaia hat mich umarmt, als wäre ich der Weihnachtsmann.

Sonntag, 27. November (1. Advent)

Heute waren wir in St. Gallen, zuerst in der Abteikirche, dann im Dom. Abt Blarer hat uns dazu geraten, weil er an diesem Sonntag im Dom mit dem Bischof von St. Gallen die 11-Uhr-Messe konzelebriert, das Gedenkwort für unsere Hochzeit unter schwierigen Umständen werde er selber sprechen, der Bischof sei damit sehr einverstanden, ihm sei Ökumene ebenfalls ein Anliegen, und schon gar die Ökumene zwischen Christen und Muslim: „Die aufgeschlossenen Muslim brauchen wir unbedingt, wenn wir die Gefahr des Extremismus an der Wurzel bekämpfen wollen!"

Die Messe und der Dom, die Verbindung des Gedenkens an unsere Hochzeit und Advent haben uns beide tief berührt. Benaia ist schon im 4. Monat schwanger, und sie hat mir zugeflüstert, jetzt erst verstehe sie voll, was der Advent der Christen bedeute: „Eine Hoffnung, die jede Frau immer wieder neu gebiert!" Ich muss sagen, sie versteht die christliche Theologie besser als manche unserer Theologen und Katecheten, von denen die einen, die Modernisten, zu jung oder zu abgehoben vom Alltagsleben sind, um voll zu verstehen, was sie erleben, und die Konservativen, zu verkrallt in die Vergangenheit, um zu begreifen, dass Maria eine jüdische Frau war mit einer intakten Sexualität und nicht nur ein Vorwand, um die Sexualität zu unterdrücken oder zumindest zu kontrollieren, wie es jahrhundertlange die katholische Hierarchie praktiziert hat (und nicht nur sie).

Mich hat ebenso das Erlebnis ergriffen, in einem über tausendjährigen Dom zu beten, in dem schon vor uns Millionen von St. Gallern und Pilgern gebetet haben.

Mittwoch, 20. April

Heute ist unser Sohn Ingo Ibrahim Adam auf die Welt gekommen. Sie werden, liebe Leserin, lieber Leser, vermutlich zwischen amüsiert und befremdet dieses ökumenische Gemisch zur Kenntnis nehmen. Für Benaia stand fest: Er muss wie sein Vater heißen: „Unsere Liebe hat ihn gezeugt, meine Liebe zu dir hat ihn auf die Welt gebracht, er muss heißen, wie sein Vater. Und er soll heißen wie der Vater unseres gemeinsamen Glaubens, Ibrahim-Abraham, der Patriarch der Juden, der Christen und der Muslim, und Adam, der älteste der drei, soll uns daran erinnern, das wir alle aus dem gemeinsamen Stamm des Alten Testaments hervorgegangen sind." Benaia, meine Theologin! Und ich muss zugeben, mir hat es eigentlich auch eingeleuchtet. Ibrahim konnte man in Ibi oder Ibri oder Brahi oder Brahim kürzen, es würde so oder so nach einem modischen Namen klingen, und zwar dauerhaft, weil kein Filmstar und kein Popsänger je so geheißen hat. Und Adam, abgesehen davon, dass er, als Durchlaucht angesprochen, Fürst des befreundeten Liechtensteins ist, kommt gegenwärtig immer mehr in Mode und war nie ganz weg von der Bühne.

Der letzte Schwangerschaftsmonat war schwierig für Benaia. Die Ärzte haben ihr dringend empfohlen, strikte Ruhe einzuhalten: Die starken Antibiotika gegen die Lepra und später der fast übermenschliche Stress des Belagerungszustands zusammen mit der Belastung der Schwangerschaft haben das Risiko eines Aborts stark erhöht, und das wollten wir keinesfalls riskieren. Für Benaia war das Nichtstun fast unerträglich, sie musste sich zu Ruhe zwingen, und ich habe sie ein wenig mit Literatur über Yoga und die Coué-Methode abzulenken versucht, abgesehen natürlich davon, dass ich so oft wie möglich bei ihr war und mit ihr schöne Gespräche geführt habe. Andere Besuche hat sie strikt rationiert, weil ein Übermaß sie mehr belastet als erheitert hätte. Das mussten auch ihr leicht schockierten Eltern zur Kenntnis nehmen.

Ingo Adi, wie ich ihn nenne, scheint von alledem nichts mitbekommen zu haben. Nach dem ersten Protestschrei, als der Gynäkologe ihn abnabelte und mit dem Kopf nach unten kehrte, bekundete er nur noch eitel Wonne beim Kontakt mit Benaias Körper und kaum berührten seine dicken Lippen ihre Brustwarze, begann er hingebungsvoll seine erste Mahlzeit, rülpste, trank weiter, fasste die nächste Brustwarze, gab ein paar Darmlaute von sich und schlief selig ein. Nachher habe ich Benaia ins Ohr geflüstert: „Jetzt verstehe *ich* besser, was die Geburt Christi heißt!", und sie hat mir einen Kuss auf den Mund gedrückt.

Alles Glück und Wohlgefallen also? Irgendwie mochte ich dem Frieden nicht trauen, mit war, als fühle ich bei Benaia unter der frohen Oberfläche eine fast tragische Beunruhigung, die ich selbst auch bis zu einem gewissen Grad teilte. Die Gefahr war ja längst noch nicht gebannt, allem voran die Gefahr der Seuche. Die Quarantäne für die alten Ansteckungen war zwar längst abgelaufen, aber der Austausch mit Afrika und Südamerika war so intensiv, dass es unmöglich war, Infektionen völlig zu kontrollieren, die auf diesem Weg bei uns entstanden. Und sogar wenn man alle Infizierten in Quarantäne getan hätte, irgendwann wäre ja bei den Ausländern der Moment gekommen, wo man sie in ihre Heimatländer hätte zurückschicken müssen, aber wie? Wir hatten ein noch nicht ratifiziertes Rückschaffungsabkommen mit Brasilien, das hoffen ließ; ein ratifiziertes mit Costa Rica, doch das Land war wieder einmal wie schon so oft ins Chaos versunken; in Afrika hatten wir unterschriebene aber noch nicht ratifizierte Abkommen mit Algerien und Marokko. Von den Ländern der EG schon gar nicht zu reden, keines nahm mehr Flüchtlinge zurück, die nicht auf seinem Territorium erfasst worden waren. Außer, wenn man das Patentrezept der Demokratischen Volkspartei übernahm: Mit Canadair übers Mittelmeer bringen und 10 Meilen vor der Küste die Bodenklappe öffnen. Realistischerweise müssen wir mit dem Bau einer ganzen Reihe von Lagern für verlängerte Quarantänehaft rechnen, die bald wieder überfüllt sein werden, und ob wir damit die Epidemie völlig unter Kontrolle bringen, ist ungewiss.

Aber ich vermute, es ist etwas noch viel Fundamentaleres, was Benaia belastet: Dieses Kind, für das sie so viele Opfer gebracht und so tapfer durchgehalten hat, ist jetzt die Fleisch gewordene Erinnerung an diese ganz Zeit, der Alptraum inkarniert sich in diesem fröhlichen und ahnungslosen Erdenbürger, dessen Schicksal ja keiner von uns beiden prognostizieren kann. Sicher hat er sehr gute Chancen, aber in der Statistik ist es nun mal so, dass auch ein Risiko von nur eins zu einer Million ein ganzes Risiko ist, und wen es trifft, den trifft es zu hundert Prozent. Immerhin, wir tragen das gemeinsam mit allen Eltern dieser Welt und mit ungleich viel größeren Chancen als viele von ihnen. Drüber haben wir nach ein paar Tagen gesprochen, und Benaias Baby Blues ist daraufhin sehr rasch verschwunden: „Wir wollen großzügig sein, hat sie gemeint. Wir haben besonders viel bekommen und wollen besonders viel weitergeben an Solidarität mit denen, denen es schlecht gibt. Das ist der beste Segen für unseren Ingo." Ich war sehr stolz auf Benaia, und doch ... heute Nacht, als ich noch neben ihr wach lag (sie ist unterdessen schon wieder zu Hause und zwischen uns auf dem Bett liegt unser Ingo und lächelt im Schlaf), als ich also noch wach lag und über all das nachgedacht habe, muss ich, ohne es zu merken, in den Schlaf abgeglitten sein, denn ich befand mich plötzlich in einem besonders katastrophalen Alptraum:

Ich bin eine überlebensgroße Fledermaus mit gefletschten Zähnen und blutverschmierter Schnauze. Neben mir liegt Benaia und schläft friedlich. Das Bewusstsein, dass ich die Frau, die ich am meisten liebe auf der Welt, tödlich verletzen könnte, ist dermaßen unerträglich, dass ich in haltloses Schluchzen ausbreche. Wie kann ich wissen, ob ich nicht jeden Augenblick zubeiße? Wie kann ich meine mörderischen Instinkte so beherrschen, dass es nie passiert? Kann ich überhaupt noch leben mit diesem Bewusstsein? Ich könnte ja auch unser Kind töten. Gott, warum tust du mir das an? Nimm mich Monster aus der Welt, ich bitte dich!

In dem Moment höre ich eine leise Stimme, die mir zuflüstert: „Tue nichts, selig, die nichts tun! Das heilst nicht du, das heilt ein anderer!" Es ist die alte Frau, die ich aus früheren Träumen kenne, aber sie hat nichts mehr von einer Hexe. Ihr Gesicht hat sich geglättet, ein feines Lächeln erleuchtet es. Sie hält einen Finger auf die Lippen und streicht mir leise über die Stirn, bevor sie durchscheinend wird und verschwindet.

Als ich erwache, schnappe ich noch immer nach Luft. Benaia und Ingo scheinen nichts gemerkt zu haben, sie schlafen friedlich weiter. Zum ersten Mal in meiner Ehe weiß ich: „Das werde ich Benaia nicht berichten, das ist allzu furchtbar, damit kann ich sie nicht belasten!" Feinfühlig, wie sie ist, merkt sie aber am Morgen beim Erwachen gleich, dass etwas nicht stimmt und sagt zielsicher: „Du hast etwas Schlimmes geträumt?" Ich kann nicht anders, als ihr gestehen: „Furchtbar, aber nicht unheilvoll, glaube ich. Es bedroht unsere Beziehung nicht und auch nicht Ingo. Aber mir tut es so weh, dass ich jetzt nicht darüber sprechen kann. Später einmal, vielleicht. Lass mir Zeit, bitte!" Es ist ihr sichtlich schwergefallen, aber sie hat es akzeptiert: „Das war die erste dunkle Stelle in unserer Beziehung. Bist du dann auch geduldig, wenn einmal bei mir ein Stück Nacht auftaucht?" Ich habe nur genickt, mehr konnte ich nicht sagen.

Freitag, 29. April

Ein Jahr ist vergangen, und wir dachten, der Spuk habe sich von selber aufgelöst. Doch gestern Nachmittag hat sich der Pseudoterrorist wieder gemeldet. Ich sage Pseudoterrorist, weil im wirren Verhalten dieses Mannes (oder könnte es eine Frau sein?) kein systematisches Muster erkennbar ist. Die Polizei tappt immer noch im Dunkeln. Die bisherigen Recherchen haben ergeben, dass bei den katholischen „Ultramontanen" zwar ordentlich

Hass gestaut ist, aber keine Mordabsichten. Solche Methoden betrachtet man auch in diesen Kreisen als zu einem anderen Zeitalter gehörig, man möchte ja schließlich Sympathisanten gewinnen. Auch auf islamistische Verschwörer deuten die Schreiben nicht hin, die hätten sicher nicht so lange zugewartet, und Benaia und ich sind zu wenig symbolträchtig, um interessante Objekte abzugeben. Ein einsamer Irrer? Kaum wahrscheinlich, dass der sich über 6 Monate sporadisch meldet, irgendwie müsste er auch in seiner Umgebung mit ähnlichen Aktionen auffallen, und es liegen auch keine Vermisstmeldungen von psychiatrischen Anstalten vor. Kurz und gut, es gibt keine seriösen Hinweise, keine Suchrichtung, die der Polizei weiterhelfen könnte. Ich habe beschlossen, eigene Recherchen zu starten und dabei mein nicht unbeträchtliches Informationsnetz einzusetzen. Auf dem Internet, einschließlich *dark net*, kenne ich mich immer noch besser aus als die Polizei, so sehr sie sich anstrengt. Das weitet mein Netz in alle Richtungen.

Das neueste Schreiben kann ich gut vor Benaia geheim halten, ich habe es am frühen Nachmittag gefunden, sie wird erst gegen Abend heimkehren. Das ist der Vorteil davon, dass die Ärzte ihr empfohlen haben, ihren Eifer immer noch zu zügeln. Sie möchte ja am liebsten ihre paramedizinische Tätigkeit fortführen und sogar noch ausweiten, an der medizinischen Fakultät Kurse über weibliche Pathologie belegen, den Kurs von Frau Kaoru Hisatomi über Gartenpflege besuchen, dazu noch einen Kurs an der ETH über moderne deutsche Literatur, und natürlich ihre diversen Geschäfte mit vollem Einsatz führen. Sie platzt fast vor Tatendrang, und das ist ja schön zum Ansehen, aber es wäre auch für unseren Ingo Andi schlecht, es bliebe einfach nicht mehr genügend Zeit für ihn. Geschäftlich hat Benaia das schon selbst kapiert, die lässt sich jetzt strikt nach außen durch Mae und ihre Kanzlei vertreten, die das bravourös machen, und in den Schweizer Geschäften schaut sie nur noch je einen Tag pro Woche vorbei, um den Überblick zu behalten und den Eindruck zu geben, die Chefin habe alles im Blick. Für die beiden Filialen in New York und Paris hat sie sehr fähige Geschäftsführerinnen gefunden, Vater hat ihr dabei geholfen (ich sage schon *Vater* zu Prof. Shahnaaz, und empfinde es auch so: zu meinen Eltern ist der Kontakt immer noch abgerissen, sie können es nicht verwinden, dass ich eine Muslimin geheiratet habe, das ist für die *gegen die Natur*). Zudem bin ich Benaias Frauenärztin, Dr. Zumsteg, äußerst dankbar, dass sie ihr geraten hat, jetzt zuerst einmal ihre Mutterschaft in den Vordergrund zu stellen und außer ihren Geschäften alle anderen Aktivitäten zu suspendieren. Das war ein kluger Rat, Benaia hat eine helle Freude an ihrer Mutterrolle und macht das auch glänzend.

Ich merke, ich streiche um den heißen Brei herum, die „Bekennerschreiben" sind für mich immer noch harte Kost, auch wenn es mir, glaube ich, vollkommen gelingt, Benaia gegenüber jede diesbezügliche Regung zu verhüllen. Ich fahre wieder „dissoziiert" auf einer vereisten Straße, hoffentlich nicht allzu lange. Aber es hilft nichts, ich muss mich hinter das Schreiben machen und es exakt analysieren, um Hinweise auf den Täter/die Täterin zu finden. Ich lasse bewusst jede Möglichkeit offen. Also schreibe ich den Erguss einmal ab:

Was kaufst du Latzhosen für deine Teufelsbrut? Sie wird aufgespießt mit dir sterben, und vor euren Augen der Verführer, der dich vom wahren Glauben abgebracht hat. Allahs Rache erlahmt nie!!!

Der/Die Trottel/in fühlt sich als Arm Gottes, die wahnhafte Komponente ist evident. Zugleich muss er/sie diese Komponente aber unter Kontrolle haben, denn das Verhalten ist exakt zielführend: Dass Opfer dort treffen, wo es am verletzbarsten ist und zugleich den Eindruck vermitteln, man kontrolliere es auf Schritt und Tritt. Bei einer Person mit schwachen Nerven könnte das leicht Verfolgungswahn auslösen, und ich möchte wetten, der Täter oder sie oder es, man weiß ja nie, kennt sich da aus und leidet selbst unter Verfolgungswahn, deshalb die besondere sadistische Lust, ihn bei seinem Opfer auszulösen.

Es wäre prächtig, wenn ich diesen Pfeil umkehren könnte, aber wie? Da Benaia nichts ahnt, kann und darf sie sich auch nicht hysterisch verhalten, und ich schon gar nicht. Im Übrigen wäre das auch gefährlich, denn es könnte auf der anderen Seite auch Allmachtsgefühle auslösen und die Aggression steigern.

Was bleibt mir also? Die Tatsache, dass es sich um jemand handeln muss, der sehr viel Zeit hat, um Benaia unablässig zu beobachten. Aber halt, so viel Zeit braucht es ja gar nicht. Es genügen ja punktuelle Beobachtungen, verbunden mit dem nötigen Wissen, und das ist gar nicht so umfangreich: Die beiden haben ein kleines Kind, die Mutter ist viel mit dem Kind zusammen und liebt es sehr. Und sogar, wenn das nicht der Fall wäre: Welche Frau würde sich nicht vernichtet fühlen, wenn jemand ihr Kind bedroht? Also: die beiden haben ein Kind, und ich beobachte sie einmal (vielleicht zufällig) bei einer symbolträchtigen Handlung. Das braucht auch nicht so viel Zeit!

Wenn ich meinen Suchraster so aufspanne, wer kommt da in Frage? Benaias Bekanntenkreis? Wenig ergiebig. Sicher nicht die Freunde, Verwandten und Mitarbeiter, da hat niemand einen Anlass zu Ranküne. Die Kontaktpersonen aus ihrer früheren Tätigkeit? Sie hat sich ja von dort zurückgezogen und steht niemandem vor der Sonne. Gut, ich weiß aus einer Tätigkeit für eine gemeinnützige Organisation während meiner Studienzeit, dass die flammende Nächstenliebe der Gründer meisten als Schatten ein überhöhtes Ego nach sich schleppt und dass dieser Schatten sich zuweilen in perfiden Dolchstössen „um der Sache willen" äußern kann, aber Benaia war nur für staatliche Institutionen tätig, und dort waren sicher keine Propheten am Werk, denen sie auf die Füße getreten wäre.

Also muss es sich um meinen Bekanntenkreis handeln. Das klingt schon viel plausibler. Ein hochsensibles Es (das lässt am ehesten alle Varianten offen), das zugleich sehr begabt ist und sich zu Unrecht zurückgesetzt fühlt? Da gäbe es schon einige Aspiranten, die mir so einfallen, z. B. im Kreis der Assistenten. Trotz schöner Worten über *tenure track* ist es ja an unseren Universitäten immer noch so, dass man seine Assistenten gar nicht genug fördern kann. Jemanden einfach als Nachfolger vorschlagen, wie das an amerikanischen Universitäten möglich ist, ohne dass er zehn Jahre lang den Kuli und Blitzableiter für einen oder mehrere Dozenten gespielt hat, ist ungemein schwierig. Ich habe einen solchen Fall im Auge, ein Hochbegabter, Übersensibler, Melancholischer (wahrscheinlich, weil er sich immer ungerecht behandelt fühlt: „Keiner mag mich, keiner verhilft mir zu meinem Recht, ich werde verfolgt, mich stellt man immer zurück!"). Bei dem könnte ich mir vorstellen, dass er sich die Zeit abstiehlt, um mit hoher Intelligenz gezielt zu beobachten und das dann in Schreiben umzumünzen, die bei ihm fast orgiastische Lustgefühle verursachen: „Mit so wenig kann man die Menschen zu Tode erschrecken", und das mit einem so schwülstig inkohärenten Stil, wie ihn diese Eiferer praktizieren. „Ich bin einfach genial!" Warum nicht, das würde ihn ein wenig für seine Enttäuschungen kompensieren. Wenn sich die Frustration wieder einmal über Wochen oder Monate gestaut hat wie bei einem Priesteraspiranten, der besonders keusch sein will, bricht sich die Natur einfach ihre Bahn. Zugleich aber steigert sich der Gewissenskonflikt, und damit wird das Verhalten unkontrollierbarer.

Jetzt hat mich doch die Jagdlust gepackt, ich werde meinen Assistenten diskret beobachten lassen. Unter welchem Vorwand? Ach, das könnte ein Assistent von Vater besorgen, den ich um diesen Dienst bitte (mit seinem Einverständnis, natürlich), mit der Begründung, ich hätte da jemanden, dem ich einen Nationalfonds Auftrag zuhalten möchte, er sei sicher der Begabteste, aber momentan auch sehr labil und zu Depression neigend, ich möchte sicher sein, dass ihn der Auftrag nicht überfordert. Wenn der Beobachter nicht als Konkurrent in Frage kommt, sollten seine Beobachtungen eigentlich ein guter Indikator sein. Auf jeden Fall könnten sie mir Hinweise geben, wie sich ein solcher Mensch in seinem Alltagsleben verhält.

Gut, aber das ist nur ein Anfang, ich will mich auf keinen Fall jetzt schon festlegen, sondern den Suchhorizont nach allen Richtungen offenhalten, und da sehe ich eine Möglichkeit, die noch um einiges plausibler ist. Ich nehme gegenwärtig eine wichtige Position als Sicherheitsexperte für die Hochschulen, die Kantonsregierung und sogar, via eine Kaskade von Empfehlungen, den Bundesrat ein. Ich bin einfach *der* Mann, den man in solchen Fragen konsultiert, bis hin zur NZZ und zur Arena, wobei ich auf diese Form von Spiegelfechtereien im Fernsehen liebend gerne verzichten möchte. Aber man hält mich für geschickt genug, um dort auch mal ein seriöses Argument unterzubringen.

OK, ich bin gut in meinem Fach, warum nicht ehrlich sein: sehr gut sogar. Aber eben, ich bin nicht der *Einzige*, der so gut ist bzw. wäre. Andere können von sich überzeugt sein, dass sie ebenso gut wären. Es würde ein kleines Stolpern von mir, ein blöder Lapsus im dümmsten Moment an der dümmsten Stelle genügen, um mir den (imaginären) Nimbus des Unfehlbaren zu nehmen und den Ratsuchenden nahezulegen, dass sie auch andere, vielleicht noch bessere Experten konsultieren könnten. Und wenn mich das dann noch nervös machen würde, wäre der Abstieg in Raten vorprogrammiert, unter Verdankung der geleistete Dienst, versteht sich, man ist ja höflich in unseren Kreisen. Jeder dieser zwei oder höchstens drei Experten (mehr sind wir momentan nicht an der Spitze) müsste gar nicht selbst als „Täter" auftreten, jeder von ihnen hat eine Unzahl von Mitarbeitern, Mitarbeiterinnen und Kontakten, die er auf mein Privatleben ansetzen könnte, mit irgendeinem oder auch keinem Vorwand, um Beobachtungen zu sammeln, die es erlauben, eine hübsche kleine, langsam reifende Paranoia zu züchten, die irgendwann einmal, es eilt ja nicht, ausreift und den Absturz verursachte: Da liegt er nun in der Jauchegrube, unser Techno-Ikarus!

Gute Beobachtung, aber klopf dir nicht zu früh auf die Schulter, denn diese potentiellen Täter zu beobachten, bedeutet, eine nicht eingrenzbare Menge im Auge zu behalten. Ein Ding der Unmöglichkeit, so kann ich das Problem nicht anpacken. Wie also? Vielleicht so: Ich wende mich an die drei Kollegen, die am ehesten in Frage kommen, und eröffne ihnen unter dem Siegel der Vertraulichkeit (!!!), dass Benaia und ich seit einiger Zeit Drohbriefe bekommen, die uns sehr beunruhigen. Einen, vielleicht den letzten, kürzesten Brief zeige ich als Muster vor. Und ich bitte sie um ihren Rat: Wie würden sie an meiner Stelle vorgehen? Irgendwie müssen sie ja darauf reagieren. Sind sie völlig „unschuldig", dann kann ich mich fortan primär auf meinen Assistenten konzentrieren ... oder den auch „ins Vertrauen" ziehen, um ihn unschädlich – falls er schaden will – oder zum Verbündeten machen. Und verhalten sich einer oder mehrere meiner Kollegen suspekt, so kann ich sie gegeneinander ausspielen und aus ihren Reaktionen interessante Schlüsse ziehen, die mir weitere Pisten zeigen. Oder ich tue alles zusammen, denn das wären dann immer noch nur vier Pisten, die meine Kapazitäten nicht übersteigen. Wohlan, die Jagdsaison ist eröffnet!

Mittwoch, 4. Mai

In anderthalb Monaten hat Andi Geburtstag (ich nenne ihn jetzt nur noch so und Benaia akzeptiert es), ich denke schon an Geschenke. Er ist so wach, dass er sich sicher schon vorstellen kann: „Das da Geschenk für mich, Geschenk von Papi."

„Geschenk von Mami" muss Benaia sich ausdenken, aber ich habe in der Vitrine des Heimatwerks bei der Bahnhofbrücke eine so wunderhübsche Spielzeugeisenbahn gesehen – eine Loki, die auf Knopfdruck Pfuh! Pfuh! macht und einen weißen Wattebausch an einem Draht aus dem Schornstein steckt, 6 Wagen: 3 Passagier-, zwei Güter- und ein Kranwagen mit Schwenkkran, Schnürchen mit Häkchen und Rolle mit Kurbelchen, das Ganze auf zusammenbaubaren Holzschienen, sogar mit einer Brücke mit zwei Rampen – dass ich einfach ganz weg bin. Am Schluss werde ich die Gleise zusammenbauen, den Zug mit dem Schlüssel aufziehen, Pfuh! Pfuh! rufen und ihn fahren lassen: „Lueg, das isch t'Loki, die macht Pfuh! Pfuh! Au! schöni Loki!" Ich darf ja begeistert sein, wenn ich Andi damit anstecke und ihm nach und nach beibringe, wie er das alles beherrschen kann und was er für ein Kluger ist, und dass jetzt sogar die Mami Freude an der Loki hat und auch Pfuh! Pfuh! ruft.

Gespräch mit einem der drei, Prof. Emo Püschel, Vorsteher des Instituts für Computersysteme. Er scheint mir von den dreien der Fähigste, im Stillen halte ich ihn für noch informierter als ich, und ihm habe ich eigentlich nie Intrigen zugetraut, weil er das gar nicht nötig hat. Habe ihm das letzte „Bekennerschreiben" gezeigt, er war ehrlich entsetzt, hätte nie gedacht, dass so etwas passieren könnte. Ein Insider müsse es ja sein, Details über die Einkäufe meiner Frau könne man ja kaum der Presse oder dem Vorlesungsverzeichnis entnehmen. Wenn ich unsere beiderseitige Verwandtschaft ausschließen könne, werde es allerdings schwierig, in irgendeiner vernünftigen Richtung zu suchen.

Er ist rasch auf eine ähnliche Idee gekommen: Die Situation umkehren, via Vertrauen, statt Misstrauen suchen. Als erstes werde er, wenn ich einverstanden sei, die beiden Kollegen, an die ich auch gedacht hätte, informieren. Er könne seine Hand für sie ins Feuer legen, wir alle hätten keine Intrigen nötig und könnten davon auch nicht profitieren. Dann hat er mir sehr geraten, meinen Assistenten ebenfalls zu informieren und ihm den letzten Brief zu zeigen. Er kennt ihn und ähnlich wie ich hält er ihn für vertrauenswürdig und außerordentlich intelligent. Vielleicht würde ihm etwas Nützliches einfallen. Das seien dann mit ihm insgesamt vier Personen, die mir helfen würden, eine überblickbare Informationsmenge zu sammeln, die sich gut koordinieren lasse, und sehr viel, gut selektioniertes Material aus Insidersicht. „Es würde mich sehr wundern, wenn wir nicht bald auf eine Piste stoßen würden."

Ich habe ihm sehr herzlich gedankt und war sehr erleichtert, mit so viel Hilfe hatte ich kaum gerechnet. Außerdem war mir jetzt schon ein neuer Gedanke gekommen, der mir vielversprechend schien. Wenn mit größter Wahrscheinlichkeit sowohl Kollegen wir Mitarbeiter wie unsere beiderseitige Verwandtschaft kein sinnvolles Suchziel waren, dann musste man anders vorgehen und sie als Helfer einbeziehen. Dann war es nämlich wieder denkbar, dass doch ein einsamer Spinner oder sein weibliches

Pendant die Briefe schrieben, eine intelligente Person, darauf deuteten Vorgehen und Stil hin, die mit relativ bescheidenem Aufwand unser Familienleben punktuell beobachtete und ihre Beobachtungen klug zu einer Strategie verband, die bei uns die maximale Beunruhigung verursachen konnte. Also musste man den Beobachter beobachten, und dafür genügten drei bis vier Personen. Ihnen musste man nur die Briefe zeigen, sie würden von selbst verstehen, dass das mit der Zeit unerträglich werden musste. Diskretion gegenüber Benaia musste man intelligenten Helfern ja gar nicht besonders empfehlen, das verstand sich eigentlich von selbst. „In spätestens einem Monat, habe ich mir gesagt, müsste man den Kerl oder die Kerlin entdecken und hoppnehmen. Wenn ‚Es‘ so intelligent ist, wie es scheint, müsste ‚Es‘ von selbst verstehen, dass ‚Es‘ am kürzeren Hebelarm sitzt, und sein Vergnügen anderswo suchen."

Nach diesen trostreichen Erkenntnissen ist es mir umso besser gelungen, mich auf Andis Geburtstag zu freuen und Benaia gegenüber eine strahlende *Alles-in-Ordnung-Miene* zu zeigen. Das traf ja erst noch zu.

Samstag, 28. Mai

Einen „Schuldigen" habe wir noch nicht, dafür aber drei! Alle 3 haben ein ähnliches Profil, wer weiß, vielleicht hängen sie in dieser Sache doch irgendwie zusammen, jedenfalls scheinen sie sich untereinander zu kennen. Alle drei sind jung, eher ungefährlich, „leiden" aber (leiden tun zwar die andern, nicht sie) unter der Form momentaner Verblödung, die einen in der Jugend mangels Empathie und Erfahrung im Umgang mit Menschen zuweilen befallen kann, wenn man plötzlich die Gelegenheit zu etwas „ganz Lustigem" sieht. Gut möglich, dass es ihnen „saulustig" erscheint, arrivierte Bürger (als das müssen wir ihnen erscheinen) gehörig zu erschrecken, das schützt ja angeblich vor frühem Alzheimer. Wir lassen sie jetzt noch ein Weilchen machen, unter aufmerksamer Beobachtung, und müssen einfach verhindern, dass sie Benaia einen weiteren Brief zuspielen.

Morgen gehen Benaia und ich nach St. Gallen in den Elf-Uhr-Gottesdienst. Wir freuen uns wie Kinder auf die Geburtstagstorte, auch wenn wir lieber Kerzen für unsere lieben Verstorbenen anzünden als Kerzen ausblasen. Ich möchte vor allem die Atmosphäre unserer Hochzeit nochmals erleben. Es wird ein Kantaten-Gottesdienst sein mit Werken von Johann Sebastian Bach, ein musikalischer Garten Eden. Ich halte es schon vor Vorfreude fast nicht mehr aus. Andi können wir für diesen Sonntag Benaias Eltern übergeben, wir tun es selten, aber für Andi ist es jedes Mal ein kleines Fest und für seine Intelligenz offenbar äußerst anregend, das letzte Mal hat er seinen ersten Mehrwortsatz gebildet: „Du Pappi, du Mammi!" und dabei auf „Pappi" und „Mammi" gezeigt. So nennt er sie, wir sind für ihn einfach „Beni" und „Yvi" ohne Titulaturen. Mit noch nicht einem Jahr eine doppelte Attribution mit vier Wörtern hinzukriegen, scheint mir kein schlechtes Zeichen für seine Intelligenz. Kommt dazu, dass er schon ausgesprochen schelmisch sein kann.

Ich muss aufhören, meinen Vaternarzissmus zu streicheln, das bringt mich vom Thema ab, und das ist jetzt die Beobachtung unseres briefeschreibenden Dreigestirns. Was zum Teufel wollen sie wirklich mit ihren Episteln? Das sollte man unbedingt herausfinden, um Schaden auf jeden Fall zu verhindern. Ich fantasiere schon von Richtmikrofonen und Knopflochkamera. Warum eigentlich nicht? Als elektronischer Sicherheitsexperte habe ich zu diesen Gadgets einen so leichten Zugang, dass es sich fast nicht rechtfertigen lässt, sie nicht einzusetzen. Werde mir das noch überlegen, zuerst einmal kommt Pfingsten.

Nacht auf Pfingstsonntag, 4. Juni

Heute Abend wieder ein Brief. Ich bin rasch in das offene *Voi* am Hegibachplatz gegangen, um ein paar Schnuller für Adi zu kaufen, er zerbeißt die seinen lustvoll mit seinen Milchzähnen (auch die sehr früh) und hat jetzt keine mehr (Schnuller, natürlich, so wild beißt er auch wieder nicht). Bei der Rückkehr ist mir der Brief aufgefallen, er war wieder so in den Briefkasten gesteckt, dass er zur Hälfte darüber hinausragte. Ich lese ihn erst jetzt und kopiere ihn gleich.

Pillen gegen Blasenschwäche gehst du kaufen? Als ob du Allah damit überlisten könntest! Sein rächender Arm erlahmt nie, dagegen ist kein Kraut gewachsen! Fahr zur Hölle!

Der Kerl oder die Kerlin scheint sich echt zu ärgern, dass Benaia auf ihre Gesundheit achtet, sie sollte wahrscheinlich abgehärmt, fahrig und mit sichtlichem Verfolgungswahn in der Gegend umherirren und sich völlig vernachlässigen. Mir scheint, das Möbel – ich tippe jetzt doch auf einen Er – ist wütend, dass er sie noch nicht herumgekriegt hat, deshalb signiert er nicht einmal mehr. Er hat narzisstische Allmachtsgefühle und erträgt es nicht, dass man nicht sofort nach seiner Pfeife tanzt. Das lässt die Spur noch ein wenig präziser werden. Die Verfolgungsjagd wird dadurch einfacher. Ich habe ja meinen Helfern (eine Helferin ist jetzt auch darunter, eine Assistentin von Emo, die zudem noch von feministischem Eifer erfüllt ist und ausgezeichnet beobachten kann), also, ich habe ja meinen Helfern Knopflochkameras zugesteckt, die sind dank Massenproduktion unterdessen so billig geworden, dass man eher den Nichtgebrauch als den Gebrauch rechtfertigen müsste. Mit den Bildern, die sie liefern, und den direkten Beobachtungen sollten wir den Lumpen bald erwischen. Außerdem scheint er kein Insiderwissen zu besitzen. Benaia hat keine Pillen gegen Blasenschwäche, sondern eine gute Salbe gegen eine Zerrung gekauft, die sie sich beim Herumschleppen von Blumenkisten zugezogen hat. Der Kerl hat wohl von ferne durch das Schaufenster der Hegibach-Apotheke hindurchgelinst und sich etwas aus dem Finger gesaugt. Ich wette, er saß an einem Gartentisch des Restaurants Hegibach, gegen die Drahtzugstraße hin, da musste er sich nur ein wenig vorbeugen, hat aber dafür mit seinem schrägen Blick durch die Scheibe erst recht nichts erkennen können. Und dass Adi am Wochenende bei seinen Großeltern ist, weiß der Lappi sowieso nicht. Umso besser!

Pfingstmontag, 6. Juni

Wieder ein Brief, und ein Riesenglück, dass ich ihn vor Benaia verbergen konnte. Als wir heute Nacht, ganz erfüllt von den wunderbaren Eindrücken in St. Gallen, gegen elf heimgekommen sind, bin ich, ohne zu überlegen, vor die Briefkästen gestanden, um den Schlüssel in der Hosentasche unter dem Portemonnaie hervorzukramen und habe dadurch die Briefkästen verdeckt, die eine an die Mauerkante zum Eingang stoßende lange Reihe bilden. Unserer ist direkt neben der Mauerkante, so war er für Benaia nicht sichtbar. Und da war wieder dieses Schreiben, das teilweise aus dem Briefkasten herausragt. Ich habe es mit einer Houdini Bewegung unter meinem Jackett verschwinden lassen und unterdessen mit der anderen Hand die Schlüssel aus der Hosentasche herausgezogen und die Haustür aufgeschlossen, alles mit der schlafwandlerischen Sicherheit des erfahrenen Lenkers auf der vereisten Straße. Sie hat wirklich nichts gemerkt, auf ihrem Antlitz war unverändert die strahlende Freude eines wunderbaren Tages, und auf meinem offensichtlich auch, sonst hätte es bei ihr im Gesicht gezuckt. Offenbar kann ich also auch alle averbalen Signale unterdrücken, wenn es für Benaia wesentlich ist. Ein wenig erschreckt mich das schon, ich habe mir immer eine wirklich offene Kommunikation vorgestellt, wo man zwar nicht alles sagt – das wäre tödlich! –, aber auch nichts unterdrückt. Mein Fledermaustraum kommt mir in den Sinn. Es geht hier zwar nicht um mörderische Instinkte meinerseits, aber doch um etwas, was für Benaia und mich mörderisch sein könnte. Offenbar muss man sich mit eiserner Entschlossenheit und gegen die übelsten Bedrohungen den Raum erkämpfen, in dem man glücklich sein darf. Und mörderisch war denn auch der Brief, ich schreibe ihn hier gleich ab.

Ich muss vorausschicken, dass Riki, wie sie sich selbst nennt, Rajka mit ihrem offiziellen Namen, eine Schwester meines Vaters ist, die uns beide ebenso sehr mag wie wir sie. Irgendwann ist ihr Zürich verleidet, und sie hat in Glarus eine Wahlheimat gefunden. Dort wohnt sie am Bahnhofplatz, in einem prächtigen Renaissance-Gebäude. Links davon das Hotel Schweizerhof, ein klassischer, aber kühler Bau, und gegenüber der prunkvolle klassizistische Palast des Bahnhofs, im Wesentlichen der alte Bahnhof Rapperswil, den man nach Glarus transportiert hatte, um den guten Bürgern von Glarus ihr Bahndenkmal zu beschaffen. Dazwischen ein traumhaft schöner Stadtpark ganz in Pastelltönen. Meiner Frage, wie Tante Riki zu diesem prächtigen Gebäude gekommen sei, ist sie immer mit einem feinen Lächeln ausgewichen: „Irgendwann wirst du dieses Haus erben, dann erfährst du das alles."

Bei so viel Ferne und so viel Schönheit schien ihr offenbar irgendwie der Kontrast zu ihrer Zürcher Heimat groß genug, um sich zu sagen: „Hier hast du eine neue Heimat!" Wir sehen uns nicht oft, aber wenn wir uns sehen, ist es jedes Mal ein Fest, sie spricht uns mit singendem Glarner Akzent an und bäckt uns eine *Öpfelwähe* mit Schlagrahm, wie es sich gehört in einem Glarner Haushalt. Genau sie gerät nun in dem neuen Hassbrief ins Visier:

Du glaubst, du kannst dich vor uns in den Schoß dieses alten Weibes an der Schweizerhofstrasse 35 in Glarus retten und ahnst nicht einmal, dass Allah dich unablässig überwacht. In der Stunde, in der du wähnst, dich in den Armen der alten Hexe bergen zu können, werden wir dich erstechen und zugleich deine Hure und deine Ausgeburt in Zürich. Wisse, dass nichts dich vor Allahs Rache bewahren kann! Allahu akbaru!

Das hievt nun die Bedrohung in eine neue, noch viel gefährlichere Kategorie, denn hier tauchen Insiderinformationen auf. Wer außer unserer engsten Verwandtschaft sollte wissen, dass ich eine Tante habe, die an der Schweizerhofstrasse 35 in Glarus wohnt und in einer bedrohlichen Lage allenfalls als Zufluchtsort außerhalb von Zürich in Frage käme. Letzteres übrigens haben nur Benaia und ich vor Monaten als rein hypothetische Möglichkeit besprochen und sonst niemanden informiert, auch nicht Benaias Eltern, und schon gar nicht Tante Riki. Werden jetzt auch schon unsere intimen Gespräche abgehört? Ist unsere Wohnung verwanzt?

Ich darf auf keinen Fall in Paranoia verfallen, sonst bricht bei mir die Front auch gegenüber Benaia zusammen, und das wäre verheerend. Es gibt eine einfachere Erklärung: unser „Verfolger" hat Kontakte zur Verwandtschaft, was ihn eigentlich in den Kreis ebendieser Verwandtschaft und engerer Mitarbeiter von Vater platziert. Dort würde ich ihn am ehesten sehen: Ein junger Assistent, hochbegabt und mit paranoiden Zügen, der sich an dem Angstszenario befriedigt, das er da veranstaltet. Vielleicht wirklich ein Muslim. Nicht notwendigerweise ein Rigorist, denn für alle Muslim außer den liberalsten ist die Ehe einer Muslimin mit einem Christen irgendwie ein Verrat. An Benaia also könnte er mit einfachen Mitteln irgendwelche unbefriedigten Rachegelüste ablassen.

Das ist aber nur sehr bedingt beruhigend, denn mit diesem Täterprofil sind auch unkontrollierte Reaktionen verbunden, die völlig unerwartet ausbrechen könnten, Benaia ist also wirklich in Gefahr. Jetzt geht es nicht mehr anders, ich muss sie informieren, aber ich werde versuchen, den Schock möglichst abzumildern, um den Preis einer kleinen Lüge. Ich sage ihr, die Polizei hätte Informationen bekommen, dass jemand aus dem Kreis der engeren Mitarbeiter ihres Vaters sich ergötze, ihr und uns Angst zu machen, und dass das Täterprofil, das sie daraus mit der Polizeipsychologin abgeleitet hätten, auf die Gefahr unkontrollierter Reaktionen hinweise.

Zuerst also informiere ich die Polizei, die diese Spur sicher ernstnehmen wird, und ich nehme es fast als sicher an, dass die Polizeipsychologin ein Täterprofil erstellen wird, jedenfalls werde ich das suggerieren. Was die Polizei dann unternehmen wird und was sie uns vorschlägt, wird sich zeigen, ich werde auf die Möglichkeit eines fingierten „Verschwindens" von Benaia und Adi hinweisen, auf keinen Fall natürlich in Glarus. Ob Tante Riki gewarnt werden soll, muss ich der Polizei überlassen, auf jeden Fall werde ich sofort Benaias Vater voll informieren und auch mit ihm besprechen, wie wir unsererseits vorgehen sollen, bis die Polizei mit ihren Vorschlägen kommt. Ich denke, wir müssen jetzt alle unsere Kräfte mobilisieren, um Benaia und Adi lückenlos zu bewachen, während einiger Tage sollte das möglich sein. Benaia ist schon eingeschlafen, während ich möglichst reglos neben ihr im Schneidersitz auf meinem Laptop schreibe.

***

Etwas muss sie im Schlaf gespürt oder gehört haben, obwohl mein Laptop unglaublich leise ist. Sie ist aufgesessen: „Hast du was?" Um den Preis einer weiteren kleinen Notlüge habe ich behauptet, ich fühlte mich leicht erkältet und werde aufstehen, mir einen Erkältungstee von Sidroga brauen und 20 Tropfen Echinaforce nehmen. Das musste ich dann wirklich tun, weil sie unbedingt in die Küche mitkommen wollte, während Adi friedlich in seiner Wiege neben unserem Bett weiterschlief. Offenbar habe ich aber als halb Erkälteter so überzeugend gewirkt, auch mit meinem Wunsch, noch ein wenig aufzubleiben, „bis das Zeug wirkt", dass sie sich beruhigt wieder hingelegt hat und erneut eingeschlafen ist. Ich schreibe jetzt nur noch meinen Gedankengang fertig: Irgendwann muss ich Benaia natürlich voll informieren und dabei auch meine zwei Notlügen gestehen, denn das habe ich mir fest vorgenommen: Unaufgeräumte Notlügen darf es in unserer Ehe keine geben! Ob Benaia tatsächlich für eine Zeit real oder fiktiv verschwinden muss, wird die Polizei entscheiden. Ich hoffe, es wird genügen, sie aufmerksam zu bewachen, denn jetzt sind die Hinweise auf den Täter so präzise geworden, dass es höchstens noch eine Frage von Wochen ist, bis er gefasst wird.

So, das wäre auch durchgedacht. Jetzt will ich doch versuchen, ob ich auch noch ein paar Stunden schlafen kann, der Tag wird ja bewegt genug werden!

Donnerstag, 9. Juni

Endlich komme ich dazu, auch einmal etwas Erfreuliches festzuhalten: Unser Besuch in St. Gallen war wieder ein Höhepunkt,

ein Tag von großem Glück. Wir konnten Adi zu seinen Großeltern bringen, wo er jedes Mal mit großem Hallo empfangen
wird und seinen gewichtigen Satz „Du Groppi, du Grommi!" mit
der immer gleichen Begeisterung anbringt.

Der Dom, der im 18. Jahrhundert anstelle der baufälligen
Kirche des Stifts St. Gallen errichtet wurde, macht auf mich jedes Mal einen majestätischen und zugleich ein wenig kühlen
Eindruck. Irgendwie erinnert er mich an den Salzburger Dom,
der allerdings ein Jahrhundert früher erbaut wurde. Die Mischung aus flamboyantem Barock und klassisch-imperialem Bau-
stil stellt vor allem das Element der Herrschaft in den Vordergrund, das mich als Schweizer immer ein wenig kühl lässt. Was
den St. Galler Dom auch noch kühl wirken lässt, ist das Fehlen
der Butzenschreiben, die ursprünglich das Gebäude in ein ma-
gisches Licht hätten tauchen sollen. Dieser Aspekt war bis vor
kurzem unbekannt. Vor zwei Jahren sind dann alte Entwürfe
aufgetaucht, genügend präzis, dass man daraus Scheiben erstellen könnte – ein Vorhaben, das natürlich die finanziellen Möglichkeiten des Klosters bei weitem übersteigt. Der Abt möchte
aber auch keine barockisierenden Schreiben einbauen, sondern
moderne, die nur das „Himmelstrebende des Lichts" betonen,
mit dem Regenbogen als Zeichen der Versöhnung Gottes mit
der Menschheit. Er hat deshalb eine Kampagne gestartet, bei
der er sich hauptsächlich auf die elektronischen Medien stützt.
„Columban von Blarer erwittert den Himmel für seinen Dom"
titelte spöttelnd das St. Galler Tagblatt, was Abt Blarer ebenso spöttisch vor dem *Ite missa est* mit der Aufforderung an die
Gläubigen quittierte: „Beten wir also, und wenn Sie's mögen,
twittern wir um das Licht Gottes in unserem Leben, damit wir
auch anderen Licht spenden können." In der Kirche gab es Gelächter und Applaus, habe ich mir sagen lassen.

Wie hineinmontiert in diesen Dom ist ein rauschhafter Spät-
barock im Übergang zum Rokoko: Es strahlt, es schwingt, es ju-
belt an allen Orten. Keine Borte ohne Vergoldung, kein Nagel
ohne goldenen Kopf, aus rosa Marmor der Altar und der Umbau,
feinstens abgestimmt mit dem Pastellgrün der Stuckaturen. Und

dieselben Stuckaturen gliedern auch die majestätischen Pfeiler des Kirchenschiffs, mit je zwei halb hervortretenden Unterpfeilern auf jeder Seite, gekrönt von korinthischen, schaumgrünen Stuckaturen. Das Gewölbe des Hauptschiffs und die Kuppel in der Kreuzung zum Querschiff sind mit wertvollen Fresken bedeckt, am Rand der Kuppel spielen schwebende oder nach unten blickende Putten, darüber, im aufbrechenden Himmel, beten die vier Haupheiligen der Abtei. Putten kucken auch vom Dach der verschwenderisch dekorierten Kanzel herab und eine elegante Heiligengestalt mit Lanze scheint von einer goldenen Flammenmuschel hinter ihr zum Himmel gehoben zu werden. Inmitten dieses flammenden Dekors läuft die Messe zwar würdig und liturgisch perfekt ab (jeder weiß in jedem Augenblick wann er wo stehen muss und mit welcher Gebärde), aber zugleich nüchtern, wie die Predigt. Wenige präzise Momente aus den Lesungen und dem Evangelium, ein wenig lateinische Etymologie, damit die Begriffe klarwerden, und dann, im Abschluss und in den Fürbitten, kluge Hinweise zur Anwendung in unserem Alltag. Der Prediger weiß, was er will, und er will Erneuerung, und zwar echte, alltägliche, die Licht in die Welt hinausträgt. Getragen ist der Gottesdienst vom Chor der Cappella Vocale der Stiftskirche, der Cantaten aus der Messe in G-Dur von Johann Sebastian Bach singt: Das nun wirklich als Blick in den Himmel, ein Augenblick Ewigkeit, der mit seinem Licht weit über den Gottesdienst hinausgreift.

Ich lasse das alles ruhig auf mich einwirken, hier und da drücken Benaia und ich uns die Hand, wenn uns etwas gleichzeitig berührt hat, und während der Wandlung wird mir auf einmal bewusst, welch ungeheures Glück mir zuteil geworden ist in einer bedrohten Zeit: Die Frau meines Lebens sitzt neben mir, unser Kind spielt, gut aufbewahrt, bei den Großeltern, und wir haben in Fülle, was Millionen verweigert ist, die es ebenso sehr verdienen würden. So kann das nicht gemeint sein, von irgendwo her muss da mehr Gerechtigkeit in die Geschichte hineinkommen, und das müssen Menschen wie wir besorgen! Als ich nach der Messe beim Hinausgehen das Thema anschneiden will, legt mir Benaia den Finger auf den Mund: „Sag nichts, wir denken das Gleiche. Von jetzt an müssen wir handeln."

Dienstag, 14. Juni

Mein Optimismus beginnt zu lahmen. Ich dachte, mit den vereinten Kräften der Polizei und meiner Helfer würde die Suche nach dem Briefeschreiber rasche Fortschritte machen – nichts dergleichen! Alle Pisten führen immer wieder ins Leere. Entweder ist die Motivation total unwahrscheinlich, oder die betreffende Person hat für die Momente, in denen sie bestimmte Beobachtungen hätte machen können, hieb- und stichfeste Alibis. So haben Benaia und ich z. B. nie über die Tatsache gesprochen, dass sie eine Salbe gegen Zerrungen gekauft hat, bzw. erst nachdem der entsprechende Brief eingetroffen ist und wir den Brief besprochen haben. Und alle Personen, die diesen Umstand in das betreffende Schreiben hätten einflechten können, waren mit Sicherheit zu jenem Zeitpunkt an einem anderen Ort. Zumindest alle, die wir im Zielfernrohr hatten, m. a. W., es musste eine weitere Person geben, an die wir bisher noch nicht gedacht hatten, was aber zugleich hieß, dass unsere bisherigen Suchaktionen nutzlos waren.

Natürlich ist es unmöglich, alle Personen im Auge zu haben, die zu einem bestimmten Zeitpunkt an einem bestimmten Ort Benaia hätten beobachten können, doch musste man tatsächlich annehmen, dass irgendjemand zu jenem Zeitpunkt dort gewesen wäre, der ebenso zufällig auch die anderen Briefe hätte verfassen können? Wohl kaum. Hingegen bedeutete diese Koinzidenz, dass wir immer noch nicht die wahren Motivationen des Briefeschreibers erfasst hatten, was uns dann erlaubt hätte, ihn wieder gezielt zu suchen. Die Profilpsychologin der Polizei ist sogar der Ansicht, es könne sich um jemanden handeln, der ein erstes Mal rein zufällig auf die Information einer gemischten christlich-muslimischen Ehe gestoßen sei und daraus die Idee einer eigentlichen Verfolgungskampagne geschöpft habe. Es ist ja leicht, aus dieser Information die Idee zu schöpfen, man könne mit der Fiktion eines fundamentalistischen Täters eine Drohkampagne konstruieren und belustig zusehen, wie ein Paar langsam in die Paranoia getrieben wird. Dass dann dieselbe Person an die Informationen für die folgenden Briefe gekommen ist bzw. sie sich, z. T. mit direkter Beobachtung, beschafft hat, ist uns nur deshalb nicht aufgefallen, weil wir die falschen „Täter" gesucht haben. Das würde dann auf einen Außenstehenden hindeuten, der keinem der uns bekannten Kreise nahesteht und so für uns unfassbar bleibt. Anderseits aber deutet das Verhalten dieses Menschen auf eine nicht unbedeutende Gefährlichkeit hin, schließlich musste er sein Ziel mit großer Hartnäckigkeit über Monate hinweg verfolgen, und dass er nicht rascher vollen Erfolg hatte, scheint ihn mehr und mehr zu erzürnen. Man muss ihm neben viel Fantasie und Intelligenz auch einen fast pathologischen Narzissmus zusprechen, denn welcher normale Mensch würde über Monate hinweg ein sadistisches Vergnügen daran empfinden, zwei Eltern und ein kleines Kind in Angst und Schrecken zu versetzen?

Über all das habe ich zuerst mit Benaias Eltern und dann noch ausführlicher mit ihr selber gesprochen und bei dieser Gelegenheit auch meine Notlügen bereinigt. Sie hat mich verstanden und gemeint, sie hätte wahrscheinlich ähnlich gehandelt und so, wie die Dinge sich jetzt angelassen hätte und dadurch, dass auch die Polizei voll eingeschaltet sei, gerate sie sicher nicht in Panik, auch wenn es ein schwerer Schlag sei: „Müssen wir wirklich jedes Mal, wenn wir Glück erleben, einen Schlag aufs Genick bekommen?" Lange darf dieser Zustand jedenfalls nicht dauern, sonst zehrt er wirklich an unseren und vor allem an Benaias Kräften.

Tante Riki hat einen Befreiungsschlag auf ihre Art inszeniert, ohne jemanden zu konsultieren. Sie hatte an ihrer Wohnungstür ein Plakat angeschlagen: „Arschloch von Jihadist, solange du lebst, wird Beni nie hier auftauchen. Dein Allah soll dich erschlagen!" Den erstaunten und schockierten Nachbarn hat sie den Grund für ihr Plakat schonungslos erklärt und hat den vermutlich von ihr angezielten Effekt erzielt: Für währschafte Glarner ist so ein Schädling von Jihadist gerade der Richtige, auf den haben sie gewartet! Die Nachbarn haben spontan Bürgerwehren gebildet und schieben seither Wache vor Rikis Haus. Der lokale Polizeikommandant habe gemeint, er könne auch nicht alles sehen, nur Schusswaffen *müsste* er sehen und einschreiten. Worauf die Nachbarn und weitere Sympathisanten beschlossen, pro dreistündigen Wachturnus je vier Mann mit Heugabeln, Harken und Rechen zu stellen. Sogar eine vierköpfige Frauschaft sei im Einsatz, die das besonders genieße. Alle vier, seit Urzeiten befreundet, wohnen an der Schweizerhofstraße über einer Garage und sind handfeste Frauenzimmer, die auch mal in der Garage Hand anlegen können. Einem unvorsichtigen Jihadisten ist davon abzuraten, ihre Karategriffe testen zu wollen, er fände sich im Spital wieder.

Die Polizeipsychologin Dr. Valérie Zumstein ist schier vom Stühlchen gefallen vor Lachen, als ich ihr über die Glarner Bürgerwehr berichtet habe: Das wolle sie unbedingt sehen, nächsten Samstag – ihr Freitag – fahre sie nach Glarus und nehme die Kamera mit, dann könne sie den Film an der Polizeischule zu Schulungszwecken einsetzen. Das hat dann sogar Benaias Laune erheblich aufgehellt, und meine erst recht. Aber natürlich müssen wir jetzt entscheiden, wie wir die Sicherheitslage für Benaia und Adi verbessern. Frau Dr. Zumstein hat uns gebeten, bis Mitte nächster Woche mit verstärktem Polizeischutz um unser Haus Vorlieb zu nehmen, bis dann werde sie mögliche Maßnahmen mit dem Polizeikommandanten besprechen. Hoffen wir das Beste.

Donnerstag, 16. Juni (Fronleichnam)

Die Lage wird prekär! Seit gestern schirmen 2 Polizisten in Uniform unseren Hauseingang ab und kontrollieren jeden, der ein und aus geht und der ihnen nicht zum Voraus bekannt ist. Und heute trifft folgender Brief ein (diesmal hat ihn Benaia gefunden):

Du Närrin wähnst dich geschützt! Wer sagt dir, dass nicht einer der Wachhabenden ein Verräter ist? Und glaubt dein

Buhle wirklich, er könne seine Pistole so rasch vom Estrich holen, dass Allas Rache dich und deinen Balg nicht vorher erreicht? Sag deiner Valérie, sie solle lieber den Beruf wechseln, sonst könnte es auch sie treffen. Allahu akbaru!

Wer um Himmels willen kann über solche top secret Informationen verfügen? Die einzige Stelle, bei der diese Informationen zusammenlaufen, ist die Polizei. Dort also muss man den Verrückten suchen! Polizeidetektiv Schindler meint, wir dürften jetzt nicht in Panik geraten, es sei jetzt nämlich nicht mehr schwierig, zu erraten, wo der Täter ein- und ausgehe: nämlich genau bei der Polizei. Bei seinen „Mannen" und Frauen müsse man ihn sicher nicht suchen, und auch bezüglich der Polizisten vor unserer Haustür könnten wir völlig ruhig sein. Es bleibe aber ein Ort, wo der Täter ein- und ausgehen könne, nämlich die Polizeischule. Zwar gebe es schon gewisse Kontrollen und Tests beim Eintritt, aber der eigentliche Eignungstest finde natürlich erst beim Abschluss statt. Jetzt werde man den Täter rasch ermitteln können, diesmal habe ihn sein Narzissmus zu einem zu hohen Risiko bewogen.

Hoffentlich hat er recht, bei den vielen Enttäuschungen, die wir bisher erlebt haben, wagt man kaum mehr zu hoffen.

Mittwoch, 23. Juni

Immer noch keine Spur vom Täter. Alle Schüler und Schülerinnen der Polizeirekrutenschule, die von ihrem Profil her irgendwie in Frage gekommen wären, haben unwiderlegbare Alibis. Neuer Schlag ins Wasser, der unsere Beunruhigung nochmals gesteigert hat. Wir suchen immer noch am falschen Ort. Aber wo, um Himmels willen, können wir noch suchen?

Wenigstens haben wir für Benaias und Adis Sicherheit eine kreative Lösung, die wieder Frau Dr. Zumstein vorgeschlagen hat. Ich beginne ihre ausgefallenen Vorschläge mehr und mehr zu schätzen, einem ausgefallenen Täter kommt man nicht mit Routinemethoden auf die Spur. Ihr Samstag in Glarus hat sie auf diese Idee gebracht, und da alle Betroffenen einmütig zugestimmt haben, blieb dem Polizeikommandanten nichts anderes übrig, als zähneknirschend die unkonventionelle Lösung abzusegnen: Wer würde Benaia und Andi im Seminar- & Erlebnishotel *RömerTurm* in Filzbach suchen? Wer weiß schon, wo Filzbach überhaupt ist? Knapp 20 Minuten im Postauto vom Bahnhof Glarus entfernt, hat Sauna (das Hotel, versteht sich) und Schwimmbad, und Tante Riki ist begeistert von der Idee, dass sie die Sonntage dort oben verbringt und auch mal an einem Wochentag einen Sprung raufmacht. Beim Stichwort Schwimmbad bricht auch Andi in Freudenschreie aus, das kennt er, wir gingen, bevor die Sicherheitslage so prekär war, ab und zu mit ihm ins Hallenbad, ich habe ihn jeweils auf die Knie genommen und bin zu seiner kreischenden Begeisterung mit ihm die Wasserrutschbahn hinuntergepfeilt, Beni hat ihn auf eine Schwimmente gesetzt und im Planschbecken die tollsten Spiele mit ihm gemacht. Schwierig war es jeweils nur, ihn aus dem Becken wieder herauszulocken, aber Beni hat das immer souverän gemeistert, sie hat ihm ganz einfach die Brust gegeben, Entwöhnung hin oder her, da ist er dann nach ein paar kräftigen Zügen selig eingeschlafen. In Umlauf setzen wir aber an allen strategischen Stellen, dass die beiden für ein paar Wochen (oder Monate?) in den Iran gereist seien, dorthin wird sich unser sicher nicht islamistischer Täter bestimmt nicht wagen, zu gruselig sind die Geschichten, die man sich hierzulande über die iranische Polizei und die iranischen Gefängnisse herumreicht. Und der Täter weiß mit Bestimmtheit, dass Benis Vater einen langen Arm hat, der weit nach Iran hineinreicht! Vielleicht lässt er sich vor lauter Zorn zu unbesonnenen Handlungen hinreißen, die ihn dann entlarven.

Wiewohl, dieses Vielleicht behagt mir nicht: Unkontrollierte Situationen heraufbeschwören, nein danke! Ich beginne mich zu fragen, ob nicht irgendwo in meinem Unbewussten die Spuren gespeichert sind, die zum Täter führen. Es ist alles eine Frage der Perspektive, nimmt man die richtige, „sieht" man auch die Lösungen. Von Überlebenskursen weiß man, dass die Teilnehmer nach einiger Zeit ungeahnte, aber in der Menschheit seit je vorhandene Fähigkeiten wiederentdecken, z. B. eine innere Google Map mitsamt innerem Kompass, die es den Kursteilnehmern plötzlich erlaubt, beim Wandern im Wald, in einer mondlosen Nacht und sogar mit geschlossenen Augen, stets genau zu wissen, wo sie sind und auch Hindernissen geschickt auszuweichen, die sie gewissermaßen auf der Haut fühlen. Alles Fähigkeiten, die den Urmenschen das Überleben inmitten einer Welt hochspezialisierter Fressfeinde überhaupt erst ermöglichten. Ich will mich ganz bewusst auf die unbewusste Suche nach dem Fressfeind meiner Familie machen – schönes Paradoxon, aber das Unbewusste ist prinzipiell paradox. Mal sehen, was bei mir spontan entsteht an Ideen.

Donnerstag, 23. Juni

Mein Unbewusstes hat prompt eine erste Botschaft geschickt, für die ich mir Zeit lassen muss. Wieder ein Fledermaustraum, aber kein bedrückender, diesmal:

Eine Fledermaus schwebt vom Schnürboden des Opernhauses auf die Bühne. Es ist – wie ich das unterscheiden kann, weiß ich nicht – ein „Mäuserich". Hochelegant, wie ein Balletttänzer, landet er aufrecht auf einem Blumenteppich und verneigt sich vor dem amüsierten Publikum. Seine Fledermausmaske spielt auf „lieblich": sanft geschwungene Lippen entblößen Gummizähnchen, aus einem Auge kullern ihm Tränen über die Wangen. Auf der Brust trägt er den Gorgonenkopf des Perseus, genauer gesagt: eine Karikatur. Der Kopf sieht aus wie ein ausgetrockneter Hirschkäfer auf einem dürren Ast. Die ganze Gestalt gemahnt an einen blonden Tenor einer Operettenschnulze. Das Publikum lacht laut auf, als er im Diskant zu singen beginnt. Ich erwache mit einem Lachanfall, offenbar für Benaia und Adi unhörbar.

Benaia liegt neben mir im Hotelbett, Adi zwischen uns beiden, den Daumen im Mund. Im Schlaf neigt er jetzt dazu, seine Milchzähnchen auszuprobieren, wir müssen mit dem Kinderarzt darüber sprechen, wie wir ihn daran hindern, sich den Daumen blutig zu beißen. Es ist drei Uhr morgens, ich habe mir für heute meinen freien Tag genommen. Das mache ich jetzt ganz bewusst, ich will mich schrittweise abdingbar machen auf dem Sektor der elektronischen Sicherheit. Sie ist heute bereits allgegenwärtig und daher beinahe banal geworden, die Zahl der Anbieter mehrt sich und ich möchte auf einem neuen Gebiet eine führende Rolle übernehmen. Die Politik scheint mir dafür eine passende Gelegenheit. Ich traue mir durchaus zu als *der* Spezialist für die Sicherheitsanliegen der Bevölkerung bei irgendeiner Partei zu kandidieren, die nicht gerade Fremdenhass und nationalistische Abschottung propagiert. Den drei Hochschulrektoren gegenüber habe ich so etwas schon angedeutet, und sie haben mich alle drei unabhängig voneinander lebhaft dazu ermuntert. Es wäre ihnen gedient mit jemandem, der auch ihre Interessen vertritt in der Bevölkerung und dem man vertrauen kann. Also dünne ich mich in meiner Präsenz im Sicherheitssektor der drei Hochschulen langsam etwas aus, so, dass ich noch leitende Aufgaben weiterführe und das Übrige an fähige Mitarbeiter delegiere, auch mit der Intention, ihren späteren Aufstieg zu fördern. Dass ich dabei als Bonus einen wundervollen freien Tag mit meiner Familie genießen kann, nehme ich dankbar entgegen.

Vorsichtig setze ich mich im Schneidersitz auf, meine Lieblingsstellung beim Meditieren, mein fast unhörbares Tablett auf dem Schoß, und lasse die Gedanken um meinen Traum kreisen: vielleicht kommt mit noch etwas in den Sinn, bevor Benaia und Adi erwachen. Und genau in dieser entspannten Stimmung und Haltung kommt mir das Unbewusste schöpferisch entgegen: Der blonde Diskant erinnert mich doch an jemanden? Wer bewegt sich auf diese Art? Bei wem wirkt es, wenn er geht, als ob er tänzeln würde? So dass mir auch schon der Gedanke gekommen ist, ob er vielleicht ähnlich gelagerte männlich Partner anziehen möchte? Bei jemandem aus meinem Bekanntenkreis ist mit doch dieser Gedanke schon gekommen...

Und plötzlich macht es klick! Mein Starassistent, der superintelligente, superfreundliche, superhilfsbereite und sonst noch ein paar Super von Assistent, der mit wellend-wiegenden Bewegungen über den Boden schwebt. Das hat mich auch schon so erheitert, dass ich den Eindruck hatte, er ziehe eine Duftspur von Schmetterlingspheromonen nach sich. Natürlich, Fairouz und Nasri Shamseddine, die unnachahmliche Diva des libanesischen Chansons und der vor Charme und Schalk sprühende Chansonnier! Wer die beiden schon einmal zusammen hat singen und spielen hören, kann sich eine Vorstellung vom Scharm meines „Nasri Shamseddine" machen (den wirklichen Namen will ich nicht einmal im meinem Tagebuch erwähnen). Nicht von der Gestalt, der echte Shamseddine ist ja eher gedrungen, fast bäuerlich, aber von der Ausstrahlung. Und jetzt wird mir alles klar, mit einem Schlag: Mein „Shamseddine" ist als – übrigens brillanter – Berater bei der Rekrutenschulung sehr geschätzt, besonders bei Frau Dr. Zumsteg, die ihm sicher viele interessante Details der Ausbildung übermittelt hat. Und sicher kennt er auch die psychologischen Profile der Schüler und Schülerinnen, weiß, wer wann, in welcher Gegend sich herumtummelt und könnte sogar den einen und die andere mit kleinen Beobachtungsaufgaben „zu Schulungszwecken" betrauen. Vielleicht auch einen Schüler, der ähnlich gelagert ist wie er, und mit dem er ein „realistisches Szenario" aufbaut: Wie könnte ein Terrorist mit geringem Aufwand zu Informationen gelangen, mit denen sich ein maximaler Terroreffekt mit minimalem Aufwand erzielen ließe? So könnte doch die Aufgabe heißen. Den Rest besorgt dann er, z. T. über libanesische Mittelsmänner, denn die Polizei hat unterdessen auch herausgefunden, dass das Papier, auf dem die Briefe geschrieben sind, aus dem Nahen Osten stammt, aus der Papierfabrik der Hisbollah bei Aita al-Shaab im Süden Libanons. So umsichtig und vollständig ist also die Planung, dass das Papier der Briefe, schon unabhängig von ihrem Inhalt, eine terroristische Spur nahelegt! Das ist typisch für meinen Assistenten. Er ist so souverän, dass er einfach an alles denkt, und da liegt es nahe, dass er auch aus Rache für seine ungestillten Bedürfnisse nach Anerkennung und Bewunderung eine pseudoterroristische Spur legt und sich in narzisstischer Bewunderung für die Perfektion seiner Inszenierung ergeht. Das macht ihn aber auch gefährlich, seine Erregung ist orgastisch, irgendwann könnte sie außer Kontrolle geraten, und ich will lieber nicht darüber nachdenken, wozu diese gehauchte Eleganz dann fähig wäre.

Freitag, 24. Juni

Drei Uhr nachts. Ich bin gestern spät von Filzbach heimgekommen und jetzt gegen 3 Uhr schon wieder erwacht. Ich muss rasch handeln und den Blindgänger entschärfen, bevor jemand darüber läuft und die Detonation provoziert. Als erstes informiere ich Benaias Vater, er kann mir sicher noch wertvolle Hinweise für den Umgang mit meinem Narziss geben. Dann werde ich Frau Dr. Zumsteg informieren, es ist wichtig, dass das Leck in der Polizei abgedichtet wird. Sie kann mir auch noch Ratschläge geben für den Umgang mit narzisstischen Persönlichkeitsstörungen. Sie wird sich vielleicht ärgern, dass sie nicht selbst auf diesen Gedanken gekommen ist, aber das konnte sie ja eigentlich gar nicht, denn unser Narziss ist auch ein phänomenaler Verstellungskünstler. Bei seinen öffentlichen Auftritten in der Polizeischule gibt er sich männlich forsch, mit dem Schritt eines Armeeoffiziers, samt der schneidenden Stimme, die es in Manövernächten braucht. Vermutlich auch seinem Komplizen gegenüber, falls meine Komplizentheorie stimmt, solche Menschen erkennen sich „an den Pheromonen", nicht an den äußeren Bewegungen. Sicher hat er ihm auch nie offene Avancen gemacht, ich weiß nicht, ob er überhaupt im Leben sexuelle Befriedigung sucht oder sich lieber als Hoher Priester der Nacht betätigt.

So, jetzt muss ich versuchen, noch ein paar Stunden zu schlafen. Weg mit dir, Mister Tablett.

Montag, 27. Juni

Mein Narziss ist zusammengebrochen, als ich ihn bei einer diskreten Gelegenheit auf seine Verschwörung angesprochen habe. Er hat zuerst hilflos mit den Armen gerudert und ist

dann hart auf den Boden gefallen, zum Glück seitlich, so dass
er sich zumindest den Kopf nicht angeschlagen hat. Ich habe
den internen Sanitätsdienst gerufen und um Diskretion gebeten, sie haben ihn auf meinen Rat in die psychiatrische Klinik
Hohenegg gebracht, die u. a. auch auf schwere narzisstische,
dissoziative Störungen spezialisiert ist. Als Doktorand, Assistent und Nationalfonds- Forscher sollte Narziss genügend
versichert sein, jedenfalls hat die Kasse die Kostengutsprache
ohne Wenn und Aber gesprochen. Morgen werde ich den Rektor informieren (er ist heute noch an einer Konferenz in L. A.),
er ist sicher mit mir einverstanden, dass wir die Episode unter dem Deckel halten, und wäre es auch nur, um keine Nach-
ahmer zu animieren, man weiß ja heute nie, wer alles auf die
Verlockung eines billigen terroristischen Selftrips anspricht.
Benaia informiere ich erst am Sonntag, wenn ich wieder zu
Besuch bin in Filzbach, ihren Vater sogar erst einen Tag später, denn der ist auch an irgendeiner Konferenz über ich weiß
nicht mehr was, nur nicht in L. A. sondern in Bagdad. Es jet-
settet streng in meiner Umgebung!

***

Wie's weitergeht? Nun, da wäre ich genauso auf Vermutungen
angewiesen wie Sie, liebe Leserin, lieber Leser, denn mein Tagebuch endet an dieser Stelle. Die ärgsten Gefahren für Zürich
und für meine Familie sind – oder scheinen? – für die unmittel-
bare Zukunft gebannt, mit der Hilfe einer gütigen Vorsehung
sollte es jetzt eigentlich etwas unbeschwerter weitergehen.
Wie genau, das wissen wir ja alle nicht so genau, außer den Zu-
kunftsforschern und den Managern, denn die verkaufen uns ja
neuerdings weder Firmen noch Waren, sondern Visionen, mit
Aufpreis, weil sie angeblich für uns einen Mehrwert bringen.
    Visionen sind wirklich nicht meine Sache. Nur schon beim
Gedanken daran, dass ich einmal in der Politik z. B., wo das sehr
beliebt ist, von Visionen für unsere Stadt sprechen sollte, muss
ich im stillen Kämmerlein erröten. Benaia macht sich lustig über

meine Angst vor Dichtung und Visionen. Das kann sie natürlich leicht, sie hat die blühende Fantasie einer persischen Märchenerzählerin und erzählt Andi Abend für Abend ein neues Märchen. Ich schätze, es werden mit der Zeit mehr als tausend und eins sein. Dafür erkläre ich ihm Nacht für Nacht, wie ein Flugzeug fliegt, brumm, brumm, wieso man am Himmel eine Gans von einem Kranich unterscheiden kann auch wenn sie sehr hoch fliegen: „Vorne kurz und hinten lang ist ein Kranich, vorne lang und hinten kurz ist eine Ente, und wenn ein F21 der schweizerischen Luftwaffe vorbeifliegt, quaken alle Entenkinder: Kranich, Kranich!" (ich glaube, *schweizerische Luftwaffe* sagt Andi schon etwas, er ist ja unterdessen schon ein frühreifer Einjähriger und wir waren einmal in Dübendorf).

Benaia behauptet, der Unterschied zwischen Dichtern und Ingenieuren sei eigentlich sehr gering: Die Dichter würden meinen, sie könnten die Welt mit ihren Worten umgestalten, und die Ingenieure meinen, was sie machen, *ist* die Welt, so wie sie ist, und eine andere gebe es nicht. Ich bin auch so einer, der meint, es gibt nur die Welt so wie sie ist (außer dem Jenseits, aber das wird an der ETH nicht unterrichtet). Und die Welt, wie sie ist, ist doch ganz prächtig, denn in ihr hat es Benaia und Adi, und die ETH und die UNI und die Hochschule für Angewandte Wissenschaft in Zürich, die HAWZ, und unser schönes Zürich und sogar den Kanton Glarus, und das ist doch eigentlich alles, was man braucht, um glücklich zu sein.

Also werde ich mich jetzt, am 20. Juni 2045, von Ihnen verabschieden, liebe Leserin, lieber Leser, in der Hoffnung, wir seien in diesen 2½ Jahren und 90 Seiten so etwas geworden wie Freunde, eine eingeschworene Gemeinde von Menschen, die noch so etwas Verrücktes tun wie Bücher in die Hand nehmen und lesen. Aber eigentlich ist es doch gar nichts Verrücktes, denn alles Geistige braucht eine materielle Spur, die Schmetterlinge ihre Pheromone und die Leserinnen und Leser ihr Papier, das so gut nach Bütte und Druckerschwärze riecht, oder gar nach Leder für die Fünfstern-Feinschmecker: Die Lederausgaben unserer Klassiker, der Klassiker der Weltliteratur! Ja, lesen tue ich diese Kunstwerke und die Phantasieerzählungen aller begabten Erzähler fürs Leben gern, wenn ich einmal Zeit habe, sie eröffnen einem neue mögliche Welten, wer weiß, zuweilen pfaden sie sogar den Weg zu diesen Welten, den wir Ingenieure dann gerne einschlagen, aber eben, ich selber bin da gänzlich unbegabt, ich erzähle wirklich und ausschließlich nur, was ich erlebt, gehört, gesehen und wenn immer möglich gemessen habe. Nehmen Sie es mir also nicht übel, wenn ich Ihnen sage, ich weiß jetzt auch nicht mehr als Sie über die Zukunft von Benaia, Andi und mir, und wenn Sie den Eindruck haben, Sie seien da begabter als ich, darf ich Sie bitten, Ihre Vorschläge an den Verleger zu schicken, er wird Sie an mich weiterleiten und ich werde sicher davon profitieren. Vielen Dank im Voraus, wie man so in Briefen schreibt.

6

Drei Mütter

Ich kenne kaum ein größeres Vergnügen, als zu den Hauptver-
kehrszeiten in den Öffentlichen Verkehrsmitteln der Zürcher
Region Eltern mit kleinen Kindern zu beobachten, vor allem in
Spitzenzeiten. Meistens ist es nur *ein* Elternteil, während der
andere in Büros, auf Baustellen, in Schulen, auf Feldern und in
Wäldern oder wo immer seinen oder ihren Arbeitstag beginnt.

Sehen Sie dort den Vater? Ja, genau, auf der Gelenkplatt-
form des Trolleybusses, zwischen den Balgwänden: Er steht auf
der Drehscheibe, welche die beiden Fahrzeughälften verbindet:
10 Meter Bus nach vorn, 10 Meter Bus nach hinten, 4 Türen.
Zufall oder Absicht? Nun, jene Türen, die bei jeder Haltestelle
am ehesten dicht an die Gehsteigkante und genau auf gleicher
Höhe zu liegen kommen, befinden sich unmittelbar vor und
hinter dem Balg. Papa und Mama haben gelernt, strategisch
zu denken! Die Suche nach einem Sitzplatz ist in Spitzenzeiten
aussichtslos, man braucht ja einen leeren Platz daneben, denn
der kleine Krabbelpfüdi (verstehen Sie mich im süddeutschen
Raum?) will unbedingt selbst sitzen (*nur ja nicht* auf dem Schoß!).
Bis der verschlafene Halbwüchsige seine endlosen Stelzen zwischen den Sitzen herausgeklaubt und sich erhoben hat, um den
zweiten Sitz freizugeben, oder die missmutige alte Dame ihren
Rheumarücken streckt, um einen durchzulassen, ist schon beinahe die Haltestelle erreicht, wo man aussteigen muss. Und *wo*
stellt man den Kinderwagen hin und *wie* kontrolliert man ihn?

Seit sich der Gedanke der Gleichstellung einigermaßen durch-
gesetzt hat, trifft man morgens und abends fast ebenso viele
Männer wie Frauen, die ihre Kinder zur Schule oder in die Krippe begleiten. Um die Mittagszeit dagegen sind es meistens Frau-
en. Dreimal dürfen Sie raten, warum? Babymilchfläschchen in
der linken, Nuggi in der rechten Beintasche der Trackinghose,

in der Gesäßtasche ein Päckchen Gesundheitsbisquits, damit Baby seine sprießenden Zähnchen massieren kann, zu Füßen ein Aktenkoffer oder ein schwerbepackter Gestellrucksack auf dem Rücken, wärmen Mama oder seltener Papa den Schnuller zuerst zwischen ihren Lippen, bevor sie ihn Noa oder Mara zwischen die prallen Säuglingslippen schieben; betätigen sich als Kinderlogopäden („Au, lueg da, zwei Buss, zwei zwei zwei, jetzt fährt einer weg, wau, weg ist er!"); spielen den Stimmungstherapeuten („Jetzt gibt's aber ganz ganz gute Milch, Mmmmmm, ist die gut, schau Papi trink auch einen Schluck, ganz fein!"); wiegen Noa oder Mara in perfektem Hebammenhandling (Kopf am Herzen, Körper auf den bergenden Händen, die eine perfekte Wanne bilden); kramen mit der dritten oder vierten nach hinten gestreckten Hand (so viele müssen Väter und Mütter ja mindestens haben) den Fahrausweis aus der Seitentasche des Rucksacks für den Kontrolleur, der ausgerechnet jetzt auftaucht; drücken mit der andern den Halteknopf, schieben ihren Nachwuchs in den Wagen, schnallen ihn fest, klappen das Verdeck herunter, packen den Wagen mit beiden Händen und wippen ihn federnd auf den Gehsteig, während wenig erleuchtete Zeitgenossen schon in den Wagen hineindrängen und der oder die Kleine eine kurze, aber äußerst dramatische Brüllepisode einlegt (man ist ja schließlich zu Selbstständigkeit erzogen und möchte mit den zu kurzen O-Beinchen am liebsten selbst den zu großen Schritt auf den Gehsteig machen).

Schweizer, man weiß es, sind Morgenmenschen, obwohl das moderne Leben sie auch zu Nachtmenschen gemacht hat. Manche haben es schon so weit gebracht wie Delfine, Menschenaffen und nicht wenige Insekten, die je nach Aufgabe jeweils nur eine Hirnhälfte oder eine Hälfte der Nervenknötchen auf dem Rücken wachhalten, während die andere im Schlaf Kräfte sammelt. Kinderbetreuung aber, würde ich meinen, braucht beide Hirnhälften, und das erst noch voll.

Einen ganzen, in den Verkehrsmitteln unsichtbaren Teil muss sich die Beobachterin jeweils noch dazu denken, jenen nämlich, der sich vor dem Start in den Wohnungen abspielt. Eine weckt die Kinder, zieht die Kleinsten an, dirigiert die Größeren ins Badezimmer, trägt ein paar herumliegende Kleidungsstücke zusammen, schaut sich kurz die Wetterprognose auf dem Smartphone an, um zu wissen, ob und wieviel Regen- oder Winterkleidungsstücke bereit gemacht werden müssen (wo hat Peter die verdammten Moonboots schon wieder hingeschmissen?), während der andere Brötchen streicht, Milch und Kaffee aufsetzt, auf den Zehenspitzen die Ovomaltinebüchse herunterholt (wäre sie nicht dort oben, hätte Peter sie längstens leergeschleckt), vor der Haustür Schuhe bürstet und dazwischen schnell ins Badezimmer huscht, um sich zu kämmen.

Der wahrscheinlich größere Teil der Eltern kann den Nachwuchs in nahe Krippen und Schulen bringen oder bringen lassen. Jeden Morgen, wenn in einem der privilegierten Quartiere oberhalb der herbstlichen Nebelgrenze drei stramme junge Frauen an einer langen, mit Handgriffen versehenen Lederleine eine Schar von Kindergartenkindern durch das Einkaufszentrum und die Unterführung zum Kindergarten auf der andern Seite der Hauptstraße dirigieren, bleiben selbst die wortkargsten Zürcher Morgenmuffel lächelnd stehen, nicken einander zu und beginnen untereinander herzliche Gespräche. Einige der Kleinen plappern schon munter durcheinander und sind zu Schelmenstreichen aufgelegt, andere stapfen in ihren schweren und zu großen Turnschuhen schlurfend über die Fliesen des Zentrums, noch ganz erfüllt von der Wehmut, mit der sie sich zugleich von ihren Eltern und von der Geborgenheit ihrer Träume trennen müssen. Drei weitere, nicht minder beschwingte Damen schieben Kinderwagen vor sich hin, vom sportlich-schlanken Einsitzer, der sich mit einer Hand in die Straßenbahn heben lässt, zum feudalen Dreisitzer, wo Säugling, Kleinkind und Dreijähriger lebhafte Gesten, Berührungen und Scherze austauschen und volle Aufmerksamkeit erheischen. Das Smartphone zwischen Ohr und linke Schulter geklemmt, parlieren die Damen mit lebhaften Gebärden der Rechten, beugen sich zugleich über den Wagen, streicheln da ein Kind und rücken dort eines zurecht, zwinkern, spitzen den Mund, flüstern ein „Giligili" und beweisen einmal mehr, wie meisterhaft die neue Generation das Multitasking beherrscht.

Zwischen halb sieben und zehn Uhr verwandelt sich Zürich in einen summenden und brummenden Bienenstock, von dem ein Teil der Arbeitsbienen sich eine Zeitlang ausschließlich der Pflege des Nachwuchses widmet. Aus den privilegierten Grünquartieren im Westen, Osten und Südosten der Stadt bringen mittelständische Eltern ihre Sprösslinge in die Naturschulen, die einen bedeutenden Teil ihres Unterrichts bei jeder Witterung und Tageszeit im Freien, vor allem in den Waldzonen dieser Quartiere abwickeln. Die Waldschulkinder erkennt man auf den ersten Blick: Moonboots, teils noch schlammbespritzt vom Vortag, Treckerhosen, grobwollene Mützen bis über den Nasenansatz, laute Stimmen, die durch den Wald hallen, kühne, unternehmungslustige Winnetou-Blicke, wettergegerbte Haut und eine beherrschte Freiheit und Kühnheit, die man bei den meisten andern Stadtkindern vergeblich sucht. An den Haltestellen führen sie faire Catch-as-Catch-Can-Kämpfe durch, jagen durch die Menge, sammeln sich aber auf Kommando in Nu vor dem Buseinstieg. Andere sitzen in kleinen Kreisen auf dem Boden, gut isoliert von den dicken Gesäßteilen ihrer Hosen, und halten Palaver zum kommenden Tagesprogramm ab. Im Bus besetzen sie zielsicher den Balg in der Mitte des Fahrzeugs und sitzen dort wiederum in Palaverkreisen ab oder turnen an den Haltestangen athletische Programme durch, sorgsam darauf bedacht, dass zwar ein Durchgang für die übrigen Passagiere freibleibt, diese sich aber vorsichtig und diszipliniert durchschieben und den beschlagnahmten Raum respektieren müssen. Älteren Menschen und Invaliden wird augenblicklich und diszipliniert geholfen, Pfadfindergeist ist selbstverständlich!

Auch die begleitenden Elternteile sind oft ähnlich gekleidet und gebärden sich in der gleichen Weise wie ihr Nachwuchs. Man sieht, dass sie einen nicht unerheblichen Teil ihrer Freizeit im Freien und im disziplinierten Kampfverband der Familie verbringen. Zu ihnen gesellen sich ganz selbstverständlich jene Lehrkräfte, die nicht schon früher an die Arbeit mussten, um in den Klassenzimmern die Tagesprogramme vorzubereiten. Ebenso frei wie die Gebärden schwirren die Sprachen durcheinander, in der historischen Abfolge, in der neue, gutsituierte Generationen von Eltern ihre Kinder eingeschult haben: Hoch- und Schweizerdeutsch dominieren, Italienisch ist noch in Restbeständen vorhanden, häufiger das bodenständige Französisch der Romands, die in Zürich arbeiten und ihrem Nachwuchs ein naturnahes Leben sichern möchten; immer häufiger das gebildete Arabisch von Eltern aus verhältnismäßig liberalen arabischen Ländern, in denen das Schweizer Bildungssystem schon seit längerem hoch angesehen ist und man schrittweise auch die naturnahen Erziehungsformen entdecken lernt, zugleich mit der Freude an den Alpen und am Skifahren. Und aus all diesen Sprachen ein flinkes Pidgin, mit dem man sich über alle Sprach- und Kulturgrenzen hinweg mühelos verständigt. Was hier entsteht, man ahnt es, ist eine neue Generation bodenständiger Kosmopoliten. Sie nomadisieren zwar von Land zu Land und von Kontinent zu Kontinent, aber wo immer sie hinkommen, assimilieren sie sich mühelos an das Kulturgut und die Kulturlandschaften, welche die jeweiligen Länder und Menschen zu bieten haben. Die Generation von Geschäftsleuten, Bankiers und CEOs, die, wo immer sie aufkreuzen, die gleichen Lounges, die gleichen Konferenzräume, die gleichen Hotelsuiten und die gleichen Nobelbordelle bevölkern, geht langsam ihrem Ende entgegen. Darf man hoffen, dass dadurch auch nach und nach neue Verständigungsmöglichkeiten entstehen, bei denen die physische Vernichtung des Feindes nicht unbedingt das einzige Ziel ist?

***

Damit haben wir die Bühne eingerichtet, auf der die drei Mütter unserer Erzählung auftreten können. Schon wallt da und dort der Vorhang einen Augenblick lang, wenn ein Bühnenarbeiter, der Intendant oder eine der Schauspielerinnen einen kurzen Blick in den Saal wirft, um sich ein Bild des Publikums und der Stimmung zu machen. Die geneigten Leserinnen werden es uns nachsehen, wenn wir den Augenblick nutzen, um auch den Autor dieser Szene kurz vorzustellen. Was hat dieser Ihr Autor denn in den Bussen und Trambahnen zu tun, die erziehungsbewusste Eltern mit ihrem Nachwuchs zu den geeigneten Schulen und Krippen fahren? Ohne eigene Kinder, ohne Aktenmappe oder Aktenkoffer mit Nummernschloss, ja nicht einmal mit einem Smartphone? Da der Autor in der kurzen Zeit bis zum Hochgehen des Vorgangs zugleich ein Kuriosum, aber ein gänzlich harmloses ist, darf ich Sie wohl um diesen Augenblick Geduld für ihn bitten.

Stellen Sie sich einen älteren, pensionierten Zeitgenossen vor, der er sich leisten kann, an Werktagen zu Spitzenzeiten das Zürcher Verkehrsnetz mit dem einzigen Zweck zu benutzen, in aller Ruhe Erzieherinnen und deren Nachwuchs zu beobachten, in der Überzeugung, dass man an deren Verhalten die Zukunft unserer Gesellschaft vielleicht am besten ablesen kann. Dazu braucht es weder Aufnahmegerät noch Notizblock: unser menschliches Gehirn ist für solche Zwecke allemal noch das beste Gerät, weil es das Aufgenommene laufend einer poetischen Verdichtung unterzieht. Wichtiger als das, was wir erleben, ist für uns immer noch die Art, *wie* wir es erleben. Das gilt für den abgebrühten Banker und CEO genauso wie für die feinfühligste Mutter, nur dass ersterer meint, seine Form von Rationalität sei ein digital getreues Abbild der realen Welt, während letztere sich um solche Haarspaltereien keinen Deut schert, weil ihr/e Kind/er die ganze, ungeteilte Aufmerksamkeit erfordern. Die „reale Welt" von CEOs und Bankern ist in Wirklichkeit nur dann real, wenn man bereit ist, unser gesamtes Gefühlsleben, unsere ganze Fantasie, die ganze Erlebniswelt der Kindheit, alles, was uns glücklich oder unglücklich sein lässt, Liebe, Zuneigung, Sympathie, Ärger, Wut, Zorn und Hass herauszufiltern und nur noch jene Gehirnwellen einzubeziehen, die sich am leichtesten digital aufzeichnen und beeinflussen lassen – mit anderen Worten, alles wegzurationalisieren, was für unser menschliches Glück und Unglück entscheidend ist, und nur noch zu behalten, was sich maschinell am besten oder gar vollständig nachmachen bzw. simulieren lässt. Nur wenn wir bereit sind, uns genauso zu verhalten, genauso zu denken und genauso zu fühlen, wie die Roboter, mit denen optimistische Futurologen uns nach und nach zu ersetzen versuchen, nur dann befinden wir uns, angeblich, in einer realen Welt.

Überlassen wir diese düsteren Visionen jenen, die davon finanziell und karrieremäßig am meisten zu profitieren hoffen, und wenden wir uns wieder unserer Bühne zu: Der Vorhang ist schon in Wallung, langsam fährt er hoch und auf der modern-minimalistischen Bühne dahinter sehen wir die Eingangstür eines Zweitklass-Zweistöckers der Schweizerischen Bundesbahnen auf der Strecke Zürich-Bern, ziemlich in der Mitte des Zugs, unmittelbar vor dem Speisewagen. Die Abfahrtstafel am linken, hinteren Bühnenrand, so gedreht, dass sie für alle Zuschauerinnen lesbar ist, zeigt als vorgesehene Abfahrtszeit 08:38, die Bahnhofuhr am rechten, vorderen Bühnenrand steht auf 08:22 Uhr. Was haben die drei Mütter gemeinsam, die jetzt fast gleichzeitig eilig einen Kinderwagen auf der Gleiskante 31 des unterirdischen Bahnsteigs der S-Bahn zum gleichen Eingang des InterCity 708, Richtung Genève-Aéroport schieben, unmittelbar vor dem Speisewagen in Abfahrtsrichtung? Lassen wir die Akteurinnen auf der Bühne sprechen, sie werden es uns bald klar machen.

***

Als erste macht jene Mutter das Rennen, die an eine nigerianische Langstreckenläuferin erinnert: weit ausgreifende, katzenartig über den Bahnsteig federnde Schritte, die ihre Mitbewerberinnen rasch abhängen, so sportlich sie auch sein mögen. Schon steht *Fayola Obasanjo* vor der Eingangstür des SBB Doppelstockwagens, die nach dem Eintritt eines Businessmans mit Aktenköfferchen offen geblieben ist, kippt ihren Dreier-Kinderwagen leicht nach hinten, damit die Vorderräder ohne Ruck auf der Plattform aufsetzen, und folgt dem Ältesten, *Osaro*, der wieselartig in das untere Abteil gleitet. Ich schätze ihn auf 7 Jahre: ein Primarschüler. Die Bühne dreht sich, wir sind hinter der Waggonwand im Bahnabteil. Mit dem Blick eines Sippenobersten eräugt Osaro vier Sitze beim Eingang, gegenüber der Gepäckablage, wo sich der Kinderwagen leicht so abstellen lässt, dass daneben der Durchgang ins Abteil noch frei bleibt. Der Sippenoberste drängt wortlos, mit herrischem Blick, eine elegante ältere Dame zur Seite, die sich gerade auf einen der Sitze niederlassen wollte und die nun folgsam und leicht belustigt weiterzieht, plumpst auf einen der Fenstersitze nieder, wirft seinen beachtlichen Rucksack auf einen der Gangsitze und behält den vierten Sitz wachsam im Auge, während Maman den Kinderwagen im Gepäckteil verstaut und die Bremsen anzieht, *Nkem*, den Jüngsten in die Arme nimmt und dem Zweitjüngsten, *Djimon*, der auch schon selbständig in den Wagen gekrabbelt ist, den zweiten Fenstersitzplatz zuweist, ehe sie sich schwungvoll und mit einem Seufzer der Befriedigung auf den letzten, gangseitigen Sitz fallen lässt. Zwei Minuten später sind schon ein Schnuller und drei altersgerechte Spiele verteilt, die aber vorläufig ungenutzt bleiben, weil sogleich ein fünfsprachiges Palaver über die Tätigkeiten am Ankunftsort beginnt (Schweizer- und Hochdeutsch, englische Versatzstücke in perfektem Great Britain English, Französisch mit dem leicht gutturalen Akzent gut situierter und gebildeter Nigerianerinnen, eine afrikanische Sprache, vielleicht Hausa? Oder Idoma? Oder Yoruba?).

Die zweite Mutter, ebenfalls sehr sportlich, mit eleganter, schwarzer Zimmermannshose, nachtblauer, offener Weste über der ecrufarbenen Bluse mit einer diskret angedeuteten Eidechse auf der rechten Schulter, *La Redoute* Sneakers an den Füßen und einem strahlenden Lächeln auf den Lippen, folgt unserer nigerianischen Madame auf dem Fuß. Auf dem nachtschwarzen, blauschimmernden Haar, das wie der leicht olivfarbene Teint ebensogut von libanesischen Vorfahren wie von einem Hunnen oder Roma aus der ungarischen Tiefebene stammen könnte, wippt fröhlich, mit dem Visier nach hinten, eine brennend rote *Vbiger* Basketmütze. Mit leichter Hand stößt sie einen Kinderwagen neben sich über den Bahnsteig, in dem ein schlafender Säugling sich in seinen Träumen wiegen lässt. Seine Schwester *Melanie,* blondhaarig, himmelblaue Mäschchen um die kurzen Zöpfchen geflochten, wirft strategische Blicke voraus und steigt als erste ein, um die besten Plätze zu belegen. Unmittelbar nach den vier Sitzen des nigerianischen Verbands bietet eine weitere Sitzgruppe Platz für das Baby in der Wanne, die seine Mutter aus dem raffinierten Kinderwagen hievt und mit Riemen an der Lehne festschnallt, Schwester und Mutter auf den Fensterplätzen und den zusammengeklappten Kinderwagen ebenfalls an einem Sitz festgeschnallt. *Amanda Ghisler Gaggini* heißt die Dame und verrät damit, dass einer ihrer Ahnen wohl dem berühmten Tessiner Architektengeschlecht der *Gaggini* entstammt, während ihr Mann den Namen eines Urner Urgeschlechts trägt, genauer gesagt wahrscheinlich eines Urner Vogts im damaligen Untertanenland Tessin, wo das *h* eingefügt wurde, um eine korrekte Aussprache zu gewährleisten. Vorher, als Amanda an Mme Obasanjo vorüberzog, haben die beiden Damen einen kurzen Blick ausgetauscht, der ausgeprägte Sympathie bekundete.

Die Dritte im Bunde nimmt es gemächlicher, für sie handelt es sich um Routineabläufe. Im Kinderwagen schiebt sie einen Säugling mit Schnuller im Mund und einem Krabbelkind vor sich hin, das aus seinen himmelblauen Augen hellwach um sich blickt. 5 Minuten vor Abfahrt des Zuges ist sie in der unmittelbar auf die bereits besetzten Vierergruppen folgenden Sitzgruppe angekommen, hat einen der beiden Fensterplätze mit dem Säugling auf dem Schoß belegt, die Thermos mit dem Milchfläschchen aus ihrer Reisetasche genommen, den Saugverschluss auf Saugen umgestellt und hält dem nun hellwachen Säugling das Fläschchen vor die Lippen, während die ältere Schwester gegenüber aufmerksam aus dem Fenster blickt.

So routiniert und unauffällig erfolgen all diese Handlungen, dass der Autor völlig vergessen hat, sich das Outfit der dritten Mutter einzuprägen. Er nimmt sich vor, das Versäumte im Laufe der Erzählung nachzuholen und kann immerhin schon den Namen der Dame mitteilen: *Brigitt Keller,* eine waschechte Alemannin aus dem Aargau, mit dem Säugling *Mimi*, der später ein Matthias werden soll, und dem Krabbelkind *Daliah*.

***

In Bern steigen die drei Mütter in umgekehrter Reihenfolge aus und streben dem gleichen Ziel zu – ein seltsamer Zufall, wie ihn nur die müßige Fantasie einer Autorin, oder, noch viel öfters, das Leben ersinnen kann. Alle drei wollen einem Kongress über „die Rolle der Mütter in der modernen Gesellschaft" beiwohnen. Der Weg führt von der Gleiskante 5 des unterirdischen Bahnhofs treppab zur langen, unterirdischen Passerelle, die beim Checkpoint mündet. Von dort geht es rolltreppenaufwärts zum Hotel Schweizerhof, Bahnhofplatz 11, wo für gewöhnlich die Geldgeber von Ärzteverbänden, Verwaltungsräten, Nationalmuseum, Forschungsfonds ebenso wie die in den Wandelhallen zugelassenen Lobbyisten, die Parlamentarier und Parlamentssekretäre mit ihrem Gefolge von Weibeln und Sekretär/innen, Mitglieder des Generalstabs samt ausländischen Militärattachés zusammenströmen, und wer sonst noch beauftragt und befugt ist, wichtige Staatsgeschäfte zu beraten, welche die Stimmbürgerinnen lieber Amtspersonen überlassen, als sich stundenlang über Vorlagen zu beugen, aus denen sie am Ende so klug hervorgehen wie zuvor.

Später kann man ja das Gesetz immer noch mit einem Referendum kippen (für Nichtschweizer: eine obligatorische, für Regierung und Parlament bindende Abstimmung). Dass das Parlament danach bis zu zehn Jahre brauchen kann, um eine neue, wenn möglich verständlichere Vorlage in ein Gesetz oder einen Verfassungsartikel umzugießen, stört die wenigsten. Achilles rennt, das Schweizer Stachelschwein kommt zuerst an. Immerhin gehören wir zu den technologisch führenden Nationen, unsere Hochschulen sind weltweit unter den besten, unser duales Bildungssystem mit offenen Passerellen zwischen allen Ausbildungsgängen erregt den Neid viel Nachbarn – so können sich Herr und Frau Schweizer mit einem Schuss Narzissmus trösten, wenn alles Amtliche in unserem Land betont langsam vor sich geht. Schließlich haben wir eine effiziente Verwaltung und integre Magistraten, mit wenigen Ausnahmen, welche die Regel bestätigen. Hoffen wir.

Was für ein Kongress aber ist das, der unsere drei sportlichen Mütter samt ihren Kindern im Vorschulalter ausgerechnet nach Bern führt, an den Bahnhofplatz 11, in die feierlich luxuriöse Eingangshalle des Hotels Schweizerhof? Folgen wir ihnen doch nach und versuchen wir, aus den Richtungstafeln, den aufliegenden Papieren und den Auskünften der Kongresshostessen klug zu werden: „Ja, genau, Madame, sie können Ihre beiden Jüngsten in die Kinderkrippe bringen. Sehen Sie die gelben Kinderfußspuren, die rechts abbiegen? Sie führen zur Lobby, wo wir die Kinderkrippe und eine kleine Garderobe für die Mütter eingerichtet haben. Ihr großer Junge wird seinen Spaß an der Robinson Crusoe Landschaft mit spannenden Abenteuern haben, die wir für Primarschüler im Schwimmbad eingerichtet haben. Der Vollständigkeit halber möchte ich erwähnen, dass für ältere Jugendliche eine Suite im ersten Stock in ein Naturlabor umgewandelt wurde, wo der Konservator des Naturhistorischen Museums angehenden Forschern für Fragen zur Verfügung steht und sie in die Handhabung einiger moderner Forschungsapparaturen einführt.“

Zehn Minuten später haben unsere drei Mütter ihre Kinderschar, die Kinderwagen und das Gepäck, mit Ausnahme eines einheitlichen Konferenzköfferchens und einer Handtasche, fertig verstaut und streben dem Saal zu, in welchem *Bundesrätin Dariah Jolissaints Loriol* zur einer Konferenz über die Rolle der Mütter in unserer Zeit geladen hat. Dass sie damit zugleich für eine von ihr signierte Parlamentsvorlage lobbyiert, welche den hehren Absichten die nötigen Verordnungen, Dispositionen, Absprachen, Bundes- und Kantonsmittel zuordnen soll, ist, bei allem persönlichen Engagement der CVP-Politikerin, kein persönliches Hobby, sondern entspricht ihrem Pflichtenheft als Vorsteherin des Eidgenössischen Departement des Innern. Ein bisschen bewegter als sonst fühlt sie sich allerdings, weil es sich vielleicht um einen ihrer letzten großen Gesetzesentwürfe in ihrer Karriere als Bundesrätin handelt. Jedermann und Jedefrau hierzulande weiß, dass sie für die Nachfolge des scheidenden Generalsekretärs der Vereinten Nationen als Topfavoritin gesetzt ist. An heftigen, ja gehässigen Einwänden und Angriffen wird es nicht fehlen, ja sie werden jetzt noch gehässiger sein als je. Doch das gehört zur bundesrätlichen Routine. Letztlich unterscheiden die Schweizerinnen immer sehr genau zwischen Person und Amtsinhaberin, und letztere respektiert man in urdemokratischer Tradition, auch wenn in Wahlzeiten zuweilen die Schimpfwörter fliegen und sogar die Smartphones erröten ob der Beleidigungen, die dort getwittert werden.

21. Juli 2040, 10:30 Uhr: Das Stimmengewirr im Saal ist fast schon auf ein Flüstern abgesunken, als Bundesrätin Jolissaints den Saal betritt und mit einer stehenden Ovation begrüsst wird. Ihr Lächeln verbirgt nur zum Teil die Rührung, die sie empfindet, bevor sie mit ihrer Ansprache beginnt:

„Liebe Schicksalsgenossinnen aus 23 Ländern und 3 Kontinenten, liebe Mit- und Stimmbürgerinnen, was uns hier vereint, ist die Tatsache, dass überall auf der Welt die Gesetze eine strahlende Zukunft in Frieden und Gerechtigkeit versprechen und überall auf der Welt Kriege und Ungerechtigkeit unsere Leben beeinträchtigen, wenn nicht gar vernichten.

Die Schweiz genießt seit anderthalb Jahrhunderten einen segensreichen Frieden. Anderthalb Jahrhunderte, in denen zwei der ärgsten Kriege und einige der übelsten Diktaturen der Weltgeschichte Europa gemartert und beinahe auf die Knie gezwungen haben. Wir waren beängstigte Beobachter, Vermittler, Diplomaten, zuweilen echte Helfer, nicht selten auch Profiteure der Ereignisse und wiegen uns vielleicht allzu leichtfertig in der Überzeugung, dass es immer so weitergehen wird, weil die Welt, so meinen einige hierzulande, uns braucht. In Wahrheit gibt es nicht die geringste Garantie, dass die Dinge immer so weitergehen werden. Nur wenn Menschen mit realistischen Visionen, Opferbereitschaft und Begeisterung für das Machbare und zuweilen das Unmögliche die Welt immer wieder neu gebären, können wir eine friedlichere und gerechtere Zukunft für alle erhoffen.

Alle Religionen dieser Welt erzählen uns in ihren Ursprüngen die Wiedergeburt der Welt durch das Liebesopfer eines Menschen, der mit Gott völlig eins ist in seiner Demut und Liebesbereitschaft, im Bekenntnis zu Gewaltfreiheit und in der Entschlossenheit, auf jeder Form von Gewalt außer jener der Liebe zu verzichten. Wenn Philosophen wie Kant vom absoluten Gebot sprechen, andere so zu behandeln, wie wir von ihnen möchten behandelt werden, und ihnen nie das anzutun, was wir von ihnen nicht akzeptieren können, dann drücken sie die Hoffnung aus, dass die Menschheit durch die Kraft einer vernunftgeleiteten Nächstenliebe neu geboren werden könnte. Ja noch die krudesten Geschäftemacher glauben an eine Weltordnung, die im Verborgenen das Gute schafft, wie eine geheimnisvolle Hand, die aus der Profitgier des einzelnen schließlich das Wohl aller erschafft.

Doch wer versteht mehr als wir Frauen davon, wie eine neue Welt geboren wird? Ist doch jedes Kind, das wir auf die Welt bringen, um das wir gebangt und gelitten haben, das wir pflegen und hüten, eine neue Welt und zugleich das Versprechen einer besseren Welt. Und deshalb ist es höchste Zeit, dass wir die weltweit verkündete Gleichberechtigung oder Gleichwertigkeit von Frau und Mann in eine Tatsache verwandeln, die wahrhaftig eine bessere Welt erhoffen lässt. Leisten wir unseren Anteil, tragen wir aktiv dazu bei, dass den Worten Tatsachen folgen, befreien wir uns selbst und helfen wir den Männern, sich aus der Erstarrung überlebter Denkschemata zu befreien.

Wir brauchen eine Vision, die begeistert, und wir brauchen eine Vision, die sich verwirklichen lässt. Sie muss so formuliert und durchdacht sein, dass sie Hoffnung vermittelt und man sich zugleich vorstellen kann, dass sie in absehbarer Zeit realisiert wird. Fangen wir mit ganz praktischen Anliegen an: Was nützt uns die im Gesetz verankerte berufliche Gleichberechtigung, wenn wir in Wirklichkeit nicht nur weniger Lohn für gleiche Leistung beziehen, sondern sehr oft in unseren besten Berufsjahren gar nicht beruflich tätig sein können? Das fängt mit so urpraktischen Dingen an wie den Kinderkrippen. Vermögende Eltern können sich auf die eine oder andere Weise ein Betreuungspersonal leisten, das ihren Vorstellungen von Kinderpflege und -erziehung entspricht, alle andern müssen entweder mit den verfügbaren Einrichtungen in ihrer Nachbarschaft Vorlieb nehmen, oder aber die Frau verzichtet genau dann auf ihre Karriere, wenn sie die größten Karrierechancen hätte. Sei es, weil gute Krippen in der Nachbarschaft zu teuer sind, sei es, weil der oder die Partnerin sonst entscheidende Karrierechancen verliert, wenn sich beide die Kinderpflege teilen, sei es schließlich, dass keine gute Krippe in der näheren Umgebung vorhanden ist.

Wir wollen noch praktischer werden: Angesichts der heutigen, beruflichen Herausforderungen und des Standes der modernen Medizin genügt es nicht mehr, wenn Kindergärtnerinnen und Hortpflegerinnen (die Männer sollen sich ruhig dazurechnen) nur eine solide pädagogische Ausbildung haben, es braucht auch solide medizinische Kenntnisse, wie man sie z. B. an unseren international angesehenen Rotkreuzschulen erwirbt, und es braucht die Unterstützung von Hebammen – diesmal ohne die Herren –, die Kleinkindern die Brust geben können, wenn sie ein erhöhtes Maß an Zuwendung brauchen oder besonders schlecht auch Flaschenmilch reagieren." *Gelächter und Applaus im Saal, besonders aus den Reihen der afrikanischen und asiatischen Delegationen, von denen mehrere ihre Säuglinge mitgebracht haben, denen sie von Zeit zu Zeit ganz ungeniert die Brust geben. Dass Fayola Obasanjo, Amanda Ghisler und Brigitt Keller, die im Saal nebeneinander Platz genommen haben, ebenfalls fröhlich lachen und begeistert klatschen, versteht sich eigentlich von selbst.*

„Sie haben es mir einmal mehr bewiesen: unter uns Frauen muss ich für diese Idee nicht Kampagne machen, wohl aber unter manchen angeblich so modernen Männern, die sich an dieser Stelle vernehmlich räuspern würden: In einer öffentlichen Schule öffentlich die Brust geben, wie kann man nur? Das hat fast Bekenntnischarakter, wie der Tschador oder die Haube der Nonnen, das darf man nicht zulassen. Ja, die hochmodernen

Männer! So modern sind sie, dass einige Parlamentarier heute noch den Ständerat, in dem immerhin 25 Frauen sitzen, mit „Meine Herren" anspricht. Deshalb bin ich froh – ein bisschen habe ich natürlich nachgeholfen –, dass sich heute kein einziger Herr unter uns befindet und ich mit bestem Gewissen sagen kann: Meine lieben Damen ohne Herren!" *(Gelächter und vereinzelter Applaus)*

***

Lassen wir Frau Bundesrätin Jolissaints die Schilderung ihres eindrücklichen Aktionsplans fortsetzen und wenden wir uns jenen zu, die uns unterdessen aus den Augen geraten sind: Den Kindern der Kongressteilnehmerinnen.

Fayola Obasanjos Kleinster Nkem saugt gerade genüsslich an der Brust einer medizinischen Hebamme, die während des Kongresses so selbstverständlich zum medizinischen Personal der Kinderkrippe in der Lobby des Schweizerhofs gehört wie ein Lichtschalter zum elektrischen Licht. Als grundpraktische afrikanische Mutter hat Fayola auf der Wiegenschale ihres Kinderwagens, mit Zustimmung des Sicherheitsdienstes, eine Fischaugenkamera angebracht, die es ihr gestattet, ständig zu wissen, wo sich Nkem und Djimon, der Zweitjüngste, gerade befinden und was sie tun. Und so kann sie auch befriedigt feststellen, dass Djimon schon einen Klan von anderen Kindern um sich geschart hat, mit dem er im Begriff ist, einen mächtigen Klötzchenturm zu bauen. Die Rede von Bundesrätin Jolissaints ist unterdessen zu Ende gegangen, und in der Pause kann Fayola ihren neuen Freundinnen Amanda und Brigitt auch deren Kinder im Fischauge der Kamera zeigen: Melanie hat anscheinend eine innige Freundschaft mit einem afrikanischen Mädchen geschlossen, die beiden versuchen hingebungsvoll, einen Spielzeugbagger mit Klötzchen zu füllen. *Ezio* schläft mit geschlossenen Fäusten auf einem leuchtend roten Kissen. Brigitts *Mimi* strampelt (vermutlich quietschend vor Vergnügen), während sie versucht, ein Stofftierchen zu packen, das ihr eine der Kindergärtnerinnen über die Nase streift, *Daliah* blättert vertieft in einem Bilderbuch. Alles in bester Ordnung, die drei Frauen können sich beruhigt Kaffee und Pausengipfel gönnen. Gleich wird es weitergehen.

An die bundesrätliche Rede schließt sich ein Seminar an, in dessen Verlauf eine Konsultationsgruppe von Schweizerbürgerinnen und eine weitere von interessierten Frauen anderer Nationen gebildet werden sollen, die gerne die Entwicklungen in der Schweiz verfolgen und sich dazu äußern möchten, um ihre eigenen Erfahrungen einzubringen. Auf Englisch und in den drei Schweizer Amtssprachen liegt eine Dokumentation auf mit der bundesrätlichen Rede und zusätzlichen Papieren: Die Bundesverwaltung lässt sich nicht lumpen! Wer jetzt noch dasitzt, wird sich die Mühe nehmen, das alles sorgfältig durchzulesen.

Die Teilnahme an den Konsultationsgruppen bedeutet einen großen Zeitaufwand: Frau Jolissaints möchte nicht nur regelmäßig über den Verlauf im Parlament und in den parlamentarischen Kommissionen informieren, sofern er nicht der Geheimhaltung unterliegt, sie möchte auch in den parlamentarischen Ablauf die Ansichten der Konsultationsgruppe einbringen und zugleich die zahlreichen Frauenorganisationen unseres Landes in dieser Angelegenheit miteinander verknüpfen. Die Vorlage soll schon vor der Endabstimmung in den beiden Kammern eine deutliche Mehrheit der Schweizer Frauen hinter sich scharen. Der Erfolg der Volksabstimmung – es wird sie zweifelsohne brauchen, da eine Verfassungsänderung nötig ist – soll damit weitgehend gesichert werden, noch ehe die Schlussabstimmungen im Parlament stattfinden! Es soll der letzte große Coup in der Karriere von Bundesrätin Jolissaints sein, denn als Bundesrätin wird sie zweifelsohne im Dezember des gleichen Jahres zurücktreten, ob als Kandidatin für die Nachfolge des Uno Generalsekretärs, wo sie als Favoritin gilt – unterdessen pfeifen es bei uns schon die Spatzen von den Dächern –, oder als Grand Old Lady, die sich nach einer sehr erfolgreichen Laufbahn aus der aktiven Politik zurückgezogen hat und sich in die Tagesgeschäfte definitiv nicht mehr einmischt.

Lassen wir die drei Frauen, beschwingt von ihrer jungen Freundschaft, in angeregtem Gespräch zum Bahnhof zurückkehren und in einem Doppelstöcker der SBB, der um 20:42 Uhr in Zürich Stadelhofen ankommen soll, im oberen Abteil eine Konferenz-Polstergruppe belegen. Kühn haben sie mit vereinten Kräften die drei Kinderwagen die steile Treppe in das Obergeschoss hochgestemmt und irgendwie zusammengeklappt im Gepäckabteil bei der Treppe verstaut, und sitzen nun, die Jüngsten in den Armen und die andern fröhlich auf die Sitze der Polstergruppe verteilt, in eine lebhafte Diskussion vertieft. Haben sich doch alle drei, begeistert von der Rede unserer Magistratin, als Mitglieder der Konsultationsgruppe eingeschrieben, obwohl ihre Zeit ohnehin schon mehr als knapp ist. „Als erstes müssen wir unsere Männer umerziehen, dann bekommen wir auch die nötige Zeit", hat dazu Brigitt gemeint, und die andern haben zustimmend genickt.

Genau an dieser Stelle wird sich nun erneut der Zufall einschalten. Aufmerksame Leserinnen und vielleicht auch ein paar geübte Krimileser haben ohnehin schon bei der Wendung „ankommen soll" getickt, die der Verfasser weiter oben eingestreut hat. Denn das bedeutet für jede aufgeklärte Leserin, dass der Zug eben nur *vielleicht* ankommt. So maliziös wird es zwar ihr Autor nicht mit Ihnen treiben wie der große französische Aufklärer Denis Diderot, der in seinem Roman *Jacques le Fataliste* den Leser bis zum Schlusspunkt im Unklaren darüber lässt, ob sein Held, der Fatalist Jacques, für den alles bereits seit langem in den Sternen geschrieben steht, mit seinem Herrn, der ein absoluter Verfechter des freien Willens ist, jemals am Ziel ihrer Bildungsreise durch Frankreich und die Niederlande ankommt. Unsere Damen werden ankommen, seien sie beruhigt, es wird nur eine Störung eintreten, allerdings eine ernsthafte.

Nach dieser Einleitung genügt es wohl, eine geographische Angabe einzustreuen, damit Sie, liebe Leserinnen und Leser, ihrer Fantasie die Sporen geben. Das Stichwort lautet *Tunnel*, und Tunnels sind in Erzählungen bekanntlich dazu da, dass Züge in ihnen stecken bleiben und die Reisenden Stunden des Schreckens erleben. Diesmal wird zwar weder geballert noch werden IS Kommandos eingeflogen. Es wird keinen Hercule Poirot für diesen Express brauchen, weil kein Verbrechen stattfinden wird. Doch auch so kann ein SBB Tunnel schon zum Schreckensszenario werden, auch wenn er so modern und so hell beleuchtet ist, wie der kürzlich dem Verkehr übergebene *Chestenberg Tunnel* zwischen den Aargauer Gemeinden Mellingen und Rupperswil auf der Strecke Zürich-Bern, mit dem die Reisezeit zwischen diesen beiden Städten auf 40 Minuten reduziert wird, weil im Tunnel die Züge mit Geschwindigkeiten bis zu 160 Std/km fahren können. Hier, fast genau in der Mitte des Tunnels, bremst der Intercity, in dem unsere Damen sitzen, und kommt schließlich zum Stillstand, während das hell beleuchtet Tunnel sich mit Rauch füllt und sich auch im Abteil nach und nach Rauchgeruch verbreitet. Das blaue Lautsprechersymbol oberhalb der Glastüren und über jeder Sitzgruppe leuchtet auf:

„Meine Damen und Herren, aufgrund einer technischen Störung müssen wir leider den Intercity Bern-Zürich, fahrplanmäßige Ankunft in Zürich 20:32 Uhr, während einiger Zeit im Chestenbergtunnel anhalten. In der Küche des Speisewagens ist ein Brand ausgebrochen, der bereits eingedämmt wurde. Um nicht durch den Fahrtwind einen neuen, größeren Brand anzufachen, müssen wir aber im Tunnel warten, bis die Löschmannschaften eingetroffen sind. Wir bitten Sie um Geduld und entschuldigen uns für die Störung. Der Funkverkehr im Tunnel ist sichergestellt, Internet und Telefon funktionieren normal. Weitere Informationen gibt Ihnen unsere Einsatzzentrale unter Nummer 081 888 88 22.“

Bis die Durchsage auch auf Englisch, Französisch und Italienisch erfolgt ist, vergehen 5 Minuten und mehrere Reisende werden unruhig, besonders jene, die keine der Durchsagesprachen genügend beherrschen, um den Inhalt zu verstehen. Zum Glück taucht jetzt eine stämmige Kontrolleuse auf. Sie hindert eine Dame, den Balg zum nächsten Wagen zu betreten: „Die Durchgänge sind für Reisende gesperrt, die Arbeit der Löschmannschaften darf nicht durch unruhige Reisende behindert werden. Auch die Scheiben sind blockiert, es wird gleich ziemlich viel CO_2-Nebel im Tunnel geben! Aber die Lüftung saugt immer frische Luft durch die Dachöffnungen ein, dafür ist gesorgt."

Ein Herr aus dem großen Kanton, schwarze Mähne schwungvoll nach hinten gekämmt und zu einem Zöpfchen geflochten, dem Akzent nach aus der Gegend von Ulm, verkündet mit arroganter Geste und schallender Stimme, ihm gehe durch diesen Aufenthalt ein Millionengeschäft verloren, er müsse vor 21 Uhr große Datenmengen übermitteln können; bei der lausigen Übertragungskapazität, die in den lumpigen Schweizer Intercity Wagen installiert sei, könne er seine Daten nicht rechtzeitig ins Netz pumpen, die Schweiz solle sich mal an der Bundesrepublik ein Beispiel nehmen. Unerschütterlich teilt ihm unsere Kontrolleuse mit, er könne nachträglich seine Schadenersatzansprüche bei der SBB anmelden, sie werde ihm das nötige Formular gleich hier ausdrucken. Zu den übrigen Reisenden meint sie beschwichtigend, es seien gegenwärtig nur 7 Frau + Mann Personal an Bord: der Lokomotivführer, eine Ersatzführerin, sie selbst als Zugchefin, 3 Kontrolleure und eine SBB-Elektronikerin mit Sanitätsausbildung. Man solle bitte Verständnis zeigen und sich ein wenig in Geduld üben. Der deutsche Zeitgenosse fragt umgehend, ob sie ihm die Rufnummer der Elektronikerin geben könne, vielleicht würde die ja sein Problem lösen. Er bekommt seine Nummer und telefoniert bald darauf lange und hörbar versöhnt.

Da ist mit einem Mal ein Paket Technologie in unsere Erzählung gerutscht, das lässt sich heute halt nicht verhindern. Unsere drei Damen wird es bestimmt nicht stören, die sind diesbezüglich recht beschlagen. Die Leserinnen auch nicht, wie ich vermute, wir sind Internet ≥4.0, ja?

Unsere drei Eidgenossinnen sind aber doch etwas unruhig geworden. Zwar wissen sie jetzt, dass eine Sanitäterin an Bord ist. Sie ist vorhin selbst vorbeigekommen und Osaro hat sich ihr sofort angehängt und will sie überallhin begleiten. Ein 2. Elektroniker und Sanitäter, Kirk Marty (seine Kollegin hat ihn vergessen zu erwähnen: aber, aber!), scheint den aufgeweckten Sippenführer regelrecht adoptiert zu haben, mit sichtlichem Vergnügen erklärt er ihm die ganze Elektronik, über welche dieser hochmoderne Zug verfügt, und für die drei Mütter ist es beruhigend, dass sie nun jederzeit einen direkten Funkkontakt zur Sanität haben. Überdies können sie ja frei nach außen telefonieren, simsen, mailen und twittern, ihre Ehemänner sind längstens informiert und organisieren das Backoffice. Dennoch, alle drei und vor allem Fayola, die es gewohnt ist, dass sich die Welt um sie herum nach ihren Vorstellungen organisiert, werden sich schmerzlich bewusst, dass sie gegenwärtig außer dem Naheliegendsten, nämlich ihre Mutterpflichten, nichts gestalten und nichts entscheiden können. Wie, wenn das Feuer doch wieder aufflammt und der Brand sich rasch ausbreitet? Werden sie die 500 Meter in Rauch und CO^2 Schnee, mit fast keiner Sicht, auf den schmalen Gehsteigen am Tunnelrand bis zu den Notausgängen schaffen? Und was, wen einzelne Passagiere in Panik geraten, auf den Gleisen an allen vorbeirennen und die Notausgänge so verstopfen, dass für Mütter mit Wagen und Kinderschar kaum mehr eine Chance besteht, in nützlicher Frist hinauszukommen? Und was, wenn die Ventilation versagt, der Rauch bis auf Bodenhöhe absinkt, die Atmung fast unmöglich wird? Oder wenn ein fehlgeleiteter Nachfolgezug im dichten Rauch von hinten auf den InterRegio 2385 Bern-Zürich aufprallt, die Wagen von den Schienen reißt, Blechwände und Trümmer die Passagiere auf den Gleisen und Gehsteigen unter sich begraben? Wie schütze ich meine Kinder, wie kann ich bei Bewusstsein bleiben, um sie zu verteidigen?

Fayola, Amanda und Brigitt sind sich klar bewusst, dass es sich dabei vorläufig nur um Angstfantasien handelt, denen sie nicht nachgeben dürfen. *Vorläufig*, sagen sie sich, sicher weiß man nichts, es könnte schiefgehen, auch wenn dies sehr unwahrscheinlich ist. Und wieder beweist Brigitt ihr Talent, sich der Situation entsprechend zu verhalten und alle anderen Vorstellungen entschieden beiseite zu räumen: „Wir wollen doch keine Schisshasen sein, oder? Also, schauen wir, dass wir unsere Kleinen so rasch wie möglich beruhigen und zum Schlafen bringen. Frauen, Kinder an die Brust! Wenn nötig auch Melanie und Mimi, die sind sowieso noch neidisch auf die Säuglinge. Wenn die vier schlafen, haben wir das Gröbste geschafft. Dein Ezio, Amanda, und dein Osaro, Fayola, sind damit beschäftigt, den Zug zu erkunden und haben schon miteinander eine Gruppe von technisch interessierten Kindern organisiert. Dem Personal ist es noch so recht, wenn wir ihnen helfen, die Kinder bei der Stange zu halten, und wir haben dazu noch den Vorteil, dass der schöne Sanitäter für uns per Zugfunk erreichbar ist. Oder findet ihn eine von euch nicht hübsch, den Kirk Marty?" – „Wenn das dein Mann hören würde! ..." – „Der arbeitet im Stellwerk Zürich Hauptbahnhof und dirigiert einen Teil der Rettungsarbeiten. Selber schuld, wenn er uns nicht schneller hier herausholt." Jetzt müssen alle drei herzlich lachen, die Panik ist gebannt und wir, liebe Leserinnen, dürfen auch aufatmen: Es wird keine auffahrenden Züge, keine Brandkatastrophen geben, nur drei Frauen, denen bewusst geworden ist, wie rasch unsere vertraute Alltagswelt zusammenbrechen und Horrorvorstellungen, die wir gerne verdrängen, plötzlich aufflammen können.

Wir können die drei Damen und ihre Kinder jetzt ruhig eineinhalb Stunden später mit ihren Kindern im Hauptbahnhof Zürich einfahren und ihren Männern auf dem Bahnsteig um den Hals fallen lassen: an diesem späten Abend wird nichts mehr Bemerkenswertes vorfallen. Das Schicksal, das tückische Schicksal wird erste einige Monate später ausgerechnet bei Brigitt Keller zuschlagen. So leid es Ihrem Autor tut, gerade sie wird es doppelt schmerzlich treffen, das lässt sich nun einmal nicht vermeiden. Atmen Sie tief durch, liebe Leserinnen, Sie werden bald einiges durchstehen müssen.

***

26. Dezember 2040, 10 Uhr nachts: Brigitt Keller sitzt vor Mimis Wiege. Sie hat den Kleinen an die Brust genommen und wiegt ihn sanft, während ihr die Tränen die Wangen herunterlaufen. Mimis Kopf ist gerötet, seine Stirn brennend heiß, von Zeit zu Zeit zieht er sich krampfartig zusammen. Er hat aufgehört zu schreien und stößt nur noch ein heiseres Stöhnen aus. Brigitts Ehemann, Röbi, steht hinter ihr und hat ihr die Hände auf die Schultern gelegt:

„Die Ambulanz wird gleich kommen, vom Spital Zollikerberg bis zu uns ist es ein Katzensprung.

– Warum haben wir Mimi nicht selbst ins Spital gefahren? Das wäre schneller gewesen!

– Umgekehrt! Im Spital hätte erst ein Notfallarzt Mimi untersuchen und dann einweisen müssen, vermutlich hat es Schlangen in der Notfallaufnahme. So können die Sanitäterinnen direkt einweisen, ich kenne die beiden, die kommen werden. Es sind medizinische Sanitäterinnen, die auch für die Feuerwehr arbeiten.

– Du hast mit ihnen gesprochen?

– Ja, vorhin am Telefon. Ich kenne sie von der der Freiwilligenfeuerwehr. Beruhigt dich das?"

Sie schaut zu ihm auf, ein Anflug von Lächeln huscht ihr über die Lippen.

„Ich tippe auf Blinddarm, meint Röbi: stark entzündet, aber es droht noch kein Durchbruch, das Fieber ist erst bei 37.9. Mimi kommt genau richtig zur Operation, im neuen Jahr ist er schon seinen Blinddarm los.

– Was kommt als nächstes? Du weißt, ich bin kein Angsthase, aber mit ist klar geworden, wie wenig wir tun können, wenn das Schicksal zuschlägt. Dabei sind wir noch privilegiert: Ich habe den besten Mann, Mimi hat die beste medizinische Versorgung … Was müssen die irakischen, sudanesischen, afghanischen Mütter erleben, die ihren Mann im Bombenhagel oder an der Front verloren haben und versuchen, sich mit einer Kinderschar bis zum nächsten halbwegs sicheren Lager durchzuschlagen? Ich schäme mich fast, wir sind so privilegiert!

– Jetzt warte erst mal ab, bis Mimi seien Blinddarm los ist. Dann können wir darüber reden, was wir für andere tun können. Ich habe da so ein paar Ideen."

***

März 2041 in Zürich-Oerlikon: Fayola Obasanjo sitzt im Kinderzimmer ihrer gediegenen Fünfzimmerwohnung, und wickelt Nkem, der die Benutzung des Töpfchens noch nicht ganz beherrscht. Ein leiser Duft von Räucherstäbchen weht von der Diele herüber, wo Fayola einen kleinen Altar für ihre Vorfahren errichtet hat. Nachdem sie den fertig gewickelten und zufrieden glucksenden Nkem wieder in sein Bettchen gelegt hat, öffnet Sie die Kinderkommode und zieht ein Foto ihres Mannes hervor, auf dem dieser den Zweitjüngsten, Djimon, auf den Schultern trägt. *Akono* strahlt vor Vaterstolz und Djimon wirft begeistert die Ärmchen in die Höhe. So ein Schwein! Tut, als ob er der treuste Familienvater wäre und verkündet ihr, ohne mit der Wimper zu zucken, zwischen Weihnacht und Neujahr, dass er sich in eine andere verliebt hat:

„Als Mann muss ich Konsequenzen ziehen und klare Verhältnisse schaffen. Ich werde mich von dir scheiden lassen. Du wirst dabei gut fahren, ich bin kein Geizhals und ich verdiene genug als Softwareingenieur und Sicherheitsspezialist. Ich will eine einvernehmliche Scheidung, du bekommst genug, dass du jedes Jahr in Nigeria oder wo du willst, zusammen mit den Kindern Luxusferien machen kannst. Mit deinem Lohn als Filialleiterin bei Coop kannst du dir leisten, was du willst, und jedes unserer Kinder soll die beste Erziehung haben, egal was es kostet, dafür garantiere ich. Von dir erwarte ich, dass du keine Schwierigkeiten machst und die Scheidung nicht hinauszögerst. Adana würde es mir nie verzeihen, wenn sie noch lange auf unsere Hochzeit warten müsste."

„*Adana Adajani*, denkt Fayola, ich habe sie einmal gesehen: ein achtzehnjähriges Tüpfi mit Schmollmund und Ballonbrüsten, die heiratet doch nur dein Gehalt. Wenn du meinst, du kannst dich mit der jungficken, wird sie dich bald eines Besseren belehren, die setzt dir Hörner auf wie einem Zwölfenderbock, ein Schwarzmaulnashorn macht sie aus dir! Den Schwanz wird sie dir abbeißen, *isú dídún*, das wird sie tun! Ich sage dir, Abdul, du wirst noch zur nächsten Voodoo-Magierin rennen und sie hundert Hühner schlachten lassen, damit die Zicke krepiert, aber vorher bringt sie dich ins Grab und genießt dein Erbe, meinen Anteil habe ich schon gesichert, ich nehme mir den besten Scheidungsanwalt, lass dir das gesagt sein! Und meinen Schweizerpass werde ich auch behalten, ich bin ja jetzt in der Konsultationsgruppe für die Frauenvorlage, meine Bundesrätin wird mich sicher nicht fallen lassen. Sie hat mir mehr als einmal gesagt, ich sei ein Organisationsgenie, sie habe mich schon für eine Stelle in der Bundesverwaltung vorgesehen, wo ich auch noch bleiben könne, wenn sie einmal nicht mehr Bundesrätin sei. Ich sei repräsentativ für den neuen Typus der Schweizerfrau: Wurzeln im Ausland *und* solid verwurzelt in unserer Schweizer Kultur, hochbegabt und bereit, jede Anstrengung zu leisten, wenn es um ein wichtiges Ziel gehe. Hat sie gesagt, Frau Jolissaints, sie wird es wohl wissen, hast du gehört, du Stinker?"

***

Amanda Ghisler macht sich Sorgen um ihren Mann. *Nando* ist gegenwärtig mit der Leitung der Renovationsarbeiten im Gotthardtunnel beauftragt. Sie ist stolz auf ihn, er ist einer der Wenigen, die nach einem Studium als Bauing an der ETH Zürich noch ein weiteres als Softwareingenieur angehängt hat, mit Spezialisierung auf Sicherheitsarchitekturen. Mit seiner neuen Aufgabe kann er nun wirklich zeigen, wozu er fähig ist. Zugleich macht sie sich aber auch Sorgen, denn neben einem Hundertprozentjob will er auch noch ein richtiger Familienvater sein, im Haushalt mithelfen, für die Kinder sorgen und ihnen viel Zeit widmen. Das geht auf Kosten des Schlafes, selbst ein durchtrainierter Mann wir Nando kann das nicht ewig wegstecken. Sie wäre ohne weiteres bereit, in ihrer Karriere eine Pause einzulegen, um Nando im Haushalt und bei der Kindererziehung zu entlasten, aber er will nichts davon hören: Damit gefährde sie ernsthaft ihre Chancen als Oberärztin. Der Zeitpunkt komme nur allzu rasch, an dem sie den Beruf an den Nagel hängen müsse, weil er mit der Arbeit zu Hause und vor allem mit der Arbeit in der bundesrätlichen Frauenkommission nicht mehr vereinbar sei, und dann sei der Knick in der Karriere irreparabel. Da mag er recht haben, aber was, wenn seine Gesundheit dabei Schaden nimmt? Das ist dann noch viel irreparabler. Seit einiger Zeit hustet er nachts, „wie ein Güterzug auf der Abstellrampe". Das Bild ist ihr geblieben, weil sie einmal gesehen hat, wie in einem Versuch ein Güterzug mit überhöhter Geschwindigkeit auf dem hoch aufgeschütteten Kies „ausdröhnte". Er lacht nur: „Bis ich ausgebremst bin, strickst du noch Socken für unsere Enkelinnen!" Jetzt muss Amanda auch lachen.

Sie sollte besser die Akten für die morgige Sitzung in Bern durchgehen, wenn sie schon nicht schlafen kann, aber vorher will sie noch einmal im Kinderzimmer vorbeischauen: Mimi hat den Daumen in den Mund gesteckt und hält mit der anderen Hand seinen großen Teddybär. Seit einiger Zeit ist er ängstlich geworden und beißt sich manchmal den Daumen blutig. Sie muss demnächst mit dem Kinderarzt darüber sprechen. Melanie dagegen schläft tief, mit einem seligen Lächeln.

**

In *Taba*, am Dreiländereck zwischen Ägypten, Saudi-Arabien und Israel, hat die Uno ein Lager für 20 000 Flüchtlinge errichtet. Weitere 30 000 werden in den nächsten Tagen erwartet. Seit die bereits tot geglaubte Islamische Republik an der Grenze zwischen Irak und Saudi-Arabien aus ihren Fehlern gelernt und eine Wiedergeburt erlebt hat, verschanzen sich die bärtigen Fanatiker nicht mehr in befestigten Städten, sondern agieren in der Art klassischer Guerillagruppen, werfen Bomben in Menschenmengen, auf Brücken und Moscheen, sprengen und ziehen sich blitzschnell zurück, um in den Wüsten der arabischen Halbinsel unterzutauchen. Die Bewohner in einem Umkreis von Hunderten von Kilometern denken nur noch an Flucht: Weg von den Mördern, die ihre Töchter schänden, ihre Frauen und Mütter ermorden und die Männer für den Kriegsdienst zwangsrekrutieren! Schlepper steuern Flüchtlingsgruppen durch die Wüste, verdienen sich eine goldene Nase und stecken oft mit den Fanatikern unter eine Decke, weil diese ihnen Schmuggelwege für Waffen, Sklaven, Drogen und klandestines Benzin sichern und sich dafür mit einem saftigen Anteil schadlos halten. Den

Schmugglern bleibt immer noch genug Geld, um sich einen Harem am Genfersee oder an der Adria zu leisten.

Auf der Wüstentrecke zwischen Eilat und Taba zirkulieren die Lastwagenkolonnen der UNO mit Zelten, Campingausrüstungen, Moskitonetzen, Nahrungsmitteln, Wellblechbaracken und Computern für die Verwaltung. In Eilat hat das Rote Kreuz ein Zwischenlager eingerichtet, bald werden auch die Rotkreuzlastwagen mit Spitalzelten, Medikamenten und Operationstischen in der Wüste unterwegs sein.

Nefartaia war bis vor kurzem mit ihrer Mutter (der Vater ist früh verstorben) Eigentümerin einer luxuriösen Pension in Taba, nahe der Grenze zu Israel, gegenüber Eilat. Gleiches Klima, gleiches Meer, gleiche unendliche Wüstenlandschaften wie in Eilat, und dazu ein Komfort und eine Bedienung, die eine echte Konkurrenz für die israelischen Hoteliers darstellten. Nefartaia und ihre Mutter dachten bereits an einen Neubau, als die Jihadisten über Nacht zuschlugen, vielleicht, um zu zeigen, wie weit ihr Aktionsradius von der irakisch-saudi-arabischen Grenze her reicht. Die Mutter wird ermordet, die Tochter, jung und durchtrainiert, kann sich in der Dunkelheit der Nacht retten, weil sie die Wüstenpfade weitaus besser kennt als die bärtigen Aggressoren: in ihrer Freizeit übte sie mit israelischen Fallschirmspringern.

Jetzt kauert sie in einem der Zelte des Flüchtlingslagers zusammen mit einem Dutzend anderer Mädchen und Frauen, die sich allein bis hierher durchschlagen mussten, weil der Mann verschollen oder an der Front gestorben ist oder zurückbleiben musste, um sich um seine alten Eltern zu kümmern, oder gar nie die Absicht hatte, sie zu heiraten. Einige murmeln Gebete, andere starren vor sich hin, erdrückt von den Bildern der Vernichtung, die sie überallhin verfolgen, wieder andere plaudern leise miteinander. Nefartaia ist schwanger, sie weiß es mit Sicherheit seit einem Monat, der Embryo ist 7 Wochen alt. Zu ihren 7 Kindern, von denen das jüngste kaum 12 Monate alt ist, kommt jetzt eine weitere Liebesfrucht. Nefartaia ist stolz auf ihre Furchtbarkeit, in diesem Punkt, und fast nur in diesem, ist sie traditionell geblieben. Und auch darauf, dass sie sich und ihre Kinder notfalls allein durchschlagen und den Kindern eine gute Zukunft sichern könnte.

Aaron, der junge Ingenieur, der sie demnächst heiraten wollte, ist verschwunden. Haben ihn die Terroristen in seinem Vermessungslager in der Wüste, nahe der israelischen Grenze, umgebracht? Konnte er fliehen? Seit drei Tagen hat sie keine Nachrichten von ihm. Welches Schicksal erwartet das Kind in ihrem Bauch? Wie kann sie es schützen, ihm eine Zukunft sichern? Obwohl sie weiß, dass Aaron die Wüste ebenso gut kennt wie sie und Kontakte besitzt, die es ihm erlauben sollten, ungeschoren in ein sicheres Lager zu gelangen, kann sie die Furcht, die jetzt in ihr aufsteigt, nicht unterdrücken. Gedankenfetzen ziehen ihr durch den Kopf wie ein Staubwall, der den Sandsturm ankündigt, sie zittert vor Angst und Ungeborgenheit, bis das erste Tagesgrauen sie von ihren Alpträumen erlöst. Was sie nicht weiß: Aaron ist es gelungen, sich nach Eilat durchzuschlagen, wo israelische Kollegen ihn dem Roten Kreuz gemeldet haben. Röbi Keller hat schon längst mit ihm Kontakt aufgenommen und ihn als Trecker für Rotkreuztransporte angeworben. Aaron weiß bereits, dass auch Nefartaia sich durchschlagen konnte und gegenwärtig in der Rotkreuzkolonne ist, die – angeblich mit minimalem Geleitschutz – ein ideales Ziel für einen ISIS Angriff zu bieten scheint. Dass ihn dieser Gedanke begeistert, wäre übertrieben, doch als ehemaliges Mitglied der KOI in Kosovo und Fallschirmspringerkollege flösst ihm der Rotkreuzdelegierte „*Räbä Kälèr*" volles Vertrauen ein. Hätte er die Verantwortung, er würde die Operation ebenfalls beschließen, im Gedanken, ein für alle Mal die Unmenschen auszurotten, die ihm, Nefartaia und tausenden von andern Unschuldigen solches Leid zugefügt haben.

***

Nefartaia ist es gelungen, mit dem Instinkt einer Fallschirmspringerin und der Kampferfahrung der Eliteverbände, die sie beim Training beobachtet hat, sich und ihre 7 Kinder bis Kobane durchzubringen, von wo sie später mit einem Transport der türkischen Regierung erneut nach Syrien verfrachtet werden soll. Doch Kobane hat sie nur deshalb als Zwischenstation vorgesehen, weil ihre Kinder von der Wüstenwanderung erschöpft sind und die türkische Regierung, das weiß sie, zumindest ausreichende Nahrung und auch Kindermilch und Medikamente ausliefert. Sie weiß aber auch, dass diese Schutzzone die ISIS nicht daran hindert, Benzintransporte – meist mit dem stillen Einverständnis der Türkei – durch die Grenze von und nach Syrien zu steuern, und dass die gleichen Lastwagen für die Rückfahrt nach Syrien alte Waffen aus russischen Armeebeständen laden. Dann und wann, auch das weiß Nefartaia aus Gesprächsfetzen ihrer israelischen Kollegen, schnappen sich die Gotteskrieger zwecks moralischer Aufrüstung auch noch diese oder jene junge Frau, vergewaltigen sie zu zehnt oder zwölft und metzeln sie dann samt ihren Kindern nieder, damit keine Zeugen übrig bleiben, denn Zeugen wären schlecht für das Prestige der türkischen Sultanatsdemokratie.

Sie ist entschlossen, rechtzeitig zu fliehen und sich danach mit ihren 7 Kindern wieder nach Taba durchzuschlagen, in der Annahme, dass bis dann die saudi-arabische Regierung diesen Wüstenstreifen gründlich von den bärtigen Barbaren gesäubert haben wird. Vorläufig erscheint ihr das Flüchtlingslager der saudi-arabischen Regierung als die momentan sicherste Zufluchtsmöglichkeit. Dort kann sie auch eine Beschäftigung als Treckerin und Dolmetscherin erhoffen, und für ihre Kinder eine gute Schule.

Die Wüste wird ihr Nahrung und Zuflucht bieten; die Zehntausende von Frauen und Kindern, die in alle Richtungen vor den Barbaren fliehen, helfen ihr, ihre Flucht zu verschleiern. Nefartaia nutzt das Hin und Her der Morgenpause in der Oase von Timna Park, um mit ihren Kindern unter den Humvee[10] zu schlüpfen, der die Kolonne abschließt. Sie weiß, dass der Bodenabstand von

---

10 Name der Schützenpanzer der amerikanischen Armee: High Mobility Multipurpose Wheeled Vehicle: s. u. https://www.google.ch/webhp?sourceid=chrome-instant&ion=1&espv=2&ie=UTF-8#q=humvee

45 cm genügt, um Verletzungen zu vermeiden, vorausgesetzt, sie kriechen durch, bevor die Hinterräder des losfahrenden Humvee sie und ihre Kinder erreichen, und ihre Kinder gehorchen ihr wie ein disziplinierter Kampfverband, selbst das Baby, das sie seitlich an sich gebunden hat, damit es neben ihr, Kopf nach unten im Sand, reglos liegen bleibt, wenn der Wagen wieder losfährt.

Unmittelbar neben dem Wagen befindet sich ein Akanthusbusch. Als die Zeltplanen heruntergelassen werden, ohne dass der Aufseher noch einen Blick ins Innere geworfen hätte, wo die anderen Frauen viel zu sehr mit sich selbst beschäftigt sind, um ihre Abwesenheit zu bemerken, kriecht sie dem Boden entlang mit ihren Kindern in den Busch, im Wissen, dass ihr dafür rund 2 Minuten Zeit bleiben, wenn sie nicht unter den Hinterrädern des Humvee zerquetscht werden sollen, falls dieser wegen unerwarteter Gefahren plötzlich aufbricht. Die Operation gelingt mit etwa 10 Sekunden Restzeit, ein guter Wert in ihren Augen. Von dort will sie sich ein eigenes Bild von der Bedrohungslage machen. Sie will Gewähr haben, dass der Rotkreuztransport nach den bisher gemachten Erfahrungen nicht mit minimalem Geleitschutz durch die Wüste fährt und gute Aussichten bestehen, unversehrt nach Taba zu gelangen.

Von der Oase, auch das hat sich Nefartaia genau gemerkt, führen Wüstenstraßen nach Irak, Jordanien, Ägypten, Syrien und in die Türkei, und sie erspart sich und ihren Kindern das Schicksal, das vermutlich allen andern blüht: an der irakischen Grenze abgefangen und nach Kobane in Syrien zurück transportiert zu werden.

Nefartaia flüchtet zuerst in Richtung des Dreiländerecks zwischen dem ägyptischen Taba, wo ihre Pension steht, dort, wo die Saudi-Araber in Kenntnis der Angriffsabsichten der ISIS ein Auffanglager für 50 000 Flüchtlinge errichtet haben. Sie kann die Wüste um sich riechen, mit ihrer Haut fühlt sie den feuchten Wind, der über dem Sand entsteht, wenn er sich in die kühler gewordene Luft ausschwitzt. Pillendreher krabbeln aus ihren Höhlen hervor; Nebeltrinker, die mit ihrem putzigen Miniaturpanzer aussehen wir mittelalterliche Ritter, die in voller Rüstung vom

Pferd gefallen sind, sammeln Nebeltröpfchen mit den Haaren ihrer Panzerschuppen; Dornteufel (*moloch horridus!*) winden sich mit ihrem stachelbewehrten Panzer, der an einen Zweig Christdorn erinnert, aus ihren Bauten, wittern Ameisenstraßen und saugen die Insekten mit ihrer Zunge auf, bis sie ihrerseits in der hungrigen Schnauze des Wüstenhasen verschwinden, dem sie Flüssigkeit und Eiweiß liefern, wenn ihm der Gelbschnabeltoko nicht zuvorgekommen ist. In der nachtaktiven Wüste taucht im Inneren von Nefartaia und ihrer Kinder aus der Tiefe des Unbewussten eine Art intuitiver Karte auf, fast identisch aber mit höherer Auflösung als jene der Nachsichtgeräte, auf die sich die bärtigen Barbaren so viel einbilden. Obwohl sie den ganzen Tag *Allahu aqbaru* rufen, haben die selbsternannten „Gotteskrieger" die intuitive Kenntnis der Wüste gänzlich verloren, die doch im Koran so eindrücklich erscheint, wenn Salomon, der die Sprache der Ameisen beherrscht, sie zugleich wohlwollend und spöttisch anspricht: weshalb sie sich vor dem Donner der Kamelhufe in ihre Bauten verziehen, statt auf Allah zu vertrauen? Vor allem haben die Rebellen keine Kamele mehr, welche den Feind auf mehrere Kilometer Abstand wittern und die Rebellen durch ihr Verhalten warnen würden. Ein Imam würde vielleicht sagen, Allah habe sie ihrer Sünden wegen verblendet!

Auch die Kinder folgen ihrer Mutter, als hätten sie die Flucht schon Dutzende Male trainiert. Das Leben der nachaktiven Wüste ist ihre Googlemap, eine Map für welche die selbsternannten Gotteskrieger nur Verachtung übrig haben. Zugleich haben die Rebellen nicht die geringste Ahnung, dass eine AWAKS Maschine[11] 30 000 Fuß über der gleichen Wüste ihre Runden fliegt, unsichtbar und unhörbar für die Rebellen, und mit ihren Nachsichtgeräten eine Map generiert, die jener in den Köpfen der Flüchtenden erstaunlich gleicht. Das wird ISIS bald zum Verhängnis werden.

Nefartaia hat sich überlegt, dass Camp Liberty vor den Toren Bagdads eine gute Zwischenstation wäre. Bis Camp Liberty

---

11 https://de.wikipedia.org/wiki/Airborne_Warning_and_Control_System

in der Nähe von Bagdad ziehen endlose Kolonnen von syrischen Flüchtlingen – Camp Liberty, das ironischerweise seinen Namen einem Uno Durchgangslager in Irak entlehnt, in dem Flüchtlinge regelmäßig von iranischen, syrischen und irakischen Rebellen massakriert wurden, bis es 2016–2022 gelang, sie alle nach Albanien zu evakuieren. Auch heute ist Camp Liberty nur ein Durchgangslager, die Flüchtlinge werden so rasch wie möglich evakuiert, da Israel einen *Call Effekt* unter allen Umständen vermeiden will. Deshalb werden die meisten nach Kobane in Syrien zurücktransportiert, von wo sie unter allen Umständen fliehen wollten. Nefartaia und ihre Kinder jedoch werden auf Fürsprache des Roten Kreuzes, das sie unterdessen aufgrund von Hinweisen des israelischen Geheimdienstes entdeckt hat, in ein türkisches Auffanglager in der Provinz Hatay verlegt, wo die Türkei während des ganzen ersten Drittels unseres Jahrhunderts Hunderttausende von Flüchtlingen parkierte und sie als Druckmittel gegen die Europäische Union benutzte, um diplomatische und materielle Vorteile zu erpressen. Viele wurden von dort nach Syrien zurückgeschickt, wenn in den Augen der türkischen Regierung die europäische Zahlungsbereitschaft allzu gering blieb. Der Krieg als Geschäft, von dem alle Mächtigen profitieren zulasten der Ärmsten und Schwächsten: Diese Regierungstechnik wurde in unserem Jahrhundert zu einer traurigen Vollendung gebracht.

Von Kobane werden als erster Transport 1000 Flüchtlinge nach Taba verbracht, wo die saudi-arabische Regierung ein Flüchtlingslager für 50 000 Personen errichtet hat. Dieser erste Zug bildet den Lockvogel für die Wüstenkrieger. Diesmal hat sich Röbi Keller während der großen Vernichtungsoperation gegen die Rebellen, als die Kolonne kurz vorher anhält, direkt mit dem Flaschenzug abseilen lassen von einem Stealth[12] Helikopter und betritt den Wagen wenige Minuten,

---

12 Stealth: Tarnkappe – wird im Wesentlichen durch einen besonderen Lack erreicht, der die Lichstrahlen um das Objekt herumleitet, so dass es unsichtbar bleibt.

bevor die Operation startet. Die vordersten Fahrzeuge verlangsamen und bleiben ganz stehen, während die Hinteren langsam aufrücken und so etwas bilden, was wir aus Westernfilmen als Wagenburg in Erinnerung haben. Nur dass die Bewaffnung weitaus potenter ist als die Flinten und Colts der Cowboys: mehrere saudi-arabische Armeehelikopter russischer Provenienz *Mil Mi-24* (NATO-Codename *Hind*) schweben über den Lastwagen, mit schwerer Bewaffnung, für die Wüstenkrieger von Weitem hör- und mit Nachsichtgeräten sichtbar, so dass man sie leicht von den beweglichen Transportwagen der Rebellen aus orten und mit panzerbrechenden Granaten beschießen kann. Was die Rebellen *nicht* wissen: Die Bodenpanzerung der Helikopter und Schützenpanzer ist ebenfalls mit einer Schicht Titanedelstahl und einer aufgeschäumten Schicht Keramik verstärkt worden. Neben den Transportern rollen amphibische französische Transport- und Schützenpanzer AMX-10P 9, nebst amerikanischen Humvees, brandneue Modelle, die gerade erst aus den französischen und amerikanischen Produktionsbändern herausgekommen sind. Auch sie mit verstärkten Bodenplatten und aufgeschaumter Keramik. Den flüchtenden Frauen und ihren Kindern in den vom sichtbaren Dispositiv geschützten Transportfahrzeugen hat man nichts von diesen Neuerungen gesagt, auch Nefartaia ist zunächst äußerst unruhig, denn sie fühlt auf der ganzen Haut die Nähe der „Gotteskrieger": Gleich werden sie nahe genug sein, um ihre Panzergranaten abzuschießen, gleich werden wir alle uns in einem Flammeninferno winden, wird uns die Feuerluft die Lungen ausbrennen und uns ersticken! Auch die anderen Frauen ahnen aus langer Gewohnheit die nahende Gefahr. Die vom feuchten Sand abgekühlte Nachtluft zieht ungehindert unter den Zeltplanen in das Wageninnere, die Flüchtlinge versuchen vergeblich, ein panisches Zittern zu unterdrücken, einige Kinder beginnen zu weinen.

In diesem Augenblick betritt „Räbä Kälèr" den Wagen, leuchtet das Innere mit einer starken Taschenlampe aus und geht geradewegs auf Nefartaia zu:

„*Dich* habe ich gesucht", spricht er sie auf Syrisch an, „wie eine Stecknadel im Heuhaufen! *Eins* will ich gleich klarstellen: Ich bin Delegierter des Schweizerischen Roten Kreuzes und habe den Auftrag, dich anzuheuern als Treckerin für Wüstentransporte des Roten Kreuzes in dieser Gegend. Es gibt gegenwärtig kaum jemand, der diese Wüste so gut kennt wie du – ich weiß es von den israelischen Kollegen. Wir können dir ein sehr gutes Salär bieten für dich und deine Kinder, eine sichere Unterkunft und eine sehr gute arabische Schule, wo man sie liebevoll behandeln wird. Ich bin überzeugt, dass wir bald auch deinen Verlobten finden werden, auch er kennt ja diese Wüste besser als die „Gotteskrieger" und hat sich wahrscheinlich bis Eilat durchgeschlagen."

Was er Nefartaia nicht sagt, in der wohl richtigen Annahme, dass selbst eine gute Nachricht lebensgefährlich werden kann, wenn sie in einem Moment äußerster Anspannung erfolgt, ist, dass das Rote Kreuz Aaron schon längst geortet und ihn auch bereits als Trecker engagiert hat. Dafür erklärt er ihr jetzt, dass der amerikanische Geheimdienst ein exaktes Nachtsichtbild der Wüste hat, auf dem die Rebellenfahrzeuge wie Spielzeugautos mit Minimaschinengewehren und die Mannschaftshelme als Hosenknöpfe erscheinen. Mehrere Jagdbomber seien auf dem Flugzeugträger Eisenhower bereit, sich in die Luft katapultieren zu lassen. Sie würden die Rebellen in Stücke schießen, lange bevor diese die Fahrzeugkolonne erreichen würden. Als zusätzliche Beruhigung erklärt er ihr den Rüstungsstand der Begleitfahrzeuge und der saudi-arabischen Helikopter. Die anderen Frauen im Wagen hören zwar seine Worte, verstehen aber keines der technischen Details. So viel verstehen sie aber und vermögen sie auch der Körperhaltung des Delegierten zu entnehmen: Sie sind in Sicherheit. Sie werfen die Arme in die Luft und stimmen das Siegesgekreische der arabischen Frauen an. Dann beginnen sie, Dankesgebete an Allah zu rezitieren. Auch Nefartaia wirft dreimal die Arme hoch und brüllt Allahu aqbaru! Leise sagt sie nachher zu „Räbä Kälèr": „Ich bin sonst eher friedfertig, aber diesmal würde mich ein leichtes Maschinengewehr freuen, um auf die Schurken zu ballern." – „Da kämst du zu spät", meint Räbä Kälèr, „du musst dir vorstellen, dass in wenigen Minuten Arme, Beine, Köpfe in einem riesigen Feuerball durch die Luft wirbeln werden. Bald wird es losgehen, die Rebellen kampieren in diversen Lagern halbkreisförmig in einem Radius von ca. 10 km um uns, haben uns nicht wahrgenommen und warten, dass unser Zug in die tödliche Falle hineinfährt, um loszuballern. Ihr Irrtum wird sie teuer zu stehen kommen, sie haben nicht die geringste Überlebenschance, wir rechnen mit bis zu 100 Toten, die Elitetruppe ISIS wird sich jahrelang nicht von diesem Schlag erholen, wenn überhaupt."

Der Mann in Jellaba, die arabische Version von Röbi Keller, erklärt ihr jetzt die technischen Einzelheiten, wie der Geleitschutz der Rotkreuzkolonne aussieht: Immer noch kreist das gewaltige AWAKS Aufklärungsflugzeug unsichtbar 30 000 Fuß über der Wüste und liefert ein ständig aufdatiertes Bild der Rebellen. Nahe der maltesischen Küste, aber außerhalb der Hoheitsgewässer, stehen auf dem Deck des Flugzeugträger Eisenhower II 20 Stealth Kampfbomber bereit, sich von den elektronischen Katapulten in die Luft schleudern zu lassen, um wenig später auf die Truppentransporter der ISIS herabzupfleilen, so nahe, dass die Raketen und Maschinengewehre nicht mehr eingesetzt werden können, während die Kalaschnikow unter den Panzerplatten vergebliche Salven verscheppern. Lufttankflugzeuge werden es den Kampfbombern ermöglichen, wiederholte Angriffe zu fliegen.

Das Ganze ist eine gewagte, aber brillant geplante Operation der amerikanischen, israelischen und saudi-arabischen Geheimdienste. ISIS soll ein vernichtender Schlag versetzt werden. Der Konvoi, der vom türkischen Kobane quer durch die arabische Halbinsel nach Taba in Saudi-Arabien fährt, dient als Lockvogel. Saudi-Arabien ist an syrischen Spezialisten und gut geschulten Arbeitskräften interessiert, um seine Wirtschaft zu modernisieren, Israel an der abschreckenden Wirkung auf Flüchtlingsströme (Saudi-Arabien gilt als Schreckgespenst für gebildete Syrer), und die Amerikaner wollen sich an ISIS für einen Überfall mit Bombenanschlägen gegen drei amerikanische Zerstörer und die Ermordung von 5 Marineinfanteristen durch Huti-Rebellen im Hafen von Aden rächen. In einer mustergültigen Verneblungsaktion werden ISIS-Spione mit der Version gefüttert, dass eine schwach geschützte Rotkreuz-Kolonne die Wüste von Eilat nach Rafiqh durchqueren wird, im Vertrauen (!) darauf, dass das Rote Kreuz immer wieder auch ISIS Kämpfer behandelt und sich für korrekte Bedingungen in der Gefangenschaft einsetzt. ISIS ist überzeugt, genügend Ärzte zwangsrekrutieren zu können, und Gefangenschaft bedeutet für ISIS Kämpfer, sich gleich in die Luft zu sprengen. Das Ziel ist also die Verbreitung des größtmöglichen Schreckens. Würden Rotkreuz-Mitarbeiter gefangen und später vor laufenden Kameras als Spione gefoltert und hingerichtet, müsste das Rote Kreuz seine Mitarbeiter aus der ganzen arabischen Halbinsel zurückziehen, gemäß erprobter Praxis: Auf Dauer kann auch das Rote Kreuz nicht genügend Delegierte anheuern, wenn diese sich sagen müssten, dass sie als Kanonenfutter für Wahnsinnige eingesetzt werden. Den Schaden hätten die arabischen Staaten, die ja die wichtigsten Feinde für ISIS sind, und das Rote Kreuz selbst, da es einen bedeutenden Prestigeschaden in der arabischen Welt erleiden würde. Soweit die schöne Planung der ISIS. Pech! Vor dem Start der Kolonne ist bereits das amerikanisches AWAKS Flugzeug gestartet. Der Nahschutz der Kolonne obliegt amerikanischen Stealth Helikoptern, an deren Panzerung das feindliche Feuer abprallt[13]. Verteidigung unmöglich. Gelingt die Operation, verliert das „Sultanat" nicht nur sein Prestige, verloren gingen auch die höchst mobilen und in der Wüste schwer zu ortenden Fahrzeuge, auf denen die Rebellen ihre Bewaffnung transportieren: Kalaschnikows, leichte Maschinengewehre und raketengetriebene, panzerbrechende Granaten. Diese Bewaffnung garantiert den Rebellen enorme Mobilität in der Wüste und ausgezeichnete Tarnung, auch weil sie keine große Moto-

---

13 https://en.wikipedia.org/wiki/Stealth_helicopter

renhitze entwickeln, die von Nachtsichtgeräten erfasst würde. Einer gewinnt und der anderer verliert: diesmal zahlt ISIS die Zeche! Die Mullahs werden sich noch lange die Hände abbeißen und die Haare ausraufen. Jetzt kann Nefartaia sich entspannen und in Ruhe abwarten, wie sich die Lage entwickelt. Ihr Kämpferinstinkt als Fallschirmspringerin ist erwacht, sie erinnert sich an die Kampfschilderungen ihrer israelischen Kollegen. Für einmal würde sie es nicht bedauern, würden die Angreifer in Stücke gebombt, sie lässt Fantasien von blutig zerhackten Bartträgern ohne schlechtes Gewissen in sich aufsteigen und sieht Bärte, Hände, Füße und Beinfetzen in einem blendenden Feuerspektakel durch die Luft wirbeln. Allzu arg haben es diese Bartträger getrieben!

Die Operation Desert Storm hat begonnen. Auch dieser Name hat einen ominösen Anklang: **Desert Storm** hieß die Operation, mit welcher 1991 die amerikanische Armee mit ihren Verbündeten die Iraker aus Kuwait hinauswarf und in der „Mutter aller Schlachten" Saddam Husseins Elitetruppen vernichtete und in die Flucht trieb, bis die Amerikaner unter dem Kommando des amerikanischen Präsidenten Georg W. Busch Senior in weiser Selbstbeschränkung vor den Toren Bagdads stehen blieben und den Diktator zur Kapitulation zwangen. Nefartaia ballt die Fäuste, eine wilde Kampfeslust erfasst sie, die in der Fallschirmschule gedrillte Kämpferin erwacht in ihr.

„Wir müssen weiter", sagt jetzt Räbä Kälèr, „der Schlag gegen die ISIS Kämpfer wird gleich losgehen. Ihr seid in völliger Sicherheit, die Rebellen sind noch in 10 km Entfernung, viel zu weit, um uns mit ihren Waffen zu erreichen. Aber wir haben ein exaktes Nachtsichtbild von ihnen und können jeden einzelnen unschädlich machen, bevor sie überhaupt merken, was die Stunde geschlagen hat. Sie wollen über 1 000 Kämpfer gegen uns einsetzen. Ihr Hochmut hat sie dumm gemacht, das werden sie teuer bezahlen." Dass direkt über dem Wagen, für die Menschen darin weder hörbar noch sichtbar, der Stealth Helikopter der amerikanischen Armee fliegt, mit dem er gekommen ist, weiß nur Räbä Kälèr; dass *ein* Helikopter mit voller Bewaffnung ein paar Hundert Millionen Dollar wert ist, erfüllt ihn mit Stolz: „so viel sind wir den Amis wert!" Das mag übertrieben sein, denn die Amis führen ihre Operation keineswegs für einen kleinen Schweizer Rotkreuzdelegierten durch, aber etwas Narzissmus ist gut für den Kampfgeist, wenn er kontrolliert bleibt, versteht sich. Entsprechend ist auch die Bewaffnung: Neben den Stealth Helikoptern der amerikanischen Armee schwere französische Kampfpanzer *Leclerc AMX 30 D* und Panzerjäger *ERC-90 Sagaie*[14], und natürlich eine große Zahl von Humvees. Was Röbi Keller auch Nefartaia nicht sagt: Alle diese Kampf- und Transportmittel besitzen eine verstärkte Bodenpanzerung, nämlich eine zusätzliche Titan-Edelstahl-Panzerung sowie eine zusätzlich aufgeschäumte Keramikschicht, die wir bereits bei den Stealth Helikoptern kennengelernt haben. Für naive Wüstenkrieger hoffnungslos überlegen Waffen.

Plötzlich sieht man am Horizont zahlreiche Raketen niedergehen, kurz darauf wird es fast taghell, als wäre eine Atombombe explodiert. Das Flammeninferno hat begonnen, bald hört man Knattern und dann ein gewaltiges Donnergrollen, das etwa 10 Minuten lang anhält. Wer jetzt noch von den Rebellen lebt, könnte Allah danken, wenn sein weiteres Schicksal nicht ebenfalls mit großer Wahrscheinlich ein Inferno ist. Was soeben stattgefunden hat, war der erste moderne, vollelektronische und voll roboterisierte Krieg unseres Jahrhunderts. Wie schön wäre es, dürfte man sich sagen, dass man in Zukunft auch noch auf das gegenseitige Abschlachten verzichten wird, um das Schicksal der Völker mit Computerspielen zu entscheiden: Die Verlierer zahlen und sind dadurch der Möglichkeit beraubt, in naher Zukunft wieder voll aufzurüsten, die Gewinner haben so viel investiert, dass sie zunächst einmal ihre Schulden begleichen müssen, ehe sie an neue Abenteuer denken können. Diese Methode haben unsere Vorfahren im angeblich so rückständigen Mittelalter praktiziert: Wenn die Gefahr drohte, dass ein Erb-

---

14 https://de.wikipedia.org/wiki/Franz%C3%B6sisches_Heer

streit sich zu einem endlosen Krieg auswachsen würde, konnten die verfeindeten Könige unter sich ausmachen, dass sie den Krieg mit einem Duell entscheiden wollten. Der Verlierer hatte ja ohnehin kaum mehr eine Chance, als freier Mensch freie Entscheidungen zu treffen: Nach einer längeren, wenn auch meist luxuriösen Gefangenschaft, musste er für seine Freilassung so viel zahlen und sein Land so hoch verschulden, dass ihm kaum mehr als Schande und Verzweiflung blieben. Unter diesen Umständen genehmigte sogar die Kirche eine Form von Exit mit assistiertem Abgang in Form eines Duells. So brächte doch endlich einmal die Roboterisierung unserem Zeitalter einen gewissen Fortschritt.

8:30 Uhr: Die Kolonne ist in Taba angekommen, die Frauen haben ihre Unterkünfte in den Zelten bezogen. Bald steht Räbä Kälèr am Eingang von Nefartaias Zelt und fragt, ob er hereindürfe. Sie freut sich, ihn wiederzusehen, er ist für sie das Symbol ihrer Hoffnungen geworden. Da sagt er unvermittelt:

„Die Lagerleitung hat mir mitgeteilt, dass sie Softwareingenieurin sind, eine Ausbildung als Fallschirmspringerin besitzen und gut Englisch sprechen. Richtig?

– Warum wollen Sie das wissen?

– Darf ich zuerst einmal betonen, dass ich Schweizer bin – Sie wissen, wo die Schweiz ist? Ja? Das wissen nicht einmal alle Europäer ... Also, wie Sie sehen, bin ich ein Mitarbeiter des Roten Kreuzes. Zugleich bin ich aber ein Beauftragter der Schweizerischen Regierung. Wir suchen für einen Frauenrat, der die Schweizerische Regierung bei der Förderung von Frauenanliegen in der Welt beraten soll, qualifizierte Mitarbeiterinnen wie Sie als ausländische Beraterinnen. Bis die Situation sich in dieser Gegend beruhigt hat, könnten wir Ihnen Asyl in der Schweiz anbieten, ein gutes Salär, eine schöne Wohnung und ein angenehmes Arbeitsklima in einer Gruppe von ausländischen Frauen, die vorübergehend in der Schweiz residieren, um bei diesem Vorhaben mitzuarbeiten.

– Und was erhoffen Sie sich von einer Ägypterin, die ihre Mutter und vielleicht auch ihre nächsten Verwandten, ihre Arbeit, ihr Vermögen und ihren Verlobten verloren hat und im zweiten Monat schwanger ist?

– Sie ahnen nicht, wieviel und wie vielen Sie helfen können. Ich schlage vor, dass wir uns im Rotkreuzbüro unterhalten, da sind wir ungestört. Sie wissen, wir vom Roten Kreuz halten dicht, Sie können mir vertrauen."

Ein paar Minuten später sitzt Nefartaia an einem Tisch, dem Rotkreuzvertreter *Kälèr* gegenüber, der ihr sagt: „Ich bin Softwareingenieur und habe eine Ausbildung als Fallschirmspringer der Schweizer Armee, wir sind Berufskollegen, vielleicht beruhigt dich das. Ich gehöre der COI an, der Schweizer Einsatztruppe in Kriegsgebieten. Einsatztruppe für Friedensarbeit, versteht sich, wie sind ein neutrales Land."

„Und was können Sie mit einer Kollegin anfangen, die am Boden festgenagelt ist, im zweiten Monat schwanger, und die ihre Mutter, vielleicht ihre Verwandten und möglicherweise auch ihren Verlobten verloren hat?

– Ist dein Verlobter Fallschirmspringer und Informatiker?

– *(Zuckt zusammen:)* Woher wissen Sie …

– Das Rote Kreuz hat überall Ohren … Heißt er Aaron Abasi? Wenn meine Annahme stimmt, dann ist dein Verlobter in Eilat unter Rotkreuzschutz."

Nefartaia sackt zusammen und bricht in haltloses Schluchzen aus. Sie versucht zu nicken, es braucht aber eine ganze Weile, ehe sie ein *Ähäm* – ein ägyptisches Ja – hervorwürgen kann.

„Mir fällt ein Stein vom Herzen", fährt Räbä Kälèr fort, „Du ahnst nicht, wieviel mir daran gelegen war, dass es sich wirklich um deinen Verlobten handelt. Ihm können wir ebenfalls Asyl und einen interessanten Job anbieten, bis ihr beide hier in einer friedlicheren Welt Hochzeit feiern könnt. So, das war jetzt ein bisschen viel Information für einen einzigen Morgen. Ich rufe jetzt meine Frau, sie wird sich um dich kümmern und dir zuerst einmal Tee machen. Du wirst sehen, sie ist eine ganz liebe Frau, wir haben sogar unsere beiden kleinen Kinder im Lager, die wollte meine Frau unter keinen Umständen in der Schweiz zurücklassen, sie sehen schon aus wie zwei kleine arabische Wildfänge. Meine Frau hat Arabisch gelernt, ihr werdet euch gut verständigen können."

***

Was ist denn mit den übrigen Helden unserer Geschichte los? Was haben sie unterdessen getan, erlitten, erreicht? Sie haben vollkommen recht, liebe Leserinnen und Leser, und Ihr Autor wird Ihnen alle Fragen beantworten, sofern Sie für den Fortgang der Erzählung von Belang sind – immer mit dem Vorbehalt, dass unsere Erzählung vom Zufall geleitet wird, der sich nicht gerne in die Karten blicken lässt und immer für eine Überraschung gut ist. Die längere Unterbrechung ließ sich nicht vermeiden, wir mussten das Geschehen an der heißesten Front verfolgen. Und geben Sie's zu: Ein bisschen Milieuwechsel, der Geruch der großen, weiten Wüste, ein Schuss Liebe, Kanonendonner, moderne Technologie und eine gerettete Liebe, da sind unsere Leser und Leserinnen von ihrem leichten Schlummer am Kaminfeuer erwacht und freuen sich auf die Fortsetzung!

Tatsächlich sorgen diesmal Fayola Obasanjo und Amanda Ghisler für eine Überraschung: Wir finden sie in einer Holzbaracke, mitten in einem Auffanglager, welches das schweizerische Rote Kreuz in Erwartung größerer Flüchtlingsströme in Buchs SG errichtet hat. Das Szenario sieht vor, dass nach der Sperre der innereuropäischen Grenzen die Flüchtlingsströme über die Adria nach Spanien umgelenkt werden, von wo sie die spanische Regierung schleunigst nach Marokko abschiebt, da sie mit diesem Land ein Rücknahmeabkommen abgeschlossen hat. Marokko schiebt dann die Flüchtlinge nach Libyen ab und von dort landen sie in den Mittelmeerhäfen Italiens, das sie seinerseits via die Schweiz als Transitroute in den französischen Häfen landen lässt, von wo sie umgehend – den Letzten beißen die Hunde – nach Griechenland abgeschoben werden. Griechenland parkiert sie auf ein paar Inseln und schiebt sie dann wiederum nach Syrien ab, in die angeblich sichere Schutzzone, welche die europäischen Staaten mit Unterstützung der USA unterdessen

217

errichtet haben. Jeder zahlt (wenig) und profitiert (erheblich) von diesem Kreislauf. Daher als Akuthilfe das Rotkreuzszenario mit Auffang- und Durchgangslagern in Buchs und Chiasso.

Fayola und Amanda stehen in ihrer Holzbaracke, die intensiv nach Fichtenholz riecht und offensichtlich frisch erstellt wurde. Genauer gesagt, sie stehen in einem Vierer-Schlafraum und haben je einen schweren Rucksack oben bzw. unten auf die Doppelpritsche gelegt, die ihnen als Schlafstätte dienen wird. Gegenüber liegen Habseligkeiten zweier weiterer Frauen: Unsere beiden Rotkreuz-Mitarbeiterinnen wollen auf keinen Fall eine privilegierte Behandlung, sie müssen sich ja ein möglichst getreues Bild von solchen Lagern machen! Neben den Säcken sehen wir noch je 1 Laptop und das neuste elektronische Modell einer Leica. Jetzt möchten wir nur noch wissen, was die beiden Damen hier tun, statt sich in ihren bequemen Wohnungen einen gemütlichen Abend zu gönnen oder mit Freunden auszugehen. Sie werden es uns gleich selbst verraten, denn sie sind dabei, sich angeregt zu unterhalten. Amanda hören wir als erste:

„Sag was du willst, ich finde es hier interessanter als zu Hause, schon allein aus dem Grund, dass ich nicht ständig – neben den Menschen, die ich mag – die immer gleichen Zicken zu den immer gleichen geisttötenden Konversationen treffen muss.

– Da bin ich besser dran (*meint Fayola*), Zicken hat es in meinem Leben nie gegeben. Das muss ich meinem Trottel von Mann positiv anrechnen, der jetzt übrigens die Wohnung definitiv geräumt hat: blöde Zicken hat er mir nie ins Haus gebracht, mit denen ist er höchstens für eine Nacht ins Bett gegangen, aber da musste ich ja nicht dabei sein. Weißt du, ich genieße jetzt einfach die große Wohnung, und dass ich Osaro ein eigenes Zimmer geben kann, das macht ihn überglücklich. Nur Nkem und Djimon habe ich zusammen in einem Zimmer untergebracht, das eine Tür direkt auf mein Schlafzimmer hat. Aber natürlich, ich wäre neidisch gewesen, wenn du hier allein deine Erkundungen gemacht hättest, und meine Eltern sind sowieso für einen längeren Aufenthalt in die Schweiz gekommen, sie ziehen in die Wohnung, das war von Anfang an abgemacht, und so sind die Kinder großartig versorgt.

– Nur haben sich deine Eltern vermutlich einen angenehmeren Aufenthalt vorgestellt?

– Weißt du, wenn ich für verfolgte Menschen arbeite, sind sie immer zufrieden, sie haben das alles ja am eigenen Leib erlebt, und von dir halten sie ganz große Stücke, du hast bei ihnen einen großen Stein im Brett. Also ist alles in bester Ordnung."

***

Wenn Sie einverstanden sind, liebe Leserinnen und Leser, werden wir die beiden Damen ihre Pläne für den kommenden Tag alleine besprechen lassen und uns diese Pläne dann aus ihrer Aktion zusammenreimen. Dabei werden wir auch gleich noch erfahren, wie die Idee entstanden ist.

Seit den Renovationsarbeiten am Gotthard haben Nando und Röbi die enge Freundschaft, die sie während ihres Studiums an der ETH Zürich geknüpft hatten, wieder aufleben lassen und treffen sich immer öfter. Beide gehören ja zur Schweizer Eingreiftruppe im Ausland, der COI, und „reiten" weiterhin Spezialeinsätze, vor allem, wenn es darum geht, einen erkrankten oder sonst nicht verfügbaren Kollegen zu ersetzen. Deshalb hat Nando sehr rasch die Geschichte von Nefartaia und Aaron erfahren. Da ihn das Rote Kreuz ohnehin sehr bald nach Saudi-Arabien schicken wird, um die Planung von Rotkreuzlagern und Rotkreuz-Materiallieferungen mit dem saudi-arabischen Halbmond zu koordinieren, hat er sich vorgenommen, die beiden zu treffen. Er möchte nun seinerseits Nefartaia als Teilnehmerin für die von Bundesrätin Dariah Jolissaints geleitete Beratungsgruppe und ihren Verlobten als Helikopter-Pilot und Trecker für Materiallieferungen und Erkundungsflüge gewinnen. Wenn die Region einmal befriedet ist und die beiden an eine Rückkehr denken können, werden sie bestimmt für einige Jahre ihre Tätigkeit für das Rote Kreuz und den arabischen Halbmond weiterführen, weil das für sie eine ideale Vorstufe einer weiteren Karriere ist. Damit ist erklärt, wieso Röbi Keller, kurz nachdem ihm Nando Informationen aus dem Bundesrat über die beiden mitgeteilt hat, in dem Transportwagen aufgetaucht ist, in dem Nefartaia mit anderen Flüchtlingsfrauen auf dem Weg nach Taba war. Unterdessen sind sich Aaron und Nefartaia bereits begegnet. Nefartaia war zwar ausgeruht und in bester Kondition, aber dennoch froh, dass ihr Verlobter sie fest in die Arme geschlossen hat, sonst wäre sie vielleicht doch umgefallen. Und er hat einen Freudensprung gemacht, als er erfährt, dass er angehender Vater ist: „Ich werde es halten wie meine ägyptischen Vorfahren und am Nilufer ein Dankesopfer für die Seelengottheiten ins Wasser werfen, die später im Koran zu den guten Djinns geworden sind." Koranbildung kann man ihm nicht absprechen, unserem Aaron! Das lässt Gutes ahnen für die Art, wie er Nefartaia und ihre gemeinsamen Kinder behandeln wird. Und wir Zeugen freuen uns mit ihnen, als hätte die schöne Braut uns auch ein wenig geküsst. Das tut halt einfach gut.

**

4 Uhr nachts: Amanda sitzt vor einem Tisch in einer weiteren Baracke des Roten Kreuzes. Hinter ihr reihen sich die Bundesordner auf Regalen, neben ihr stehen ein Computer des Roten Kreuzes und das Mikrophon für die Aufnahme der Gespräche. Auch *ihre* Kamera liegt auf dem Tisch. Ihr gegenüber sitzt eine Afghanin, die leidlich Englisch spricht. Sie hat bald einmal verstanden, dass die Dame ihr wohlwollend begegnet und ihr wirklich helfen möchte. Sie scheint auch etliches von dem erfahren zu haben, was Flüchtlingsfrauen im Laufe ihrer Flucht so erleben, wenn sie nicht schlau und gebildet genug sind, um alle Kniffe zu kennen, bzw. über genügend versteckte Ressourcen verfügen, um sich Ruhe vor Belästigungen zu erkaufen. *Shiva* spricht ungeniert über das, was ihr zugestoßen ist. Sie war in Bahrein als Sekretärin angestellt, von zu Hause brachte sie eine gute Bildung mit – etwa gleichwertig mit einem deutschen Abitur – und sprach bereits fließend Englisch und Französisch (ihre Eltern hatten ihr Kurse in einer Eliteschule bezahlt). Als der Emir von Bahrein eines Tages beschloss, es wäre günstig,

sich mit Iran gutzustellen und mehr Distanz gegenüber Saudi-Arabien zu beweisen, wurden alle ausländischen Angestellten in der staatlichen Verwaltung entlassen und durch iranische Angestellte ersetzt, die sich mit dem halben Lohn zufrieden gaben. So hat der Emir zugleich ein politisches und ein finanzielles Geschäft gemacht und erst noch seine Modernität bewiesen. Zum Glück für Shiva war sie noch ledig und ohne Kinder, als der Beschluss fiel, ehemalige Staatsangestellte würden allesamt ausgewiesen. Am Ende des Gesprächs ist sie damit einverstanden, dass Amanda eine Aufnahme von ihr macht, die, das betont sie, nur für die Akten des Roten Kreuzes und der von Bundesrätin Dariah Jolissaints geleiteten Kommission bestimmt ist. Kein Privater wird sie je zu Gesicht bekommen.

Um 6 Uhr abends ist Amanda völlig erschöpft von dem Elend, das sie den ganzen Tag angehört und auf eine gewisse Art miterlebt hat. Manchmal muss sie bei bestimmten Erzählungen einen heftigen Brechreiz unterdrücken – das kann sie diesen armen Frauen wirklich nicht antun! –, manchmal stehen ihr die Tränen zuvorderst: So viel Elend, so viel Verbrechen! Wird das denn nie ein Ende nehmen? Und das sind erst 60 von 400, übermorgen müssen sie ihre Rapporte rechtzeitig für die nächste Sitzung der Beratungskommission abgeben!

Fayola hat unterdessen mit ihrer zugleich praktischen und mitfühlenden Art die Herzen von 90 Lagerinsassinnen erobert, von all jenen nämlich, die nicht aufgrund des Aufrufs und der verteilten Flugblätter ihre Bereitschaft erklärt haben, sich befragen zu lassen. Sie hat sich mit ihrer Verhandlungskunst mehr als neunzig Bundesgenossinnen erobert, die nun ihrerseits für die Befragung werben, Zweifel zerstreuen und Fragen zu Ablauf und Zweck beantworten. Am nächsten Tag können Fayola und Amanda in der gleichen Baracke in angrenzenden Räumen die Befragung durchführen und müssen keine Besuche mehr machen. So gewinnen sie Zeit: gegen Abend sind es schon 360 von 400 Bögen, am kommenden Tag werden sie genügend Zeit haben, einen summarischen Rapport zu erstatten, die Interviews im Wortlaut auszudrucken (die Rotkreuzdruckerei im Lager wird das für sie besorgen) und einen eigenen Kurzrapport für Frau Jolissaints zu erstellen, die sich jeweils gewissenhaft auf jede Sitzung vorbereitete. Zusammen mit ihr werden sie sich wieder einmal die Nacht um die Ohren schlagen, um selbst noch einige ihrer Rapporte gegenzulesen und ein möglich umfassendes Bild vor Beginn der Sitzung zusammenzutragen.

Auf die Sitzung selbst freuen sich beide, diese Arbeitsstunden bringen ihnen jeweils nicht nur eine große Menge an Anregungen und neuen Gesichtspunkten, sondern auch die Möglichkeit einer inneren Ausweitung, einen Weg, sich in die verschiedensten Schicksale einzudenken und wirksamer zu arbeiten, um leidenden Frauen beizustehen. Von Mal zu Mal finden sie schneller Kontakt, können sich besser einfühlen und rascher helfen, und gewinnen auf diese Art neue Verbündete in ihrem Einsatz für die Würde und die Rechte der Frauen auf dieser unserer gemeinsamen Welt. Die Ansprache von Bundesrätin Jolissaints wird erfahrungsgemäß kurz sein, die Magistratin möchte zwar alle wichtigen Informationen hineinpacken, im Übrigen aber genügend Zeit für die Kommissionsarbeiten lassen, denn grundsätzlich hört sie lieber zu und denkt sich ihren Teil, als dass sie die Zeit mit länglichen Ansprachen vergeudet.

Unseren Leserinnen und Lesern konnten wir das Privileg sichern, dass sie den Inhalt der Rede noch vor den Kommissionsmitgliedern, unter Ausschluss der Öffentlichkeit, zur Kenntnis nehmen können, in den frühen Morgenstunden vor der Sitzung. Spätestens um 18 Uhr werden dann simultan in allen Ländern der Koalition die lokalen Nachrichtenticker gefüttert. Die drei größten Agenturen: *Reuters*, *Fox News* und *Agence France Press* haben die Amerikaner für sich reserviert, sie liefern ja die größten finanziellen Beitrage für die Kampagne und steuern die modernsten Waffen bei. Als Zeitpunkt wurde 12:00 Uhr mitteleuropäischer Zeit gewählt: früher Vormittag in den arabischen Ländern, vorabendlicher Nachmittag in New York. Andere Zeitzonen müssen sich wie immer mit der aufgewärmten Kost begnügen. Während also diese Zeitzonen (darunter Großmächte wie China, Russland, Indien und Brasilien!) mit dem gewohnten Aufgewärmten Vorlieb nehmen, werden unsere Leserinnen und Leser die Information behändigen können, noch bevor sie die Kommissionsmitglieder aus dem Mund ihrer Bundesrätin vernehmen. Womit der Vorsprung der Literatur vor den meisten anderen Medien wieder einmal erwiesen wäre: Jene kauen endlos die gleichen Fakten, um den Eindruck zu erwecken, sie hätten von Stunde zu Stunde Neues zu berichten, während die Literatur größtenteils von der Fantasie der Autorinnen gesteuert wird und damit die geheimen Innenräume ausleuchtet, die nie langweilig werden. Wenn es stimmt, dass alles, was eines Tages gedacht wurde, eines anderen Tages auch realisiert wird, dann ist Literatur, insbesondere literarisch hochstehende Science-Fiction, eine wahre Zukunftsschmiede, und da jede Leserin ein Werk durch die Art, wie sie es liest, neu erschafft, entstehen täglich auf Buchseiten und Reader-Geräten Tausende neuer Welten, von denen die meisten irgendwann in der Realität landen, wo sich die Ingenieure ihrer annehmen. Seien Sie also genügend selbstbewusst, liebe Leserin, lieber Leser, um sich als Zukunftsschmiede zu verstehen und darauf auch ein wenig stolz zu sein. Zumindest der Verleger wird es Ihnen danken.

***

Wie bitte? Sie möchten keine bundesrätliche Schreibe lesen, auch wenn Ihnen das einen Wissensvorsprung vor dem Rest der Menschheit gäbe, sie möchten lieber direkt am Geschehen bleiben? Da bin ich Ihnen nicht böse, wir huschen jetzt einfach direkt in den Saal, allerdings etwas verspätet. Unsere noch Bundesrätin und bald UNO-Generalsekretärin hat soeben die Rede beendet, die Sie, liebe Leserin, bereits in der Originalfassung in Händen halten. Die Kommissionsmitglieder sind eine Weile nachdenklich sitzen geblieben, bis eine erste und eine zweite und danach alle andern wie *eine* Frau aufgestanden sind und der Rednerin stehende Ovationen gespendet haben, was bisher in den befrachteten Kommissionssitzungen noch nicht vorgekommen ist. Unseren drei Freundinnen ist sofort klar, welches

Flüchtlingskind sie gemeinsam adoptieren werden als „Taufpatin", „Gevatterin" und „Nebengevatterin", wie ihre Titel gemäß den koptischen Taufsitten lauten werden, die ihnen Aaron ausführlich erklärt hat: es wird sich um ein kaum einen Monat altes Mädchen handeln, dass Aaron und Nefartaia zu Ehren ihrer Freundin Helvezia taufen wollen – in Ägypten sei das von allen ihren Bezugspersonen als ein besonders schöner Name bezeichnet worden, und die müssen es ja schließlich wissen. Unsere Freundinnen werden ihre Pflicht sehr ernst nehmen, sie werden an der Erziehung teilnehmen, werden, wo nötig, unterstützend eingreifen, wenn es um Studiengelder und die Aufnahme in Eliteschulen geht, werden aber auch Helvezias Neigungen sorgfältig abklären und sie auf keine Laufbahn drängen, die nur den Wünschen ihrer Eltern oder Taufpatinnen schmeichelt. Sie werden so oft wie möglich persönlich einspringen und vor Ort sein, wenn die Eltern aus beruflichen oder anderen Gründen abwesend sind, kurz, alle drei werden die kleine Helvezia im vollen Sinn der Worte als ihr eigenes Kind betrachten. Das tönt und liest sich schon einmal sehr gut, kann aber, wie wir bald sehen werden, unerwartete und einschneidende Folgen haben.

***

Als erste werden Amanda und Nando Ghisler Gaggini ein Lied davon singen können. Wir sind im März (das genaue Jahr schauen Sie bitte auf Ihrem eigenen Kalender nach), Nando ist als Gast auf einer Station des ägyptischen Geheimdienstes in der *Oase Siwa*, in Nordwesten Ägyptens. Nähere Angaben ist ihr Autor weder befugt noch gewillt zu machen. So viel darf er Ihnen aber verraten: Grund des Besuchs ist die Tatsache, dass Nando, wie wir bereits wissen, Mitglied des schweizerischen Expeditionscorps COI ist und dass sowohl die Schweizer Regierung wie das Schweizerische Rote Kreuz nach Möglichkeiten suchen, Auffanglager für größere Flüchtlingsströme nicht mehr in der Schweiz, sondern in den Ursprungsregionen der Fluchtbewegungen zu errichten, mit Schweizer Finanzierung und Schweizer Lagermaterial, versteht sich. Zu diesem Konzept gehört, dass die Schweiz zusammen mit regionalen Verbündeten die Sicherheit dieser Lager garantieren muss, wenn nötig mit kombattanten Maßnahmen zur Selbstverteidigung, was das COI-Reglement durchaus erlaubt. Wie dann die konkrete Ausführung in unserem Land von den politischen Akteuren aufgenommen wird, steht auf einem anderen Blatt. Voraussetzung, dass es eine Chance hat, sind aber jedenfalls ein gründliches Studium der Verhältnisse vor Ort, Schweizer Spezialisten, die auf freiwilliger Basis bereit sind, für solche Einsätze Dienst zu leisten, und eine minuziöse Planung von Seiten der Behörden und des Roten Kreuzes, wobei das Internationale Rote Kreuz federführend wäre. Den fremdenfeindlichen Bewegungen im Lande sollte man eigentlich die bittere Pille von Auslandeinsätzen mit der Aussicht versüßen können, dass damit auch automatisch Flüchtlingsströme von der Schweiz abgehalten werden.

Nando Ghisler ist also auf offizieller Erkundungsmission in Ägypten und geniesst den Status eines Sondergesandten und eines Vertreters der schweizerischen Bundespolizei. Von seinen ägyptischen Kollegen wird er jedenfalls mit äußerstem Respekt behandelt. Sie zeigen ihm auch die Plätze, die sich ihrer Meinung nach am besten für größere Lager eignen würden. Die Oase liegt nahe der Grenze zu Libyen, wo eine eher prowestliche, moderat islamische Regierung das Land einigermaßen im Griff hat. Angrenzend an Libyen liegt ein weiterer Verbündeter Ägyptens, Algerien, das gegenwärtig von einer, sagen wir es einmal mit einer Wortschöpfung, moderat islamischen Militärdemokratie beherrscht wird. Diese drei Staaten sollten in der Lage sein, größere Flüchtlingsströme aus Nord- und Nordostafrika aufzufangen und in sicheren Lagern vor Ort unterzubringen. Die Kosten müssten natürlich von den Staaten getragen werden, von denen die Flüchtlingsströme abgehalten würden, und es würde selbstverständlich auch einige materielle Anreize brauchen (z. B. privilegierte Behandlung eigener Staatsbürger bei Visa, Studienaufenthalten und Transfer von technologischem Knowhow), um die Errichtung von Lagern zu fördern.

Auch bei der militärischen Absicherung müssten vor allem die Staaten der europäischen Union mit Einheiten ihrer Schnelleingreiftruppe Hilfe leisten. In diesem Rahmen würden dann auch Einheiten des schweizerischen Interventionscorps aufgeboten.

Siwa ist eine sehr eindrückliche Oase, fast ausschließlich von Berbern bewohnt, deren Geschichte sich bis auf das Jahr 1'500 a. C. unter der 18. Pharaonendynastie zurückverfolgen lässt und von einem beduinischen Historiker im 16. Jahrhundert detailliert dokumentiert wurde. Heute leben etwa 23 000 von ihnen in der Oase und haben es mehrheitlich zu einem gewissen Wohlstand gebracht. Sie gewinnen und pflanzen vor Ort alles an, was sie für ihr Leben brauchen, mit Ausnahme natürlich der modernen Technologie, die sie heute ebenfalls nicht mehr missen mögen. Dass der Gebrauch westlicher Gadgets nicht überbordet, dafür sorgt ihre streng islamische Religiosität, die aber nichts gemein hat mit dem Fanatismus selbsternannter Gotteskrieger. Sie begegnen ihren Frauen und Kindern und ihren Alten mit Respekt, und auch westlichen Gästen, sofern diese sich verpflichten, ihre religiösen Überzeugungen nicht durch ungebührliches Verhalten zu verletzen. Nando Ghisler kommt das sehr zupass: Als kerniger, aber moderner Reformierter hat er die Erfahrung gemacht, dass man mit moderat modernen Religionsangehörigen aller Religionsgemeinschaften auf der Basis gegenseitigen Respekts ausgezeichnet zusammenarbeiten kann. Dass er sich in Kursen der diplomatischen Eliteschule des Bundes solide Arabischkenntnisse in Wort und Schrift und auch Grundkenntnisse der ägyptischen Berbersprache erworben hat, erweist sich jetzt als außerordentlich hilfreich. Die Devise der Diplomatenschule lautet bekanntlich: „Sie können sich mit einem Kartoffelbauern im bolivianischen Altiplano oder einem Fellachen in Ägypten ebenso gut unterhalten wie mit König Harald von Norwegen oder König Mohammed VII."

Für Amanda war es *die* Gelegenheit, eines der wichtigen Tätigkeitsgebiete ihres Mannes kennenzulernen und ihre neu erworbenen Berber-Sprachkenntnisse zu erproben. Der Gedanke, mit einem Kopftuch herumzulaufen, scheint ihr ganz natürlich (andere Länder, andere Sitten). Sie beschließt, Lippen und Augenbrauen etwas kräftiger zu schminken, das Kopftuch diskret modisch zu drapieren: nach ein paar Tagen an der Sonne wird sie niemand mehr von einer waschechten Libyerin unterscheiden können. Ihr Organisationstalent und ihre Fähigkeit, sehr natürlich mit Menschen aller Schichten und Kulturen zu kommunizieren, werden ihr sehr behilflich sein, schließlich hatte sie jetzt schon ein Jahr lang in der Beratungsgruppe und bei diversen Einsätzen in Afrika vieles dazugelernt. Ihre Kinder wird sie wie immer mitnehmen und sich vorher genau bei einem in den Tropen geschulten Kinderarzt nach Impfungen und Vorsichtsmaßnahmen für Vorschulkinder erkundigen. Zudem ist März ein günstiger Monat: morgens herrschen in der Oase Siwa Tiefsttemperaturen von 10 °C, mittags angenehme 24–25 °C, Luftfeuchtigkeit mit relativer Sättigung von rund 45 % – das wirkt bei diesen Temperaturen noch keineswegs erstickend. Rechnet man fast neun Sonnenstunden pro Tag dazu, ist es fast wie Ferien an der Adria, nur viel interessanter. Melanie und Ezio werden begeistert sein und gleich mit den Berberkindern anbandeln.

Nando und Amanda reisen also im gleichen Flugzeug und mit dem gleichen Helikopter nach Siwa, ein besonderes Privileg der ägyptischen Regierung, das einige diplomatische Überzeugungsarbeit gekostet hatte. Hätten übrigens der Helikopterpilot und der begleitende Geheimdienstoffizier nicht solchen Respekt vor Sidi Nando gehabt, sie hätten sehr unverblümt begonnen, miteinander um die Gunst von Saída Amanda zu buhlen, einer wahrhaft umwerfenden Schönheit, vermutlich, so denken sie, aus Libyen stämmig, vielleicht sogar mit Berberverwandtschaft. Amanda liest in den Blicken wie in einem offenen Buch und gewinnt daraus eine Lektion, die sie sogleich in die Praxis umsetzt. Ägyptischen Männern begegnet sie fortan mit huldvoller, etwas herablassender Distanz, mit den Berberfrauen kommuniziert sie vom ersten Tag an von gleich zu gleich und erwirbt sich damit auch bald den Respekt der Männer: Endlich eine Westlerin, die sich zu benehmen weiß! Die Kinder spielen vom ersten Tag an mit den Berberkindern, als gehörten sie seit jeher dazu (die

Geschlechtertrennung ist ja in diesem Alter noch nicht besonders streng). Amanda ist begeistert von all dem, was sie in diesen Tagen lernen und erleben kann.

Nicht weniger begeistert ist ihr Mann, der einen umfassenden Einblick in alle militärischen Vorbereitungen zum Schutz der Lager erhält. Ein in Siwa stationierter Oberst, *Suleiman Mohammed Ismail*, zeigt ihm die militärischen Basen in Siwa. Großgewachsen, dunkelhäutig wie ein Nubier, mit einem gewaltigen Robbenschnauz, ist der schneidige Oberst in Wirklichkeit ein abgebrühter Agnostiker, der an kaum etwas glaubt, was er nicht selbst gefälscht hat. Sein Skeptizismus geht aber einher mit einer ordentlichen Portion Jovialität, die aus ihm einen äußerst angenehmen Gesprächspartner macht. Nando hat bald herausgefunden, dass alles, was er in ernstestem Ton behauptet, immer dann das genaue Gegenteil bedeutet, wenn seine rechte Augenbraue die Form eines Accent circonflexe annimmt. Diese Entdeckung hat er allerdings nicht als erster gemacht. Wie ihm Oberst Ismail lachend mitteilt, lautet sein Spitzname bei den Kollegen *Capitaine Chevron*, von der Form des Citroën Markenzeichens. Den Gipfel von Oberst Ismails Ironie erlebt Nando an einem Nachmittag, als ihm der *Capitaine* mitteilt, es sei alles (^) aber auch wirrrrklich alles (^) vorgekehrt worden, um jede (^) Infiltration von terroristischen Gruppen (^) zu verhindern. Das ist sogar für einen Mathematiker, der an rekursive Denkstrukturen gewöhnt ist, ein bisschen viel Ironie, Nando muss sich die genaue Meinung erklären lassen. Oberst Ismail ist nicht nur überzeugt davon, dass es absolut (!) unmöglich (!) ist, Infiltrationen zu verhindern (!), er findet es auch überflüssig (!), dies zu tun, denn die Erfahrung hat ihn gelehrt, dass sich infiltrierte Möchtegernterroristen (und seit dem Sieg über Isis anlässlich der Operation Wüstensturm gebe es keine ernsthaften und vor allem ernsthaft entschlossene Terroristen mehr), dass also infiltrierte „Terroristlein" sich innert Tagen bei den Lagerinsassen aller Ethnien so lächerlich und so unbeliebt machen, dass sie die beste Propaganda gegen terroristische Versuche bildeten. „Aber erklären Sie das einmal der ägyptischen (^) Bürokratie (^). Für sie gibt es nur ein einziges militärisch (^)

bedeutsames Faktum: möglichst lange und möglichst detaillierte Rapporte (^). Als Mathematiker muss ich dir nicht erklären, wie man das Problem löst: Man generiert rund 250 mögliche Szenarien mit je 3 Ablaufvarianten, lässt das von einem Sprachsynthesizer in klassisches Beamtenarabisch übertragen und streut einige allgemein bekannte Koransprüche hinein, möglichst ohne erkennbaren Zusammenhang mit dem Rapport: wer kann von sich sagen, er sei im Rate Allahs gesessen, hält sich aber dabei an allgemein bekannte Zitate, da die Religiosität der meisten Offiziere sich darauf beschränkt, vom Staat eingesetzte Kaplane mit *Hurrah* und *Allahu Aqbaru* Rufen zu empfangen?" Er jedenfalls habe sich mit dieser Methode hohes Ansehen erworben und wäre nicht erstaunt, würde man ihn eines Tages zum General ernennen. So herzlich hat Nando schon lange nicht mehr gelacht, wie an jenem Nachmittag, während beide an den wundervoll duftenden Obstsäften des Obersten nippen. Zum Abendessen gab es dann eine einmalig gute Eierspeise – beides, die Eier und die Fruchtsäfte, auf den Farmen des Obersten erzeugt, der in bester ägyptischer Armeetradition ein Monopol auf Eierfarmen besitzt und mit seinen Eiern und Fruchtsäften nicht nur lokale Händler, sondern vor allem die Gourmetrestaurants der ägyptischen Elite beliefert. In der Ferne leuchtet ein feiner Brautschleier von neugefallenem Schnee auf den höchsten Gipfeln des nördlichen Atlasgebirges, vor unseren Augen erstreckt sich die scheinbar ausgedörrte Grassteppe am Rande der Oase, die in Wirklichkeit mit ihren zähen Wurzeln die Versteppung der Oase verhindert. Dass Oberst Ismail dennoch ein im Grunde seines Wesens frugaler Berber geblieben ist, der jeden Mitmenschen mit Respekt behandelt, macht ihn vollends sympathisch.

Oberst Ismails Konzept sieht von Anfang an die Errichtung mehrerer kleiner Lager vor, deren Insassen ethnisch einheitlich sind oder aus Ethnien bestehen sollten, die sich traditionell gut vertragen. In kleinen Lagern behält man den Überblick und kann Infiltrationsversuche gut abwehren, weil Fremde oder allzu Neugierige oder Eifrige sofort auffallen. Weniger angenehm sind die Kostenfolgen, vor allem für die europäischen Geldgeber, in diesem Falle also die Schweiz, doch Effizienz muss auf jeden Fall das oberste Gebot sein.

Mit dem Geheimdienstvertreter, der einen Kollegen in der Oase ablöst, hat Nando etwas weniger herzliche, aber durchaus fruchtbare Gespräche. Beide respektieren die Tabuzonen des andern und versuchen nur pro forma ein paar Fangfragen zu stellen: welcher ägyptische Händler würde einen Kunden ernst nehmen, der sofort den vom Händler genannten Preis zahlt, ohne den geringsten Versuch, ihn herunterzuhandeln? Die Informationen, die sie ohne Hemmungen austauschen können, sind aber offensichtlich für beide von großem Nutzen. Nando wird dabei auch bewusst, welch hohes Prestige das Internationale Rote Kreuz in den arabischen Staaten geniesst. Es betreibt die einzige „Spionage-" bzw. Informationszentrale, die sich bei ihrer Nachrichtenbeschaffung mit einem über die ganze Welt verbreiteten Agentennetz auf solche Nachrichten beschränkt, die für ihre Partner nicht schädigend sind. Potentiell schädliche Informationen werden strikte versiegelt und höchstens an offizielle Stellen weitergegeben, die sie ebenfalls nicht publikmachen dürfen, ohne ihre Staatsangehörigen ernsthaft zu gefährden. Ein ähnliches, wenn auch etwas anrüchiges Prestige genießt übrigens die noch straffer geführte Katholische Kirche, die leider ihre Informationsbeschaffung zuweilen mit Bekehrungsversuchen verbinde, was für alle, auch agnostische Muslim schlicht ein Verbrechen sei. Solche Leute gehörten eigentlich gelyncht (lässt sich leider nicht machen, weil man dadurch das Geschäft verdirbt und zu keinen Informationen mehr kommt). Auf jeden Fall kann man aber jene steinigen, die sich allenfalls verführen lassen (ist leicht machbar, und behindert nicht die weitere Informationsbeschaffung, da die Kirche es bei fremden Religionsangehörigen mit ihren Prestigeregeln nicht so genau nimmt). Seinen Vorgesetzten in Bern wird Nando jedenfalls eine dicke Mappe, oder genauer eine gewaltige Datei mit Informationen mitbringen können, die ihm alle Ehre machen werden. Der Mann versteht sein Metier!

Träumen Sie jetzt ruhig ein wenig von Ferien am Mittelmeer oder in der Oase Siwa, es wird für Sie lange Zeit eine der letzten

Gelegenheiten vor dem Ende dieser Erzählung sein, einen gemütlichen Augenblick zu verbringen. Und machen sie bitte nicht den Autor für die schmerzlichen Erfahrungen verantwortlich, über die bald zu berichten sein wird. Er hält sich strikt an seine Aufgabe als Rapporteur, die Fäden ziehen andere.

***

Nando zieht das Fieberthermometer aus Melanies Mund und liest mit düsterer Miene die Temperatur: 37.9, das Fieber ist nochmals gestiegen; Melanie hat schon zweimal erbrochen, das 2. Mal ist nur noch Magensaft heraufgekommen und sie hat sich gewunden vor Schmerzen. Auch der Durchfall ist noch nicht zu Ende, sie hat arge Koliken und schaut ihren Vater aus entsetzten Augen hilfesuchend an. Ihm würgt es fast das Herz ab, zugleich muss er Fassung bewahren, um Amanda nicht mit Panik anzustecken. Er muss einen Entscheid fassen, und zwar rasch. Zuerst kommt die Diagnose, wie er es in den medizinischen Weiterbildungskursen beim COI gelernt hat:

„Amanda, wir müssen jetzt sehr überlegt handeln. Nach allem, was ich beobachten kann, handelt es sich um Typhus. Blinddarm kommt nicht in Frage, der ist schon operiert worden. Eine Darmgrippe scheint mir unwahrscheinlich, wir haben Melanie Mitte November impfen lassen. Alles deutet auf Typhus hin, ich habe bei einem unserer Trainingseinsätze in Afrika junge Typhuspatienten gesehen, und das sah genau gleich aus. Wir haben Melanie vor unserem gemeinsamen Aufenthalt in Siwa gegen alles möglich impfen lassen und waren ruhig dabei; einem eminenten Tropenarzt wie Dr. Seitz vom Mikrobiologischen Institut vertraust du einfach blind. Das war vielleicht ein Fehler, nach meinen Informationen ist die gegenwärtige Typhusepidemie in Kairo schon im Februar ausgebrochen, die ägyptischen Behörden wollten es nur nicht gleich melden wegen der Folgen für den Tourismus. Siehst du die Lage auch wie ich? 25. Dezember 21 Uhr: alle Spitäler sind überlastet mit suizidalen Patienten und Grippekranken, ein Notfallarzt ist vor morgen früh kaum zu haben, auch mit Beziehungen nicht. Ich denke, es bleibt nur eine Lösung: Ich rufe Dr. Loser an, den Kollegen vom COI, er hat die Befugnis, für Kinder eines COI-Mitglieds ein Bett im Militärspital zu reservieren, du weißt, es ist im Inselspital integriert. Dort erhält Melanie sofort eine optimale Behandlung. Den Ambulanzen traue ich nicht, die sind auch alle überlastet. Ich schlage vor, wie packen Melanie in Wolldecken ein, steigen in den COI-Jeep in unserer Garage, du gehst auf die Hintersitze und nimmst Melanie auf den Schoß; ich fahre im Schneckentempo mit Blaulicht, wir wollen ja sicher ankommen. Das scheint mir die rascheste Lösung. Gegenvorschläge?"

Amanda hat nicht einmal das Ende der Ansprache abgewartet. Schon ist sie zwei Wolldecken holen gegangen, hat Melanie sorgfältig und liebevoll darin verpackt, eine NASA-Überlebensdecke darüber gelegt und ist zur Treppe gegangen, die in die Garage führt. Nando läuft ihr in seiner häuslichen Trainingskleidung nach, rennt an ihr vorbei zum Jeep und lässt schon den Diesel an, während sie hinten einsteigt und Melanie auf den Schoß nimmt. Dank dem Armeeschild und dem Blaulicht sind sie in 15 Minuten im Inselspital, Nando hat unterwegs bereits Dr. Loser angerufen und die Zusage für eine Bettreservation erhalten, ebenso die Erlaubnis, dass beide Eltern bei ihr bleiben dürfen. Von da an sind sie allerdings in Quarantäne, bis Melanie entlassen wird. Im Zimmer steht ein zusätzliches Bett, so dass immer einer von ihnen ein paar Stunden ruhen könnte. Vorläufig sitzen beide am Bett.

Melanie hat ein Schlafmittel bekommen, ihr Schlaf ist zwar unruhig, Schatten von Schmerz und Angst huschen über ihr Gesicht. Immerhin liegt sie so ruhig, dass sie die Infusionsnadeln nicht mit plötzlichen Bewegungen aus dem Arm reißt. Ein paar Stunden vergehen, Nando kann sich nicht erklären, wieso es so lange geht. Endlich kommt Prof. Dr. Loser. Er begrüßt Amanda und Nando herzlich, aber sein Gesicht ist ernst. Irgendetwas stimmt nicht...

„Deine Diagnose war richtig, Nando, Melanie hat tatsächlich Typhus. Ihr beide habt mustergültig gehandelt, so frühzeitig und bedacht, dass wir Melanie jetzt in der Frühphase behandeln können und sie bereits außer Gefahr ist. In 3, 4 Tagen kann sie wieder nach Hause, wenn sie dann noch eine Woche daheimbleibt, könnt ihr sie ohne Bedenken wieder in den Kindergarten schicken, ihr bekommt von mir ein amtliches Entlassungszeugnis. Nur ...

NANDO – Komm, sag' schon! Ich sehe dir an, dass es eine Komplikation gibt, schaltet sich Nando ein.

DR. CARLO LOSER – Du wärest kein COI, Nando, wenn du mir diese Frage nicht gestellt hättest. Ich wollte ganz sicher sein und habe eine Differenzialdiagnose der Erreger gemacht. Dabei sind wir auf eine Autoimmunkrankheit gestoßen, die relativ selten ist und meistens lange unbeachtet bleibt. Die meisten Kollegen hätten einfach Typhus diagnostiziert und daraufhin eine an sich richtige Behandlung eingeleitet, mit ungefähr gleich rascher Heilung. Aber nach ein paar Wochen oder Monaten oder Jahren kann das Kind rezidiv werden, weil die Bakterien den Kapillargefässen des Darms entlang hochgewandert sind und dort wegen der Immunschwäche nicht vernichtet werden. Wiederholen sich solche Episode mehrfach, so ist mit Morbus Cron und Kolitis oder beidem zu rechnen, und die betroffene Person braucht ihr Leben lang Immunsuppressoren, mit den bekannten Folgen.

AMANDA – Mit anderen Worten, wir haben ein Kind, das ein Leben lang ärztliche Hilfe braucht und unter Umständen seine Erkrankung ...

CARLO – Verzeih, dass ich dich unterbreche, Amanda, aber du musst wissen, dass die Medizin gerade auf diesem Gebiet rasante Fortschritte macht. Vor 15 Jahren dachten wir, Typhus sei ausgerottet, dann haben die bärtigen Barbaren das Gesundheitssystem aller afrikanischen Staaten zum Kollabieren gebracht, die Seuchen sind alle wieder in der Bevölkerung endemisch geworden, und dieses Jahr ist im Februar in Kairo eine Typhus Epidemie ausgebrochen. Davon wussten *wir* nichts, und *ihr* nichts und der Tropen-

Mikrobiologe in Zürich offenbar auch nicht, sonst hätte er Melanie natürlich gegen Typhus geimpft. Offen gestanden, ich verstehe das nicht ganz.

NANDO – Das muss ich dich unterbrechen, Carlo. Ich habe die UNESCO Seuchenberichte aus dieser Gegend ebenso wie die Berichte der WMO, der Weltgesundheitsorganisation, immer aufmerksam verfolgt. Da stand bis Ende März nichts von Typhus-Erregern. Es scheint so zu sein, dass die ägyptischen Gesundheitsbehörden alle Meldungen unterdrückt haben, um den Tourismus nicht zu gefährden, der ja gegenwärtige die Lebensader Ägyptens ist. Dein Kollege konnte schlicht nicht wissen, was da lief. Glaube mir, ein zweites Mal wird die ägyptische Regierung diesen Fehler nicht wiederholen, sie würde den Ausschluss aus der UNESCO riskieren.

CARLO – Ja, und ich kann dir versichern, Amanda, dass es keinen Grund zu ernster Besorgnis gibt. Alle großen Pharmafirmen forschen wie wild auf diesem Gebiet, und Nando weiß es, wir von der COI haben dank unserem weltweiten Beziehungsnetz, dem Informationsnetz des IKRK und der Zusammenarbeit mit unserer Pharmaindustrie eine Nasenlänge Vorsprung. Wir sind an einem Impfstoff, der die Autoimmunschwäche bei Kindern an der Wurzel unterdrückt durch gezielte Veränderung der synaptischen Rezeptoren. Eine Versuchsreihe läuft bereits und die Erfolge sind durchschlagend und ich habe erreicht, dass Melanie in den Versuch aufgenommen wird. Das bin ich Kollegen wie euch schuldig."

***

Ein goldener Septembertag. Fayola Obasanjo und Amanda Ghisler sitzen im Lotossitz auf dicken Kissen in Fayolas Arbeitszimmer. Sie hat den großen, langgezogenen, ursprünglich als Schlafzimmer gedachten Raum mit einem durchscheinenden Lattenrost unterteilt, der drei Viertel der Breite einnimmt und auf kleinen

Regalen Masken und Figurinen aus Togo sowie ein paar Töpfe mit Blumen und Hängepflanzen trägt. Auf einer Seite liegt das Arbeitszimmer, auf der andern eine Art Frauenraum. Ein großer Teppich mit Fellzeichnungen bedeckt fast den ganzen Boden, darum herum Lederkissen und in der Mitte ein italienischer Designertisch aus Glas. Auf dem Tisch dampfen zwei Tassen mit südafrikanischem Rooibostee. Durch das große Fenster sieht man Bäume mit prächtig gefärbtem Herbstlaub.

„Ich muss schon sagen, an dir ist eine Innenarchitektin verloren gegangen, sagt Amanda zu Fayola.

– Ich lasse mich rein vom Gefühl leiten und suche zusammen, was ich brauche, um mich wirklich zu Hause zu fühlen. Aber das, was du mir da über Melissa und ihre Krankheit berichtet hast, das musst du mir erst einmal auf Deutsch übersetzen, das ist mir zu medizinisch. Du weißt, ich bin gut in der Praxis, aber mit der Fachterminologie stehe ich immer noch auf Kriegsfuß. Du bist Ärztin, für dich ist das dein tägliches Brot.

– Du, ich mag jetzt auch nicht zum x-ten Mal fachsimpeln. Wenn du willst, erzähle ich dir, wie Nando und ich es Melinda erklärt haben. Die war nämlich total geschockt und wir haben gefunden, es könne ihr helfen, ihre Erlebnisse besser zu verarbeiten, wenn wir sie so erzählen, wie sie sie verstehen kann. Das hat sich dann auch wirklich bewährt.

– Nun erzähl' schon, ich bin ganz ungeduldig, vielleicht kann ich das auch einmal bei einem meiner Kinder brauchen!

Amanda lacht – Gut, du bist jetzt Melissa!

– *Also Melissa, bei dir ist ein böser Dieb in den Rücken eingedrungen. Erschrick nicht, unser Freund Carlo hat den Kerl schon am Schopf gepackt und mit Pfefferspray erledigt* (der Pfefferspray hat Melissa sehr gefallen!). *Der kommt nicht wieder.*

– *Aber was hat der bei mir gemacht?*

– *Der ist in die Spionageabwehrzentrale eingedrungen, weißt du, die Stelle, wo die Agenten ausgebildet werden, die Feinde erkennen, und er hat sie vollkommen durcheinander gebracht. Sie haben plötzlich Zellen von deinem eigenen Körper für fremde Spione gehalten und auf sie losgeballert. Besonders im Darm, der Leber, der Niere,*

und der Bauchspeicheldrüse (ich habe Melissa in einem Anatomie-
buch für Kinder das alles gezeigt).

– Und das habe ich alles im Bauch?

– Noch viel mehr, und es funktioniert großartig, wenn nicht sol-
che Schufte kommen. Ja und jetzt haben sich Herr Darm, Frau Le-
ber, Frau Niere und Frau Bauchspeicheldrüse zur Wehr gesetzt und
haben auf Teufel komm raus neue Zellen gebildet, dass es nur so ge-
raucht hat in den Zellfabriken.

– Deshalb hat es so gestunken bei mir?!

– Genau, und das war natürlich ein Riesenstress für den gan-
zen Körper, der war nur noch damit beschäftigt, Zellen zu produ-
zieren, und jetzt war da für die Freunde des bösen Diebs ein wah-
res Schlaraffenland, es hat sie niemand mehr daran gehindert,
alles anzugreifen, was ihnen appetitlich geschienen ist. Ja, ande-
re Ärzte, die hätten wie wild mit Pfefferspray herumgespritzt, um
die Diebe zu töten, sie nennen das mit einem fürchterlichen Wort
Immunsuppressoren ...

– Immuperoren?

– Fast, Immunsuppressoren. Die sind wie riesige Feuerwehr-
löscher, weißt du, der große, der unten bei uns neben der Heizung
steht und den du gar nicht lupfen kannst? Also, noch größer, aber
das macht nicht nur die Diebe k. o., sondern hätte auch deine Zellen
geschädigt, und du wärst ganz schwach geworden. Und dann wären
die Diebe in deinen Kapillaren, erinnerst du dich, die feinen Fäden,
mit denen die Adern enden? Also die wären bis ans Ende gekrochen
und hätten sich dort versteckt, und beim nächsten Pfnüsel, wenn
dein Körper wieder kämpfen muss, wären sie sofort wieder zurück-
gekehrt und hätten weiter gefressen.

– Und dann hätte ich wieder Typhus bekommen?

– Typhus oder eine Grippe oder eine Lungenentzündung oder
sonst was. Und wenn du beim Skifahren ein Bein gebrochen hättest,
wäre das fast nicht geheilt und bald wieder gebrochen. Aber jetzt
wollen wir nicht mehr von den bösen Dieben sprechen, weil, die sind
jetzt wirklich tot. Der liebe Carlo hat nämlich herausgefunden, wie
man die erledigt.

– Das war dann das mit den drei Spritzen?

– Genau. Carlo hat deinen Zellen beigebracht, wie sie sich selbst schützen können, sie haben gelernt, Regenmäntel anzuziehen gegen das Gift, das die Diebe ihnen geben, um sie dann ruhig fressen zu können, und jetzt kann das Gift ihnen nichts mehr antun und sie schlagen selbst die Diebe k. o. und die Diebe sind glatt verhungert und die Spionageabwehr hat sich unterdessen neu organisiert und fällt auch nicht mehr auf solche Betrüger herein."

Amanda hat die Szene so gut gespielt, dass Fayola am Ende schallend lachen muss:

„Aber das hast du ihr nicht alles an einem Abend erzählt?

– Nein, nein, und manchmal war auch Nando dabei und hat erzählt. Und weil das so gut angekommen ist, haben wir uns gesagt, man könnte daraus ein Buch über Autoimmunerkrankungen machen, das Eltern mit ihren Kindern zusammen lesen. Wir haben auch schon eine tolle Zeichnerin gefunden, die ein paar wunderschöne Zeichnungen dazu machen wird. Du solltest die sehen, wo die Darmzellen bei Dr. Carlo in die Schule gehen und alle gelbe Plastikregenmäntel tragen! Wir machen das im Selbstverlag auf dem Netz, aber sobald es so weit ist, bekommst du ein gedrucktes und gebundenes Exemplar."

***

Das Leben geht weiter, zwischen Sorgen und Freuden. Fayola ist am Ende doch über ihren Schatten gesprungen und hat nochmals geheiratet. Doch ihre Klugheit, ihr phänomenaler Spürsinn beim Erkennen von Menschen haben ihr diesmal nicht geholfen. Sie hat zwar einen feinfühligen und fürsorglichen Mann gefunden, in hoher Position als stellvertretender Leiter von *IT, Network & Infrastructure* bei der Swiss Fluggesellschaft, einiges älter als sie, jemand also, der ihr und ihren Kindern endlich die Stabilität geben könnte, die sie sucht. Doch ein knappes Jahr nach ihrer Hochzeit bricht bei Dirk Steiner eine larvierte Depression aus, die ihn rasch arbeitsunfähig macht und auch für die Familie zur Belastung wird. Osaro, der eigentlich seinen neuen Vater sehr mag, hält es zu Hause nicht mehr aus.

Mit der Zähigkeit eines nigerianischen „Familienoberhaupts"
setzt er es durch, dass seine Mutter ihn zu seinen Großeltern
gehen lässt, genauer gesagt nach Luma, einem Flecken in Nigeria, nahe beim *Kainji Lake National Park*, wo er aufgewachsen
ist, ehe seine Mutter von ihrem ersten Mann Akono Okoye „entdeckt" und als nigerianische Schönheit in die Schweiz entführt
wurde, wo Akono bereits Leiter einer großen Coop-Filiale war.
Fayola lässt sich nicht vom Gleis werfen, aber die Sorgen hin-
terlassen ihre Spuren. Sie ist älter geworden, um die Augen haben sich Krähenwinkel gebildet und an den Schläfen beginnt
ihre üppige Mähne zu ergrauen.

Auch Brigitt und Röbi müssen ihren Tribut zahlen. Die stän-
digen Auslandreisen mit verantwortungsvollen und schwierigen Einsätzen lösen bei Röbi Erschöpfungszustände aus, die er
ernst nehmen muss, und Brigitt hat nun seit Jahren schon so
viel Leid miterlebt, dass ihr langsam der Schnauf ausgeht. Als
sich Röbi eine Gelegenheit bietet, den Dienst für den Bund gegen eine wissenschaftliche Karriere einzutauschen, greift er zu:
Er wird von der 1882 gegründeten Stiftung „Schwesternschule
und Krankenhaus vom Roten Kreuz Zürich Fluntern", dem international renommierten *Careum* als Dozent für *Logistik- und
Sicherheitsaspekte bei internationalen Einsätzen* angeworben und
kann so auf zwei seiner Kerngebiete unterrichten. Er ist zuversichtlich, dass es ihm gelingen wird, eine solide Karriere aufzubauen, denn er weiß aus Erfahrung, dass er mit hochstehenden
Vorlesungen, Humor und echtem Interesse für seine Studenten
sich bald ein gutes Renommee wird schaffen können. Vor allem
ist er froh, nicht mehr mit dem neuen Vorsteher des Departe-
ments des Inneren, dem Waadtländer *Alain Rolaz* arbeiten zu
müssen, der ein Fanatiker der Effizienz ist. Er wird zum Ab-
schied seine Erfahrungen in schönstem Beamtenfranzösisch
in einem *Mémoire concernant les mesures à envisager pour la mise
en œuvre des stratégies empathiques susceptibles d'augmenter l'ef-
ficacité de nos interventions* zusammenfassen. Viel wird auch
das nicht ändern. Dem Bund steht wieder einmal eine Sparrunde bevor und da bieten sich wie üblich jene Sparten an, wel-

che die schwächste Lobby hinter sich haben: Entwicklungshilfe und Bildung, mit Ausnahme der Universitäten, die sehr wohl eine Lobby besitzen. Es kriselt schon seit einiger Zeit in der Beratungskommission. Mehreren Frauen wird ihr doppeltes Arbeitspensum in Beruf und Kommission zuviel, die ersten Demissionen wurden bereits eingereicht. Jetzt quittiert auch Röbi Keller seinen Dienst in der Bundesverwaltung. Die Zukunft des Projekts ist ungewiss. Es ist zwar im Parlament mit knappem Mehr durchgekommen (nur 3 Stimmen im Ständerat!), doch die Volksabstimmung kann wegen des bereits überfrachteten Abstimmungskalenders erst nächsten Oktober stattfinden, und bis dann, das ist eine alte Erfahrung einer direkten Demokratie, kann die anfänglich massive Unterstützung im Volk noch gewaltig abbröckeln.

Es ist wieder einmal Weihnachten, und Amanda hat den Feiertagen bange entgegengeblickt. Trotz der klugen Verarbeitung, trotz des schönen Buchs, das übrigens ein großer Publikumserfolg wurde – Amanda fühlt sich immer noch angeschlagen von den Ereignissen des vergangenen Jahres. Die Stunden vor und nach der Einlieferung im Spital wird sie nie vergessen, damals hat sie plötzlich verstanden, was das ist, wenn man um das Leben eines Kindes zittert. Hat sie nicht einen schweren Fehler gemacht? Sie war es, die darauf gedrängt hat, mit Nando nach Ägypten zu fliegen und die Kinder mitzunehmen. Wie konnte sie ihre Kinder nur solchen Gefahren aussetzen? Sie wollte ihnen anregende Erlebnisse vermitteln, ihre Kontaktfreudigkeit, ihre Freude an fremden Kulturen, ihre Intelligenz fördern. Alles schöne theoretische Ideen, aber von den Gefahren hat sie sich kein realistisches Bild gemacht!

Melanie ist immer noch von ihrer schweren Erkrankung gezeichnet. Es gibt Tage, an denen sie vital herumspringt, ihre Schulfreundschaften pflegt, im Unterricht aufmerksam mitmacht, aber es gibt auch andere, an denen sie sich zurückzieht und verschließt und kaum mehr ansprechbar ist. Melanie hört sie zuweilen leise mit den Strohtieren sprechen, die sie aus Siwa mitgenommen hat. Sie trauert wohl der Freiheit in der Oase nach, den weiten Horizonten, der freien Lebensweise der Berber. Von den sozialen Zwängen, die auch in dieser Gesellschaft herrschen, hat sie als kleines Kind nichts erfahren. Deshalb hat sie jetzt zuweilen Mühe, sich an das Schweizer Klima, die engeren Landschaften, den geregelten Schulunterricht anzupassen. Die Rechnung werden wir erst noch bekommen! denkt Amanda. Als Infektiologin weiß sie nur zu gut, dass es mindestens 2 Jahre dauern wird, bis man mit einiger Sicherheit sagen kann, dass Melanie geheilt ist.

In der Nacht kann sie oft lange nicht schlafen, die Gedanken drehen sich im Kreis und sie fragt sich, ob sie an einer Depression herummacht. Nando sagt vorläufig nichts, aber er hat es sicher auch schon gemerkt, spurlos ist das alles ja auch nicht an ihm vorbeigegangen. Amanda nimmt sich vor, einmal mit Fayola und Brigitt darüber zu reden. Sie möchte ihr Arbeitspensum einschränken. Als Fachärztin ist sie jetzt etabliert, vermutlich könnte sie es sich leisten, ihr Pensum auf 50 % zu reduzieren, und auch das Engagement in der Beratungsgruppe wird sie etwas reduzieren müssen, vor allem die vielen Reisen. Es genügt schon, wenn Nando so oft abwesend sein muss.

Auch Fayola und Brigitt beginnen, die Last ihrer doppelten (oder, wenn man die Mutterpflichten dazurechnet, ihrer dreifachen) Karriere zu spüren, umso mehr, als es in der Kommission immer wieder kriselt. Die Vorlage ist mit knappen Mehrheiten durch das Parlament, bis zur Abstimmung nächstes Jahr droht die Stimmung m Volk zu kippen. Man spürt bei allem, dass Frau Jolissaints jetzt in New York sitzt und nicht mehr die Geschäfte des Innendepartements leitet. Ihr Nachfolger (auch die Frauenmehrheit im Bundesrat ist vorläufig zu Ende gegangen) macht daraus allem Anschein nach keine Herzensangelegenheit. Es hat in der Kommission schon einzelne Rücktritte gegeben, ein paar weitere Mitglieder spielen mit dem Gedanken, und es fällt schwer, die vakanten Stellen neu zu besetzen. Wer die nötigen Qualifikationen und die nötige Einsatzbereitschaft dazu hätte, kann sich in der Privatwirtschaft ein ganz anderes Salär erhoffen, und die geplanten Sparmaßnahmen beschleunigen die Absetzbewegung.

Eigentlich hat nur Röbi Keller seine fast jugendliche Spannkraft bewahrt: „Ich bin halt aus Urner Urgestein", pflegt er von sich selbst mit einem Schuss Ironie zu sagen. Fayola beginnt zu merken, dass sie Alleinerzieherin ist und in vielen Angelegenheit einen Mann vermisst, der ihr beistehen könnte. Sie hat sich damit abgefunden und gönnt sich hier und da eine kurze Affäre („der Hygiene wegen"), wenn sie sicher ist, dass es die Kinder nicht beeinträchtigt, wobei Osaro mit seinen acht Jahren eher schon den männlichen Protektor spielt und die Kandidaten einer genauen Prüfung unterzieht, wenn seine Mutter in Nigeria zu Besuch ist. Die Stammestraditionen scheinen ihm im Blut zu liegen, wenn der Ehemann fehlt, muss der älteste männliche Nachfolger die Rolle des Protektors spielen. Wenn man sieht, wie er das Kinn hochstreckt, den Mund zu einem schmalen Strich zusammenzieht und die Augen prüfend zusammenkneift, ist das Bild perfekt, es fehlt nur die Lanze darin.

Selbst Nando Ghisler beginnt, die Last der Arbeit und vor allem der häufigen Abwesenheiten von zu Hause schmerzhaft zu empfinden, er trägt sich mit dem Gedanken, sich vom COI für ein halbes oder sogar ein ganzes Jahr beurlauben zu lassen (ein Austritt vor dem 55. Altersjahr wird sehr ungerne gesehen). Der üble Katarrh, den er sich seinerzeit bei den Arbeiten im Gotthardtunnel geholt hat, flackert immer wieder auf und beeinträchtigt ihn vor allem bei Auslandeinsätzen.

Alles in allem ein normaler Alterungsvorgang und eine fast beneidenswerte Entwicklung, könnte man sich sagen, doch dann gibt es plötzlich wieder einen Einbruch. Nach der 1. Hospitalisierung, im Mai 2041, einem regnerischen und auffallend kühlen Mai, erkrankt Melanie zunächst an einer scheinbar harmlosen Grippe. Doch dann steigt das Fieber rasch und gefährlich an, eine sofortige Hospitalisierung wird nötig, diesmal in der Zürcher Universitätsklinik, wo die Ärzte, das versteht sich von selbst, sofort Dr. Carlo Loser beiziehen. Und da sind sie wieder, die Leukozyten mit den Markern der Immunkrankheit, die erste Kur hat nur einen Aufschub, keine Heilung gebracht. Melanie ist im ganzen Sample der einzige Fall von Rezidiv, bei ihr und nur bei ihr hat die Krankheit wieder zugeschlagen.

Zwischen Bangen und Hoffen, kürzeren Heimaufenthalten und baldiger erneuter Hospitalisierung vergehen die Monate, bis klar wird, dass die Medizin diesmal den Kampf verloren hat. Am 15. September, morgens um 8, in einem grau verhangenen, weinenden Zürich muss Carlo Loser den Eltern sagen: „Es ist vorbei, wie haben verloren. Melanie wird nur noch wenige Tage leben, höchstens eine Woche." Auch er hat Tränen in den Augen, das blasse, leidende Kind mit den wunderbaren blauen Augen, die fast schon ins Jenseits zu blicken scheinen, ist ihm wie ein eigenes Kind ans Herz gewachsen. Für die letzten Tage haben die Eltern frei genommen und verbringen Tag und Nacht an Melanies Bett. Sie ist sehr ruhig und gefasst und versteht genau, was vor sich geht. So viel Intelligenz, so viel Liebe, so viele Hoffnungen und Versprechen, und in ein paar Tagen oder Stunden wird das alles verschwunden sein!

Melanie trägt es mit einer zugleich kindlichen und sehr reifen Frömmigkeit: „Ich gehe jetzt in den Himmel. Ich bin sicher, ich werde bald viele Engel um mich haben, die schicke ich euch jeden Tag, die sollen sich um euch kümmern und eure Tränen trocknen! Ich habe euch so lieb, es ist gar nicht möglich, dass ich nach dem Tod nicht mehr bei euch bin, wir werden uns jeden Tag sehen und sprechen." Diesmal kann Amanda nur noch laut schluchzen und ihr Kind umarmen.

Freitag, 3. September

Am Morgen lag noch Nebel über der Stadt, gegen Mittag löst sich die Nebeldecke auf und ein warmes Herbstlicht streut seinen Goldglitter über den kleinen Friedhof, der zwischen Schwamendinger- und Magdalenenstrasse liegt. Ein unterdessen ausgestorbener Nebenzweig der Urner Ghisler besaß hier seit 1891 ein Familiengrab, damals lag in der Nähe noch eines der Landgüter dieser reichen und angesehenen Familie, die dazu auch Land in den Tessiner Vogteien besaß. Hier soll Melanie bestattet werden. Beide Eltern arbeiten ja jetzt in Zürich und möchten ihre Tochter auf dem Gottesacker jederzeit besuchen können. Die Bewilligung hat ihnen der amtierende Pfarrer der katholischen Wallfahrtskirche Maria Lourdes beschafft, der einzigen Wallfahrtskirche im Kanton Zürich. Nach dem Abdankungsgottesdienst besammeln sich an die hundert Menschen auf dem Friedhof, in der Kirche waren es etwa doppelt so viele. Das ist bei aller Trauer trostreich für die Eltern. Den meisten Trost aber spendet ihnen Pfarrer Brunner, der sie seinerzeit getraut hat und heute als 75-Jähriger weiterhin die Pfarrei betreut, für welche das Bistum noch keinen Nachfolger gefunden hat. Aus seinem zerfurchten Antlitz, das an einen Gneisbrocken aus dem Urner Alpenkranz erinnert, leuchten zwei gütige Augen, von dichten, graumelierten Haarbüscheln überdacht. Auch ihm stehen die Tränen zuvorderst, hat er doch Melanie seinerzeit aus der Taufe gehoben und dieses blitzgescheite und liebenswerte kleine Mädchen bald in sein Herz geschlossen.

„Uns allen", sagt er jetzt in seiner unverfälschten Urner Mundart vor dem offenen Grab, in das bereits der kleine Kindersarg herabgelassen wurde, „uns allen hat dieser Tod grausam zugesetzt, und wir alle haben Mühe, uns zu fassen. Warum hat Gott ein so kostbares Leben so plötzlich weggerafft und die Eltern in ein abgrundtiefes Leid gestürzt? Manchmal, Herrgott, bist du unmöglich zu verstehen, manchmal möchten wir mit dir rechten und die Faust gegen dich ausstrecken. Was hast du dir dabei gedacht, warum zerschlägst du dieses Herz und löschest es aus unserer Mitte? Es hätte so vielen Menschen Freude bereiten können!

Nein, verstehen können wir dich nicht, du denkst nicht in unseren Kategorien und fühlst nicht mit unseren Herzen. Und doch, du hast uns Einen geschickt, der mitten unter uns war und sich mit den Ärmsten der Armen, den Verschmähten und Verpönten, den Schmerzerfüllten und Unreinen solidarisiert hat. Soll er umsonst gestorben sein? Soll sein Versprechen einer neuen, besseren, solidarischeren Welt eine reine Illusion sein? Uns hast du deinen Sohn geschenkt und uns Hände gegeben, ihm zu helfen, Füße, zu ihm zu eilen, Herzen, ihn aufzunehmen und zu begleiten. Du magst uns schlagen und rädern, wie du ihn geschlagen und gekreuzigt hast: du wirst uns nicht vertreiben. Wir bleiben bei Ihm, wie gehen mit Ihm zu den Ärmsten, den Verpönten, Verstoßenen, Verwundeten, Verfolgten. Ihnen soll die Ernte zugutekommen, die du uns ins Herz gesät hast und die bei uns in Schmerzen gereift ist. Ihnen wollen wir die Botschaft lebensnahe und glaubwürdig verkünden, die Botschaft von einer besseren Welt, in welcher der Krieg verstummt, die Verfolger innehalten, das Morden ein Ende hat. Ihnen wollen wir als Schutz zur Seite stehen und ihnen das Wort der Versöhnung bringen, rotes Blutkreuz auf weißem Schnee."

Pfarrer Brunner bringt seine Ansprache mit einer Stimme und einer Haltung vor, die bei allen Betroffenheit auslöst. Wie, wenn doch etwas dran wäre an diesem unbekannten Gott? Ob man an Ihn glaubt oder nicht, Atheist oder Agnostiker ist oder einen alten Zorn auf alles Kirchliche hat ... Irgendwo in dieser ganzen Betriebsamkeit, die unseren Alltag ausmacht, braucht es ein Innehalten, Augenblicke der Besinnung wie diesen, einen Sinn in dem ganzen Unsinn. „Ein wenig Innerlichkeit im Departement des Inneren könnte nicht schaden", fasst der Departementssekretär von Bundesrat Armand-Rivet für sich seine Überlegungen zusammen. Ihn zumindest hat der neue Bundesrat nicht in einer ersten Säuberungswelle freigestellt, zu lange schon dient er in dem Departement, zu groß sind seine Kompetenzen und sein Ansehen. Deshalb nimmt er sich vor, „seinen" Bundesrat an sein Mémoire zu erinnern, falls er es noch nicht gelesen hat, er ist ja auch ein bedingungsloser Verfechter der Bedeutung, ja Unerlässlichkeit der französischen Sprache für, wie er zu sagen pflegt, den „kapillaren Zusammenhang der Eidgenossenschaft", und das Sich-Einfühlen in andere ist das Blut, das in diesen Adern pulsiert, das blutrote Kreuz auf weißem Schnee, auch eine Erfindung der Romands! Vielleicht beginnt der Bundesrat, auf diesem Weg etwas zu verstehen von der Botschaft des Roten Kreuzes.

Sehr viel ändert sich aber auch nach diesem Mémoire nicht. Der Eidgenossenschaft steht schon die nächste Sparrunde bevor, und wie immer werden die Einsparungen vor allem Entwicklungshilfe und Bildung treffen, diesmal einschließlich der Hochschulen.

Nach ihrem Rücktritt aus dem Beratungsgremium hat Amanda eine Umorientierung vollzogen und unterrichtet jetzt über „Epidemiologie humanitärer Einsätze" ebenfalls am *Careum*, wo ihr die Gespräche mit Brigitt Keller ein großer Trost sind. In ihrer neuen Aufgabe, in der sie nicht nur Lehrerin und Fachfrau ist, sondern auch geistige Mutter ihrer Studenten, findet sie endlich einen inneren Frieden, der ihrem Leben wieder eine Richtung gibt. Zu diesen Studenten gehört jetzt auch eine junge Frau mit dem seltenen Namen Helvezia, die daran denkt, sich endgültig in der Schweiz niederzulassen. Ihr Vater Aaron ist in Israel Hoteldirektor am Toten Meer geworden und unternimmt mit ausgewählten Gästen noch abenteuerliche Treckingtouren in der Wüste, ihre Mutter Nefertaia hat an der Grenze zwischen Jordanien und Israel eine Wüstenschule gegründet, die neue Erziehungsmaßstäbe setzt.

***

Von Melanies Tod wird sich Amanda nie mehr ganz erholen. Sie wird zwar weiterhin fast im gleichen Umfang arbeiteten, nur von Auslandreisen wird sie sich mehr und mehr dispensieren lassen. Doch zuweilen wird die Trauer sie schier zerbrechen und ihr alle Kräfte rauben. Amanda hält zwar äußerlich durch, sie weiß, dass sie das Melanie schuldig ist, aber es verschlägt ihr immer wieder den Atem und treibt ihr die Tränen in die Augen. Sie fragt sich, ob eine Depression bei ihr im Anzug ist. Nur ansatzweise, und erst nach längerer Zeit, werden ihre Kräfte teilweise zurückkehren. Auch Nando ist durch die Erlebnisse gezeichnet. Der Katarrh, den er sich bei seinen Einsätzen anlässlich der Renovation des Gotthardtunnels zugezogen hat, wird immer wieder ausbrechen und ihm Sorgen machen.

Es ist Zeit, dass wir uns von unseren Freunden verabschieden. Sie haben ihren Weg gefunden, und wir können sie ruhig sich selbst überlassen. Drei Mütter sind einander begegnet, als sie vor drei Jahren in den gleichen Intercity Zürich–Bern einstiegen, um einem Vortrag von Bundesrätin Dariah Jolissaints beizuwohnen. Sie sind Freundinnen geworden und haben einen guten Teil ihres weiteren Lebens gemeinsam verbracht. Sie haben zahllose Menschen in Leid und Not, Vertreibung und Verfolgung begleitet und sind ihnen beigestanden. Sie haben Leben empfangen und Leben verloren, sie haben sich von den Mühlsteinen des Lebens zermahlen lassen, um Brot für ihre Mitmenschen zu werden. Sie waren Mütter, die sich an andere verschenkt haben und es dennoch verstanden, schöne Augenblicke zu geniessen. Sie können uns vielleicht anregen, einen ähnlichen Weg zu gehen. Und falls Sie enttäuscht sind, liebe Leserin, lieber Leser, dass die Erzählung hier und so endet, greifen sie doch zu Ihrer Montblanc-Füllfeder, ihrem Smartphone oder setzen Sie sich vor ihren Laptop, schreiben sie das Ende, das Ihnen für ein gelingendes und gelungenes Leben im Dienste anderer Menschen gut erscheint und mailen, whatsappen oder schicken Sie es dem Verlag. Der Verleger wird bestimmt hoch erfreut sein, vielleicht wandelt sich auf diesem Weg diese einsame Erzählung in ein symphonisches Werk, wie es eigentlich in unserer Zeit normal und häufig sein sollte.

7

Die Zahnlücke

Aschermittwoch, 6. März 2045

Hoffentlich geht die Schwellung noch mehr zurück. Jetzt habe ich schon zwei der 6 Ponstan geschluckt, die mir Dr. Lärch in einem Briefchen nach der Behandlung mitgegeben hat, und sehe immer noch aus wie Maliqaj Egzon, als er seinen letzten Boxmatch verloren hat. Mit den Schmerzen geht es so, aber von Ausgehen ist keine Rede. Ohnehin kann mir die Fastnacht den Buckel runterrutschen, nach dem, was mir dieser Kerl angetan hat. Ich glaube, zum Trost klappere ich die Szene in mein Tablett, so wie ich sie Dr. Lärch in seiner Praxis geschildert habe, wobei „geschildert" ein erhabener Ausdruck für das Gestammel ist, das man von sich gibt, wenn einem der Zahnarzt mit seinem Haken im offenen Maul herumfährt:

„Tut's weh?

– Aaaaaaaahhh!

– Gleich wirkt die Spritze. Sie werden sehen, im gleichen Zug ziehe ich Ihnen den zertrümmerten Zahn und pflanze den Titansockel für Ihren neuen Stiftzahn: Ein nigelnagelneuer Zahn für den Rest Ihres Lebens, und erst noch einer, der keine Karies ansetzt! Wie der, den ich Ihnen mit 16 eingesetzt habe.

– 'As 'issen Sie 'och?

– Ich habe ihn ja selber eingesetzt. Und außerdem sehe ich ihn hier auf der Liste, da, auf dem Bildschirm, da habe ich die Liste aller Eingriffe, die je in diesem Zahnkabinett bei Ihnen gemacht wurden.

– Hnnnn ... 'Ündenreïster ...

– Na, *Sie* haben da keine Sünden begangen, Sie waren das Opfer, und ich erst recht nicht, ich habe Ihnen was Gutes eingepflanzt. Nur eine kleine Woche, dann können wir schon den Zahn aufsetzen und Sie können wieder uneingeschränkt kauen.

– U 'ihil 'oschet 'as?

– Unter drei Mille, wir sind die kostengünstigste Zahnpraxis in Zürich für Zahnimplantate, und wirkliche Qualitätsarbeit, nicht wie die ungarischen Zahnärzte, die eine Höllenreklame machen: „Alles an einem Tag", Sonderflug mit den Magyar Airlines ... und drei Monate später eitert der Kiefer und alles fliegt raus!"

Er ist fast in einen narzisstischen Trip geraten, mein Zahnarzt, vor lauter Befriedigung, dass es bei ihm billiger, ohne Eiter und ohne Sonderflug geht. Aber das gönne ich ihm ja, umso mehr, als er mir zugleich auch den Haken aus dem Mund genommen hat:

„Vielleicht zahlt ja auch Ihre Versicherung den Schaden, es war ja immerhin ein Unfall, und mangelnde Sorgfalt kann man Ihnen nicht vorwerfen.

– Ich 'eiss 'icht, ob die sahlen, und dann geht das ein Jahr!

– Machen Sie sich keine Sorgen, ich schreibe Ihnen einen Bericht, ich habe Erfahrung damit. Sie glauben nicht, wieviel Unfälle mit Zahnschaden es an hohen Feiertagen gibt!

– 'Assnacht hoher 'Eier'ag?

– Zumindest einer, wo viele Leute hoch haben und Schäden verursachen, ha, ha, ha! (Er hat sich sehr witzig gefunden). So, ich glaube, die Spritze wirkt jetzt genug, wir können mit der Extraktion beginnen. Ein Ruck, der Zahn ist ohnehin schon halb draußen, Ihr Angreifer hat ganze Arbeit gemacht. Dann noch ein bisschen Bohren, ein wenig Knochensubstrat einfüllen und den Sockel für den Stiftzahn setzen, und schon sind wir fertig, und nur eine Woche, eine kleine Woche müssen Sie halt nur auf einer Seite kauen."

Da konnte ich mich schon nicht mehr wehren, denn er ist mir wieder mit seinem Haken ins Maul gefahren und hat mir fast den Kopf abgerissen. Soll ich noch Reto telefonieren, dass ich nicht zum Uniball kommen kann? Ach was, soll *er* anrufen, wenn er mich vermisst. Und wenn er ein Kavalier ist, kommt er mich trösten, statt mit irgendwelchen Tüpfi herumzuhopsen. Ich fürchte, er wird mich nicht vermissen. Eigentlich auch nicht schade, ich bin eh nicht zum Schäkern aufgelegt, am besten gehe ich früh schlafen, die vielen Ponstan machen mich eh pleplem.

Und außerdem bin ich immer noch wütend. Wütend auf das Scheusal, das mir mitten im Hauptbahnhof einen Backenzahn ausgeschlagen hat. Rempelt mich der Kerl von hinten an, schreit „Sauwyb" und haut mir die Faust so in die Fresse, dass ich fast die Besinnung verloren habe. Umgeflogen bin ich nicht, Gott sei Dank, aber in die Knie gesunken, da hat er mir noch mit dem Schuh (ich glaube, der war mit Eisen beschlagen) eins ins Schienbein gehauen, dass ich diesmal wirklich fast die Besinnung verloren habe, dann ist er abgehauen. Ein Fastnachtscherz war es kaum, aber was wollte er eigentlich von mir und warum diese Aggression?

Das erinnert mich an meinen ersten ausgeschlagenen Zahn, das war wenigstens einigermaßen witzig: ein Tambourmajor, ich vorn neben ihm als Majorette, und er holt mit dem Taktstock so wuchtig aus, dass er mir gleich einen Zahn zertrümmert. Er war noch verdatterter als ich und hat sofort den Schaden übernommen, bei seiner Versicherung hat er es offenbar hinbekommen, dass sie bezahlt hat. Darüber haben wir, Dr. Lärch und ich, auch noch gesprochen, nachdem er mich nach der Intervention in seiner Praxis eine halbe Stunde hat ruhen lassen und ich wieder einigermaßen normal sprechen konnte:

„Das war ja nun definitiv kein Fastnachtsscherz, in der Vorweihnachtszeit! Hat Ihnen denn jemand geholfen?

– Nein, die sind einfach alle weitergerannt und haben mich liegen lassen. Nicht einmal die Bahnhofpolizei ist erschienen.

– Und Sie haben keine Anzeige erstattet?

– Dazu war ich viel zu plemplem, und nachträglich haben sie mir gesagt, sie könnten ohnehin nichts mehr machen, das gebe nur einen Papierkrieg, ob ich es nicht lieber sein lasse?

– Ja, und die Versicherung?

– Für die haben sie mir einen Wisch geschrieben, viel nützen wird es nicht.

– Das mache ich, wie gesagt, bei mir nützt es. Ihnen kann man ja wirklich nicht vorwerfen, Sie seien unvorsichtig gewesen oder hätten nicht das Nötige unternommen. Hoffen wir, das war der letzte ausgeschlagene Zahn bei Ihnen.

– Es gibt viele Spinner in Zürich.

– Aber nicht jeder hat es auf Sie abgesehen!

– Von meinem Statistikstudium her weiß ich, dass ein eingetretener Vorfall die Chance, dass der nächste eintritt, in keiner Weise beeinflusst, und wenn ich bei den zehn nächsten Spinnern die gleichen Chancen habe wie bei meinem ersten, bin ich für die nächsten zehn Jahre mit ausgeschlagenen Zähnen eingedeckt und Ihre Praxis floriert, alles Qualitätsarbeit.

– Die Qualitätsarbeit hat Ihnen anscheinend aufs Gemüt geschlagen, aber ich bin nicht auf weitere Zähne bei Ihnen angewiesen. Soll ich für Sie beten?

– Lieber nicht, Sie sind sowieso ein Heide, und der nächste Angreifer könnte es übelnehmen.“

Damit haben wir uns verabschiedet, und jetzt langweile ich mich in die Nacht hinein.

Donnerstag, 7. März

Reto ist gestern Nacht doch noch vorbeigekommen, er habe mich vermisst und gemeint, ich hätte keine Lust gehabt, mit ihm zu tanzen, da sei ihm der Uniball verleidet und er habe nur noch schauen wollen, ob bei mir alles in Ordnung sei. Er ist riesig erschrocken über meinen ausgeschlagenen Zahn, nicht wegen des Zahns, sondern wegen des Kerls, der da weiterhin unerkannt in Zürich herumläuft. Vielleicht habe der es ja auf mich abgesehen und ich sei in Gefahr, und die Polizei lege die ganz Sache ad acta, von der sei nichts mehr zu erwarten.

Er hat mir dann erzählt, er habe schon vor Antritt seines El.-Ing.-Studiums zusammen mit einem genialen Bastler von Kollegen im Rahmen einer Maturitätsarbeit ein Gerät für Personenidentifizierung gebastelt, einen „Perso-Identifier“, wie sie ihn nannten. Das sei noch die Zeit gewesen, in der man in obskuren kleinen Läden in irgendwelchen Hinterhöfen Elektronikteile aus China und Japan für ein Spottgeld zusammenkaufen konnte und sie dann selber mit dem Lötkolben zusammengebaut habe. Und weil er gemerkt hat, dass mich die Geschichte amüsierte und von meinen Schmerzen ablenkte, hat er mir noch erzählt, wie sie beide, „mit dem fröhlichen Übermut von zwei jungen Spinnern" die Kripo Frankfurt angefragt hätten, ob sie sich für ein solches Gerät interessieren würde (bei der Zürcher Polizei hätten sie schon gar nicht angefragt, von wegen, der Prophet im eigenen Land). Und dann seien sie fast umgeflogen vor Freude und Überraschung, als sie aufgrund ihrer sorgfältigen Gerätebeschreibung (die mussten sie für die Maturarbeit ohnehin erstellen) eine Zusage und sogar eine Gutsprache für die Kosten eines Fluges Zürich–Frankfurt und zurück erhalten hätten. Die Besprechung in Frankfurt sei dann faszinierend gewesen, man habe sie befragt wie zwei Polizeirekruten in der Abschlussprüfung, scharf und bellend „wie die Deutschen so sind", aber das habe ihnen gar nicht imponiert, sie hätten schon so viel Prüfungen für die Matura hinter sich gehabt, dass eine mehr ihnen nichts ausgemacht habe, gebellt oder geflüstert. Und dann sei man sich handelseinig geworden, für sie habe ein schöner Batzen herausgeschaut, den sie sofort in die Gründung einer eigenen Firma gesteckt hätten, die PersoID Ltd mit Sitz in Fehraltdorf, weil der Kollege dort gewohnt habe, und der PersoIdentifier sei bei der Frankfurter Kripo immer noch im Dienst und sogar sehr rege, und unterdessen bei Version 5.1.2 angelangt, und vor kurzem habe dann auch die Kripo Zürich begonnen, sich dafür zu interessieren.

Er habe also einen Freund, der nicht nur El.-Ing. studiert habe, sondern Mitinhaber einer Firma sei, die Kriminelle identifiziert, welche noch frei in der Landschaft herumstrolchen. Das fand ich doch sehr beruhigend, und habe ihm zum Dank einen Kuss auf die Stirn gedrückt. „Nicht mehr", habe ich gesagt, „es tut noch zu weh!", und das hat er dann begriffen und ist kurz danach gegangen, nachdem ich ihm versichert hatte, ich würde nach diesen Eröffnungen ganz ruhig schlafen.

Das habe ich dann auch, und heute feiere ich krank, ich bin wirklich erst eine halbe Portion.

Sonntag, 10. März

Gestern Nacht ein Traum. „Nur ein Traum", habe ich zuerst gedacht, aber oha! Er hat mir den ganzen gestrigen Tag keine Ruhe gelassen. Jedes Mal, wenn ich eine Pause machen wollte, ist er übermächtig zurückgekehrt und ich habe mich an neue Einzelheiten erinnert. Und auch heute muss ich ständig daran denken. Ich glaube, ich schreibe ihn lieber nieder, so habe ich ihn ein Stück weit von mir weggerückt und kann ihn ruhig betrachten:

Ich liege in einer Kiste. Ich weiß nicht, wer mich hineingelegt hat und wo ich bin. Ist das ein Sarg? Hat mich jemand bei lebendigem Leib begraben und ich werde unweigerlich ersticken, wenn die Luft einmal aufgebraucht ist? Ich möchte schreien, aber die Kiste ist dick ausgepolstert und ich sage mir, dass mich ohnehin niemand hören wird. Lieber meine Kräfte sparen, vielleicht gibt es doch noch eine Möglichkeit, zu entkommen. Dann merke ich, dass jemand neben mir liegt, ein Mann, etwa in meinem Alter. Er hat eine Wunde auf der Stirn und blutet, aber er scheint noch zu leben. Ja, er atmet, jetzt stöhnt er und streckt eine Hand nach mir aus. Ich erschaudere, als ich seine kalte Handfläche auf meiner Brust fühle, ich will das nicht. Aber ich will ja Kräfte sparen, und vielleicht ist gar keine Absicht in seiner Bewegung? Jetzt schlägt er die Augen auf und schaut mich an, ich erkenne ihn, es ist Loretan, der versnobte Junge, den alle auslachen. Oder passt er sein Verhalten nur dem versnobten Vornamen an, den seine Eltern im aufoktroyiert haben? Eigentlich ist er gar nicht so versnobt, er versucht ja allen zu helfen, er will uns vergessen lassen, dass er der Klassenerste und ein Genie in Mathe ist, er hilft uns bei unseren Aufgaben, bereitet Spicke für die Prüfungen vor, die er im richtigen Moment weiterwandern lässt. „Wie kommst du hier herein?", frage ich ihn, aber er legt mir nur den Finger auf die Lippen: „Psst, wie müssen jetzt sehr vorsichtig sein, sonst kommen wir nie mehr hier heraus. Sie wollen mich in die Klapsmühle einsperren, um ihr Gewissen zu beruhigen." – „Aber ich habe doch versucht, dich zu schützen, ich habe doch alles getan, um dich zurückzuhalten!" – „Du

hast schon richtig gehandelt, aber jetzt haben sie auch auf dich eine
Wut und wollen dich einlochen!"

Den Loretan, den hat es ja tatsächlich gegeben, so, wie er in meinem Traum aufgetaucht ist, und dann kam diese furchtbare Silvesternacht mit dem Unfall. Er hatte mich gebeten, ihn vom Klassenfest heimzufahren, weil er genug von der Tanzerei und Sauferei hatte, wie er es nannte, und ich hatte ja auch genug. Meinen Eltern hatte ich versprochen, ich würde das Fest spätestens um Mitternacht verlassen, und ohne einen Tropfen Alkohol. Daran habe ich mich auch gehalten, Alkohol hat mich nie besonders gereizt, und ich habe es auch großzügig von meinem Vater gefunden, dass er mir den Wagen so kurz nach meiner Fahrprüfung geliehen hat. Da lag es nahe, Loretan nach Bonstetten zu fahren, das lag auf dem Weg nach Affoltern am Albis. Nachtbusse gab es damals keine, er hätte per Autostopp heimfahren müssen, und in einer Silvesternacht ist das eher riskant. Er war gerade ausgestiegen und musste über die Straße nach Hause, dicht hinter einem unübersichtlichen Rank. Ich bin auch ausgestiegen und habe gesagt: „Pass auf, heute sind Verrückte unterwegs!" Ich bin noch mit ihm um den Wagen bis an den Straßenrand gegangen und drückte ihm die Hand, während er schon einen Schritt auf die Straße gemacht hatte, und genau in dem Moment kommt der Verrückte, ein Porschefahrer, mit weit übersetzter Geschwindigkeit, gerät ins Schleudern, prallt an einen Laternenpfahl, wird zurückgespickt, trifft meinen Wagen mit seiner Kühlerhaube und streift auch noch Loretan von der Seite, so dass er zu Boden stürzt.

Die Schuldfrage wäre sonnenklar gewesen, wäre der Porschefahrer nicht einer der bekanntesten (und gefürchtetsten) Zürcher Anwälte gewesen, dem es tatsächlich gelang, den Unfall völlig umzukehren: Er sei zwar rassig, aber vollkommen beherrscht um die Kurve gefahren, als Loretan plötzlich auf die Straße gerannt sei und den Unfall verursacht habe. Als ich bei der Befragung durch die Polizei die gegenteilige Version vertrat, gab man mir zu verstehen, ich solle mich in Acht nehmen, man könnte sonst auch noch die Ansicht vertreten, ich sei alkoholisiert am Steuer gesessen und wir beide seine unkontrolliert auf die Straße getorkelt, schließlich sei man ja in jener Nacht nicht mehr dazugekommen, meinen Alkoholspiegel zu messen. Am Ende gab es dann noch eine saftige Buße für mich „wegen Alkohol am Steuer und mangelnder Kontrolle des Fahrzeugs", und obwohl diese Behauptung vollkommen unbewiesen und unsinnig war, scheiterte mein Vater mit allen Versuchen, die Buße annullieren zu lassen. Es war zum Verzweifeln, auch für Loretan. Trotz der klaren Zeugnisse seiner Klassenkameraden – mindestens bei dieser Gelegenheit zeigten sie sich solidarisch – wurde er zu einer Buße wegen „unverantwortlichen Verhaltens auf der Straße" verurteilt. Kein Wunder, dass er danach einen Nervenzusammenbruch erlitt und in die „Psychi" eingeliefert wurde. Bis dorthin verfolgte ihn noch der Rachedurst des Zürcher Anwalts, der ihn unbedingt für immer dortbehalten wollte, wohl, um jede Gefahr auszuräumen, dass der wahre Sachverhalt eines Tages doch noch bekannt werden könnte. Doch zumindest bei den Psychiatern hatte der Anwalt kein Glück, sie entließen Loretan kurz danach als völlig geheilt. Dennoch war er gezeichnet: Für ein Studium war ihm der Mut abhandengekommen, und wo immer er sich um eine Stelle bewarb, wurde er als Alkoholiker abgewimmelt. Es hat eine Weile gedauert, ehe er sich zu einem zweiten Anlauf aufgerappelt hat.

Aber warum um Himmelswillen hat mein Traum ihn jetzt aus der Vergessenheit ausgegraben? Besteht irgendein Zusammenhang mit der Aggression, die ich am Bahnhof erfahren habe? Aber welcher? Ihm gegenüber habe ich mich ja nun wirklich nicht als „Sauwyb" benommen!

Dienstag, 12. März

Reto ist mit seinem Geschäftspartner Martin aufgetaucht: sie wollten mein Profil mit ihrem Gerät aufnehmen, um die Nachforschungen auf eigene Faust beginnen zu können. Ich traue ihnen zu, dass sie mehr als die Polizei herausfinden (die sowieso nicht mehr sucht) und bin bereit, auf alle Fragen zu antworten. Martin hat mir gesagt:

„Du musst mich einfach wie einen Gegenstand betrachten, wenn ich dir Fragen stelle, denn es werden auch sehr intime Frage darunter sein. Die Polizei erstellt heute bei ihren Opferbefragungen auch schon psychologische Profile, soweit sind sie, aber sie stellen nur offenkundige Fragen und interessieren sich nur für Dinge, die jedermann wissen kann. Die wirklich interessanten Verbindungen aber laufen immer über das Unbewusste, über unsere Intimität. Dort laufen alle Verbindungen zusammen, die uns mit unserer Umgebung verknüpfen, egal, ob sie „logisch" sind oder den anderen absurd vorkommen mögen. Ich werde dich also auch zu deinem Intimleben befragen und du betrachtest mich einfach wie einen Putzlumpen, der zufällig eine Stimme hat. Wenn ich hier herausgehe, habe ich alles vergessen. Du glaubst nicht, was ich alles vergessen kann, so vergessen, dass ich es, meine ich, nicht einmal unter Folter erinnern würde.

– Es ist nett von dir, dass du dich zu Erklärungen verpflichtet fühlst, aber ich sehe die Zusammenhänge schon selber. Tatsächlich habe ich für Loretan mehr empfunden als bloße Kameradschaft, und wären wir nicht beide so schüchtern und ein wenig verklemmt gewesen, wäre in jener Nacht im Auto meines Vaters ein wenig mehr abgelaufen als nur eine kurze Konversation. Ich bin sicher, dass er auch in mich verliebt war, vielleicht hat ihn der Gedanke an mich die ganze Zeit über gestützt. Ich halte es für möglich, dass er, angesichts seiner aussichtslosen Lage, depressiv geworden und nochmals in der Psychiatrischen gelandet ist. Vielleicht war mein Angreifer einer seiner Leidensgenossen auf Heimurlaub?

– Das kommt mir aber nicht ganz logisch vor, er hat dich sicher vor keinem seiner Leidensgenossen als Schuldige dargestellt, oder meinst du doch?

– Kaum, aber weißt du, ich vermute, wenn du in einer psychiatrischen Anstalt bist, reagierst du nicht logisch, sondern symbolisch. Sein Leidensgenosse versetzt mir einen Schlag, damit ich auch zur „Betroffenen" werde, das macht doch Sinn? Und es stimmt doch, ohne diesen Schlag hätte ich mich nie an Loretan erinnert, hätte nie versucht, mich in seinen jetzigen Zustand hineinzufühlen. Das mit dem Sauwyb ist dann einfach noch eine Fioritur, eine Art, mich in das Leiden der beiden hineinzuziehen. Vermutlich steht dem armen Kerl nicht viel Bildung zur Verfügung, er kann nur mit dem Herzen denken, und dort gibt es vorläufig für ihn nur den Loretan, die andern sind ... eben die andern, denen man Schläge versetzen muss, damit sie endlich kapieren. Abgesprochen haben die beiden das sicher nicht.

– Du hast es für mich wieder logisch gemacht. Weißt du, eine Maschine kann man nur logisch programmieren, und ich staune immer noch darüber, dass unsere Logik offenbar mehr Unbewusstes zuverlässig erfasst, als die Polizeipsychiater, vermutlich, weil wir davon ausgehen, dass einfach alles „logisch" ist und keinerlei Vorgaben machen, sondern nur frei kombinieren. Vielleicht geht das Unbewusste genauso vor?"

Reto ist ein bisschen ärgerlich geworden, dass sein Kollege jetzt auch noch das Unbewusste und seine poetischen Verknüpfungen ins Spiel bringen wollte, und so hat Martin die Maschine eingeschaltet und mich mit Fragen bombardiert, die mich doch da und dort zum Erröten gebracht hätten, hätte ich nicht die Voraussetzungen gekannt. Insofern war auch die Einleitung gut überlegt, und mir sind erstaunlich viele Zusammenhänge klargeworden. Ich bin jetzt ziemlich zuversichtlich, dass die Suche mit dem Perso–Identifier etwas bringen wird.

Mittwoch, 13. März

Heute Morgen um halb sieben, als ich noch gemütlich mit der Zeitung am Küchentisch sitze und meinen Morgenkaffee schlürfe, läutet es an der Tür. Ich frage mich, wer um diese Zeit bei mir läuten könnte. Reto sicher nicht, der ist ein Morgenmuffel! Als ich durch das Guckloch hinausschaue, steht mir fast das Herz still: Loretan!

Er ist sauber gekleidet, eher elegant, und sieht auch sonst gut aus, braungebrannt wie nach einem Ferienaufenthalt. Ich mache ihm auf:

„Loretan! Wo kommst du denn her?

– Du erinnerst dich also noch an mich?

– So altersschwach bin ich noch nicht! Ich weiß sogar, dass du dann doch noch ein Informatikstudium an der ETH gemacht hast.

– Du bist noch dran, gelt?

– Ich schließe erst im Herbst ab. Von dir habe ich gehört via ein paar höhere Semester. Offenbar hattest du damals in der Klinik einen vernünftigen Chefarzt, der gleich gemerkt hat, dass alles, was dir die Polizei anhängen wollte, reine Erfindung war.

– Das war ihm sofort klar, er hat mir aber auch einen weisen Ratschlag gegeben: „Beginnen Sie keinen Windmühlenkampf, Sie ziehen unweigerlich der Kürzeren, denken Sie nur noch an Ihre Zukunft." Du weißt, dass es dann für ein Studium finanziell nicht gleich gereicht hat und dass ich als Magaziner gearbeitet habe. Das war aber nur eine kurze Episode, und wäre es geblieben, wenn nicht vor einem halben Jahr ein naher Freund von mir ... Ich meine wirklich Freund, nicht Geliebter ...

– Komm, lass das, ich weiß, wie du gepolt bist!

– Entschuldigung, also ein naher Freund von mir ist in den Bergen vor meinen Augen verunfallt. Wir waren fast auf dem Eiger oben, er hat sich zu früh ausgeklinkt, für den letzten Schritt nicht mehr aufgepasst und ist ausgerutscht, und weg war er. Das war so ein Schock, dass ich in eine Depression gefallen bin. In der Klinik war noch der gleiche Chefarzt, der hat mich noch einmal rasch auf die Beine gestellt, aber dann ist die Komplikation mit der KESB gekommen ...

– Die KESB?

– Kinder- und Erwachsenenschutzbehörde. Wenn du wegen eines psychischen Problems in eine Klinik eintrittst, auch wenn der Eintritt freiwillig erfolgt, wie bei mir, wirst du automatisch bevormundet und der KESB unterstellt, und bist die Bevormundung erst wieder los, wenn ein formeller Beschluss vorliegt. Der liegt bei mir im Prinzip vor, die Empfehlung meines Chefarztes war klar genug, aber sie haben gefunden, sicherheitshalber solle ich noch für eine Weile in eine psychiatrische Rehabilitationsklinik. Dort tun sie in Fällen die dem meinen nicht viel anderes, als dir sehr freundlich guten Morgen und guten Abend zu sagen, dir deine Medikamente zu verabreichen (Psychopharmaka habe ich von Anfang an verweigert und nie genommen) und dich alle paar Stunden zu fragen, ob du zufrieden seist und alles gut laufe. Darauf könnte ich verzichten, aber ich bin nun einmal in der Klinik, genauer gesagt in der Durchgangsstation, in Erwartung meiner Entlassung, und vorläufig muss ich mich jeden Abend vor zehn Uhr wieder dort melden, sonst werde ich polizeilich gesucht. Kannst du dir das vorstellen?

– Nein, das ist für mich zu hohe Mathematik. Die gängeln dich wirklich wie eine Rotznase?

– So ungefähr. Da weißt du dann plötzlich, wieviel du noch wert bist, wenn du irgendwie aus dem Rahmen fällst und der Amtsschimmel dich psychiatrisch einteilen kann: eine runde Null. Die draußen verfügen und du hast dich zu fügen.

– Und das nennt sich eine Demokratie?

– Für die, die draußen leben, sicher, sie können über ihr Leben mehr oder weniger frei verfügen. Für die drinnen muss man immerhin sagen, dass sie einen nicht mit Psychopharmaka vollstopfen, wenn man sagt, der Bundespräsident sei ein Aloch, das ist bei uns politisch und keine psychiatrische Indikation. Das muss man immerhin anerkennen."

An dieser Stelle musste ich unser Gespräch abbrechen, denn ich hatte um acht Vorlesung. Ich habe vorgeschlagen, dass er um viertel nach elf wiederkommt, dann hätten wir etwas Zeit bis zu meinem Seminar um drei und könnten zusammen Büchsenravioli essen, mehr könne ich ihm nicht anbieten. Er hat galant gemeint, mit mir würde er auch schimmlige Brotkrusten essen, aber er habe einen anderen Vorschlag: Warum uns nicht in der Unimensa treffen, im Lichthof, dort könnten wir ein anständiges Menu verzehren und uns frei unterhalten, der Lärmpegel sei so hoch und es herrsche ein derartiges Kommen und Gehen, dass man völlig frei sprechen könne.

Das haben wir dann auch, aber es war so viel, dass ich morgen weiterfahren muss.

Donnerstag, 14. März

Es war ein beunruhigendes Bild, das Loretan von der Welt „drinnen" entworfen hat. Beunruhigend für uns „draussen", weil wir diese Welt so vollkommen vernachlässigen, als würde sie uns nicht das Geringste angehen, und dabei braucht es so wenig, um hineinzurutschen. Vielleicht gerade deshalb, um unsere unbewusste Angst zu bannen, schauen wir geflissentlich weg.

Loretan hat mir ein buntes und sehr menschliches Bild von seinen Leidensgenossen entworfen. Was sie untereinander eine, sei zunächst einmal die Tatsache, dass keiner sich wirklich isolieren könne:

„Auch wenn du denkst, bei dir seien alle Schalter in Ordnung, du kannst dich nicht isolieren, es herrscht immer so etwas wie eine kollektive Stimmung, die fast unwiderstehlich ist. Da gibt es gute Tage, an denen alle sich gehoben fühlen, die einen überschwänglich, die andern gemessener, aber die Stimmung schlägt bei allen durch. Man wünscht sich einen wunderschönen Tag, die Fromme vom Dienst betet laut für das Seelenheil aller Insassen und dankt dem Herrgott, dass er ihnen ihre Sünden vergeben und einen so schönen Tag geschickt habe, der Gentleman im Pyjamahosen und mit Strohhut auf dem Kopf macht jedem weiblichen Wesen den Hof und erzählt, wie er in Polen („Ja, wenn sie Polen nicht kennen, fehlt Ihnen die Hälfte der Menschheit, dort weiß man wirklich, was Galanterie heißt!"), wie er also in Polen vier Geliebte gleichzeitig gehabt habe, und jeder gerecht geworden sei, weil, einer Lady gerecht werden, das sei ja nicht nur eine Frage der Samenreserve, sondern eben eine Form von Freundlichkeit, die Frauen einfach verzaubere. Und dabei verbeugt er sich und zieht seinen Hut und macht Kratzfüße, als stünde

259

er auf der Bühne. Und dann gibt es die schlimmen Tage, wo drei, vier schwer Angeschlagene plötzlich ihren Ausbruch haben. Beim einen muss das Putzpersonal im Zimmer das ganze Bett neu beziehen, während er lärmend im Gang ohne Unterwäsche herumirrt, die andere ist in ein fremdes Zimmer eingedrungen und behauptet, die roten Hosen gehörten ihr, während die Insassin sagt, die hätte sie gerade zurückgeholt, und die Lady da gehe in jedes Zimmer und stehle, was ihr gefalle, und unterdessen brüllt der Dritte die arme Ehefrau, die ihn mit Müh' und Not überzeugen konnte, in die Klinik einzutreten, aus Leibeskräften an: mit *ihm* könne man das nicht machen, *ihn* lasse man nicht einfach so zurück, *er* habe Beziehungen, *er* habe bereits seinen Anwalt verständigt, der werde jetzt gleich kommen und ihn herausholen, er gehöre in ein Hotel, nicht in eine so lausige Klinik dritter oder vierter Kategorie. Und fuchtelt dabei mit der Faust seiner armen Frau unter der Nase, sodass sie Schritt um Schritt zurückweicht, bis sie an der Wand steht. Unterdessen rutscht der „Kriecher" mit ungeheurer Behändigkeit auf dem Hosenboden über die glatten Linolböden, rüttelt an jeder verschlossenen Tür und versucht, bei jedem Spalt durchzudringen, bis er zufällig in den Untersuchungsraum gerät, der eine Sekunde offenstand, und wo teure Apparaturen und rezeptpflichtige Medikamente seiner Neugier preisgegeben sind. In Wirklichkeit sucht er seine Geliebte, die er eigentlich mit jedem busentragenden Wesen identifiziert. Und überall sollte das Personal präsent sein, beruhigen, schlichten, besänftigen, überzeugen, verstehen, anhören, sanft auf den rechten Weg bringen, selten einmal auch mit kräftiger Faust eingreifen. Und noch während der bullige Sicherheitsbeauftragte (im Übrigen eine Seele von einem Mann) mit eisernem Griff den schreienden Ehemann von seiner Frau zurückzieht, beginnen die Lady und ihre Denunziantin in den Gängen herumzurennen und sich lauthals zu beschimpfen, und an einem Tisch lärmen ein paar Unzufriedene: Immer das gleiche, man habe doch glatt den Zvieri vergessen, und wo sie sich jetzt den Kaffee beschaffen sollen, wenn auch die Tür zur Küche mit dem Kaffeeautomaten abgesperrt sei? Und bei alledem kann sich keiner isolieren, alle sind von der gleichen Grundstimmung erfasst und auf einem Meer von Gefühlen und Ängsten davongetragen wie ein ungeübter Surfer von der Brandung.

– Und jetzt wirst du erst einmal ans Ufer gehen und deinen Kaffee trinken und den Streuselkuchen essen, sonst ertrinkst du mir noch in deinen Erinnerungen, habe ich ihm gesagt.

– Du hast recht, ich sollte weniger erzählen und mehr schreiben. Ich habe mir vorgenommen, ein Buch über meine Erlebnisse und Beobachtungen zu schreiben, da gibt es noch einen reichen Fundus von Beobachtungen, die von der Psychiatrie bisher zu wenig berücksichtigt wurden: Wie sich die drinnen untereinander erleben. Ja, ja, ich esse ja schon, ich kann auch essen und reden, aber du hast recht, ich sollte das alles schreiben, ich werde es im Selbstverlag herausgeben, nach meiner Einschätzung dürfte es gar nicht so schlecht laufen als Buch.

– Das glaube ich auch, du kannst faszinierend erzählen, mich wirst du auch als Leserin haben, ich freue mich schon darauf.

– Abgemacht, in einem Monat möchte ich abschließen, ich habe schon 300 Seiten und muss zusehen, dass es nicht ausufert. Mit der Dramaturgie stimmt es noch nicht ganz.

– Also, iss jetzt deinen Kuchen und kümmere dich dann um deine Dramaturgie.

– Ja weißt du, mit wem kann ich drinnen so reden wie jetzt mit dir? Du bist meine beste Muse, am liebsten würde ich dir mein Buch widmen.

– Das sehen wir dann später ...

– Wenn du weißt, was ich geschrieben habe und ob du willst, dass dein Name damit in Zusammenhang gebracht wird. Du hast vollkommen recht. Übrigens, deinen Reto ...

– Einfach Reto, er ist nicht mein Privatbesitz.

– Also einfach Reto: Ich finde ihn ganz toll, auch wenn ich ein bisschen eifersüchtig bin. Ich weiß, ich weiß, ich habe überhaupt keine Ansprüche auf dich, wir waren damals viel zu schüchtern und zu wohlerzogen, als dass es zwischen uns zu irgendetwas hätte kommen können, und du hast mit deinem Partner sicher die beste Wahl getroffen, da bin ich völlig überzeugt. Nimmt es einfach als Hommage von einem, den du tief beeindruckst. Ja, ja, ich esse schon und trinke Kaffee auf dein Wohl!"

Ich staune, wie leicht es mir fällt, ein ganzes langes Gespräch zwei Tage später aus dem Gedächtnis wiederzugeben, vermutlich, weil Loretan derart plastisch und anschaulich schildert, dass sich das alles sofort ins Gedächtnis eingraviert. Kommt dazu, dass es die unbewusste Sphäre stark berührt, und von Reto und Martin weiß ich ja jetzt, dass das wahre Gedächtnis seinen Sitz im Unbewussten hat.

Dienstag, 19. März

Du meine Güte, in was bin ich da hineingeraten! Ich sollte gleichzeitig einem armen Hund von Psychiatrieinsassen gerecht werden, der wirklich überall wie ein geschlagener Hund herumläuft, und dem überintelligenten und überbegabten Loretan, und Reto und Martin, die fast vor Begeisterung platzen über die prognostischen Fähigkeiten ihrer Software, und einem beamtenhaften Polizeikommissar, der mich nach jedem dritten Satz unterbricht: „Ja, aber jetzt einmal die Fakten, nur die Fakten: Was ist genau passiert am sowiesoten um soundsoviel Uhr?", als ob ich zu jeder Erinnerung den genauen Ort und die genaue Sekunde niedergeschrieben hätte! Erinnerungen ja, soviel er will, aber doch nicht auf Millimeterpapier mit einem blauen Punkt für jeden Fakt! Warum sind sie nicht auf die Suche gegangen und haben alles mit ihren Kameras aufgenommen? Wir haben ja nur freiwillig etwas unternommen, weil sie nichts getan haben mit ihrem ganzen Apparat, und mehr gefunden als sie. Sollen sie uns doch dankbar sein und weitermachen, statt uns ständig zu kritisieren:

„Jetzt einmal ganz genau, Fräulein Leuenberger ...

– Frau! (der ist doch tatsächlich noch im letzten Jahrhundert stehen geblieben!)

– Ja, also Frau Leuenberger, was hat der Angreifer zu Ihnen gesagt?

– Sauwyb!

– Sonst nichts? Aber das sagt doch einer nicht, wenn er jemanden nicht kennt oder keinen konkreten Anlass dazu hat!

– Er ist von weitem mit ausgestrecktem Arm und Zeigefinger auf mich zugekommen und hat mir gerade in die Augen geschaut, dann hat er mir ins Gesicht gehauen und dazu „Sauwyb" geschrien. Wo ist da der konkrete Anlass?

– Eben, offensichtlich hat er Sie gekannt.

– Woher denn? Er haust seit Jahren als unheilbarer Schizophrener, der nicht auf Medikamente anspricht, in der Psychiatrie: Wann soll er mir begegnet sein?

– Wieso hat man ihn dann herausgelassen?

– Weil er bekannt dafür ist, dass er besonders friedlich und ungefährlich ist und er sich wie ein Kind freut, wenn er einmal für ein paar Stunden etwas anderes sehen kann.

– Und Schläge verteilen. Irgendetwas stimmt da nicht in der psychiatrischen Beurteilung.

– Irgendetwas kann immer passieren, trotz psychiatrischer Beurteilung. Es ist ja auch schon passiert, dass eine Polizistin, die einen angeblich harmlosen und unbewaffneten Gefangenen zu einem Begräbnis begleiten sollte, vergewaltigt und dann mit einem Messer umgebracht wurde, und der Fall ist immer noch ungeklärt, da ist ja die Aggression gegen mich doch noch recht harmlos abgelaufen, oder? (*Das oder habe ich mir nicht verklemmen können, das wir Zürcher unter anderem benutzen, um in einer Auseinandersetzung dem andern ein unwiderlegbares Argument aggressiv um die Ohren zu hauen.*)"

Mein Kommissar war dann ziemlich sauer, den Fall haben sie immer noch nicht verdaut, aber was wollte er mir entgegnen?

Mittwoch, 20. März

Heute Morgen ist Loretan ganz zerknittert vor meiner Tür gestanden: Es sei ihm furchtbar peinlich, dass die Polizei mich jetzt zu dem Blödsinn befragt habe, den sein Freund Mauz gebastelt habe. Eigentlich heiße er ja Ruedi Kneubühler, aber jedermann nenne ihn Mauz, sogar die Psychiater, die doch seinen wahren Namen bestens wüssten. Das passe irgendwie zu ihm, schon seine Eltern hätten ihn so genannt, irgend etwas zwischen „Maus" und „Klotz" ... Mauz habe ihm gebeichtet, was in seinem wirren Kopf vor sich gegangen sei, als er mich attackierte. Er, Mauz, habe erraten (er sei nämlich ziemlich intuitiv, meinte Loretan), dass zwischen mir und Loretan einmal „etwas gewesen sei", obwohl es ja da überhaupt nichts zu berichten gab. Und Loretan habe zerstreut, wie er sei, einmal sein Portefeuille mit einem Bild von mir auf dem Mittagstisch liegen lassen und Mauz habe das Bild betrachtet. Da sei in ihm die Idee entstanden, dass Loretan schon längstens aus der Durchgangsstation draußen sein könnte, wenn ich ihm helfen würde, und deshalb habe er mich „ein wenig schütteln wollen", und da sei ihm nichts Besseres eingefallen als ein Fausthieb. Offenbar ist es ihm gelungen, mit schlafwandlerischer Sicherheit aus der Anstalt zu entweichen, ohne gesehen zu werden, und mit der gleichen Sicherheit habe er sich gesagt: „Auf dem HB Zürich kommen sie alle zusammen, dort finde ich sie." Das habe er dann leider. Dass er eine Bärenkraft hat und mit einem Fausthieb jemanden umbringen könnte, sei ihm überhaupt nicht in den Sinn gekommen, er habe seine Kräfte ja noch nie eingesetzt. Und das mit dem „Sauwyb", das sei nicht so gemeint gewesen, er habe bloss eine sehr beschränkte Ausdrucksweise, die nicht einmal für ein „He, mach einmal etwas!" gereicht habe. Jetzt meine er, ich würde ihm nie verzeihen. Er habe ja sowieso immer den Eindruck, alles, was er tue, sei unverzeihlich.

„Verzeihen kann ich im schon, besser als dem Ekel von Kommissar, wobei, der tut ja auch nur, was er kann. Aber ich wäre schon froh, wenn ihm klar bewusst wäre, was er mit seinen Fäusten anrichten kann!

– Das weiß er unterdessen, hat mir Loretan lachend versichert, ich habe es ihm beigebracht. Weißt du, solchen Menschen musst du die Sachen zeigen, nicht beschreiben. Ich bin mit ihm im Garten in den Geräteschuppen gegangen, weil ich wusste, dass dort ein alter Metallrechen stand, den niemand mehr brauchte, mit einem dicken Metallgriff, etwa so dick, wie eine der hölzernen Vorhangstangen, die man in Luxuswohnungen anbringt. Ich habe ihm den Griff in die Hand gedrückt und gesagt: „So, jetzt biegst du den mal." Er hat nicht weiter nachgedacht, hat den Griff fest mit beiden Händen gepackt und glatt in der Mitte zusammengefaltet. „Und was glaubst du *(habe ich ihn gefragt)*, was du mit einem Arm oder einem Genick machen kannst, wenn du einmal so zupackst? – Öööö … – Verstanden? In Zukunft behandelst du Menschen, wie wenn sie aus Porzellan wären, weißt du noch, die große chinesische Vase, die einmal kaputt gegangen ist, weil der Peter nicht aufgepasst hat, und unser Direktor war ganz traurig, weil das seine Lieblingsvase war? So musst du mit Menschen umgehen!" Ich glaube, der würde jetzt sogar noch Handschuhe anziehen, wenn er dich streicheln wollte."

Ich habe sehr gelacht, und in dem Moment sind Reto und Martin mit ihrem Perso-Identifier gekommen, weil sie noch ein paar Fragen klären wollten, und Loretan musste ihnen die Episode auch erzählen. Da haben wir dann alle vier noch einen lustigen Augenblick gehabt.

Ich habe den Eindruck, die drei werden sich gut verstehen, und das ist mir sehr recht so, ich möchte nicht das Hacksteak spielen, wenn sie beginnen, zu rivalisieren, um was auch immer. Effektiv haben Reto und Martin noch eine Reihe von Fragen zur Erlebnisweise von Internierten gestellt und waren mit Loretans Antworten sehr zufrieden, weil sie eine Reihe von zusätzlichen Aspekten damit klären konnten. Meine Aggression ist ja jetzt scheinbar geklärt, Mauz wird sich der Polizei stellen und die werden noch so froh sein, wenn sie ihn so schnell wie möglich wieder in der „Psychi" abliefern können und damit den Fall los sind, aber Reto und Martin leuchtet diese Darstellung noch nicht ganz ein. So intuitiv, wie Mauz sei, hätte er doch aus den Äußerungen von Loretan nie entnehmen können, dass ich an irgendetwas „schuld" sei, höchstens, dass er vielleicht helfen könne. Jemanden, den keine Schuld treffe, mit Fausthieben zum Helfen zu animieren, das wäre ihm doch wahrscheinlich auch nicht in den Sinn gekommen. Effektiv hat sich Loretan dann erinnert, dass Mauz zuerst nur traurig war und immer wieder gesagt habe: „Wenn *sie* nur wüsste, aber sie kann ja auch nichts machen!" Und dann, an einem Abend, sei er ganz erregt zu ihm gekommen und habe gesagt: „Sie weiß es, und sie ist schuld, dass du noch da bist!", und habe sich das partout nicht ausreden lassen. Tatsächlich sei an dem Tag jemand zu Besuch gekommen, den er überhaupt nicht kenne, etwa 50, mit dem Aussehen eines mit allen Wassern gewaschenen Geschäftsmannes (das sei sein Eindruck gewesen), und der habe längere Zeit auf Mauz eingeredet, er habe das zufällig beobachtet.

„Ich denke, hat Martin in seiner gewohnten direkten Art gesagt, dass jemand hinter dir her ist. Unabhängig von deiner Beziehung zu Loretan. Ich meine, dass die nur ein Vorwand ist, um einen armen Verwirrten auf dich loszuhetzen. Wir müssen uns darauf gefasst machen, dass die Sache noch längst nicht zu Ende ist.

– Du machst mir ja Freude, jetzt soll ich auch noch ständig in der Angst leben, dass jemand mir an den Kragen will! Ich wandere aus, in der Schweiz wird es mir zu gefährlich!

– Ganz so schlimm ist es auch wieder nicht. Dank unseren Berechnungen und den genauen Aussagen von Loretan habe wir jetzt ein ziemlich genaues Täterprofil, und es passt erstaunlich genau zum psychologischen Profil des Zürcher Anwalts, der dir und Loretan seinerzeit so viele Probleme eingebrockt hat. Ich würde keineswegs ausschließen, dass es sich um dieselbe Person handelt, auch das Alter stimmt ja.

– Ja gute Nacht, du beruhigst mich ungemein! Wenn es wirklich der Kerl ist, dann halte ich ihn zu allem fähig, und das macht mir nur noch mehr Angst. Sag' mir nur noch, wohin ich auswandern soll.

– Ins Nichts.

– Hä?!

– Gib uns drei Tage. Wir lassen dich verschwinden für diese Zeit. Ein Kollege von mir hat einen guten Schlag in Wallisellen, er muss für drei Tage nach Paris an die INRIA, das *Institut national de recherche en informatique et en automatique*, für ein Kolloquium, in dieser Zeit könntest du bei ihm wohnen, er wird sicher einverstanden sein. Unterdessen verbreiten wir das Gerücht, die Polizei habe Anhaltspunkte, dass unser Anwalt Insiderdelikte begangen habe, und eine Verhaftung liege in der Luft. Welcher Geschäftsanwalt hat keine Insiderdelikte begangen? Und wer würde nicht lieber präventiv die Informationsquelle stopfen, statt hintendrein langwierige Verfahren durchzustehen? Du bist ihm gefährlich, weil du um seine Machenschaften weißt, und bist zugleich für ihn „leicht zu stopfen". Ich glaube nicht, dass er dir an den Kragen will, das wäre auch für ihn zu riskant, immerhin leben wir in der Schweiz. Aber du bist eine Einzelperson, dich kann man einschüchtern, und er traut sich bestimmt zu, dich so in Panik versetzen, dass du als potentielle Zeugin unglaubwürdig wirst. Wen er dann wirklich treffen will, das muss sich erst noch zeigen, vermutlich glaubt er zu wissen, wer die Informationsquelle sein könnte. Und das verwinkelte Vorgehen über einen armen Irren passt ganz zu seinem psychologischen Profil, er glaubt immer und unter allen Umständen der Intelligenteste zu sein, der sich nie irrt und der mit den andern spielen kann wie mit Marionetten. Wir werden ja sehen, was er tut!"

Sehr beruhigt fühlte ich mich immer noch nicht, für Martin war es eine Art Computergame, für mich ein Spiel, das mit Scherben enden konnte. Aber was blieb mir schon anderes übrig, mir fiel ja auch nichts Gescheiteres ein. Also habe ich schon mal ein Köfferchen gepackt und meinen Laptop hineingestopft. Die „Flucht" sollte noch in der gleichen Nacht über die Bühne gehen. Wieso müssen ausgerechnet mir solche Sachen passieren?

Freitag, 22. März

Die Bombe ist geplatzt, aber nicht so, wie wir es dachten. Es passt nicht nur zum psychologischen Profil von Dr. Mauerhofer, er ist uns allen tatsächlich immer einen Schritt voraus. Statt dass er versuchte hätte, mich zu packen, hat er den armen Mauz gekidnappt. Denn Mauz ist aus der Psychiatrischen spurlos verschwunden, und der wäre sicher nie von sich aus ausgebrochen. Der Mauerhofer muss sich gesagt haben, wenn er den Mauz packe, habe er auch mich k. o. gesetzt, und damit hat er völlig recht. Ich fühle mich am Boden vernichtet, nicht nur, weil ich mit dem armen Mauz solches Mitleid habe, sondern auch, weil ich sehe, was sich dieses Scheusal bei uns in der Schweiz leisten kann: eine glatte Entführung. Ich will, ich muss leider Martin glauben, dass er keinen Mord plant, wenn ich nicht verzweifeln will, aber es genügt mir schon zu erleben, dass ein Schweizer Anwalt wie irgendein sizilianischer Mafioso eine Entführung organisieren kann, als wäre das das Natürlichste von der Welt. Was wird er als Nächstes aushecken?

Ich stelle mir den armen Mauz vor, gefesselt, den Mund verbunden, auf den Boden einer Jagdhütte geschmissen, zitternd vor Kälte … Das sind alles Fantasien, Produkte meines Unbewussten, aber Martin behauptet ja, das Unbewusste wisse mehr als das Bewusstsein, dort würden alle Fäden zusammenlaufen. Wo läuft der nächste Faden hin?

Reto und Martin sind erregt wie zwei Bündner bei der Eröffnung der Jagdsaison. Jetzt muss sich beweisen, was ihr Perso-Identifier wirklich wert ist und ob das Täterprofil es ihnen erlaubt, den Täter zu schnappen. Einen Täter, wohlgemerkt, der offiziell keiner ist, in einer Angelegenheit, die die Polizei offiziell ad acta gelegt hat, nachdem Mauz reumütig aufs Kommissariat gegangen ist und alles gebeichtet hat. Ein Nichts im Nirwana, und ein Programm, dass dieses Nichts finden sollte gegen alle amtliche Vernunft: Ich kann nicht anders, mich hat das Fieber auch erfasst, es ist die einzige Chance, aus dieser Misere herauszukommen und den Täter ein für alle Mal zu „stopfen". Reto wäre nicht Reto, wenn er nicht unterdessen in seiner Bündner Heimat ein Verzeichnis sämtlicher Jagdhütten zusammengesucht und in den Perso-Identifier eingespeist hätte, und tatsächlich, er ist fündig geworden, es gibt eine Jagdhütte, die dem Mauerhofer gehört, und zwar in Tavetsch, im Kreis Disentis. Es wäre kein Kunststück, jemanden im Kofferraum eines Landrovers von Zürich bis zu einer Jagdhütte in Tavetsch zu verfrachten und in der gleichen Nacht nach Zürich zurückzufahren. Reto kennt natürlich dort oben eine Menge Jäger, irgendeiner hat vielleicht etwas beobachtet, und sonst merkt ja auch niemand, wenn ein Spaziergänger (Reto) einer einsamen Jagdhütte einen Besuch abstattet. Reto ist zu dieser Stunde schon in Tavetsch, Martin und ich erwarten seinen Anruf (mit Satellitenverbindung, damit das Smartphone auch ja Deckung hat und der Anruf nicht zu orten ist!).

Samstag, 23. März

Sie haben ihn gefunden! Heute um 10 kam das Telefon von Reto: Sie hätten den armen Mauz gefunden und seien auf dem Rückweg nach Zürich, hat Reto ganz aufgeregt berichtet. Der liebe Mauz sitze jetzt vorne auf dem Beifahrersitz neben einem Bündner Kantonspolizisten, und er, Reto, auf der Bank unmittelbar dahinter.

Unterdessen ist Reto schon zurück und ist gleich zu mir gekommen, bzw. in die Wohnung seines Kollegen, um zu berichten: Der gute Mauz sei so begeistert gewesen, dass er aus voller Kehle gejauchzt habe, und er, Reto, habe ihm erklären müssen, das sei für den Fahrer störend und er soll doch lieber bloss „Oi, oi" sagen, und daraufhin habe Mauz bis zu seiner Rückkehr in die Psychi und dort dann erst recht nur ständig „Oi, oi, oi!" gerufen, und in der Psychi habe der einfühlsame Direktor ihm einen riesigen Lebkuchen geschenkt „für seine Tapferkeit", und jetzt sei der Mauz überzeugt, dass er definitiv im irdischen Paradies lebe. Den Mauerhofer dagegen wird unser Kommissar morgen in aller Früh in die Mangel nehmen, wenn ihn eine Nacht im Gefängnis schon etwas mürbe gemacht habe.

Aber dann habe ich bei Reto ein paar Sorgenfalten auf der Stirn gesehen und habe ihn geradeheraus gefragt:

„Was ist los? Irgendetwas stimmt doch bei der ganzen Geschichte nicht? Damit, dass man den Manz in Mauerhofers Hütte gefunden hat, ist die Schuld des Anwalts ja noch nicht eindeutig bewiesen. Jedermann in der Gegend wusste ja, dass er in

Tavetsch eine Jagdhütte hat und hätte den Mauz dort hinein-
pferchen können. Der Mauerhofer wird den Staatsanwalt zur
Schnecke machen, wenn er nicht solidere Argumente bringt.

– Du sagst es! Ich habe auch schon die Auswertung der Fin-
gerabdrücke, die wir an den Seilen und der Mundbinde gefunden
haben, mit denen Mauz gefesselt war, und sie stimmen nicht mit
den Abdrücken von Mauerhofer überein (die Täter sind anscheinend sehr sorglos vorgegangen). Seine waren natürlich in der
ganzen Hütte, aber nicht auf Mauz, und ich zweifle sehr, dass
er lokale Helfer unter den Bündner Jägern hat. Man kann ja den
Bündnern alles Mögliche nachsagen, aber bei einer Entführung
hört der Spaß auf, wie sind nicht in Sizilien oder der Ukraine!

– Hast du schon eine Theorie?

– Ich hüte mich vor Theorien, ich habe nur Richtungen, in
denen ich nach Belegen suchen kann. Die Beobachtung von Loretan, der den Mauerhofer auf Mauz hat einreden sehen, stimmt
sicher, aber das heißt noch keineswegs, dass der Anwalt die Entführung durchgeführt hat. Wenn *er* es aber nicht war, so ist das
Naheliegendste, dass er für jemanden gearbeitet hat. Ich kann
natürlich nicht in seine Kanzlei einbrechen und seine Kunden-
listen durchforsten, aber es gibt eine andere Methode, nämlich
alle mir zugänglichen Zeugen im Raum Zürich–Disentis–Tavetsch zu befragen, die den Mauerhofer mit einem Kunden gesehen haben, und weiter alle Zeugen in Tavetsch, in der Nähe
der Jagdhütte, und da kommen vor allem Bündner Jäger in Be-
tracht, die einen „frömdę Fözzęl" dort gesichtet haben. Du weißt,
ich bin ja auch einer von den Strolchen, die im Herbst mit einer
Knallerbüchse in den Wäldern herumstreunen, und habe also
viele Freunde unter den Bündner Jägern. Die Befragungen im
Zürcher Umfeld können wir der Zürcher Polizei überlassen, die
ist froh, wenn wir die Arbeit in Graubünden machen und ihnen
natürlich alle Beobachtungen sofort weiterleiten. Die Bündner
Polizei hat im Moment alle Hände mit Schutzmaßnahmen für
das Weltwirtschaftsforum zu tun und „sieht nichts", wenn ich
ein wenig herumschnüffle in Tavetsch. Es wäre auch logisch,
wenn das Weltwirtschaftsforum als „Hintergrundrauschen" für

Geheimdienstler oder Mafiosi dienen würde, die einen Coup in Graubünden planen. Am Schluss muss das dann alles in den Perso-Identifier, der uns die höchsten Wahrscheinlichkeiten ausrechnet, und die paar verbleibenden Zeugen werden die Zürcher ausquetschen, da sind sie motiviert genug, denn eine Entführung unter ihrer Nase ist genügend blamabel für sie, die Scharte wollen sie unbedingt auswetzen. Es kommt aber noch etwas dazu ...

– Ja, ich!

– Dir kann man nichts verbergen. Natürlich, wenn der arme Mauz anscheinend ein kompromittierender Zeuge sein könnten, den wir ihnen jetzt weggeschnappt haben, dann bist du es erst recht, und dich als Frau können sie noch leichter einschüchtern und demütigen als ihn, denken sie jedenfalls, und das müssten sie auf jeden Fall, wenn dein Zeugnis vor Gericht keine entscheidende Rolle spielen soll.

– Ich kann mir zwar immer noch nicht vorstellen, welche entscheidende Rolle ich spielen soll. Was kann ich sagen, das Loretan nicht viel besser sagen könnte, weil er es selber gesehen hat und auch Mauz sehr gut kennt? Und ist nicht viel eher *er* in Gefahr als ich?

– Das glaube ich nicht, in der Psychi werden sie nicht zuschlagen, das ist zu gefährlich.

– Ja, und bei mir? Eine Entführung wäre im jetzigen Moment doch auch ziemlich aufsehenerregend.

– Ich glaube eben nicht, dass sie überhaupt eine Entführung oder sogar etwas noch Schlimmeres planen. Es würde ja genügen, dich so einzuschüchtern, dass du in Panik gerätst und dich selber als Zeugin unglaubwürdig machst. Dann würde man noch Loretan als „psychisch angeschlagen" abtun und die Beweise der Staatsanwaltschaft würde in sich zusammensacken. Mauerhofer würde sich die Gelegenheit nicht entgehen lassen, den Prozess haushoch zu gewinnen, und Loretan wäre für den Rest seines Lebens als „psychisch labil" abgestempelt.

– Wow, das hast du ja alles schon gründlich durchgedacht! Hast du auch schon Vermutungen, wer die eigentlichen Drahtzieher sein könnten?

– Habe ich. Der Mauerhofer hat einmal einen russischen Mandanten verteidigt, von dem es hieß, er stehe der Moskauer Mafia nahe oder sei sogar ein Chef, und der dann dank der Verteidigung Mauerhofers zum unschuldigsten Unschuldslamm der russischen Geschichte wurde, der die Welt mit seinen Wohltaten beglückt und nichts *mehr* wünscht, als mit seiner lieben Frau und seinen lieben Kinderchen ein friedliches Leben zu führen. Von der Frau wurde übrigens gemunkelt, sie gehöre zum russischen Geheimdienst. Du siehst, eine gemütliche Gesellschaft. Aber natürlich sind das vorläufig reine Vermutungen, und ich nutze sie nur, um mein Unbewusstes damit zu füttern, vielleicht fallen mir auf diesem Weg noch ein paar mögliche Zeugen ein, die ich dem Perso-Identifier verfüttern kann."

Das waren alles sehr spannende Neuigkeiten, aber ich wollte dann doch auch wissen, wie es um meine Sicherheit stand. Einschüchtern werde ich mich zwar nicht lassen, da sind die Kerle an die Falsche geraten, aber ich wollte immerhin wissen, was auf mich zukäme. Und das war dann wieder eher beruhigend zu hören: Die Zürcher Kripo will mich für eine Woche „verschwinden" lassen, und zwar in der Wohnung, in der ich jetzt bin. Retos Kollegen haben sie eine gleichwertige Bleibe offeriert, auch im Hochschulquartier und natürlich gratis, und ich bleibe in seiner Wohnung, denn außer ihm, Reto, der Polizei und mir weiß wirklich niemand, wo ich jetzt bin. Reto war ja so vorsichtig, dass er seinen einzigen Anruf hierher per Satellitentelefon gemacht hat, und dass ihn also sogar eine russische Geheimdienstlerin nicht „trecken" könnte. Ich muss sagen, Retos Kurswert steigt bei mir kontinuierlich, aber das sage ich ihm jetzt natürlich nicht, er soll sich auf seine Pisten konzentrieren!

Das einzig Lästige ist, dass ich ab jetzt eine Woche Hausarrest habe, weil ich angeblich mit einer schweren Gastroenteritis im Spital Zollikerberg liege, wo die Polizei mich samt Kostengutsprache meiner Krankenkasse in die Patientenliste hineingeschmuggelt hat und bis hin zu meinem Entlassungsdokument alle nötigen Unterlagen fabrizieren wird. Dass die Zürcher Polizei jetzt unter die Dokumentenfälscher gegangen ist, schockiert mich ein bisschen, aber es stimmt ja, im schlimmsten Fall muss man damit rechnen, dass der russische Geheimdienst involviert ist, und den muss man halt mit seinen eigenen Waffen schlagen.

Ich bin jetzt also gewissermaßen eine Geheimdienstmitarbeiterin, trinke Lindenblütentee (erkältet bin ich nämlich wirklich, wahrscheinlich von all den Aufregungen), esse Knäckebrot und Schachtelkäsli und löse auf meinem Tablett Differentialgleichungen als Übung für meine Abschlussprüfung im Herbst.

Sonntag, 24. März

Als ich heute Morgen die Wohnungstür öffne, um vor dem Frühstück die Sonntagsausgabe meiner Zeitung aus dem Briefkasten zu holen, trifft mich fast der Schlag: Vor der Tür liegt eine verkrümmte Gestalt: „Um Himmels willen, ein Toter!" Dann schaue ich doch näher hin, und der Tote beginnt sich zu regen, „entschrumpelt" (das Verb müsste es geben) und richtet sich zu seiner vollen Höhe auf: Loretan!

„Was machst du denn hier?!

– Ich wollte dich in der Nacht nicht stören, da habe ich gedacht, ich setze mich vor deine Tür. Du hast ja als Nachbar nur den Estrich, hier oben sieht mich keiner. Und dann muss ich eingeschlafen sein, ich bin erst jetzt erwacht, als du die Tür geöffnet hast.

– Und mir vorher telefonieren, das lag nicht drin? Ich habe ja schließlich ein Sofa.

– Damit sie dein Handy orten? Das hätte gerade noch gefehlt!

– Du weißt also schon? Hat Reto dich informiert?

– Umgekehrt, zuerst ich ihn, dann er mich. Ich habe nämlich eine noch direktere Quelle.

– Wen denn?

– Meine Augen und meine Ohren! Gestern Abend gegen 9, um diese Zeit sind in einer Psychi die Patienten schon in der Flohkiste, bin ich noch wach gelegen und höre, wie jemand sich an meiner Tür zu schaffen macht. Sicher ist besser, habe ich mir gedacht, und bin auf den Balkon, habe die Tür hinter mir zugedrückt, so dass man nicht merken konnte, dass ich getürmt bin, und habe mich an der Regentraufe, die neben meinem Balkon heruntergeht, ein Stück heruntergehangelt, genug, um zu hören, ohne gesehen zu werden. Du weißt, ich bin ein geübter Alpinist. Aber für das, was dann kam, hat es keine besonders guten Ohren gebraucht: drei Schüsse und dann Schritte, die wegrennen und nach kurzer Zeit ein Automotor, der aufheult und Reifen, die auf dem Kies knirschen, bis das Motorengeräusch verhallt. Die wollten mich auf die sicherste Art zum Schweigen bringen.

– Aber wieso dich? Was du weißt, hast du ja schon der Polizei berichtet und es ist protokolliert, wenn sie dich umbringen, beweisen sie ja noch mehr, dass alles, was du berichtet hast, die reine Wahrheit ist.

– Das habe ich mich zuerst auch gefragt, aber dann ist mir eingefallen, was Martin immer sagt: Die meisten und wichtigsten Beobachtungen sind in unserem Unbewussten verborgen. Offenbar glauben die Mafiosi, ich wisse bedeutend mehr, als Mauz und ich bisher der Polizei berichtet haben, und damit könnten sie Recht haben. Vorläufig sind es erst vage Vermutungen und ein Traumfetzen vorhin, als ich vor deiner Tür eingeschlafen bin, aber die Richtung ist klar: Ich habe eine Ahnung, warum der Mauerhofer seinerzeit so erpicht darauf war, sein Spuren zu verwischen. Nicht in erster Linie wegen seines Renommees, den Prozess hätte er so oder so haushoch gewonnen, falls es dazu gekommen wäre. Er hat damals für einen Klienten gearbeitet, den ich einmal zufällig gesehen habe und von dem ich dachte, der sehe wirklich unheimlich aus. Irgendwo in meinem Gedächtnis liegen noch Einzelheiten, die für diesen Klienten gefährlich werden könnten, falls sie in einem Verfahren zur Sprache kämen, und ich bin offenbar der Einzige, der sich dran erinnern könnte. Ich weiß, Markus hat mich auch informiert über die russischen Mafiosi, für die der Mauerhofer seinerzeit gearbeitet hat, aber es steckt noch etwas anderes dahinter, und ich werde es noch herausbekommen, verlass dich darauf, wenn nötig mit Hypnose, ich kenne einen zuverlässigen Psychiater, der das mit mir probieren würde.

– Das wird ja immer düsterer, wie aus dem Gruselkabinett des Nosferatus. Hoffentlich platzt uns die Granate nicht in den Händen! Und wenn wir schon von Sicherheit reden: Bist du sicher, dass dir niemand bis hierher gefolgt ist?

– Völlig sicher, ich habe alle nötigen Vorsichtsmaßnahmen getroffen.

– Und bist du sicher, dass es besonders schlau ist, bei mir Unterschlupf zu suchen? Die Polizei ist unterdessen bestimmt informiert über die Schießerei in der Psychi, der Gedanke, dass du zu mir gerannt bist, wird ihnen auch bald genug kommen.

– Versteck mich!

– Was? Spinnst du? Ich soll dich vor der Polizei verstecken? In was willst du mich da hineinziehen?

– Du sagst einfach, du hättest mich nie gesehen und gibst dich völlig unwissend. Ich hätte ja wirklich zuerst in den Estrich können, aber ich wollte dich unbedingt informieren.

– Der Estrich ist verschlossen.

– Mit einem Vorhängeschloss, das ein Primarschüler knacken könnte.

– Und wenn sie den Estrich durchsuchen?

– Im schlimmsten Fall finden sie mich und du weißt von nichts. Aber ich habe mir schon ein paar Tricks ausgedacht, wie ich mich unsichtbar machen kann, während sie den Estrich absuchen. Bitte entscheide dich schnell, es wird bald läuten!"

Er schien dermaßen überzeugt, dass die Lösung des Falls in seinem Unbewussten lag und er unbedingt in Ruhe nachdenken musste, bevor die Polizei in ausfragte, dass ich am Schluss nachgegeben habe, ohne weiter zu überlegen. Ich habe den Estrichschlüssel genommen, der an einem Nagel neben der Eingangstür hängt, habe den Estrich aufgeschlossen, ihn hineingelassen, wieder zugesperrt, die Fußmatte vor meiner Tür zurechtgerückt, die er verschoben hatte, den Schlüssel wieder an seinen Nagel gehängt und bin ohne Zeitung an meinen Frühstückstisch Kaffee trinken gegangen, in Erwartung dessen, was da kommen würde.

Lange musste ich nicht warten, fünf Minuten später hat es geläutet und zwei Männer sind die Treppen hinaufgestürmt: „Mein" Kommissar und einer seiner Mitarbeiter, der sich kurz vorgestellt hat, den Namen habe ich nicht behalten. Dann haben sie mich gebeten, den Estrich aufzuschließen, und haben ihn gründlich durchsucht, ohne Erfolg. Am Schluss sind sie mit saurer Miene wieder abgezottelt und haben mir nicht einmal erklärt, was sie suchten, so sauer waren sie.

Später sind dann Reto und Martin gekommen, um mich, wie sie meinten, zu informieren über die Ballerei in der Psychi, und haben nicht schlecht gestaunt, als ich ihnen die Originalversion von Loretan berichtet habe. Sie haben schallend gelacht (auch vor Erleichterung) und das Ganze sehr sportlich genommen: einsames Unbewusstes gegen Perso-Identifier, wer kommt zuerst ans Ziel?

„Zuerst kommt Loretan zu euch, habe ich vorgeschlagen, und berichtet alles für den Perso-Identifier, und dann rechnet ihr die Sache durch, und jedes Mal, wenn ihm wieder etwas einfällt, informiert er euch sofort. Das mit der Hypnose soll er doch gleich probieren, so kommen wir rascher weiter."

Das haben die beiden auch so gesehen, und ich habe sie daraufhin in den Estrich gelassen, wo sich Loretan von ihnen sofort hat finden lassen. Ich wollte von dem Gespräch nichts wissen und so viel wie möglich von meiner „Unschuld" bewahren (wenn's um Geheimdienst geht, glaube ich sogar an meine Unschuld), damit ich mich nicht bei einer polizeilichen Befragung verhasple, das wäre sehr peinlich und würde den Wert unserer Zeugenaussagen schwächen.

Dienstag, 26. März

Gestern hat sich Loretan hypnotisieren lassen und alle Erinnerungen sind aus ihm nur so herausgepurzelt. Auch die damalige Affäre mit Dr. Mauerhofer fiel in die Zeit des Weltwirtschaftsforums, in der Schweiz wimmelte es von Sicherheitsdiensten, und Loretan hat sich erinnert, dass er in jenen Tagen zufällig eine erregte Diskussion in den Kulissen des Forums zwischen Dr. Mauerhofer und 3 Männern belauscht hatte, die ihm eindeutig wie Agenten eines Geheimdienstes vorgekommen waren: Dunkle Brillen (wer trägt schon eine Brille in einem halbbeleuchteten Gang?), gewaltige Sakkos, die wahrscheinlich nicht nur die Muskelmasse, sondern auch schusssichere Westen und einen Pistolenhalfter bedeckten, und ein 360°-Blick, dem nichts entging (sein Laptop wurde misstrauisch beäugt und einer der drei kam sogar ziemlich bedrohlich auf ihn zu, bis er seinen Presseausweis zückte und der andere ihm ein Zeichen machte, zügig weiterzugehen). Er war dort als Student und Lokalreporter für die *Engadiner Post*, und die zwei amüsierten Sätze über die Psychologie von Geheimdienstlern, die er in seinen Bericht einflocht, wurden vom Chefredaktor kommentarlos gestrichen. Was der Chefredaktor nicht streichen konnte, waren seine Erinnerungen an präzise Sätze von Mauerhofer: „Damit will ich nichts zu tun haben, das müsst ihr selber machen. Entführt wird hier in der Schweiz niemand, und wenn, dann darf es nicht passiert sein. Dafür seid ihr allein verantwortlich. Zählt ja nicht auf meine Verbindungen, für euch lasse ich mich nicht verheizen!" Welchem Land die Geheimdienstler angehörten, konnte er natürlich nicht herausfinden, aber er hatte sofort den Eindruck, dass sich da etwas Übles zusammenbraute. Als guter Bürger sei er aber zur Kantonspolizei gegangen und habe den Vorfall gemeldet, und man habe ihm gesagt, man werde der Sache nachgehen, er werde aber natürlich, aus offenkundigen Gründen, nichts mehr davon hören. „Dass uns 6 Jahre später die Folgen ins Gesicht platzen, haben die sich auch nicht gedacht!"

Sehr beruhigend war das nicht, denn wenn der oder die Geheimdienste 6 Jahre später wieder auftauchen, hieß das ja wohl, dass sie damals tatsächlich etwas Übles gebraut hatten und dass die Aufräumarbeiten noch nicht beendet waren. Und was für die „beendet" hieß, mochte man sich lieber nicht vorstellen. Am bedrohtesten war ja wohl Loretan selbst, denn ihn hatten sie beim „Lauschen" überrascht und er war ein potentieller Zeuge. Diesmal muss Loretan verschwinden, und die Polizei muss dafür besorgt sein.

Mittwoch, 27. März

Mein Polizeikommissar meint, sie hätten die Lage im Griff. Er hat sich, sobald er Loretans Bericht erhalten hat, mit der Bundesanwaltschaft in Verbindung gesetzt, und die wiederum hat ihm mitgeteilt, sie werde mit den „geheimdienstlichen Partnern" Kontakt aufnehmen, um die Angelegenheit auf diplomatischem Weg zu regeln, wobei man unterstreichen werde, dass ungesetzliche Aktionen auf unserem Territorium nicht toleriert würden. Ich hoffe, die „geheimdienstlichen Partner" haben ein Musikgehör für diese Warnung. Loretan scheint dem gar nicht zu trauen, am liebsten möchte er jetzt auch mindestens eine Woche verschwinden. Er ist nämlich überzeugt, es werde ihm noch einiges einfallen, die Hypnose habe erst das Tor geöffnet, es würden sicher noch Details erscheinen, die für eine Lösung des Falles wesentlich seien. Eines jedenfalls ist klar, die Drahtzieher muss man nicht bei Schweizer Anwälten suchen.

Mittwoch, 27. März, spätabends

Alles in bester Ordnung, Lage im Griff, meint Kommissar Rutishauser. Mein System Ubw sagt das Gegenteil. Ich hatte diese Nacht mindestens sechs Träume, in jedem ist Loretan einmal gestorben und wieder auferstanden, ich habe jedes Mal rasch ein paar Merkbegriffe in mein Tablett geklappert und bin jetzt, nach einem guten Frühstück, am Abarbeiten der ausführlichen Traumberichte. Ich glaube nämlich, dass ich sehr wohl zur Aufklärung des Falles etwas beitragen kann. Natürlich nicht zu den Aktionen vor 6 Jahren, da war ich nicht dabei, aber zu dem, was sich gegenwärtig zusammenbraut, und das könnte wichtig sein. Ich bin überzeugt, mein Unbewusstes hat ein paar Ereignisse, Begegnungen, Personen gespeichert, die uns Hinweise darauf geben können, wer gegenwärtig einen Anschlag plant, was für einen Anschlag, und sogar wann und wo. Sobald ich die Berichte fertig habe, gebe ich sie Reto, der sie direkt als Textdateien in sein Perso-System einspeisen kann.

Das Frappante ist, dass Loretan in jedem meiner Träume mindestens einmal gestorben und wieder auferstanden ist, und das mit dem Sterben war niemals völlig ernst, mehr so, wie es in der italienischen Komödie *Harlekin, Diener zweier Herren* zu und her geht: Harlekin-Loretan täuscht jeden seiner beiden Herren, gibt ihnen den Eindruck, an mehreren Orten gleichzeitig zu sein und ist doch nirgends fassbar und löst am Ende das ungeheure Durcheinander, das er angerichtet hat, mit einer eleganten Pirouette zur Zufriedenheit aller. Was heißt das für Loretan? Er ist für seine Gegner nicht richtig fassbar. Sie meinen ihn zu täuschen und sind selber die Getäuschten. Er sollte also nicht versuchen, sich an bestimmte Umstände und Personen zu erinnern, sondern mehr an einen großen Wirrwarr, in dem bestimmte Muster immer wieder auftauchen. Das situiert das Epizentrum am ehesten in einer psychiatrischen Anstalt, dort entsteht das nötige Wirrwarr, das nötige Hintergrundrauschen ganz von selbst und nimmt die Aufmerksamkeit aller Beteiligten völlig in Anspruch. Außer die von Personen, die etwas verbergen oder etwas entdecken möchten.

Genau, das ist es! Für jemand, der für eine gewisse Zeit von der Bildfläche verschwinden möchte, ist es nicht schwer, falls er Geheimdienstler ist, sich von einem Psychiater eine Kur in einer psychiatrischen Rehabilitationsklinik verschreiben zu lassen und dort zugleich seine Rolle als psychisch Angeschlagener und als aufmerksamer Beobachter zu spielen. Dasselbe gilt natürlich für einen Agenten, der ein solches Manöver vermutet und seinen Gegner suchen will. Und in diesem ganzen Spiel flattert Loretan mit seiner multiplen Aufmerksamkeit und beobachtet die beiden andern, denen er auch sofort als gefährliches Element auffällt. Einen vierten kann ich noch hinzufügen: einen, der wirklich angeschlagen aber zugleich hochintelligent ist und der genaue Erinnerungen hat, nur dass er sie nicht verbal ausdrückt, sondern symbolisch auslebt. Das bedeutet, man muss zwei Personen suchen (nicht notwendigerweise männliche), die fast gleichzeitig in eine psychiatrische Rehaklinik im Kanton Zürich eingetreten und Loretan aufgefallen sind, und

Loretan müsste in seinem inneren Personenregister einen zugleich angeschlagenen und hochintelligenten Menschen suchen, mit dem er vermutlich spontan sympathisiert, so dass er auch seine Erinnerungen verfügbar machen könnte. Das sind die Elemente, die in der Hypnose nicht auftauchen konnten, weil die Suche nur auf Vergangenes ausgerichtet war!

Ich bin so begeistert von meinen Träumen, dass ich sofort Reto anrufe (zum Glück habe ich jetzt ebenfalls ein nicht ortbares Satellitentelefon, von der Kantonspolizei entlehnt). Mein Bericht elektrisiert ihn, er will sofort kommen, mein Traummanuskript als reine Textdatei in sein Perso-Programm einspeisen und dann unverzüglich in die Psychiatrische Tagesklinik Zürich gehen, wo Loretan gegenwärtig ist, auch und vor allem, um ihn zu warnen, dass er jetzt in noch viel größerer Gefahr sei als früher. Ich bin ein stückweit erleichtert.

Donnerstag, 28. März

Heute Vormittag um acht hat mich Kommissar Rutishauser „zu meiner Sicherheit" per Polizeistreife abholen und aufs Kommissariat bringen lassen. Er ist zutiefst besorgt um meine Sicherheit: Loretan ist seit heute Nacht verschwunden, hoffentlich freiwillig. Gegen 10 Uhr abends ist eine Gruppe von drei offensichtlichen Geheimagenten unbekannter Nationalität (sie sprachen ein einigermaßen verständliches Deutsch) in die Hotelabteilung der Tagesklinik eingedrungen (sie ist Dauergästen reserviert und Loretan ist gegenwärtig dort untergebracht), ist ohne anzuklopfen in das Büro des Klinikleiters eingedrungen, der mit seiner üblichen kaltblütigen Ironie bemerkt hat, klopfen sei nicht nötig, sie seien laut genug, hat ihn aufgefordert (der Anführer mit gezogener Pistole), mit ihnen zu Loretans Zimmer zu gehen und das Zimmer mit seinem Pass aufzuschließen, und hat schließlich festgestellt, dass das Zimmer leer war und die Balkontür offen und ist wortlos wieder abgezogen. Danach hätten sie während mindestens einer Stunde das ganze Gebäude durchsucht, alle Zimmertüren aufgerissen, ohne sich um die Aufregung, das Geschrei und das Hin und Her zu kümmern, das dadurch entstanden ist (den *Kriecher*, der aufgeregt in den Gang gewischt sei, habe der Anführer der Gruppe mit einem Fußtritt zur Seite geschleudert), und als sie alle Zimmer, den Estrich und das Untergeschoss mit den Arztpraxen und Physiotherapiezimmern ohne Erfolg durchsucht hatten, seien sie noch mit Hunden in den Park und am Schluss sogar noch auf das Dach gestiegen, immer ohne Erfolg. Am Schluss sind sie noch einmal in das Direktionszimmer, wo der Direktor in aller Ruhe Krankenberichte gelesen habe, und hätten ihm erklärt, er müsse *unbedingt und unter allen Umständen und unverzüglich* an die Adresse „auf dieser Visitenkarte" telefonieren, sobald Loretan auftauche. Der Direktor hat ihnen kaltblütig die Karte zurückgegeben (das sei nicht seine Aufgabe, dafür werde er nicht bezahlt, sie sollten sich an die Polizei wenden) und hat ihnen dann noch mit einem Schlusstupfer seiner Ironie für „Ihr lebhaftes Interesse an unserer Anstalt" gedankt, worauf sie wutschnaubend verduftet seien. Ich denke, ich bin sogar überzeugt, Loretan ist ihnen tatsächlich entkommen, sonst hätten sie ihn ja nicht stundenlang vergeblich gesucht, und er wird erst wieder auftauchen, wenn er sicher ist, dass die Gefahr gebannt ist. Das war wirklich eine Inszenierung, die des *Arlecchino Servitor di due Padroni* würdig war! In solchen Dingen ist er echt ein Genie.

Die Polizeistreife hat mich in die Wohnung zurückgebracht, damit ich in Ruhe mein Köfferchen packen kann, denn diesmal will Rütimann auf Nummer sicher gehen und mich für ein paar Tage in Sicherheitshaft nehmen. Das sei der einzige Ort, wo er mich Tag und Nacht bewachen lassen könne, ohne dass jedermann in der Runde wisse: „Aha, da ist sie!" Ich sei jetzt für die Untersuchung extrem wichtig, weil ich bewiesen habe, dass ich in den ärgsten Wirren kaltes Blut bewahre und ihnen immer wieder kostbare Hinweise geben könne. Für einmal glaube ich ihm seine Komplimente, solange Loretan verduftet ist, bin ich die Einzige, die ihnen neben dem Perso-Identifier nützliche Hinweise geben kann. Also, Magda Ackermann, pack dein Köfferlein und geh ins Gefängnis Differentialgleichungen lösen (sie stellen mir in der Zelle einen Internetanschluss zur Verfügung). Gut, habe ich keine Katze, wie ich es mir eigentlich immer gewünscht habe: Was würde ich jetzt mit der machen? In die Zelle mitnehmen, wo es nicht einmal Mäuse gibt zum Spielen?

Samstag, 30. März

Loretan ist immer noch verschwunden, langsam werde ich unruhig, obwohl meine Träume ganz friedlich bleiben, das tröstet mich ein klein wenig. Unterdessen haben Reto und Martin in der Tagesklinik zwei „Patienten" gefunden, oder besser gesagt, der Klinikleiter hat sie für sie gefunden, die erst vor Kurzem eingetreten sind und dem gesuchten Profil entsprechen könnten. Seit Loretans Verschwinden würden sie merkliche Zeichen von Erregung geben. Und auch den gesuchten „Angeschlagenen" hat er ausfindig gemacht, ein ehemaliger Mathematikstudent, der brillante Studien gemacht habe, bis er unter dem Druck der Abschlussprüfungen zusammengebrochen sei und statt Pluszeichen nur noch Kreuze gesehen habe. Der Direktor habe ihm daraufhin geantwortet – das könne er uns schon sagen, es sei ja kein psychisches Intimgeheimnis –, dass es ihm auch schon aufgefallen sei, wie viele Pluszeichen es in der höheren Mathematik gebe, aber dass man es ja auch umgekehrt sehen könne: Es seien tatsächlich auffallend viele Kreuze, aber für die Dauer einer Prüfung sei es ja auch erlaubt, in diesen Zeichen lauter Pluszeichen zu sehen und so zu rechnen. Das füge den Leiden Christi am Kreuz keine neuen hinzu, schließlich habe der ja auch mit Zöllnern gegessen, und die hätten alle nach heutiger Terminologie eine Ausbildung als Buchhalter gehabt. Die Erregung des jungen Mannes habe sich daraufhin tatsächlich etwas gelegt, aber ein Leben „draußen" könne er sich gegenwärtig immer noch nicht vorstellen, dafür brauche er noch Zeit „und viele Pluszeichen".

Aus der gelassenen Art, mit der unser Klinikleiter Loretans Verschwinden immer noch nimmt, folgere ich, dass er nicht an eine akute Gefährdung, sondern an eine berechtigte Vorsicht von Seiten Loretans glaubt. Das gibt mir auch nochmals etwas Zuversicht, aber eine geschlossene Zelle ist nicht gerade der günstigste Ort, um Zuversicht zu nähren.

Mittwoch, 3. April

Die Gefahr scheint gebannt, die zwei Agenten in der Klinik am Hegibachplatz sind eindeutig identifiziert, der Bundesnachrichtendienst hat sie kontaktiert, und da sie aufgeflogen sind, werden sie keine Dummheiten mehr machen. Der Rest wird über den BND abgewickelt. Loretan hat sich unterdessen auch gemeldet, und ich kann wieder nach Hause. Uff! Ich glaube, ich kaufe mir doch noch eine Katze.

Der ehemalige Mathe-Student hat unterdessen der Polizei noch ein paar Hinweise gegeben, die es ermöglichen, sich ein genaueres Bild der ganzen Vorgänge zu machen. Er meint nämlich, es sei sehr wahrscheinlich ein Problem von Cyber-War gewesen, er habe im Vorbeilaufen einmal Notizen des „Jägers" gesehen, und das seien eindeutig Formeln gewesen, wie sie Informatiker benutzen, wenn es darum gehe, in einen Computer einzudringen, also Trojaner. Er habe auch einmal mit solchen „Programmchen" gespielt und sie eindeutig identifiziert. Wahrscheinlich, vermutet er, Weiterentwicklungen von Viren, die schon längst bekannt sind, für die keine neuen Abwehrcodes geschrieben werden und auf die es dementsprechend nur Standardantworten gebe, die den neuen und hochraffinierten Ableitungen in keiner Weise gewachsen seien. Was die Agenten glücklicherweise immer vernachlässigen, ist, dass es ringsum hochintelligente Menschen gibt, die ihr Treiben durchschauen und auf die sie in keiner Weise vorbereitet sind. Das typische Problem des Golfspielers der Meisterklasse, der, weil er hundert Mal den Ball mit einem Schlag von einem bestimmten Pflock in das entsprechende Loch getrieben habe, sich sage: „So, das brauche ich beim nächsten Tournier nicht mehr zu üben!" und genau bei entscheidenden

Tournier gegen seinen gefährlichsten Gegner den Ball verhaut. „Demut braucht es und Fleiss, die Klugheit kommt von selbst!" hat mein Mathelehrer an der Diplommittelschule jeweils vor den Prüfungen gesagt.

Auf jeden Fall kann ich jetzt wieder heim. Immerhin das.

Freitag, 5. April

Heute Morgen steht Loretan wieder vor meiner Tür:

„Du schon wieder?

– Mein Anblick löst ja bei dir nicht gerade einen Freudenrausch aus!

– Weil ich ahne, dass du wieder mit etwas Verrücktem kommst.

– Ja, wenn du es schon weißt ... Ich brauche nochmals deinen Estrich, für eine Woche höchstens.

– So, so, „höchstens", wie bescheiden!

– Tu nicht so, ich werde ja von niemand gesucht. Aber ich brauche Ruhe und Abgeschiedenheit, weil mein Instinkt mir sagt, dass unser Fall nicht abgeschlossen ist.

– Na, du freust mich ja!

– Schau, damals, als ich als Lokalreporter am Weltwirtschaftskongress war, war der Cyberwar erst in seinen Anfängen. Seither ist er das beherrschende Thema geworden. Du glaubst doch nicht, dass die Agenten von welcher Macht auch immer nur gekommen sind, um nostalgische Erinnerungen aufzufrischen? Wenn sie damals solche Risiken auf sich genommen haben, um eine Cyberwar-Aktion durchzuführen, so wollen sie heute auf diesem Gebiet weiterkommen. Die können lange unserem BND Stillehalten vorspielen, in Wirklichkeit drehen sie auf Hochtouren. Wie wär's mit einem totalen Verkehrschaos in Zürich, z. B. während eines halben Tages?

– So spektakulär? Ist das nicht ein bisschen hoch gepokert?

– Nicht unbedingt, denn sie müssen dazu nicht in das Herz der Sicherheitsdispositive vordringen, es tut's mit banalen Verkehrsleitsystemen, die ja schon heute, seien wir ehrlich, für jeden begabten Elektroniker leicht zu knacken wären, ich staune ohnehin, dass so wenig passiert ist bis jetzt, ein paar kurze Episoden ausgenommen. Unsere Abwehrdienste werden sich darauf konzentrieren, „Containment" zu machen, um den Schaden zu minimieren, und erst nachher die Jagd auf die Hacker beginnen, die unterdessen schon über sieben Server in Malaysia, den Seychellen, Iran, Sudan, Libyen und weiß ich wo verduftet sind, wo man sie nie aufspüren wird. Wenn die Attacke ernst genug war, werden unsere und die verbündeten Dienste eine Gegenattacke gegen den vermuteten Verursacher reiten, dann gibt's auf der östlichen Halbkugel ein paar Städte, die für einen Tag oder zwei in ein Verkehrschaos versinken, danach zählen beide Seiten die Verluste und Gewinne und sind im Grunde hoch zufrieden, dass sie jetzt eine bessere Kalkulationsbasis für spätere Aktionen haben. Das alles gefährdet den Weltfrieden in keinem Moment und wird von der Öffentlichkeit, außer von ein paar Elektronikstudenten, rasch vergessen.

– Du blühst direkt auf, wenn du von solchen Aktionen berichtest. Das ist typisch für deinen Stil: Zuschlagen und verduften, und den andern die Aufregung und die Kosten lassen.

– Sei doch nicht so! Ich verspreche dir, dass ich Reto und Martin ständig auf dem Laufenden halte, wenn nötig auch deinen Kommissar ...

– Wieso meiner?

– Also, *den* Kommissar, und in ein paar Tagen bist du mich wieder los ...

– Und vor Ostern definitiv! Ich mache Ferien in Ibiza und diesmal will ich definitiv ruhige Osterferien!

– Wirst du haben. Genieße dein Leben am Strand, im Wasser, bei romantischen Sonnenuntergängen, genieße dein Leben voll Windhauch, denn das ist dein Teil, für den du dich abmühst in deinem Leben voll Windhauch, Kohelet.

– Jetzt kommst du auch noch mit dem Alten Testament. Du musst doch immer das letzte Wort haben. Raus mit dir und auf den Estrich! Und hier drin in meiner Wohnung will ich dich nicht mehr sehen, du Ekel!"

Er hat sich daran gehalten. Dieses eine Mal wenigstens. Und mich hat er mit einer tüchtigen Dosis Unruhe zurückgelassen: Wenn die Geheimdienstler noch auf Elefantenjagd sind, weiß man nie, wo der Schuss losgeht und was für Gefahren uns Gewöhnlichen drohen, denn die wollen ja auch immer das letzte Wort haben. Da kann unser BND lange „die Lage im Griff haben"!

Montag, 11. April

Loretan ist tot! Das werde ich nie verdauen, dass ich ihn vor bald einer Woche so schnöde verabschiedet habe: „Hinaus mit dir, du Ekel!" Das war das Letzte, was ich zu ihm gesagt habe. Dabei hat er doch die ganze Mühe nur für unsere Sicherheit auf sich genommen, er wollte, dass die fremden Geheimdienste uns definitiv in Ruhe lassen. Und das war mein Dank!

Die Nachricht ist gestern früh vor dem Frühstück bei mir hereingeplatzt, mitten am Sonntag. Ein Polizeitaucher war am freiwilligen Üben während seiner Freizeit und hat ihn, am Seeboden liegend, auf halbem Weg zwischen dem Seebad Enge und dem Seebad Utoquai gefunden. Der Betreiber der Bootsvermietung beim Seebad Enge habe sich erinnert, dass ein großgewachsener Mann mittleren Alters um ca. halb zehn abends ein Boot gemietet habe und in Richtung gegenüberliegendes Ufer gerudert sei. Er habe ihn dann aus den Augen verloren, weil es Nebelschwaden über dem See gehabt habe. Auf der Vermietungsliste stand tatsächlich Loretans Name, mit seiner „zivilen Adresse" (also die seiner Eigentumswohnung). Die Autopsie hat auch schon stattgefunden, die Polizei hat dem Fall höchste Priorität gegeben: Es gebe keine Spuren äußerer Einwirkung und keine Spuren irgendwelcher Drogen, auch keinen Alkohol im Blut. Es sehe ganz danach aus, dass Loretan freiwillig ins Wasser gesprungen sei und sich dann habe in die Tiefe sinken lassen, mit den üblichen Todessymptomen bei Ertrinken: Herzbeschleunigung (kein Hinweis auf eine Herzkrise), Kälteschock (die Wassertemperatur ist immer noch unter 10 Grad), Eindringen von

Wasser in die Lunge, Kehlkopfverschluss, Erstickungstod. Er sei ganz friedlich dagelegen, wie jemand, der mit ruhiger Entschlossenheit ertrinken wollte, offenbar habe er nicht einmal in den letzten Augenblicken um sich geschlagen.

Selbstmord also. Loretan, warum hast du uns das angetan? Haben wir dir irgendeinen Anlass dazu gegeben? War es ein Anfall von Depression, von deiner Depression, die dich wieder eingeholt hat? Bist du zur Ansicht gelangt, du könnest nichts Neues entdecken, könnest nicht mehr zu unserer Sicherheit beitragen, du seist unnütz geworden und wollest uns nicht mit deiner Schwermut belasten? Hattest du so kein Vertrauen in uns, dass du nicht einmal eine Andeutung gemacht hast? Oder wolltest du dich so leise auf den Zehenspitzen aus dem Leben in eine andere Dimension schleichen, wie du es immer und immer wieder in diesem Leben getan hat? Wir werden es nie wissen, und ich werde mir nie ganz vergeben können. Ich fühle mich zerschlagen, mutlos, mir ist, als wäre auch mir der Lebenssinn abhanden gekommen. Soll ich jetzt überhaupt noch nach Ibiza? Was mache ich dort unten? Meine Schwermut und meine Selbstvorwürfe pflegen, mutterseelenallein?

Reto hat zwar gemeint, als er eine Stunde später vorbeigekommen ist, wenn mir seine Gesellschaft helfe, so ganz unverbindlich, einfach jemand, mit dem man reden könne, wenn man es wünsche, er wäre bereit, dann könne ich auf ihn zählen. Auf keinen Fall dürfe ich mich jetzt in eine Depression hineingleiten lassen. Und ich solle doch nach Ibiza fliegen, das helfe mir sicher mehr, als mich mit meinen düsteren Gedanken in meine Wohnung einzuschließen. Mit einem schüchternen Seitenblick hat er hinzugefügt, er würde eigentlich auch ganz gerne nach Ibiza mitkommen, er sei jetzt selber ebenfalls ganz melancholisch, da helfe kein Perso-Identifier, und wahrscheinlich könne er ja selber im Moment auch nicht mehr viel zur Aufklärung beitragen, die Geheimdienste seien eine Schuhnummer zu groß für ihn, er komme sich ziemlich unnütz vor.

Soll ich das Angebot annehmen? Ein zweiter Melancholiker, „ganz unverbindlich"? Und dann vielleicht doch nicht so unverbindlich ... Ich weiß nicht so recht, mir ist jetzt nicht so nach neuen Verbindlichkeiten. Aber absagen mag ich auch nicht, ich finde ihn rührend in seiner Schüchternheit. Ich kann mich im Moment einfach noch nicht entscheiden ...

Das Tablett mit dem Tagebuch lasse ich am besten daheim, ich würde doch nur Trübsal darauf blasen. Zum Glück habe ich mir noch keine Katze gekauft. Frau Unverbindlich, ohne Katze und Tagebuch. So, komm, lass dich nicht so hängen, Magda Ackermann, du hast wahrscheinlich doch noch den größeren Teil deines Lebens vor dir. Zwei Zähne ausgeschlagen und ersetzt, die andern alle noch intakt, du kannst noch zubeissen, dich werden sie nicht so schnell fertigmachen. „Immerhin sind wir noch in der Schweiz."

Also, auf nach Ibiza! Zu zweit? Jawohl, zu zweit. Das hättest du doch auch wollen, Loretan, oder nicht? Ach, ich weiß es nicht, aber ich muss mein Leben neu orientieren, und die Einsamkeit ist dabei keine gute Beraterin. Dir kann ich ja sowieso nicht mehr helfen. Aber Reto vielleicht mir ...

8

Die Säntisbahn

Karsamstag, 31. März 2040

„Du siehst aus wie die Tochter eines persischen Hotelbesitzers, ich habe einmal eine gekannt: Sehr energisch, Blick geradeaus, wusste immer, was sie wollte, und bekam es auch.

– So, so, *eine* hast du gekannt, und jetzt weißt du, wie *alle* persischen Hotelbesitzerstöchter sind?

– Also, der Typ war mir sofort klar: ein typischer Frühlingstyp. In England, Irland, Norwegen und Schweden häufiger zu finden, gibt es aber auch im Süden. Du solltest deine Brillen anpassen: Koralle, Aprikot, Lachs oder Maigrün sind optimal.

– Aprikose und Lachs passen für mich nicht ganz zusammen, und was Maigrün darin zu suchen hat, ist mir unklar.

– Lass dich einmal beraten, ich kenne da jemanden ...

– Und du, was bist du für ein Typ?

– Na, Sommer natürlich, das sieht man doch! Wie geschaffen für Denim in allen Variationen.

– Gratuliere. Ich muss noch ein bisschen suchen."

Muss ich ja wohl sagen, und nicht: „Dein Gewäsch nervt mich!", wie ich viel lieber möchte. Wir müssen den Corps-Geist pflegen, sagt Frau Grandjean immer, die maître de salle – maîtresse de salle geht halt auf Französisch nicht, wegen der Assoziationen. Und eben, mit den Assoziationen hat es Frau Grandjean immer. Du stellst nicht einfach für zwei Personen 6 Gläser auf (Weißwein, Rotwein, Wasser), du stellst Assoziationen auf, Assoziationen mit Glück, Zweisamkeit, erlesenem Service. Darauf kommt es an. „Nein, bitte nischt so langwéilig gerade wie die Deutschen, die aben keine goût, sanft geschwungen, comme ça." Ich gebe mir Mühe zu schwingen, zu assoziieren, ein Tanz von associations, gelingt mir anscheinend besonders gut, es liegt mir im Blut.

Dabei bin ich weder Perserin noch Hotelbesitzerstochter. Mein Vater stammt von Luftigen im Aargau und erfindet elektronische Dispositive, um die Qualität von Raviolibüchsen noch umfassender zu prüfen, was ihm zur Zufriedenheit seines Arbeitgebers, der Konservenfabrik Lenzburg gelingt, und meine Mutter spricht am liebsten über Strickmuster und besorgt das Sekretariat der Evangelisch-Reformierten Pfarrei von Lenzburg. Nichts besonders Persisches, oder Hotelbesitzerähnliches, oder Inspirierendes, deswegen sagt meine Mutter auch immer, ich würde aus der Reihe tanzen, im Gegensatz zu meinen Brüdern, die hätten einen festen Laufschritt. Der eine ist Metzger, der zweite Schreiner, und der jüngste Feinmechaniker, mit ihm verstehe ich mich am besten, er hat auch einen Sinn für fein verschraubte Ideen, darüber reden wir manchmal stundenlang.

Dienstag, 3. April

In Lenzburg ist nichts los. In den Konditoreien spricht man von Strickmustern, in den Beizen von Fußball, beides interessiert mich nicht. Um etwas zu erleben, fahren die Jungen nach Baden, aber was sie dort „etwas erleben" nennen, finde ich langweiliger als Strickmuster und Fußball. Und an den Stammtischen mitreden mag ich auch nicht. Ist auch immer noch schwierig als Frau. Sekretärin der Firma Lenzburg AG werden, wie es mein Vater möchte, sagt mir nichts, was meine Eltern sehr beunruhigt. Irgendwie sehen sie es als Zeichen, dass bei ihrer Erziehung etwas schiefgelaufen ist. Als Kompromiss habe ich die Hotelfachschule in Zürich angeboten, Hotelsekretärin sei auch etwas Rechtes, das hat ihnen eingeleuchtet. Allerdings verlangen sie dort eine Matura oder Berufsmatura, und so habe ich mit Fernkursen das Berufsmaturadiplom gemacht: Das sei auch in der Lenzburg AG nützlich, man bekomme dann eine verantwortungsvollere Stelle. Und das will ich auch im Hotelfach, als Sekretärin oder Maître de salle werde ich höchstens am Anfang arbeiten, dann will ich eine Hoteldirektion übernehmen, und wenn es eine lausige kleine Familienpension in Ischia oder Ouagadougou wäre. Ich weiß, ich bin gut, ich werde bald genug verdienen, um Anteile an einem rechten Hotel zu zeichnen und mir dort eine entsprechende Stellung auszubedingen.

Die Hotelfachschule habe ich vor Ostern als Jahrgangsbeste abgeschlossen, der Direktor hat mir einen Blumenstrauß überreicht, weil ich so gut sei, aber eine Anstellung hat er mir nicht überreicht, das gehöre nicht zu den Attributionen – so hat er gesagt: Attributionen – der Schule, man müsse schließlich neutral sein und zu allen Anwendern den gleichen Abstand halten, das sei *un-ab-ding-bar* für den guten Ruf der Schule. Ich habe ihm gesagt, ich kenne diese Bar und sie helfe mir nicht sehr viel weiter, er hat ein saures Gesicht gemacht, Scherze verstehen gehört offenbar auch nicht zu seinen Attributionen. Die Blumen waren welk, er hat sie vorher auf dem Sekretariat deponiert, und die Sekretärin zählt das Wässern von Blumensträußen ebenfalls nicht zu ihren Attributionen.

Samstag, 28. April

Was ich unterdessen gefunden habe, weil ich es eilig hatte anzufangen, um nicht mehr die Fragen meiner Eltern anhören zu müssen: „Hast du schon was? Bei der Lenzburg AG hättest du schon längstens anfangen können!" – war schließlich die Pension *Sonnenschein* in Hundwil. Für die, die jetzt geographisch verloren sind: ein langgezogener Schlauch von einer Gemeinde in relativer Nähe zu Herisau. „Hundwil ist eine politische Gemeinde im Hinterland des Kantons Appenzell Außerrhoden in der Schweiz. Sie liegt an der Straße zwischen Herisau und Appenzell", weiß die Wikipedia zu berichten, und das ist auch ungefähr alles, was sich sagen lässt. Außer, dass die Gemeinde 1007 Einwohner zählt, ein großes Gasthaus pro 25 Einwohner (das sage ich, nicht die Wikipedia: wovon leben die?), eine „reformierte Kirche aus dem 13. Jahrhundert mit gotischen Wandmalereien" besitzt (hat noch keinen Chinesen oder Filipino angelockt) und eine „1778 konstruierte Holzbrücke auf dem Gemeindegebiet. Wegen den Sprüchen und Inschriften an den

Dachbalken wird sie „sprechende Brücke" genannt." Wo Herisau ist, sollten Sie wissen, sonst googeln Sie gefälligst auf Ihrem Smartphone, oder wenn Sie im Auto sitzen, geben Sie Herisau als Zieladresse ein, so lernen Sie etwas Neues dazu, ist immer gut. Und dann lesen Sie die Sprüche der sprechenden Brücke, so haben Sie auch gleich noch ein Kulturerlebnis. Und wenn Sie schon dabei sind, lesen Sie auch gleich noch, was die Wikipedia sonst noch zu Hundwil zu sagen hat. Sie weiß eine Menge zu berichten über Geographie, Bevölkerung, Sehenswürdigkeiten und Persönlichkeiten.

Was sie nicht sagt, ist, dass Hundwil einer Flagellata ähnelt, einem Geißeltierchen mit den größten Hotels als Kopf, der Kantonsstraße Herisau–Appenzell als Halsband und einem geißelförmigen Anhang, der mit den weniger vornehmen Häusern zum Sonderbach-Tobel hinabstrebt, während ein antennenartiger Fortsatz auf der Gegenseite das gleiche Tobel mit der berühmten *Sprechenden Brücke* überquert, die so heißt, weil der Erbauer dieser Holzbrücke, Johann Ulrich Grubenmann, 1778 die Tragbalken mit Sinnsprüchen und den Namen bekannter Hundwiler verzieren ließ. Bis zur Brücke geht dann allerdings heute nur noch ein stellenweise kaum mehr sichtbarer, steiler Wiesenpfad, der im Winter, habe ich mir sagen lassen, oft vereist sei. Sagen Sie also nicht, es gebe in Hundwil keine Abenteuer. Im Westen und im Osten des „Halsbandes" gibt es übrigens an der Kantonsstraße noch eine Tankstelle und eine Zapfstelle der Appenzeller Kantonalbank, lies eine Metallsäule mit einem Bankomaten, der fast noch reger besucht wird als die Tankstelle. Benzin hat es in jedem Dörfchen, einen Bankomaten nur in wenigen. Die Kluge AKB schafft sich damit einen treuen Kundenstamm, der früher oder später eine Filiale nach Hundwil ziehen dürfte. Schon jetzt wickeln ja die Hundwiler die meisten ihrer Geldgeschäfte über die AKB ab. Es ist gewissermaßen der Trost dafür, dass ihnen die Post, wie weiland den Rapperswilern ihr Bahnhof, „gestohlen" und nach Herisau verlagert wurde. Irgendwann wird dann die Migros, der zweite Großunternehmer in Hundwil, im MM-Markt eine reduzierte Poststelle eröffnen, und das Gleichgewicht ist wieder hergestellt. Man sieht, eine konservative Gesinnung hat auch ihre Vorteile, irgendwie drängt sie immer wieder auf Ausgleich. Und Ausgleich werde ich auch suchen müssen, wenn ich hier etwas ausrichten will, allerdings mit einer bedeutend größeren Ladung Innovation.

Was mich eigentlich bewogen hat, diese Pension im touristischen Hinterland der Schweiz zu übernehmen, war die Schönheit des Gebäudes, ein eindrücklicher klassizistischer Bau, den ich hier ausführlicher beschreibe, damit jemand, der das später liest – wer soll denn mein Tagebuch später lesen? Vielleicht ich selber! –, meine Motive versteht: Drei Stockwerke und auf dem Dach zwei Mansarden mit griechischem Tympanon, das Ganze in einer prächtigen Ockerfarbe bemalt. Der unterste Stock umfasst eine von einem Rundbogen gekrönte Eingangstür, rechts und links zwei Sprossenfenster ebenfalls mit Rundbögen und je zwei entsprechenden, kastanienbraun getönten Läden; darüber ein Geschoss mit 3 geraden, von einem doppelten Sims gekrönten Sprossenfenstern, zwei doppelte rechts und links und ein einfaches in der Mitte, mit den entsprechenden Läden, das mittlere mit einem schmiedeeisernen, elegant geschwungenen Balkon auf zwei geschwungenen Tragelementen, und der oberste Stock mit flachbogigen Sprossenfenstern, alle Fenster gekrönt von einem doppelt ausgekragten Sims, und darüber das Dach, ebenfalls mit doppelt gekragtem Sims, und die zwei Mansarden. Im Innern hohe Räume, sehr ungünstig für die Heizung, bräuchten eigentlich eine Minergie Luftumwälzung, die ich so bald wie möglich auf Kredit installieren lassen muss. Ohnehin werden die ersten Stammgäste aus der Schweiz kommen, und die erscheinen traditionell erst im Sommer. Sonst tauchen nur ein paar Handelsreisende auf, die auch mit einem Elektro-Ölofen in ihrem Zimmer zufrieden wären, falls es unerwartet noch einmal kalt werden sollte.

Das eigentlich Kuriose aber ist, wie dieses Gebäude entstanden ist. Das musste ich auf der Gemeinde nachfragen, denn die frühere Besitzerin, *Frau Liechti*, hat sich nie dafür interessiert. Es handelt sich um die getreue Nachbildung eines Originals, das in Gossau auf dem Bahnhofplatz gegenüber dem klassizistischen Walt-Disney-Schloss von Bahnhofgebäude steht, das wiederum (Gossau ist an Überraschungen reich) der frühere Bahnhof von Rapperswil war, den man einfach nach Gossau gezügelt hat. Erstellt wurde es vor rund 20 Jahren von einem Architekten, dem es das Original in Gossau angetan hatte und der hier ein regionales Architekturbüro für Stilbewusste in der Ostschweiz einrichten wollte. Er kaufte sich an der Kantonsstraße, gegenüber dem *Bären*, ein giftgrün gestrichenes Haus eines verschrobenen Privatiers, weitete es bis zum himmelblauen Nebenhaus aus, das er sich auch gleich noch einverleibte, pardon kaufte, riss beide Gebäude ab und baute sie neu nach seinem Konzept aus. Auf der gegenüberliegenden Seite der Kantonsstraße antworten hübsche Gebäude, eines davon in einem dunkleren Ockerrot, das andere Maisgelb, und weiter vorn winkt schon die Silhouette der historischen Dorfkirche: eine echte Idylle. Doch offenbar gibt es in der Ostschweiz zu wenig Stilbewusste, oder sich wenden sich lieber an Luc de Meuron in Basel oder Mario Botta in Mendrisio, deren Namen auch im hintersten Winkel der Schweiz bekannt sind, als an einen stilbewussten Anfänger in Hundwil. Jedenfalls hat es unser Architekt nach ein paar Jahren aufgegeben, die Hundwiler von seinem Stil zu überzeugen, und das Gebäude an Frau Liechti für die bescheidene Gebühr von CHF 30 000 im Jahr vermietet, was für eine Familienpension in Hundwil gerade noch tragbar ist. Im Nebengebäude hat er theoretisch sein Architekturbüro gelassen, in dem er kaum mehr auftaucht, und wird es mir, wenn ich genug zahlen kann, wohl ohne Umstände abtreten, so dass ich es im Stil angleichen und aus dem Ganzen ein geräumiges Hotel machen kann. Früher oder später werde ich ja dem Stilbewussten seinen Laden abkaufen müssen, aber zuerst muss ich seine Zustimmung zum Einbau einer Minergie Zentralheizung bekommen, was kaum schwierig sein sollte, da es um Werterhaltung und sogar -mehrung geht.

Mit war sofort klar, was sich mit dem Gebäude für eine stilbewusste Überseekundschaft machen ließ. Für den Start hat sich übrigens Frau Liechti sehr kulant gezeigt und mir das Geschirr für 3 000 Franken überlassen: Sie könne es nicht mehr brauchen, vom Leben als Hotelbesitzerin habe sie die Nase voll, sie habe jetzt eine gute Stelle als Coop Filialleiterin in Herisau. Später werde ich das natürlich durch Stilgeschirr von Rosenthal und/oder Sèvres ersetzen müssen

Dienstag, 1. Mai

Für mich eher *Tag der Arbeitslosigkeit*. Wer kommt schon an einem 1. Mai nach Hundwil? Sicher kein Gewerkschafter. Den Kühen in den Ställen oder auf der Weide ist der 1. Mai so lang wie breit, den Bauern auch. Chinesen, Filipinos und andere Touristen können ihn zu Hause feiern, wenn ihnen danach zumute ist. Und einen dümmeren Namen als *Pension Sonnenschein* hätte ich für das Gasthöfchen, das ich hier übernommen habe, auch nach längerem Suchen nicht gefunden, aber ändern ging nicht, man kann keine Pensionsnamen ändern in Hundwil, wo kämen wir da hin? Auch die Lage konnte man nicht ändern, gegenüber dem Restaurant Bären, Kultur und Events, Wine & Dine: Appenzell Rhoden ist auch nicht mehr, was es war, man muss die *frömden Fözzel* anziehen und denen ordentlich was bieten, im Durchschnitt ein Kultur- oder Gastronomieevent pro Woche, worüber dann in der einschlägigen Presse berichtet wird, wenn die Rechnung aufgeht. Beim Bären geht sie offenbar auf, aber bei mir nicht. Ostern feiern jetzt die biederen schweizer Pensionisten, die früher zum Stammpublikum des *Sonnenscheins* gehörten, auf den Philippinen oder am Fuß der großen Mauer, wenn sie Kohle haben, und sonst im Tessin, der *Sonnenstube der Schweiz*. Nach Hundwil kommen sie erst im Sommer, trinken ihren Enzianschnaps im Restaurant Freihof und tanzen am Nachmittag im Hirschen *Cha-Cha-Cha*, der anscheinend wieder Mode geworden ist und zu Hundwil passt wie die Waschmittelreklamen zu den Alpweiden. Wussten sie, dass Hundwil das höchste Waschmittelreklame-per-Weide-Verhältnis im ganzen Appenzellerland hat?

Wen spreche ich eigentlich an mit *Sie*? Ich schreibe ja gerade so, als wäre ich dabei, eine Informationsseite für meine lieben

Gäste zu verfassen: warum nicht eine Polykopie auf meiner alten, mechanischen Olivetti Schreibmaschine, mit bis zu 50 Kopien auf dem guten alten Spritdrucker, wie es die Lehrerin *Fräulein Johanna Stickel* noch praktiziert, die so eisern konservativ ist, dass sie sogar noch am Titel *Fräulein* festhält? Was ich brauche, ist eine maßgeschneiderte Werbung für das 21. Jahrhundert: Frühmorgendliche Fahrt mit der Luftseilbahn Schwägalp–Säntis, um auf dem Säntis den Sonnenaufgang zu bewundern: „Jetzt wissen Sie, meine Damen und Herren, was Schönheit ist, und bitte beachten Sie, dass der Säntisgipfel auf dem Gebiet der Gemeinde Hundwil liegt, „Hundwil, the center of Swiss Eastern Alpine Landscape", nicht wahr, das können Sie dann zu Hause ihren Freunden erzählen, CD mit den besten Gipfelfotos und hineinmontiertem Selfie wird im Hotel nachgeliefert als besondere Aufmerksamkeit für unsere Gäste!" Etwas in der Art, mit Partnerschaften mit der Säntis Schwebebahn und der Vereinigung Hundwiler Hoteliers unter Federführung von myself, bitte sehr, weil ich die Kreditwürdigste bin, oder besser gesagt, diejenige, die am bedenkenlosesten Schulden zu machen weiß.

Reto Domenic Fantacci, seines Zeichens Italienischbündner aus dem Calacantal, ist mein Finanzberater und, wie ich ihm klarmachen möchte, mein Schuldenbewirtschafter, denn mit Krediten, die ich in wieviel? Jahren abstottere, ist mir nicht geholfen, ich muss klotzen, nicht kleckern, wie der deutsche Heeresoffizier Heinz Guderian im 2. Weltkrieg schrieb, wenn ich es zu Lebzeiten zu etwas bringen will. Mein Reto Domenic ist da noch ein wenig schwer von Begriff. Wir duzen uns, ich weiß nicht mehr seit wann, vermutlich seit einer für das gemeine Voilk zugänglichen ETH Ballnacht, wo ich ihn als brillanten Tänzer und er mich als interessantes weibliches Zielobjekt entdeckt – was schreibe ich jetzt: *haben*? oder *habe* und *hat*? Er hat mir nach der ersten Samba unumwunden erklärt, dass er gerne zu näheren Begegnungen bereit wäre, und ich habe ihm klargemacht, dass ich im Moment eher einen Kredit als eine nahe Begegnung brauche. So sind wir ins Gespräch gekommen; er hat mir meine (wie er überzeugt ist) vorübergehende Abweisung nicht übelgenommen und ich werde es mir noch überlegen, ich habe durchaus Sinn für etwas Näheres, jetzt, wo meine Eltern nicht mehr kontrollieren, ob ich auch pünktlich vor Mitternacht wieder heimkomme.

Domenic Fantacci ist der geborene Schuldenbewirtschafter; jeden Kredit, den auf seine Empfehlung die Küenzi & Co Wirtschaftskanzlei gewährt, in der er als Partner tätig ist, verwandelt er in ein strukturiertes Papier, aus dem sich eine Kaskade neuer, gewinnbringender Kredite machen lässt. So, genau so stelle ich mir auch die *Pension Sonnenschein* vor – wenn ich einmal genug Kredit habe: *Swiss Säntis Resort*, der Sahnetupfer mit Kirsche auf einer strukturierten Kirschorte von Krediten, die ich als Geschäftsleiterin gewinnbringend handhabe. Manchmal komme ich mir ganz schön skrupellos vor, das liegt vermutlich daran, dass die sehr moralische Lenzburger Landschaft so langweilig ist und ich mir sage, Gott, wenn es ihn gibt, müsse sicher etwas mehr Sinn für Humor haben. Vermutlich ist meine Moral auch so feinmechanisch entstanden wir die kleinen Wunderwerke meines jüngsten Bruders Markus.

Mittwoch, 30. Mai

Die *näheren Begegnungen* mit Domenic Fantacci sind wie er: anständig, aber nicht begeisternd. Mehr so Fingerfertigkeitsübungen für Amateurpianisten. Wir treffen uns jeweils nachmittags in einem St. Galler Hotel und sprechen abwechselnd oder vermengt von erotischen Gefühlen und strukturierten Schulden, letztere begeistern uns beide eindeutig mehr. Unterdessen ist mir in Hundwil ein erster Coup gelungen: Der Hundwiler Gemeinderat hat in seinem *Führer durch die Gemeinde Hundwil*, der in 4 Sprachen an die Touristen abgegeben wird, die Bezeichnung *Swiss Säntis Resort* übernommen, noch bevor derselbe Gemeinderat sich an einer Sitzung mit meinem diesbezüglichen Gesuch befasst hat, er hat also gewissermaßen sich selbst vorgegriffen. Das entspricht der Appenzeller Pfiffigkeit: man entscheidet nicht (das wäre ein Präzedenzfall), sondern weil ein

Präzedenzfall vorliegt, kann man nicht anders (das ist vernünftig und leuchtet ein).

Dienstag, 5. Juni

Bärlocher Marco heißt der neue Gemeindeschreiber, ein waschechter Appenzeller, gebürtig von Appenzell. Hat gestern sein Amt angetreten, das mangels Bewerber ein halbes Jahr verwaist war und vom bisherigen Schreiber ad interim geführt werden musste. Vom stämmigen Appenzeller hat er aber in seinem Aussehen gar nichts: groß, schlank, ein wenig vornübergebeugt, mit einer Mähne, die immer droht, ihm über die Augen zu fallen, Brillenträger (Leninbrille mit Stahlfassung, wie sie wieder in Mode gekommen sind), ein schüchternes Lächeln auf den Lippen, aber eine überraschend sonore Stimme, die klingt, als wäre die Gestalt, die er zeigt, nur die Schrumpfform, die seine Stimme irgendwann zu voller Größe aufpumpen wird. Habe ihn natürlich sofort „besichtigt", ich will hier genau wissen, wer Schlüsselstellungen in der Gemeinde einnimmt. Und der Gemeindeschreiber ist hierzulande, wenn er es will, ein bedeutender Machtträger, denn zwischen den nicht allzu häufigen Sitzungen des Gemeinderats regelt er alle praktischen Geschäfte, und jeder Bauer, Handwerker oder Hotelbesitzer ist gut beraten, sich mit ihm gut zu stellen. Schwer zu sagen, wie sich der Bärlocher Marco entwickeln wird, jedenfalls werde ich ihn im Auge behalten. Unterdessen sind aufgrund des Gemeindeprospekts und der entsprechenden Pressewerbung schon drei Touristenpaare im Swiss Säntis Resort eingetroffen, anscheinend betucht, denn sie buchen jede Veranstaltung, die ich anbiete. Schweizer Touristen, versteht sich, bei den Chinesen und Filipinos wird es noch ein Weilchen dauern, bis entsprechende Übersetzungen in den lokalen Reisebüros eintreffen. Mal sehen, was Domenic Peer für Finanzbeziehungen dort drüben hat, die den Prozess ein wenig beschleunigen können. Für einmal hat jedenfalls der Gemeinderat den richtigen Ton gefunden.

Mittwoch, 6. Juni

Hatte heute bereits ein längeres Gespräch mit Marco Bärlocher. Er ist viel interessanter, als er auf den ersten Blick aussieht, im Grunde genommen ein athletischer Typ, nur, dass er dies während einiger Semester etwas vernachlässigt hat. Hat nämlich in 3 Semestern an der Uni St. Gallen als Werkstudent (seine Eltern können ihm nichts stopfen außer guten Wünschen) einen IMBA-Abschluss gemacht: International Executive MBA Handelshochschule St. Gallen. Wäre genau das Richtige für das kleine Reich, das ich aufbauen möchte. Das habe ich ihm natürlich nicht gesagt, erst will ich sehen, wie er sich entwickelt. Eines ist für ihn auch schon klar, ewig will er nicht Gemeindeschreiber in Hundwil bleiben, nur so lange, wie er braucht, um sich ein finanzielles Sprungbrett zu bauen. Schön wär's, wenn das Sprungbrett Swiss Säntis Resort hieße, Charme hat er übrigens schon auch, sobald er sich in Eifer redet und von dem spricht, was er wirklich machen möchte. Mal sehen ...

Freitag, 8. Juni

Mit dem Kanton gibt es Ärger. Der Kantonsrat führt (von Hand) ein vollständiges Verzeichnis aller kantonalen Hotels und Pensionen, die *Pension Sonnenschein* ist seit undenkbaren Zeiten als Pension aufgeführt und darf deshalb kein „Resort" sein, auch wenn sie schon längst eines ist. Zählen tut das *dürfen*, nicht das *sein*. Sein kann jeder, aber dürfen tut nur der, der den Segen des Regierungsrates hat. Ich habe sofort Reto Domenic aufgeboten, er soll eine Unterredung beantragen, mit der Andeutung, dass auch ein paar strukturierte Kredite für den Kanton herausschauen könnten, z. B. einer, um das Verzeichnis der Hotels und Pensionen zu informatisieren und dementsprechend laufend updaten zu können. Denn was ist das für ein Kanton freier Schweizer, der einer Gemeinde verbietet, ein Hotel *Resort* zu nennen?
Mal sehen, was dabei herauskommt. Für Kredite haben auch Appenzell-Aussenrhodener offene Ohren, aber es ist schon so:

Sie möchten alle als Innovatoren gelten, aber bitte ohne Änderungen, so, „wie wir es schon immer gemacht haben", denn das hat sich ja bewährt. So weit kenne ich meine Rhödeler bereits.

Samstag, 16. Juni

Das Wort *Kredit* hat auch auf die Außerrhoder Regierung seine Wirkung nicht verfehlt: Regierungsrat Matthias Signer, Bau- und Volkswirtschaftsdepartement, hat uns schon gestern empfangen, und neben andern wohlklingenden strukturierten Krediten hatte Domenic Peer die gute Idee, auch einen für Tourismuswerbung auf kantonaler Ebene anzubieten, dort sei das bisher Geleistete zwar ansprechend, aber für ein modernes, internationales Publikum doch zu wenig attraktiv, es müsse heute auch für Chinesen und Filipinos interessant sein, die kaum wüßten, dass es eine Schweiz gäbe und wo die sei, geschweige denn Hundwil oder Herisau oder Appenzell Rhoden. Da müsse man dann eben die *Emotions* ansprechen, dass die nachher, wenn sie wieder zu Hause seien, das ihren Freunden und Verwandten mit den Worten *very, very nice* zeigen können, und dann auch ihre Selfies in die Landschaften hineinmontiert seien, und er hat vorgeschlagen: Warum nicht einen Tourismusführer, wie die Hundwiler ihn gemacht haben, klein, handlich, elektronisch aufbereitet, so dass man jederzeit in jeder gewünschten Form jede gewünschte Werbung starten könne. Das hat Regierungsrat Signer sehr gut gefallen, und Reto Domenic war auch sehr zufrieden, nur: ich habe jetzt die Arbeit, denn wir müssen natürlich einen Entwurf nach Herisau schicken, wenn möglich rasch, die Sommersaison stehe ja bevor, und da wäre es gut, wenn man dieses neue Instrument gleich einsetzen könnte.

Auch Reto Domenic war sehr zufrieden und hat gemeint: „Siehst du, wenn man weiß, wie man es macht, kriegt man auch den Regierungsrat herum." Aber wie man es macht, weiß er eben nicht, und auch nicht, was das für eine tierische Präzisionsarbeit ist. Wo kriege ich nur schon den Informatiker her? Denn selbstverständlich muss das Ganze erst einmal aufs

Netz und mit dem Softwareprogramm des Bau- und Volkswirtschaftsdepartements vernetzt werden, bevor man *just on demand* hübsche kleine Fremdenführer drucken kann.

Da fällt mir aber ein, dass Markus Bärlocher mir vor ein paar Tagen gesagt hat, er würde bei der Werbung für das *Swiss Säntis Resort* gerne noch mithelfen, ihm sei es jetzt eigentlich, bis die Projekte, die er selber lanciert, zum Tragen kommen, fast ein wenig langweilig in seinem Amt. Sein Vorgänger habe ein gar gemächliches Tempo hingelegt, jetzt könne er die Arbeit für eine Woche jeweils in zwei Tagen erledigen, dürfe das aber natürlich nicht so zeigen, daher wäre eine Nebenbeschäftigung willkommen, gratis natürlich, für ihn wäre es eine gute Gelegenheit, mal wieder zu programmieren, er habe da auch eine Ausbildung. Herz, was willst du mehr?

Freitag, 30. Juni

In knapp zwei Wochen hat „dein Bärlocher", wie Reto Domenic ihn jetzt nennt (ist er am Ende eifersüchtig?):

- ein Generalkonzept für die Tourismuswerbung im Kanton und in den Gemeinden entwickelt,
- das Konzept in ein Programm umgemünzt, das sich mühelos mit dem internen Programm des Bau- und Volkswirtschaftsdepartements vernetzen lässt und den Druck in der *Onlineworkers* Druckerei automatisch und extrem kostengünstig steuert,
- eine erste Lieferung von 10 000 englischen Prospekten: *Appenzell Rhoden and it's communities – the Hart of the Oriental Swiss Alpine Landscape: 20 Ways to enjoy unique Top Hotels*, mit hinreissenden Farbbildern zu einem Spottpreis an die Kanzlei des Bau- und Volkswirtschaftsdepartements geliefert, „Ausgaben in weiteren Sprachen folgen",
- Domenic Peer den *Auftrag erteilt* (wer hat hier das Sagen?!), seine fernöstlichen Kontakte abzuklopfen, um günstige Übersetzer und Kanäle für die lokale Gratiswerbung zu entdecken,

- einen vollen Tag mit mir über Struktur- und Werbekonzepte für das Swiss Säntis Resort diskutiert. Dabei hat sich bestätigt, dass Markus eigentlich eine athletische Natur ist und das Training nur während seines Zusatzstudiums sträflich vernachlässigen musste, jetzt jogge er wieder täglich die 518 m Höhenunterschied zur Hundwiler Höhi und wieder hinunter, bevor er um acht Uhr seinen Arbeitstag beginne, „für dich oder für die Gemeinde", wir duzen uns jetzt, das ist ganz natürlich gekommen, und vielleicht ist es das, was Domenic Peer so ärgert: dass er nicht mehr der einzige ist.

Mittwoch, 4. Juli

Irgendwie habe ich es ja immer geahnt: Der Hauptzweck von Verwaltungsgerichten ist es, Menschen zu ärgern, die noch nie mit ihnen zu tun hatten. Beim Bundesverwaltungsgericht ist eine Beschwerde des Appenzell-Aussenrhoder Hoteliersverbands wegen unlauteren Wettbewerbs durch die *Pension Sonnenschein* eingegangen, welche sich jetzt unerlaubter- und illegalerweise als *Swiss Säntis Resort* bezeichne. Beantragt wird eine superprovisorische Verfügung, welche die On- und Offlinewerbung der *Pension Sonnenschein* untersage und die Vernichtung der Exemplare anordne, deren man noch habhaft werden könne. Unterschrieben haben alle, die in Hundwil eine Beiz oder ein Hotel führen, in alphabetischer Reihenfolge:

- Gasthaus *Alpenrose*, ohne Onlinebewertung
- *Am Brunnen B&B*, in Stein, 2.2km von Hundwil, „mit wunderschönem großem Holztisch, der dazu einlädt, gemütliche Abende im Haus zu verbringen"
- Ferienhaus *Höckli* in Stein, 3.9km von Hundwil, „Einfach nur zum Wohlfuehlen, zum Entspannen – spezielle Atmosphaere! (sic)"
- Landgasthof *Ochsen* in Stein, 2.3km von Hundwil, „für alle die in einem echten kleinen Familienhotel übernachten wol-

len, einem traditionellen, sauberen super urchigem (sic) Familienbetrieb"

- Pension Landgasthaus *Rössli*, „Das Frühstück ist einfach (frisches Brot, verschiedene Scheiben Fleisch/Wurst, Käse, Saft und gut! Kaffee) aber lecker (sic)."
- und natürlich das Kronjuwel, unser *Bären*, den Sie alle schon bestens kennen.

Die Familienpensionen lasse ich jetzt aus, sie gehören alle demselben Unternehmer, der zufällig auch das einzige Taxiunternehmen vor Ort betreibt, und machen von selbst genügend Reklame. Die andern wird „mein Reto Domenic" (jetzt hat er wieder sein *mein*) mit einem einfachen Angebot „gschweiggen": explizite und kostenlose Aufnahme in den Hundwiler Tourismuskatalog gegen Rückzug der Klage beim Verwaltungsgericht. Sie ticken beim Wort „geschweiggen", liebe deutsche Ferienprospektfreunde? Das hat aber schon 1812 Ihr pfiffiger Franz Joseph Stalder in seinem *German language* Lexikon aufgeführt, mit der Erklärung: „Ge-schweiggen, g'schweiggen, v. act. – schweigen machen – stillen. Auch bey den Minnes. I, 13, Winter … Du geschweigest uns die Vogelin." Na also, wenn's dem Walter von der Vogelweide gefallen hat, dürfen wir Schweizer doch wohl das *geschweiggen* auch gebrauchen, oder nicht?

Donnerstag, 19. Juli

Das Bundesverwaltungsgericht hat eine noch viel salomonischere Lösung gefunden: Nicht nur werden die Pensionen und Hotels der Kläger *obligatorisch* in den kantonalen Pensions- und Hotelprospekt aufgenommen, sondern ebenso obligatorisch und mit sofortiger Wirkung in den Bundesprospekt der Kantons- und Gemeindeprospekte, und da der Bundesprospekt von Anfang an voll informatisiert ist, werden auch die kantonalen und Gemeindeprospekte automatisch digitalisiert, und zwar auf Kosten des Bundes, der dafür ein eigenes Budget eingerichtet hat. Leider ist bisher nur die 1. Ausgabe, Buchstaben A–D erschie-

nen, so dass nur die Kläger Alpenrösli und am Brunnen B&B sowie natürlich unser Bären darin erscheinen, die übrigen werden
in der Reihenfolge der nächsten Ausgaben erscheinen. Das Ge-
richtsverfahren allerdings geht auf Kosten der Kläger, da diese sich nicht die Mühe genommen hätten, sich online über die
neuen Anforderungen des Bundes zu informieren und daher
ihre Werbung nicht rechtzeitig und unaufgefordert eingereicht
hätten. Heutzutage könne man auch einer Pension Alpenrösli
und einem Hotel am Brunnen B&B solches zumuten, und sonst
müssten sie es schleunigst lernen. Natürlich sei damit auch die
ohnehin fruchtlose Bemühung einzustellen, bereits vor diesem
Urteil erschienene Werbeprospekte einzuziehen, womit die bereits erfolgte, erfolgreiche Weiterleitung an die touristischen
Werbekanäle bis Hongkong und Manila nachträglich legalisiert
wird. „Meine" Markus und Domenic Peer und ich haben daraufhin im Hotel Bären bei Wine & Food zu candle light einen äußerst vergnüglichen Abend verbracht, bei dem „meine" beiden
mit besonders geistreichen Witzen über Verwaltungen, Kanzleien und Gerichte wetteiferten. Scheint ihre neue Form der on
site Werbung zu sein, die ich mir gerne gefallen lasse. Ich habe
das Ganze mit ein paar Appenzeller Witzen gewürzt, von denen ich unterdessen eine ganze Sammlung für Betriebsabende
angelegt habe – und warum nicht für Gäste aus Hongkong und
Manila? Die werden keine Mühe damit haben, den trockenen
Appenzeller Humor zu verstehen.

Sonntag, 29. Juli

Gestern ist die 5. Ausgabe der *Jungen weiblichen Talente der Schweiz*
über die Bühne gegangen, initiiert und organisiert von der ehemaligen Bundesrätin, Uno Generalsekretärin und gegenwärtigen Grande vieille Dame (mehr grande als vieille) der schweizerischen Innenpolitik, Frau Dariah Jolissaints Loriol. Ich hatte
mich ohne besondere Erwartungen angemeldet mit meinem
Hotelprojekt – wer bin ich schon im schweizerischen Tourismus
und wie innovativ ist ein Projekt, das noch nicht einmal Gäste

hat? Es war aber der letzte Moment, denn am 12. August werde ich 26 und der Wettbewerb ist nur jungen Frauen bis zum vollendeten 25. Lebensjahr offen. Die erste Überraschung kam, als mich die *hôtesse* auf einen Stuhl in der vordersten Reihe lotste, und die zweite, die mich fast von besagtem Stühlchen fallen ließ, als bei der Preisverleihung für die innovativsten Projekte des Jahres als erster mein Name fiel und ich dann noch verstand, dass ich den ersten Preis gewonnen hatte, „wegen der einmaligen Verbindung von Tradition und Innovation, Kultur und Geschäftssinn." Zum Glück dauerte die Laudatio ein Weilchen, so dass ich Luft schnappen konnte, ehe ich auf das Podium musste, um aus der Hand von Frau Jolissaints den Preis entgegenzunehmen: Ein Dokument, ein Check über 5 000 Franken („Wir geben keine großen Summen, aber viel Unterstützung") und ein Dokument, in dem die Unterstützung näher ausgeführt wurde: Eintragung in das elektronische Hotelverzeichnis des Bundes im Rahmen des Projekts „*Manoirs suisses*".

Später habe ich das dann alles zu Hause in Ruhe lesen können und verstanden, was das bedeutet: Nach dem Modell der staatlichen französischen *Manoirs* und der spanischen *Paraderos* will der Bund ein Netz von in klassischen Gebäuden etablierten Erstklasshotels einrichten, das föderalistisch von den Kantonen verwaltet und zentral vom Bund registriert und kontrolliert wird, mit einer regelmäßigen Qualitätskontrolle. Ich war also mit einem Hotel, das zwar eine klassizistische Fassade, aber nur eine Existenz von rund 20 Jahren und noch nicht einmal Gäste aufweisen konnte, in die oberste Liga der schweizerischen *Manoirs* katapultiert worden, weil mir Frau Jolissaints aufgrund meiner Projektbeschreibung zutraute, diese Herausforderung erfolgreich zu handhaben. „Noblesse oblige": jetzt hatte ich zwar einen Spoiler an meinem Rennwagen und ein paar Tropfen Treibstoff, aber noch nicht einmal einen Motor, und sollte demnächst an einem Rennen teilnehmen. Werde ich diesem Druck standhalten?

Zum Glück haben meine beiden Mannen mir nicht nur überschwänglich gratuliert und mich zu einem Candle Light Dinner im Bären eingeladen, sondern mir auch sehr konkrete Pläne vorgelegt, wie die Sache zu schaffen ist. Reto Domenic hat zuerst einmal die Unterstützung aus Bern kommerziell gewichtet: Mit dem Bundesnetz und der Bundesinformatik ist es natürlich ein leichtes, unsere Werbung nach Bei-jing, Hongkong und Manila auszudehnen, gerade noch rechtzeitig für die Sommersaison, wo die traditionellen Mittelmeerdestinationen überlaufen sind und das begüterte und stilbewusste Publikum aus dem fernen Osten neue Destinationen sucht. Als Grundlage für die Werbung können wir fast 1 zu 1 meine Projektbeschreibung übernehmen, entsprechend gekürzt und kondensiert. Reto Domenic hat auch gleich berechnet, welches heute, mit diesen neuen Grundlagen, der Handelswert des Projekts wäre, und ist auf die stolze Summe von ca. 10 Millionen gekommen. Auf dieser Grundlage, meint er, werde es einfach sein, Kredite in der Höhe von mindestens 7 Millionen aufzunehmen, die durch das Projekt selbst genügend gesichert seien.

Markus hat dort eingehakt und gesagt, den Anschluss an die Homepage des Bundes könne er mühelos mit einer eigenen Software sichern, die er in seinen Mußestunden – gegenwärtig fast 5 Arbeitstage – auf der Gemeinde bereits programmiert habe. Um nicht aufzufallen, programmiert er im Computerraum der Gemeinde, wo niemand in der Lage ist, zu beurteilen, an welchem Projekt er gerade arbeitet, denn er hat auch das gesamte Informatiknetz der Gemeinde grundlegend modernisiert. Die Software für das *Swiss Säntis Resort* ist so ausgelegt, dass sie die Verwaltung sämtlicher Hotelressourcen der Gemeinde in einem *Swiss Eastern Alpine Project* ermöglicht, und seiner Ansicht nach müsse es, um das Überleben der Hundwiler Hotels im neuen Zeitalter der Informatik zu sichern, ohnehin eine zentral verwaltete Hotelgemeinschaft geben, später auch mit weiteren Ostschweizer Gemeinden, allerdings mit föderalistischer Struktur. Gemeinsam würden sicher das Einkaufsnetz, die Werbung und eine Art Ausgleichsmechanismus sein, der dafür sorge, dass alle Hotels und Pensionen immer einen genügenden Grundstock von Gästen hätten. Als Ziel sieht er eine 25-prozentige Steigerung des gegenwärtigen Touristenvolumens. Als Eigentümerin der Verwaltungssoftware und als eigentlicher Innovationsmotor werde aber die Swiss Säntis Resort AG (er sieht bereits eine AG) automatisch eine führende Rolle übernehmen. Das mit der AG hat er dann näher erklärt: Er wünsche für seine Arbeit keine Besoldung, da er gegenwärtig mit seinem Lohn als Gemeindesekretär und gewissen Vorteilen, die ihm diese Position schaffe, sehr gut auskomme. Er wolle in die Zukunft investieren und dereinst Partner in einer künftigen AG sein. Natürlich könne ich mir das noch in Ruhe überlegen, er werde das Projekt so oder so unterstützen, und für die Entschädigung werde sich ein Weg finden. Der Form halber habe ich mir eine Woche Bedenkzeit ausbedungen, aber ich bin schon entschlossen, zuzusagen, und wäre es nur, um mir die Mitarbeit eines loyalen Kollegen und Informatikgenies zu sichern. Jetzt werde ich mir aber zuerst einmal einen ausgedehnten Spaziergang in Hundwil und Umgebung gönnen, unter anderem zur evangelischen Kirche und zur sprechenden Brücke. Morgen ist auch noch ein Tag.

Mir ist übrigens noch eine weitere Idee gekommen: An der Handelshochschule St. Gallen hatte ich Kontakt mit *Dr. Linjing Mu*, einer Absolventin der Pekinger Reisehochschule und Leiterin des staatlichen chinesischen Reisebüros in Beijing. Wir haben gleich sympathisiert, als ob wir Schwestern wären, und haben herausgefunden, dass wir beide ähnlich schnell und sehr ähnlich denken. "Wenn ich einmal die Leitung eines internationalen Hotels in der Schweiz habe, ich schätze in fünf Jahren, nehme ich mit dir Kontakt auf!", habe ich ihr gesagt, und hätte mir nicht träumen lassen, dass dies bereits innerhalb von zwei Jahren passieren würde. Das ist doch klar, ich beauftrage Frau Linjing Mu mit der Werbung für unser Manoir, das ja auch auf staatlicher Ebene liegt, und reise einmal nach Beijing, um das alles mit ihr zu besprechen! Mit dem Flugzeug ist das doch heute kein Problem mehr! Peking–Hundwil, die Welt kommt zu uns – das wird auch den Hundwilern gefallen!

So, das war's, den Rest des Tages werde ich mit Spaziergängen in und um Hundwil verbringen und am Abend vom Kirchhügel aus den Sonnenuntergang anschauen: schön romantisch und maßlos schön. Ich brauche jetzt einen Tag vollkommener Ruhe. Ich merke, ich bin total ausgepumpt. Seit Monaten muss ich mit 4 Stunden Schlaf auskommen, dazu schwere Arbeitstage, und die lastende Bürokratie in Gemeinde und Kanton sorgt immer wieder für Aufregungen, die ich immer schlechter wegstecke. So kann es nicht weitergehen. Aber es muss! Morgen muss ich im Gemeinderat meine Frau stellen … Aber das schreibe ich morgen, wenn ich auch schon weiß, wie es herausgekommen ist. Heute gibt es nur noch Entspannung.

Mittwoch, 1. August

Gar nichts hat es heute gegeben, jedenfalls bei mir. Ich habe noch in der Nacht hohes Fieber bekommen und furchtbare Halsschmerzen, gegen Morgen habe ich dann noch zu husten begonnen und der ganze Brustkorb hat immer mehr geschmerzt. Ich konnte gerade noch dem Arzt telefonieren. Dr. Pfister war schon eine halbe Stunde später da und hat mir mit erhobenem Zeigefinger verkündete: „Impfen sollte man, wenn man so arbeitet wie Sie!" Dann hat er mir absolute Bettruhe und ein fiebersenkendes Mittel verschrieben.

„Aber ich sollte doch … ich wollte …

– Gar nichts dürfen sie, außer im Bett liegen, sonst prognostiziere ich Ihnen eine schwere Lungenentzündung, und die könnte dann mit der Rekonvaleszenz gut und gerne einen Monat dauern. Sie sind total erschöpft, Sie haben einen totalen Raubbau mit Ihren Kräften getrieben. Haben Ihnen die ganzen Managementkurse an der Hochschule St. Gallen denn nicht beigebracht, wie man mit seinen eigenen Kräften umgehen sollte? Immer eine Reserve lassen, nie bis an die Wand fahren! Sie haben noch einiges zu lernen, hören Sie auf Ihren Körper, der weiß schon, warum er streikt."

Und dann hat er mir noch Lindenblütentee verschrieben und ein fiebersenkendes Mittel und ist zum nächsten Patienten geeilt. Das war's dann mit meiner Tagesleistung, außer, dass ich jetzt noch Tagebuch schreibe, weil ich mir zum Glück schon vor einiger Zeit ein Brett haben tischlern lassen, auf dem ich liegend mein Tablett bearbeiten kann. Wenn ich nach jedem Satz eine Pause mache, geht es gerade noch. Und eigentlich ist für heute auch genug geklappert, ich muss jetzt schlafen.

Donnerstag, 2. August

Markus und Reto Domenic haben mir den Abend auf dem Gemeinderat sehr anschaulich geschildert, ich bin noch so schwach, dass ich nur das Wichtigste niederschreibe. Gemeindepräsidentin *Rita Brotschi* hat den neuen, vom Bund zu einem Spottpreis gelieferten Hotelführer des Kantons Appenzell vorgestellt, natürlich mit dem zu erwartenden Gemaule, weil nicht jedes Hotel so dargestellt war, wie es sich das gewünscht hätte, und nicht jede Familienpension aufgeführt war. Sie habe dann etwas spöttisch gemeint, die Familienpensionen hätten ja alle den gleichen Eigentümer, *Fritz Pfiffner,* und der habe es nicht für nötig befunden, den zugestellten Fragebogen zu beantworten, so wenig, wie er es für nötig befunden habe, an der Sitzung zu erscheinen. Die Unzufriedenen seien gebeten, ihre Einwände zu Papier zu bringen, man werde ihnen so weit wie möglich bei der nächsten Auflage entgegenkommen, und die sei bei diesem informatisierten Erzeugnis bald zu erwarten. Sie möchte aber zu bedenken geben, dass die Werbung bis in den fernen Osten reiche, und da der Bund dahinterstehe, sei auch mit einer gewissen Wirkung zu rechnen. „Lernen Sie, wie man auf Chinesisch *guten Tag* sagt, Sie werden es bald brauchen!", habe Frau Brotschi ebenso spöttisch hinzugefügt.

Die Tatsache, dass das Swiss Säntis Resort zum ersten Mal auftaucht und dass ich den ersten Preis in Bern gewonnen und in das prestigereiche Bundesnetz der schweizerischen *Manoirs* aufgenommen wurde – was natürlich eine mächtige Reklame für ganz Hundwil bedeute – habe dann eine natürlich Begründung dafür geliefert, das Markus und Domenic Peer stellvertretend das Projekt vorstellen durften, was sie „unter besonderer

Beachtung des Prinzips der Versöhnlichkeit" getan hätten, offenbar mit der gewünschten Wirkung, denn am Schluss habe es sogar von den Unzufriedenen Applaus gegeben.

Das *Prinzip der Versöhnlichkeit* haben wir oft und lebhaft besprochen: Wir wollen vom schweizerischen Föderalismus ausgehen, der die Probleme dort löst, wo sie anstehen. Es geht uns nicht darum, andere Betriebe zu übernehmen, sondern eine für alle nützliche Koordination zu fördern. Wir bilden ein Verband, wo es um Einkauf oder um Vertretung nach außen geht, besonders auf dem Gebiet der Werbung, im Übrigen aber jeder unabhängig von den andern ist und sein eigener Herr. Damit ist sichergestellt, dass die vor Ort effizienteste und kostengünstigste Arbeitsweise zum Einsatz kommt. Diese Theorie hätten alle verstanden, weil es um ihr eigenes Interesse ging. „Rechnen können die Schweizer immer, wenn es um ihre Arbeit geht", hat Domenic Peer hinzugefügt, und er muss es ja wissen von seinen Klienten.

Was beide bedauert haben, ist, dass Fritz Pfiffner nicht an der Versammlung war. „Mir ist nicht ganz geheuer bei dem Kerl", hat Markus hinzugefügt, „er mixt überall im Hintergrund mit. Er betreibt nicht nur den einzigen Taxistand in Hundwil, neben 8 andern im ganzen Kanton, sondern gilt auch als erprobter Arbeitsbeschaffer. Wenn ein Betrieb schließt, kauft er ihn auf, findet jemanden, der darin eine Filiale aufbaut und den entlassenen Arbeitern wieder Arbeit gibt, und gewinnt auf diese Art überall Freunde, auch im Gemeinderat." Nur Frau Brotschi stehe mit ihm ein wenig auf Kriegsfuß, vermutlich, weil sie ihn durchschaut. Er kauft nämlich die maroden Betriebe zusammen, um daraus ein Firmenimperium zu basteln, das auch noch weitere Betriebe überall im Kanton umfasse. Irgendwann werde er das dann wohl bereinigen und zu wenigen, größeren Betrieben zusammenfassen, unter denen wohl auch eine Hotelkette figurieren werde, denn er habe schon begonnen, kleinere Pensionen zusammenzukaufen. Dass jetzt ausgerechnet eine „Fremde" aus dem Unterland die Bühne vor ihm besetzte, müsse ihn gewaltig wurmen, irgendeine Rache werde er wahrscheinlich aushecken.

Mehr als auf seinen nächsten Zug zu warten, können wir auch nicht tun, es ist sicher nicht an uns, demütig bei ihm anzuklopfen. Reto Domenic wird auch noch seine finanziellen Verhältnisse genauer untersuchen, vielleicht steht er gar nicht auf so soliden Beinen und ist angreifbar – über seine Bank- und Kanzleiverbindungen kann Domenic Peer alles erfahren, was er wissen will.

Dienstag, 7. August

Lange hat es nicht gedauert, bis Fritz Pfiffner zugeschlagen hat: „Überstürzt und gepfuscht", hat Domenic Peer gefunden. Überstürzt vielleicht, aber gepfuscht? Ich finde, er hat es sehr wirksam angefangen, mit einem Gesuch um eine superprovisorische Verfügung des Bundesrechnungsgerichts. Er sei willentlich übergangen und geschäftlich schwer geschädigt worden, führt er in dem Gesuch aus, von dem ich eine Kopie erhalten habe, und listet dann ein gutes Dutzend Argumente auf, die ich zwar hanebüchern finde, auf die das Gericht aber eintreten muss, und wäre es auch nur, um sie abzuschmettern. Das aber kann Wochen, wenn nicht Monate dauern und steht sicherlich nicht zuoberst auf der Dringlichkeitsliste des Gerichts, da es sich ja nur um ein einzelnes Unternehmen handelt und die Bundesliste weiter nicht tangiert ist. Allerdings hat Fritz Pfiffner nicht mit dem phänomenalen Kampfverband gerechnet, den Domenic Peer, Markus und ich unterdessen herausgebildet haben. Markus hat darauf hingewiesen, dass es sich um ein Bundesprojekt handle, da Frau Jolissaints es in die prestigereiche Liste der schweizerischen Manoirs aufgenommen habe, und zudem seien die Argumente ebenso schwach wie zahlreich, einfach „hingepflastert", hat er gemeint. Im Prinzip könnte das Gericht das Gesuch nach summarischer Vorprüfung durch einen Einzelrichter wegen schwerer Formfehler umgehend abschmettern und brauche sich gar nicht erst damit zu befassen. Zufällig weiß er, wer der Systemverantwortliche des Gerichts ist, nämlich ausgerechnet einer der Assistenten des Oberrichters, der in einem ersten Studium El.-Ing. an der ETH studiert habe. Er werde ihn einmal informell anpeilen, der Mann schulde ihm noch einen Gefallen, im Prinzip könnte er nämlich die Behandlung des Gesuchs übernehmen und die Empfehlung für das Gericht schreiben. Sein Vorprellen wäre gerechtfertigt, weil er als Systemverantwortlicher ja die Aufgabe hat, dafür zu sorgen, dass alles so einfach und ohne Komplikationen verläuft, wie möglich. Domenic Peer hat nicht übel gelacht über die „juristischen Kompetenzen" der Systemverantwortlichen.

Die Zeit, bis die Sache entschieden ist, werde ich mit Aufräumarbeiten und Erholung verbringen. Hoffentlich geht es rasch, denn die ersten Gäste aus Übersee sind für September bereits angekündigt, und ich muss dringend Renovationsarbeiten finanzieren. Domenic Peer meint zwar, ich müsste mir keine übertriebenen Sorgen machen, denn das *Swiss Säntis Resort* sei unterdessen, dank dem Anschub durch den Bund, so wertvoll geworden, dass ich überall die nötigen Darlehen aufnehmen könne. Er schätzt den Wert unterdessen auf 11 Millionen, allein das Konzept und die möglichen Darlehen auf bis zu 7.5 Millionen. Mit 1–2 Millionen könne ich alle momentan notwendigen Investitionen tätigen, und wenn das Konzept sich bewähre, woran er nicht zweifle, dann werde der Wert nochmals so kräftig steigen, dass ich dem Gossauer Architekten ohne weiteres seine beiden Gebäude abkaufen könne und damit mehr Betten haben werde als der Bären. Das sei unerlässlich, wenn ich im Konsortium der Hundwiler Hoteliers federführend auftreten wolle.

Ob so viel Tatendrang wird mir fast schwindlig, ich habe immer noch heftige Gliederschmerzen von meiner Grippe und wanke mehr, als dass ich gehe, geschweige denn eile, wie meine beiden Mannen sich das vorstellen. Zum Glück sind sie mit mir einverstanden, dass ich immer noch viel Erholung suche und meine Kräfte sammle, bis das Gerichtsurteil eintrudelt.

Samstag, 11. August

Der Richterkollege von Markus hat in Rekordzeit einen Entscheid erreicht: Der Gerichtshof sei sehr zufrieden, das lästige Gesuch

„wegen offenkundiger Fehler in der Beweisführung" als haltlos zurückweisen zu können, auch weil ja eine superprovisorische Blockierung des Bundeshotelführers materiell gar nicht mehr möglich sei; das Urteil werde voraussichtlich schon am Montag gefällt. Nur weil Domenic Peer dabei war, bin ich Markus nicht um den Hals gefallen. Allerdings braut sich unterdessen im Gemeinderat etwas zusammen. Die Gemeinderäte sind ja nicht gewählt worden, um jeden Tag etwas Neues zu erfinden, sondern um das Altbewährte mit altbewährten Methoden weiterzuentwickeln. Wäre da nicht die Hotellerie als wichtige Einnahmequelle, die Gemeinde könnte mit so viel Innovation, wie sie das Swiss Säntis Resort bringt, gar nicht fertig werden. Schließlich legen die Hühner ihre Eier, so wie sie sie seit eh und je gelegt haben, und auch die Kühe wollen, wenn auch vielleicht mit Melkmaschinen, zur gewohnten Zeit gemolken werden. Dass unter diesen Umständen einige Gemeinderäte verstimmt sind, weil neuerdings „eine vom Unterland" und zwei zwar Appenzeller, aber doch Auswärtige in der Gemeinde das Sagen haben, kann man ihnen nicht verargen. Markus weiß es von Frau Brotschi, mit der er unterdessen ein kollegiales Verhältnis entwickelt hat. Ich gebe zu, ich bin ein wenig eifersüchtig, während ich das schreibe.

Sonntag, 12. August

Heute haben meine beiden Kavaliere ein Candle Light Dinner im *Bären* veranstaltet, das sie unbedingt aus ihrer Tasche berappen wollten. Eine Ablehnung meinerseits wäre eine Schmach für sie gewesen, das war mir deutlich, also konnte ich ihnen nur mit feuchten Augen danken und versichern, sie hätten sich für immer einen Platz in meinem Herzen erobert. Ich habe Hagebuttensirup getrunken – hervorragend gegen die Folgen von Erkältungen – und sie einen Dreier Bündner Herrschaftler, den der Bärenwirt aus einem eigenen Weingut bei Liechtensteig gewinnt. Wir haben gelacht, Appenzeller Witze ausgetauscht (mein Repertoire wächst langsam, aber stetig) und locker Pläne geschmiedet. Reto Domenic meint, bis zum September sei der Wert unseres

Projekts nochmals so angestiegen, dass ich mühelos eine Minergieheizung finanzieren könne. Fürs Erste aber planen wir einen Empfang für den Hundwiler Gemeinderat und die hiesigen Hoteliers. Wenn ich die Räume geschickt nutze, reicht es gerade, um ein Buffet für diese Gästezahl anzurichten und sie an einer langen Tafel mit Sicht auf eine Projektionswand zu platzieren, auf der wir unser Vorhaben vorstellen wollen.

Wir werden vor allem den Aspekt der „gezügelten Innovation" betonen: Niemand *muss* sich und seine Arbeitswesen ändern, jeder *kann* so viel Innovation übernehmen, wie es für ihn profitabel ist. Auf meinen Vorschlag haben wir auch Fritz Pfiffner eingeladen, der „ein Motor der handwerklichen Innovation in unserer Gemeinde ist", so haben wir es in der Einladung an ihn formuliert. Markus und Domenic Peer haben meine Idee zwar unvorsichtig gefunden, aber ich habe sie darauf aufmerksam gemacht, dass ein außenstehender Pfiffner noch viel gefährlicher wäre: So können wir ihn wenigstens einigermaßen kontrollieren. Am Schluss waren wir sehr zufrieden mit unseren Ideen und der Bärenwirt mit seiner Rechnung.

Samstag, 18. August

Der Gerichtsentscheid ist in unserem Sinn ausgefallen, eine Woche später als zuerst erwartet, aber immer noch früh genug, wobei die nicht unerheblichen Kosten zulasten des Beschwerdeführers gehen, „wegen unsorgfältiger Vorbereitung seines Gesuches". Wie Fritz Pfiffner diese Wendung verdauen wird, weiß ich noch nicht, auch wenn er gestern an der Einladung war. Es ist zwar alles haargenau nach unserem Konzept gelaufen, einschließlich der wohl aufrichtigen Gratulationen des Gemeinderats und der Hotelierkollegen, so dass ich hier nichts mehr hinzufügen muss, den Ärger aber habe ich im Hintergrund mit Fritz Pfiffner erlebt. Er hat mir so plump und geschmacklos den Hof gemacht, dass es völlig lächerlich schien. Ich habe aber die Wut in ihm kochen fühlen, und am Schluss, nachdem er schon eine gute Flasche Châteauneuf du Pape gehöhlt hatte, hat er mich so brutal in den Hintern gekniffen, dass ich ihm einen Karateschlag auf die Hand versetzt habe. Den hat er eingesteckt ohne autsch! noch au! und nur den Mund verkniffen, um den Schmerz zu beherrschen, aber seine ganze Mimik hat abgrundtiefen Hass ausgestrahlt. Ich habe ihm ins Ohr geflüstert: „Bevor man eine Zwecke ins Anschlagbrett jagt, sollte man den Hammer so weit beherrschen, dass man sich nicht auf den Daumen haut!" Er hat nichts gesagt, aber seine Antwort wird bestimmt kommen, und eher bald, wie ich vermute.

Reto Domenic hat unterdessen Pfiffners Finanzlage untersucht. Sie ist sehr wacklig, nahe am Konkurs. Er verlässt sich ausschließlich darauf, dass er so unentbehrlich ist und dadurch auch so gefürchtet wird, dass man ihm am Schluss ganz einfach Kredite gewähren muss, um ihn günstig zu stimmen. So hofft er, das Konglomerat seiner Kleinunternehmen zu einem einzigen, mittelgroßen Unternehmen auszubauen, auf das die Banken dann noch größere Kredite gewähren, um nicht die bereits gewährten zu verlieren. „Nicht blöd, aber sehr wacklig", hat Domenic Peer gemeint, „man müsste nur ein wenig stossen, und dann würde alles wie ein Kartenhaus zusammenbrechen." Ich habe ihn beschworen, vorläufig nichts zu tun, damit der Pfiffikus nicht völlig außer Kontrolle gerät, Domenic meint, das brauche es auch gar nicht, früher oder später werde ein Unternehmer, dem er auf die Füße getreten sei, das ganz von selbst tun und wir müssten bloß zuschauen.

Mein Gefühl sagt mir, dass es nicht ganz so einfach sein wird. Ich weiß irgendwie, dass ich jetzt für ihn die große Schuldige bin. Da kommt es mir gerade recht, ein paar Tage nach Beijing zu reisen, um mit Linjing Mu die Modalitäten für Winterferien einer ersten chinesischen Touristengruppe in unserem Manoir zu besprechen. Sie ist begeistert von meinem Besuch und hat mir schon alle Dokumente besorgt. Am Montag, 27. August, reise ich bereits und bin am 1. September zurück.

Mittwoch, 12. September

Der Stapellauf des Swiss Säntis Resort hat stattgefunden – ohne mich! Das werde ich nie ganz verschmerzen. Zum Glück bin ich gerade noch rechtzeitig am 9. September zurückgekommen, um die ersten 10 Gäste aus China zu begrüßen, und ganz ohne, ja eigentlich ein wenig gegen meinen Willen ist die Begrüßung zu einem Triumphzug geworden. Nach dem Essen haben mich die GästInnen – jetzt muss ich einmal dieses Unwort gebrauchen, um mich klar auszudrücken – auf die Schultern gehoben und in mein Schlafzimmer gebracht. Domenic Peer, der ein ausgezeichneter Posaunenspieler ist, hat dazu einen verjazzten Radetzkymarsch improvisiert, zu dem Markus mit einer aus seiner Jazzband entlehnten Drum den Rhythmus markiert hat. Ich habe halb geschrien, halb gelacht und am Schluss alle geküsst: „I'll never forget you!" Unterdessen hatten die Gäste unzählige Selfies mit mir und untereinander geschossen, auf die sie wahrscheinlich sehr viel stolzer sind als auf unsere in Gebirgspanoramas montierten Hotelselfies.

Dass ich überhaupt am Sonntag noch erscheinen konnte, verdanke ich dem kriminalistischen Spürsinn meiner beiden Kavaliere, der raschen und professionellen Reaktion der Gossauer Polizei und dem rechtzeitigen Eingreifen von Dr. Pfister, der mich mit einer hohen Dosis Antibiotika gestählt und mit einem Heublumenbad wieder auf Normaltemperatur gebracht hat, nachdem ich in einer unterkühlten Gossauer Kellergarage 5 Tage lang geschlottert hatte. Die Entführung fand am 2. September statt, nachdem ich auf dem Rückweg von einem Besuch bei Johann Ulrich Grubenmanns Holzbrücke, wo ich Fotos für unsere chinesischen Gäste geschossen hatte, gerade am steilsten Aufstieg war. Fritz Pfiffner brach aus einem Gebüsch hervor, drückte mir von hinten einen Wattebausch mit Äther auf Mund und Nase und umklammerte mich unter den Brüsten so brutal, dass mir der Atem – auch wegen der Überraschung – wegblieb. Die Betäubung wirkte, ehe ich mich auf meine Karatereflexe besinnen konnte. Er muss mir einen Sack über den Kopf gestülpt und mich dann stundenlang in seinem ungeheizten Jeep in der Gegend herumgekarrt haben, ich war schon wieder einigermaßen bei Sinnen, aber gefesselt wie eine Salami, und mit ein paar Windungen Klebeband mundtot gemacht, als er in seine Gossauer Tiefgarage fuhr, mich in einem Abteil auf den Boden warf und sich dann ohne Worte davonmachte und die Rolltür hinter sich herunterknallte und verriegelte. So habe ich dann fünf volle Tage mit je einer Semmel und zwei Bechern Wasser verbracht, die er wortlos, mit einem Messer in der Rechten, auf den Boden stellte und sich dann trollte. Am dritten Tag schrie er mich an: „Wenn deine beiden Helden das Lösegeld nicht bis morgen Abend einbezahlt haben, schneide ich dir ein Ohr ab und schicke es Ihnen, damit sie wissen, wozu ich fähig bin!" Er schien mächtig stolz auf seine Krimiinszenierung, und dieser läppische Stolz hat ihn dann auch verraten, weil alles darauf hindeutete, dass der Entführer ein Amateur war und dass dieser Amateur kein anderer als Fritz Pfiffner sein konnte. So hat mich die Polizei dann gefunden, und holte für den Einsatz gleich Dr. Pfister in seiner Praxis ab, der mich statt ins Spital in seine Wohnung brache, wo seine Frau mich hingebungsvoll gepflegt hat.

Donnerstag, 13. September

Die Höflichkeitsvisiten dauern immer noch an. Ich bin zwar ziemlich erschöpft, aber ich fühle, ich muss die Leute empfangen. Eigentlich sind es keine Höflichkeitsvisiten, sondern Solidaritätskundgebungen. Ich merke, diese Menschen vertrauen mir: Ich bin für sie eine, die zu ihren Überzeugungen steht, und die bereit ist, den Preis dafür zu zahlen, ohne viel Aufhebens. Ich beiße auf die Zähne und halte durch, auch gesundheitlich scheine ich aus gutem Holz zu sein, wie eine aus dem Oberland. Man schüttelt mir die Hand, man bringt kleine Geschenke, man sagt mir: „Hoi, wie hesch es?", was ziemlich genau die Formel ist, die man braucht für jemanden, den es schwer erwischt hat, der aber selbstverständlich durchhalten wird, weil das Holz eben gut ist. Einzelne reden sogar vom „Projäkt", durchaus lobend, sie haben die Logik erfasst und auch begriffen, dass sie davon profitieren können, was immer eine solide Grundlage für Vertrauen ist. Ich merke, ich habe diese Menschen gerne und fühle mich als eine von ihnen. Das „Projäkt" hat Wurzeln geschlagen, und Markus und Domenic Peer tun das ihre dazu; sie gehören jetzt auch zu denen, die man fragt: „Hoi, wie hesch es?"

Am meisten hat mich der Stöckenbauer gerührt, dessen Gut an den Stöckenbach angrenzt, über den die *Sprechende Brücke* geht: „Der muss mir nicht mehr über meine Matte kommen, den demontiere ich mit der Heugabel", hat er gesagt, und mir eines seiner zu Recht bekannten „Stöckenkäsli" offeriert. „Das macht mich gerade wieder gesund", habe ich ihm mit Bezug auf beides gesagt, und ihm hat es gefallen: „Bis nöchschti" (bis nächstens), hat er sich verabschiedet.

September

Ich habe es aufgegeben, die Tage zu zählen. Seit ich – vermutlich – in Libyen bin, bekomme ich keinerlei Hinweise mehr auf den Kalendertag. Meine Entführer wissen ihn vermutlich, obwohl sie primitive Analphabeten sind: Irgendwann werden sie mich ja gegen einen Millionenbetrag austauschen wollen, spätestens dann müssen sie Ort und Zeit angeben können. Ich fühle mich gerädert und erschöpft, aber ich darf es auf keinen Fall zeigen. Einmal, als wir durch die Sahara fuhren (ich habe es am heißen Fahrwind durch die Planen des Geländewagens und am Sand gemerkt, der mir in die Lungen drang und meine Augen zum Brennen brachte) hat der Wagen so geholpert, dass ich unwillkürlich in die Hosen machen musste. Als er die Lache unter mir gesehen hat, hat einer meiner Entführer mir mit dem Gewehrkolben einen gezielten Schlag auf die Schläfe versetzt. Gezielt, weil er mich nicht ganz in Ohnmacht gleiten liess, so dass ich den Schmerz voll empfand, und heftig genug, um einen wilden Schmerz ohne Ohnmacht zu verursachen: „Ungläubige Hure!", hat er mich angefahren und sich nicht darum gekümmert, dass ich seiner Auffassung nach kein Wort Arabisch verstand. Ich habe vor meiner Entführung in Voraussicht der Tatsache, dass das Swiss Säntis Resort bald einmal auch Gäste aus den Ölstaaten empfangen würde, Arabischstunden bei einer ausgezeichneten Arabischlehrerin in Glarus genommen und für jede Lektion fünf Stunden vor- und nachbereitet. Heute könnte ich eine Sure laut lesen (wenn ich einen Koran hätte) und verstehe jedes Wort meiner Entführer, zwei primitive Analphabeten, die ich noch nie ein Wort habe lesen sehen. Bei einer Diplomprüfung würde ich wahrscheinlich die Stufe B1 – Alltagsverständigung – mühelos bestehen. Auch das dürfen meine Entführer auf keinen Fall wissen, sonst würden sich nicht mehr vor mir ihre Pläne erörtern.

Die Entführung – meine zweite – ist am Freitag, dem 21. September passiert, auf offener Kantonsstraße vor der Esso-Tankstelle. Die Entführer kamen in einem Armeejeep angerast, sprangen auf die Straße und packten mich mit einem Polizeigriff. Ich war gerade auf dem Rückweg von einem Abendspaziergang. Dann versetzten sie mir einen Schlag an die Schläfe mit dem Kolben einer Kalaschnikow, der mich, bei diesem ersten Mal, tatsächlich ohnmächtig werden liess. Als ich erwachte, saß ich auf dem Beifahrersitz des Jeeps und fühlte, wie hinter mir der zweite Entführer mir den Lauf seiner Kalaschnikow in den Rücken drückte. Ich war an der Lehne festgebunden, so dass ich einigermaßen aufgerichtet saß, wie eine schlafende Frau. Mein Kopf war mit einem Nikab umhüllt, der mir einen freien Blick ermöglichte. Als der Fahrer merkte, dass ich aus einer Ohnmacht aufgewacht war, sagte er in primitivem Französisch: „Tu silence, ou pampampam!", was mir unsinnig vorkam, denn die beiden wollten ja kaum am Zoll vorfahren mit einer Frau, die aus einer offenen Schusswunde am Kopf blutete (dass wir noch in der Schweiz waren, konnte ich an den Straßensignalen und den Autonummern ablesen).

Am Zoll wurden wir einfach durchgewinkt, was mich ziemlich erstaunt hat: Seit wann können Schweizer Armeefahrzeuge (falls der Wagen immer noch als das getarnt war) ungehindert in Frankreich einfahren? Oder war es doch möglich, die Zöllner zu schmieren? Ein paar Kilometer nach dem Zoll haben die beiden jedenfalls gehalten, und der auf der Ladebrücke ist ausgestiegen und hat erst hinten, dann vorne am Wagen hantiert, und ich glaube, ich habe sogar gesehen, dass er beim zweiten

Mal ein Nummernschild unter dem Arm trug. Dann kam die lange Fahrt auf der Autobahn nach Marseille. Dass es Marseille war, konnte ich noch an den Straßenschildern ablesen, danach haben sie mir den Schleier wie eine Burka um den Kopf gewickelt und ich konnte überhaupt nichts mehr sehen. Gefühlt und gehört habe ich aber, dass wir auf eine blecherne Laderampe fuhren, vermutlich auf eine Fähre nach Oran (den arabischen Namen *Uchran* habe ich ein paar Mal gehört, und auch den charakteristischen Fährengeruch nach Teer, Diesel und Autoabgasen wahrgenommen).

Nach der Ankunft in Algerien ging es ohne Zwischenhalt (die beiden lösten sich am Steuer ab) endlos durch die Wüste. Auf dieser Fahrt haben sie mich losgebunden und auch sonst keine besonderen Sicherheitsmaßnahmen getroffen: Wo hätte ich hinfliehen sollen? Einmal hat mir einer der beiden – meinem Gefühl nach der Chef – lachend gesagt: „Toi foutre camp si vouloir, toi crrrever Sachara, cha, cha, cha!" Die beiden fanden den Gedanken so lustig, dass sie eine Viertelstunde lang immer wieder von Lachen geschüttelt wurden. Auch das fand ich eher absurd, sie wollten mich ja kaum als abgenagtes Knochengerüst, sondern doch eher als lebendiges Fleisch gegen die Lösesumme austauschen. Ob sie dabei nur auf eigene Faust handelten, oder Befehle irgendeiner der zahllosen libyschen „Widerstandsgruppen" ausführten, habe ich nie herausgefunden. Ich gab mich jedenfalls so dumm, wie sie mich haben wollten: eine blöde, ungläubige Hure, deren Fleisch unverständlicherweise einen Haufen Geld wert war.

Wieder, nach meinem Gefühl nach weiteren 3 Tagen, kam eine Grenze und ich konnte sogar einen Zollbeamten hören und schließlich ein Wappen auf seinem Waffenrock sehen: Blutrotes Feld mit grünem Fünfzackstern und daneben ein gelber Doppellöwe, ein Vollmond und sonst noch eine Menge Schnörkel: Marokko, das kannte ich. Meine Privatlehrerin war so klug gewesen, mir die Autokennzeichen der wichtigsten arabischen Länder beizubringen. Wieso meine beiden Entführer auch hier einfach durchgewinkt wurden, entzieht sich meiner Kenntnis.

Und ein letztes Mal wurden wir, drei Tage später, durchgewinkt. Auch diesmal sah ich einen Grenzpolizisten mit Epauletten: Rot–Schwarz–Grün, im schwarzen Mittelteil eine abnehmende Mondsichel links und ein fünfzackiger Stern rechts: Libyen. Die Zöllner sprachen die gleiche Sprache wie meine Entführer, also Libysch. An diesen Dialekt, der vom klassischen Arabisch etwa so weit entfernt ist wie die Sprache eines Wallisers aus dem Turtmanntal vom Hochdeutschen eines Hannoveraners, habe ich mich unterdessen so gewöhnt, dass ich jedes Wort verstehe. Ich frage mich sogar, ob die Kolbenschläge gegen meinen Kopf nicht innere Blutungen verursacht haben, die zu Veränderungen meiner Wahrnehmung führten, denn ich habe ein wahres Tonbandgedächtnis, eine Hypersensibilität für Klangnuancen und ein räumliches Gedächtnis, das es mir erlaubt, mich blind und ohne Tasten nachts in einer dunklen Garage zu orientieren. Hoffentlich geht die Blutung nicht weiter und ruiniert mir das einzige Kapital, das ich im Moment noch besitze!

Tagsüber dringt *Alhamdulillah!* (Gott sei Lob und Dank) etwas Licht in die Garage. Sie ist weder unterirdisch noch unterkühlt wie meine erste, aber mein Schicksal scheint sich zwischen Garagen abzuspielen. In dem Raum inbegriffen ist ein kleiner Verschlag für den Vorsteher, und darin liegt ein Stapel Quittungen, deren Rückseite mir jetzt als Notizblock für mein Tagebuch dient, ebenso wie ein Bündel Kugelschreiber. Eine Gabe Allahs, die wesentlich dazu beiträgt, dass ich mein Selbstbewusstsein und meine Körperverfassung hinter dem Schleier der dummen Ungläubigen aufrechterhalten kann. Ich mache täglich zwei Stunden alle Übungen, die mir ein kluger Physiotherapeut während meiner ersten Rehabilitation beigebracht hat und bin wahrscheinlich in einem besseren Zustand als damals nach meiner ersten Entführung. Einen weiteren Vorteil genieße ich übrigens gegenüber dieser ersten Entführung: Meine beiden Entführer sind keine Anfänger wie Fritz Pfiffner, sie sind nur am Geld interessiert, und da ich viel Geld wert bin, behandeln sie mich gut und geben mir das Gleiche zu essen und zu trinken, was auch sie bekommen: Wasser, Fladenbrot mit Minze und Sesamkörnern, hie und da ein Linsengericht und ein Stück *Baguette*. Drohgebärden unterlassen sie jetzt völlig: Wohin sollte ich fliehen, allein, als Frau, in einem für die Entführer idealen Staat, wo jeder Unkundige, und schon gar eine Frau, jederzeit riskiert, von irgendeiner Miliz entführt oder massakriert zu werden?

Heute Nacht hatte ich einen seltsamen Traum. Ich wandere durch einen vollkommen dunklen Tunnel. Das stört mich nicht, ich fühle Hindernisse mit der Haut und kann meinen Weg finden, ohne herumzutasten. Alle möglichen Menschen rennen an mir vorbei, ohne mich zu berühren. Ich habe den Eindruck, dass auch eine riesige Fledermaus oder ein Drachen herumflattert. Täusche ich mich, oder kann mein geschärftes Gehör die Ultraschallpfiffe hören? Jemand gibt mir ruhig die Hand, ich erschrecke nicht, wir schreiten gemächlich nebeneinander. "Wir sind bald draußen", sagt der Jemand, obwohl es noch vollkommen dunkel ist – oder ist es draußen noch Nacht?

Als ich erwacht bin, war es völlig still um mich herum, aber ich bin irgendwie überzeugt, dass meine Entführer vor Kurzem hier waren und ziemlich erregt sind, der übliche Schweißgeruch in der Luft (die beiden waschen sich wohl nie, außer in der Moschee) ist schärfer geworden. Könnte es sein, dass der Austausch in die Nähe rückt? Ich bin nun schon seit einem guten Monat gefangen: Ich hatte einmal nach drei Wochen eine normale Regel, und seither sind auch wieder zwei Wochen vergangen. Vermutlich sind wir anfangs Oktober. Sicher haben meine beiden Partner seither alle möglichen Demarchen unternommen, und sicher wollen sie mich so rasch wie möglich draußen haben, weil sie um meine Gesundheit fürchten. Und ebenso sicher haben sie die nötige Summe schon längst garantiert, und haben auch die schweizerische Regierung eingespannt. Die Entführer müssen bald reagieren, sonst riskieren sie, irgendwann einmal entdeckt zu werden. Stimmt, vor drei Tagen hat einer der beiden mit seinem Handy einen kurzen Film von mir gedreht, wohl um zu beweisen, dass ich noch am Leben und verhältnismäßig bei guter Gesundheit bin. Aber gegenwärtig herrscht völlige Stille in der Garage, also rolle ich mich auf meiner Matte wieder ein und versuche, noch ein Weilchen zu schlafen. Ich muss jetzt bei Kräften sein.

Jemand berührt mich sanft an der Schulter, und eine höfliche Stimme sagt in perfektem Französisch: „Madame, nous sommes là pour vous libérer, vous êtes en sécurité." Ich bin augenblicklich wach, richte mich auf und sehe einem Polizeioffizier ins Antlitz: Er hat den Lichtstrahl seiner Stablampe diskret auf den Boden gerichtet. Ich rufe in klassischem Koranarabisch: „Jurachmaka Allahu! (Gott segne dich!)" Er schaut mich erstaunt an und sagt mir jetzt auch auf Hocharabisch: „Wir staunen nicht zum ersten Mal über sie, Sayjídati (meine Dame). Sie sprechen also Arabisch? Dann haben Sie auch alles verstanden, was ihre Entführer gesagt haben, das wird für die Untersuchungsbehörden eine kostbare Information sein – und sich dabei vollkommen dumm gestellt: beachtliche Selbstbeherrschung! Aber jetzt gehen wir, der Polizeiarzt möchte Sie noch rasch untersuchen, um sicher zu gehen, dass Sie den Heimflug antreten können. Ein Flugzeug der schweizerischen Luftwaffe wartet bereits auf Sie." Dann hilft er mir galant, aufzustehen: „Sie müssen ziemlich erschöpft sein? – Ich habe ein paar Stunden gut geschlafen, und wenn ich „Heimflug" höre, weiß ich nicht mehr, was Müdigkeit heißt!" Er lacht und begleitet mich hinaus zu einer schwarzen Limousine mit getönten Scheiben, einem diplomatischen Nummernschild und der Flagge der Schweizer Botschaft: „Sie wissen, dass Sie in Tripolis sind? – Ich habe gemerkt, dass es sich um eine größere Stadt handeln muss und mir gedacht, es werde wohl Tripolis sein, weil das für einen Austausch am günstigsten liegt, aber viel genützt hat mir dieses Wissen auch nicht: Wohin hätte ich fliehen sollen, allein und als Frau? – Sie haben das klug analysiert, zum Glück für Sie und für uns, sonst wären sie jetzt wahrscheinlich tot." Wir waren bei der Limousine angelangt, der Polizeioffizier (ich habe ihn leider nie mehr gesehen und auch seinen Namen nicht erfahren, ich nehme an, weil er zum Geheimdienst gehört) öffnet mir galant die Tür, ich versinke in ein Luxuspolster und der Fahrer wendet sich zu mir zurück und sagt, auch auf Französisch, aber mit einem schönen jurassischen Akzent: „Bienvenue, Madame, nous allons tout de suite à l'ambassade, vos deux associés vous y attendent." Markus und Domenic Peer waren also beide nach Tripolis gekommen! Mir wurde schwindlig vor Freude, ich fühlte mich bereits in der Heimat angekommen.

Über das, was an der Heimatfront gelaufen ist, vom Moment meiner Entführung bis zu meiner Rückkehr, lasse ich Markus berichten. Ich habe beiden auch mein Tagebuch zur Lektüre gegeben. Es geniert mich überhaupt nicht, wenn sie intime Dinge über mich erfahren: Wenn man von zwei primitiven Entführern gedemütigt worden ist wie ich, empfindet man das, was anderen intim erscheinen mag, nachgerade als unwichtig. Es ist irgendwie etwas viel Innerliches, ein innerster Kern, das, was einem kein Mensch rauben und keiner imitieren kann, was einem von da an die eigene Würde und das Bewusstsein verleiht, jemand zu sein. Domenic Peer hat Markus die Aufgabe überlassen, die „Heimatfront" zu beschreiben, weil er als Informatiker so wahnsinnig schnell auf der Tastatur klappere, dass ein normaler Sterblicher gar nicht mehr nachkomme ...

***

Sonntag, 21. Oktober (Notizen von Markus)

Heute haben wir Regina vollkommen abgeschirmt, sie braucht dringend einen vollen Tag Erholung. Sie reagiert zwar noch mit den alten Reflexen, wenn sie den Eindruck hat, ihre Präsenz sei irgendwo notwendig – sofort auf Hochtouren – aber nach ein paar Minuten kommt der Motor ins Stottern und man muss aufpassen, dass sie nicht zusammenbricht.

Zum Glück haben wir noch einen guten Monat Zeit bis zur offiziellen Eröffnung der Wintersaison, ich denke aber, es wäre das Beste, wenn Regina einige Zeit zur Erholung in einer Rehaklinik verbringt, auch um sie vor der Versuchung

zu schützen, sich bereits wieder in die Arbeit zu stürzen. Bis
zur Eröffnung sollten ihre Kräfte dann wieder reichen. Üb-
rigens hat im Moment jeder volles Verständnis dafür, dass
sie sich noch maximal schont, die Menschen hier würden
es nicht verstehen und bekämen sogar Angst für sie, wenn
sie sie bereits wieder an der Arbeit sähen. Sogar Frau Lin-
jing Mu hat ihr von Peking aus ein SMS geschickt, sie solle
sich schonen und auf ihre Gesundheit achten! Sie muss auch
nichts mehr beweisen: dass sie unter solchen Umständen
durchgehalten und die Entführer sogar noch zum Narren
gehalten hat, macht sie zu einer waschechten Appenzelle-
rin. Die erkennt man nämlich weniger an der geographi-
schen Herkunft als am Charakter: tapfer und schlau!
Der Stöckenbauer hat nochmals einen seiner „Chäsli" ge-
bracht und dazu eine besondere (geheime!) Mischung von
Alpenkräutern. Ich soll daraus einen Sud zubereiten und ein
wenig von dem Chäsli hineinraspeln, und „em Regineli" alle
zwei Stunden davon einen kräftigen Schluck zu trinken ge-
ben. Ich glaube, ich werde das machen, auf alle Fälle wird
Regina so gerührt sein, dass nur schon das heilend wirken
wird: Vom Stöckenbauer wie eine echte Appenzellerin be-
handelt werden, das ist wirklich eine Ehre!

Montag, 22. Oktober

Bei so viel Solidarität muss ich ja rasch gesund werden. Zuerst
einmal muss ich ein paar Sachen in die Hand nehmen: Die Kon-
zernleitung, wie meine Kollegen Manager sagen würden, also
die Leitung des *Swiss Säntis Manoir*, da wir ja jetzt zwei Dinge
in einem sind. Maximal 50 Betten in 40 Luxussuiten, bei den
10 größten mit der Möglichkeit, Kinderbetten aufzustellen.
Das dürfte etwa dem gehobenen Publikum entsprechen, das
wir erwarten können, und damit ist unser Raumpotential aus-
geschöpft. Im Übrigen sollte zumindest das Hotel Bären einige
Zimmer so ausstatten, dass wir Gäste überweisen können, für
weitere Betten müssen wir Abkommen mit Hotels der Spitzen-

klasse in der ganzen Ostschweiz abschließen, mit Shuttleverbindungen zum Säntis und nach Hundwil, für unsere kulturellen Veranstaltungen. Für die braucht es auch noch ein Programm. Viel Arbeit in den nächsten Monaten, und ich will nicht diejenige sein, die einfach zuschaut. Zwei Tage in der Woche sollten genügen, um als Chefin aufzutreten: Inspektionen, Gespräche, Visionen ... So kann ich meine Kräfte schonen und in der übrigen Zeit Ideen entwickeln. Ich denke, in einem halben Jahr, wenn unser Konglomerat auch Hochtouren läuft, bin ich wieder voll bei Kräften.

Nur mein liebes Tagebuch muss ich jetzt für eine Weile liegenlassen. Mit fehlt einfach die Muße. Immer darf das nicht so bleiben, das ist mir klar, aber vorläufig schreibe ich Tagebuch in meinen Werken, und die werde ich ja auch einmal „durchlesen" können, wenn ich mich erinnern will. Vielleicht schreibt jemand einmal ein Buch über mich: *Regina von Hundwil*, und ich lande in der Wikipedia. Wäre doch auch nicht schlecht ... Und ans Heiraten will ich auch bald einmal denken, ich weiß auch schon, mit wem, aber das geht außer mir niemanden was an!

FÜR AUTOREN A HEART FOR AUTHORS À L'ÉCOUTE DES AUTEURS MIA KAPΔIA ΓIA ΣYГГР
FÖR FÖRFATTARE UN CORAZÓN POR LOS AUTORES YAZARLARIMIZA GÖNÜL VERELIM SZÍ
PER AUTORI ET HJERTE FOR FORFATTERE EEN HART VOOR SCHRIJVERS TEMOS OS AUTO
ZÖINKÉRT SERCE DLA AUTORÓW EIN HERZ FÜR AUTOREN A HEART FOR AUTHORS À L'ÉCOU
ÇÃO ВСЕЙ ДУШОЙ К АВТОРАМ ETT HJÄRTA FÖR FÖRFATTARE Á LA ESCUCHA DE LOS AUTOR
RS MIA KAPΔIA ΓIA ΣYГГРAΦEΙΣ UN CUORE PER AUTORI ET HJERTE FOR FORFATTERE EEN I
ARIMIZA ... ZERZÖINKÉRT SERCE DLA AUTORÓW EIN HERZ FÜR
SCHRI... DS OS A... ORAÇÃO ВСЕЙ ДУШОЙ К АВТОРАМ ETT HJÄRTA FÖF

Der Autor

Andri Peer wurde 1935 in Genf geboren. Nach dem Abitur 1970 begann
er sein Studium an der Faculté des
Lettres in Lausanne in den Fächern
Französisch, Italienisch, Deutsch,
Geschichte und Pädagogik. Es folgte
ein Doktortitel (PhD) an der Universität Zürich in den Fächern Französisch,
Italienisch und Deutsch.

Nach einer Tätigkeit als Gymnasiallehrer und einem
Lehrauftrag für Didaktik an der Universität Zürich
folgte ein Lehrauftrag für zeitgenössische italieni-
sche Literatur. Neben diesen Tätigkeiten absolvierte
er ein Studium der Computerlinguistik und höherer
Mengenlehre sowie mathematischer Logik und
machte einen Master in Angewandter Psychologie.
Es folgte eine qualitativ-empirische Forschungs-
arbeit über psychologische Hintergründe des
Textverständnisses von Mittelschülern. Zu seinen
bevorzugten Interessen gehören neben Lesen und
Lernen das Stadtwandern und die Freiwilligen-
arbeit. 2018 veröffentlichte er sein erstes Buch
(Mauerritzen).

Der Verlag

Wer aufhört besser zu werden, hat aufgehört gut zu sein!

Basierend auf diesem Motto ist es dem novum Verlag ein Anliegen, neue Manuskripte aufzuspüren, zu veröffentlichen und deren Autoren langfristig zu fördern. Mittlerweile gilt der 1997 gegründete und mehrfach prämierte Verlag als Spezialist für Neuautoren in Deutschland, Österreich und der Schweiz.

Für jedes neue Manuskript wird innerhalb weniger Wochen eine kostenfreie, unverbindliche Lektorats-Prüfung erstellt.

Weitere Informationen zum Verlag und seinen Büchern finden Sie im Internet unter:

www.novumverlag.com